猫

NON-EXIST

不存在

未來事务
管理局
FUTURE
AFFAIRS
ADMINISTRATION

编著 #03

C2S 湖南文艺出版社
HUNAN LITERATURE AND ART PUBLISHING HOUSE

博集天卷
CS-BOOKY

Contents 目录

_ □ ×

猫 不 存 在

将无限只猴子置于无限台打字机前，等待无限长的时间，那么猴子也能完整地写出一部《哈姆雷特》。
——波莱尔的无限猴子实验

假如有一种物质，注射给猫以后，可以让猫拥有与人一样的智慧，成为与人一样的智慧生命。那么，拒绝给这只小猫注射这种物质，是否就等同于扼杀了一个智慧生命，有道德上或者法律上的罪过？
——图利的猫

CATS
NON-EXIST.

假如这个世界是个天堂，没有任何痛苦与灾难的发生。为了使这个设定成真，自然法则不得不灵活多变：重力有时起作用，有时不会；一个物体有时坚硬，有时柔软，这样一个世界会是一个最好的世界吗？
　　——希克的充斥着灵活多变的自然法则的世界

如果图书馆中有一本旧书，记录了你的全部人生，那么你在得知关于自己的预言后，还能否篡改"生命之书"做出的预测呢？
　　——戈德曼的生命之书

猫 不 存 在

刘慈欣

珍贵的欧斯亚史烈斯猫（Ojos Azules），作为中国最著名的科幻猫，他有着宇宙般宏大的视角。最大的爱好是摆弄线团，一次次让它们毁灭或重生。

神秘的阿拉伯猫（Arabian Mau）有着神秘的思维。身上布满黑色条纹的他，习惯每天夜晚出去狩猎，然后带回难以辨认的，不知是否存在于这个世界的猎物。

韩松

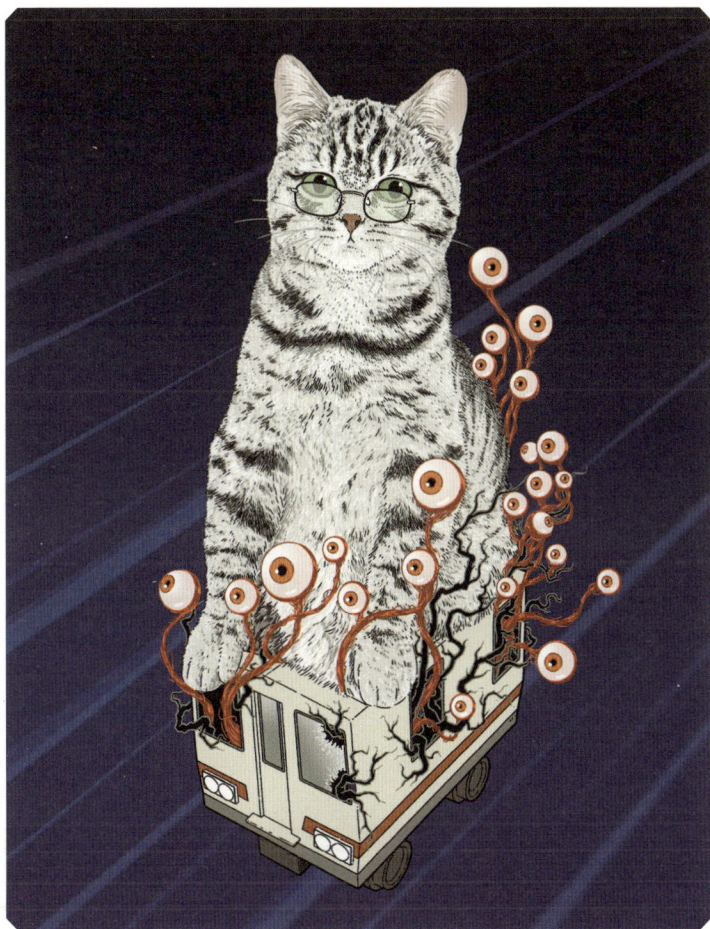

亚瑟·C.克拉克

亚瑟·C.克拉克爵士，作为一只有着贵族身份的土耳其短毛猫（Turkish Shorthair），其毛色近似土星表面，似乎预言了他与太空不朽的关系，他常在院子凝视星空，思考人类的童年和终结。

Ursula K. Le Guin
厄休拉·勒古恩

作为美洲本土丛林的奥西猫（Ocicat），对人类社会一直兴趣浓厚，其黑色的左爪成为之后《黑暗的左手》的灵感源头。她常在寒冬的街道上散步，抬头凝视身边的行人，观察着人类的兴衰轮回。

Philip K. Dick

菲利普·K.迪克

大个儿的野生狸花猫（Dragon-Li），狂放不羁，能吃能睡，其混乱的生活成为他写作灵感来源之一。他嗜爱猫薄荷，常常吃了之后神游到幻觉中的世界，与真伪难辨的敌人对抗。

Douglas Adams

道格拉斯·亚当斯

一只幽默的英国短毛灰猫，喜欢讲笑话的家伙，只要有一条毛巾在身边，宇宙中什么样的环境都能适应。他的猫窝有一次不小心被推土机铲平了，只好到处漫游流浪，以捞鱼为生。但始终乐观豁达，相信技术能让猫过上更美好的生活。

William Ford Gibson

威廉·吉布森

瘦脸大蓝猫（Russian Blue），体形修长优雅，非常方便他在自己发现的赛博朋克世界里穿行。在这里，没有人类知道他是一只猫。后来，人类都前往那个世界了，他却选择回到现实。也许制造一个没有人类存在的世界，就是猫的最大愿望。

Jules Gabriel Verne

儒勒·凡尔纳

凡尔纳是一只出生在 1828 年的乐观的夏特尔猫（Chartreux），
在其柔软的皮毛下有着一颗金属的蒸汽朋克之心，创造了许
多在之后被真实创造出来的幻想之物，如潜艇、登月飞船。

Herbert George Wells

赫伯特·乔治·威尔斯

威尔斯是一只出生于贫寒家庭的加菲猫（Garfield），毛色斑驳，举手投足带着凝重的气息，眼神饱经沧桑，流露出对未来的忧虑和不安，这为之后猫的想象打开了一个重要的方向。

CATS
NON-EXIST.
猫 不 存 在

我认识的人一个一个都养起了猫，网上的猫图也越来越多，猫咪、猫脸、猫爪子、猫罐罐，屏了要一屏幕。

没人豢养了它。它是自由的，完完全全自由的，只有它自己才豢养了自己的主。

序

理解宇宙，
从这只猫开始

和猫打交道，是最科幻的事。

上天入地，穿梭古今，是科幻的常规印象，越是身边的熟悉场景，似乎离科幻越远。不过，这次这本书无意讨论科幻该如何，而是提醒大家注意一件事：猫，可不是什么你熟悉的普通玩意儿！

互联网上最有效的传播符号是猫，这一点每个人都知道，科学家对此提供了解释，但大家都知道猫之所以可爱，肯定不是因为什么"像人类"之类的理由。伸出手去触碰那些毛茸茸的猛兽；在屏幕上浏览一个又一个搞怪视频；收集几百个用一次就忘掉的表情包。决定所有这些行为的，是猫代表了一种对人类的致命吸引，可以同时满足两种矛盾的欲望。

猫可以是人类最亲近的陪伴者，也同时根本无法被人类理解。

如果有什么对自然的看法是跨越文化、语言、宗教可以取得共识的，也许就是我们和猫的关系。不同的人对猫产生好奇，又同时每天和它共存。我们把猫放在宗教里，放在科学假设里，放在虚构作品里，放在诗歌和艺术里——总之就是一切超越现实的地方。因为对人类而言，猫实在是一种不合理的生物。它们最大的不合理就是一种强大、独立、可爱，而且还可以和人共存的动物，竟然真的存在。

同样不合理的存在，就是这个宇宙本身。爱因斯坦说过，宇宙最不可理解的就是竟然可以被理解。也许，猫就是宇宙的化身，到人类身边给出提示。

所以有了这本《猫不存在》，一本从你脚边出发，轻柔的肉垫踩过你的头，一跃进入宇宙，闯荡未知次元的书。在这本书里，猫是你的朋友，你的亲人，你的拯救者，你的骑士，你的导师，你的向导，你的梦中情人，你的对手，你的毁灭者，你的命运，你的一切。

跟随猫的脚步，你可以重新了解这个世界，思考我们身边那些千百年来被默认合理却从未得到完美解释的难题，比如："自行车骑起来为什么不会倒？"或者，"猫到底认为人类是主人还是奴隶？"。前一个问题这次可能还是没有答案，但是第二个问题，我相信你可以在书中找到自己的答案。

如果让我回答这个问题，那么，人类既不是猫的主人，也不是猫的奴隶。就像人类和自然、地球、宇宙的关系一样，我们不是什么大自然的主宰，也不是什么宇宙计算机的运算部件。我们是具有意识能力的智慧生命，是理解宇宙不可理解之奥妙的意义赋予者，是提出和回答问题的自我实现程序。我们如何看待这个宇宙，也就决定了我们如何看待自己。在这个问题上永远探索下去，是人类的最终使命。

肩负起这个使命，从理解我们身边的猫开始。下面请看第一只猫……

兔子瞧

CATS
NON-EXIST.

猫 不 存 在

作者/万象峰年

幻象骑士

如果猫看到的不是完全真实的世界会怎样？

那时候它还不会说话，更没有开启它自己的传奇故事。它是那个时代意义上的，一只普通的猫。

猫第一次被放进这个房间。没有窗户，但是有水，有食物，有精心设计的动线。木头的跳板从墙角开始一级级延伸，像高低起伏的琴键一样环绕着整个墙壁。监视器安静地、置身事外地从屋角俯视着房间，记录下这一切。

现在猫置于陌生房间的中央。它先是沿着墙脚嗅了一圈，不紧不慢地建立起一个认识区域。同时，它的目光已经把所有可以攀爬的物体扫了一遍，设计好了几条可能的动线，然后又嗅了嗅第一块木板，轻轻一耸身就跳了上去。

在这个新的高度扫视了一遍屋子，蹭上自己的气味，这让它获得一阵小小的满足感。第二块木板是它无法嗅到的，但是它本能地精确知道，跳上去所需要的力度、角度。仿佛练习了千百遍一样，轻轻一跃，它站在了第二块木板上。

第三块、第四块……不一会儿猫就游历了半面墙，折到另一面墙上。跳上一块完全在它能力范围内的木板的时候，它踩空了。本能比它的意识先一步做出了翻正反射，它有惊无险地落在地上，还没有搞清楚刚才的情况。

休息了一会儿，猫又爬上木板，再次站在那块踩空的木板前。没有问题，木板好好地在那里，完全在能力范围之内，甚至不算一个挑战。它又跳了出去，踩空，落地。

这次它感到了一点恐慌，嗷嗷地叫着主人，或者叫铲屎官，或者叫实验员，那些只有人类才在意的身份。对猫来说很简单，就是那个此时应该出现的人。那个人没有出现。

它接受了只能依靠自己的现状。在一块木板上趴了一阵子，它又来到那个挑战前。这次它看了很久，选择了更远的一块板子。这更难，更危险，但也是唯一的选择。

先是昂起脑袋，然后伏下，弓起腰身，眼睛明亮亮地盯着目标。

它从来都好奇，勇敢，不畏惧挑战。它还不知道它的品质会使它付出怎样的代价。

它跳过去了，踩在了坚实的硬质木板上。松了一口气。世界又恢复正常，然而正常没有持续多久，在跳上下一块更高的板子时，它又摔了下去，就像木板完全不存在一样。

猫吓坏了，又嗷嗷叫了好一阵子，缩在墙角里不敢移动。它期待那个人会进来，像往常那样安慰它，把它抱走，回到原先那个所有看见的都真实存在的屋子里去。它的意识还没法从猫粮和水的量判断出，这个实验还远远没有结束。

如果一个人在一天内撞破了全部的生活幻象会怎样？

小格布过着有生以来最难熬的一次生日。全家人都围着他，烛光照着他们的笑脸，而他此时只想大哭。

小格布今天刚得知了十三个打击人的真相，包括他其实是捡来的孩子。

爸爸妈妈的脸，从他记事起就是爸爸妈妈的脸，他可以冲着他们大吼大叫，也可以跑上去猛地亲一口。现在不是了。他恨自己不该在柜子里睡着，这样就不会偷听到什么，生活就还会像原来那样无忧无虑。

满脸笑的家人在期待地看着他。小格布强行挤出一个笑容，吹熄了十一根蜡烛。

黑暗中七嘴八舌的声音提醒他许愿。他还没有来得及想什么，灯就被点亮了，他甚至没有来得及落下一滴眼泪。

蛋糕被哄抢一空，他的脸上被抹上奶油，每个人都来抹一把。在唱歌跳舞声中，他的视线模糊了。

以前生日过后，他感觉像失宠的孩子。这次他不知道，得到或者失去都不能让他安心，家人不管是冷淡还是热情都让他如芒在背，一切都乱透了。

小格布躲上城市的眺望台。长椅上躺着让他羡慕的醉鬼，鸽子在小圆石铺的地面觅食。他攥了攥手上的蛋糕屑，没有扔给鸽子。

对爸爸妈妈的牛气明明已经平复了很多，他不是一个不明事理的孩子，可是还有什么东西卡在心头，让他窝火。究竟是什么呢？

一只白猫在石头护栏上走过来，小格布张开了手掌。在猫低头的时候，他说："小白，那些事……我不知道该怪谁，只好来跟你说了。"

猫埋头舔着蛋糕屑，发出沙沙的声音。白房子一层层向山下展开，反射着下午的太阳光。吸收了热量的沥青路上蒸腾着热浪，把景物扭曲变形。远远的井口旁边有人在排着队冲凉。更多人顶着大太阳，躲在房子的阴影里赶路。一些老得快掉零件的，却总能被修好的汽车行驶在街道上。山脚下是城市的尽头，巨大的半透明屏障竖立在城市外围，像水族箱的玻璃，看起来比山顶还高。那些屏障引诱着小格布的视线。

学校里教过，大人们也无数遍地盯着小格布的眼睛告诫过：外面是一个不可知的充满危险的世界，千万不要受到好奇心的引诱——好奇心会害死猫。

小格布早就在心里偷偷地种下了怀疑的种子。他有一个小宝库，里面收集了背包、水壶、干粮，还有指南针、火柴这些小东西。他每个晚上都想象着冒险的旅程和外面世界的样子。他计划着，有一天一定要走出屏障去。

他终于明白了自己生气的原因。现在他知道了自己是捡来的孩子，跑出去不就变成逃避了吗？

"我要做一个忘恩负义的人吗？"他问小白。

小白把蛋糕屑舔得干干净净的，还舔了舔嘴吧，轻轻地"喵喵"叫了几声。

"我真想变成你。"小格布说。

猫望着山下的城市，它的眼睛水晶般透明，像晴朗的天空。小格布扒在护栏上，看着小白看的方向。屏障后面永远不知道是什么景象，有时是一片蔚蓝，有时有霞光在闪烁，有时静默如白昼。现在那后面慢慢涌起一阵黄尘。过了一阵子，黄尘扑上屏障的半腰，越卷越高。屏障发出喧嚣的沙粒撞击的声音。如果在这里都能听到，说明——沙尘暴！

从来没有过这么大的沙尘暴。

天色暗下来。

小白的耳朵下压，身上的毛竖起，直起上半身警觉地看着远处。

小格布安慰小白说："没事的，从来没有沙尘暴能闯进来。"

风呼啸着，喧嚣声越来越大，黄尘已经快扑上屏障的顶部，屏障剧烈抖动起来。城市里不知什么地方的大喇叭响起警报声，它从来没有响过。整个城市被警报声凝住了几秒，还没有来得及做出什么反应，屏障就碎裂了。一阵黄尘化作一条巨蛇冲进来，沿着街道分成几个头，很快就扩散成几片黄云。整个城市突然响起比警报声还持久的号叫。

"幻象！幻象入侵了！"眺望台上有人绝望地喊起来。

"快跑！"小格布压低声音对小白说。话音还没落，猫已经一溜烟跑没了。

小格布赶紧往家跑。半路上黄沙席卷过来，把脸割得生疼。山下的房屋已经变成了大朵大朵的火焰。火焰是凝固的，像红色的晶体，一路烧上来。火红晶体像一面墙向上生长，张牙舞爪。这是他第一次这么近距离看到真正的幻象。他看到花店门口的花变成了骷髅的手臂，还冒着青烟，粘着烧焦的皮肉。老板娘大叫一声把花扔在地上。很快花店也看不见了。火焰的幻象占领了一切，吞没了道路。小格布被火焰围在中间，就像一只坠入花心的虫子。火焰没有温度，也没有实体，但仍然要下很大的决心才敢撞进那些火焰的墙里。一辆汽车一头扎进路边的餐馆，玻璃和桌椅碎了一地。小格布什么都看不见，是根据声音猜出来的。一个轮子滚过来他才透过火焰幻象隐约看见，吓得退了一步。他摸着路边的灯杆凭着记忆找路。路上也有很多摸索着的人，他们摸在一起，抱成一团，发抖，大哭。

这难不倒小格布，他闭着眼睛，不受幻象的干扰。前面有灼热感传来，还有什么东西差点把他绊倒。小格布赶紧停下，一点点靠近，发现是一堆正在燃烧的汽车挡在路上。他不敢闭上眼睛了，但是路也过不去了。

他躲进街边的一家杂货店里。屋里像一头怪兽的腹腔，暗红色的肠子在墙上蠕动，喷着血雾。店主一家在角落瑟瑟发抖。课堂上学过，那些微小的幻象机器会混杂在沙尘里，无孔不入。小格布从衣服褶皱里抓下来一把沙子，沙子中间那些黑色的小颗粒，就是幻象机器吧？不对，大人说它们小得看不见，就像尘埃，无孔不入，侵占一切。

想到这里小格布更生气了，他的计划刚遇到一个难题，现在又被彻底破坏了。他不该在这个时候离开家、离开家人，城市不知什么时候才能重建好。唉。

小格布在杂货店里躲了许久，店主一家人不停摸索着不同的物品，念叨着它们的名字。开始有城市警卫队来疏散人群，小格布跟着人群，沿着警卫队拉出的绳子走。这时道路已经变成了幽暗的溪流，没过膝盖，旁边是遮天蔽日的苍老的古树。溪流里时不时浮现黑色细长的水生物，棘刺划过水面，让人脊背发凉。看到一个小女孩骑在爸爸肩膀上，小格布鼻子又一酸。

人群没有回到各自的住处，而是来到一个大山洞，这是很多年前挖出来的。山洞口有几道气流门把沙尘隔离在外面，幻象骤然消失了，只有人们身上的沙砾还在努力制造着一些残影。人们进入洞口的大厅，等候清洗。人群中，爸爸妈妈冲过来把小格布抱住，摸了又摸，要把他摸下一层皮来。

"我们还能出去吗？"小格布问。

妈妈抓住他的手说："外面不安全，我们以后就住在这里。我们会有新的家的。"

小格布望向山洞里面。里面黝黑黝黑的，有几盏老旧的灯延伸到深处，很快就被黑暗吞没了。

"我要一辈子住在这里吗？"小格布接着问。

爸爸皱了皱眉头，拍拍他的肩膀说："也许会有人找到办法的。"

小格布把手抽了出来。他明白了，城市不会被重建了。

　　市民聚齐以后，小格布跟着爸妈和人群走向黑暗里。他在课上听到过，人类本来遍布在地球，幻象武器失控后，人类退到几个大陆，然后是几块保护区，然后是几个城市，然后城市之间失去了联络。现在，他们要退回到山洞里了。人群无声地裹挟着小格布，把他带向深处。后面的大铁门正嘎吱嘎吱降下来。

　　有一个声音在小格布脑海里叫喊着："不要！我不要在这里躲一辈子！"

　　小格布一咬牙，溜出了人群。他给守门的警卫留了句话，让他转告自己的爸爸妈妈，然后就跑上了街道。大铁门在身后轰隆关上。

　　他感到一阵孤单和害怕，于是拼命跑起来。跑了几步，他看到眼前完全陌生的城市，一阵恐慌袭来，他又往回跑，却只看到大铁门的影子。

　　"爸爸！妈妈！"他拍打着铁门，然而铁门纹丝不动，沙尘暴的呼啸把他的叫声卷走。

　　小格布的嗓子喊哑了。在沙子把铁门彻底埋葬之前，小格布离开了这里。一路穿过古老的森林，几次被路上的东西绊倒，蹚过水里的怪蛇，躲避着倾倒的树木。他凭着记忆找到去城市边缘的路，钻出了已经倒塌的屏障。

　　城市外面的世界展现在他眼前。

　　熔岩在大地上流淌，从一个个火山口里涌出，流入另一些火山口里。火山口连绵不绝，延伸到天边。地面上硫黄蒸气缭绕，一些蒸气升腾起来，变成干枯的飞鸟，警觉地绕着人盘旋一圈，又消散了。

　　小格布迈出一步，踩在软软的东西上，是沙子。他走了一小段，摸到一根木桩，木桩上系着一根粗麻绳。听大人说过，在城市的早期，会有探险队出去探路，建立小的前哨站，城市和前哨站之间的路就用绳子相连。小格布拉扯一下，发现绳子的另一头已经被埋到了沙堆里。

前面有一堵残墙，小格布费了好大劲才爬到残墙上，向四面打望。前面是暗红色的丘陵，后面是隆起的黑色的森林。嘴巴已经开始有些干了，他不知道任何方向。

就要落下去的太阳在黄扑扑的天空后冷冷地望着他。

这没什么。他对自己说。然而踏上向往已久的旅途，比想象中难得多。这不像拥抱新的世界，像是在背叛什么。

"需要带路吗？"一个声音响起。

小格布低头看去，白猫蹲在残墙的另一边。

"小白？"他惊讶地问。

"我可没死。"白猫的嘴巴动了一下，声音听起来细细软软的，带着高冷。

"为什么你会说话？"

"我是被改造过的猫，为了更好地……"

"和人相处？"

猫不置可否。它上下打量了一番小格布，用挑剔的声音说道："你的勇气可嘉，但是嘛，我很怀疑你能不能在这个世界生存下去。"

"刚才你说你认识路？"小格布提醒小白刚才说的话。

"哦，嗯……"小白端正身子，"我可以钻出城市，经常走走，我的地盘很大。"小白说道。

"你知道别的城市吗？"他心想，如果能找到别的城市，爸爸妈妈就能过上新的生活。

"没见过。"

"你一直装作不会说话？"小格布用怀疑的语气说。

"在城市里吗？没有什么事情值得我说话。"

"好吧，我同意。在大部分时候。"小格布说，"带路吧。"

"带路？"小白惊讶地说，"去哪儿？"

"嗯，去……"小格布四下望望，思考着这个问题，"让我想想。"

小白端坐在旁边。一只硫黄蒸气鸟在旁边转圈。小白的眼睛随着它转，就要坐不住了。"你想好了再叫我。"它扑向小鸟去了。

"去你没去过的地方！我要看看连你都没有见过的地方，说不定能找到一个城市。喂！"

过了一会儿小白气喘吁吁地走回来。"好，那就往东边，再东边。我一直想知道那边有什么。"

他们往东走去，经过沙丘、灌木丛和被沙子灌满的房子。

"这是灌木丛吗？"小格布摸着地上的一丛矮树惊讶地问。

"是的，灌木丛，那是给猫乘凉的。"

小格布还没有见过大片大片的灌木丛。他想象着夕阳下，一丛一丛的小树手拉着手，爬满了大地。但是他只能看见冒烟的熔岩沼泽。爬到"火山口"上面看路时，他壮着胆子往火山口里瞄了一眼，里面是一只巨大的眼睛，瞪着天空，布满血丝，血红的岩浆从眼框里溢出来，吓得他滚了下来。路过露出沙丘的屋顶时他才相信，原来人类真的曾经遍布大地。

"你见过吗？"他问猫，"真实的世界。"

"我也希望我见过。"

"哦，真倒霉。"

"没什么，生活而已。"

生活。小格布的肚子咕咕叫了起来，口渴的感觉也更加强烈了，没有什么比这更真实。他总会幻想自己一个人去外面的世界探险，现在他真的一个人了，才发现有很多事情不是想象中那样简单。

小白看起来却心不在焉，它每路过一处都要检查一番，经常追逐着飞鸟跑远了。

小格布问："你以前还和人类在一起的时候，是做什么的？"

小白警觉地竖起了耳朵。"我是一个向导员。"它说。

"向导？哪里？"

小白歪歪头："这个世界。"

"哦……"小格布舔舔嘴唇。这么说自己不是唯一想要走进这个世界的人。他感到欣慰。

"后来，那些人呢？"

小白踮起脚，迈着步子走上前去了。不知道它怎么可以走得这么轻盈，留下一串小爪印。

不一会儿沙子就再次灌满了鞋子，小格布只好又停下来倒出沙子。后来他累得没有力气去管沙子了，可是沙子很快就磨破了脚，他走得越来越慢。

"炊烟，大地上应该满是炊烟。那好像要烧木头，对了，还应该有森林。楼房在森林里吗？"小格布已经饿得眼睛发昏，拖着重重的双脚。

天色已经暗下来，吸收了阳光的幻象机器还在指挥岩浆发出暗红色的光来，大地一片扭动的暗红色，仿佛永远没有尽头。

"我要死了。"小格布说。

"什么？"小白显得有点紧张。

"我饿了，走不动了，我会死在这里，可能会先渴死。那些人也是这样死掉的吧？"小格布心想，爸爸妈妈会伤心的吧。

"你为什么不早说？"小白责备。

"你能怎么办？你只是一只猫。"

"一只猫恰好知道人类留下来的一个补给点。"

一个小时后，他们坐在那个小小的地窖里。小格布使出吃奶的劲打开了两个黄豆罐头，递给小白一个。他们甚至找到了几支蜡烛。烛光照得这个小空间暖融融的，像在用不能拒绝的语气说：今晚就停留在这里吧。

"我怀念起木叶街上的鱼汤店，每次从店前走过，那香味都让人回味。"小白舔着嘴巴说。

"可惜，再也没有了。"小格布说。说实话，这罐头还挺好吃的，这也是再也没有了的从前的事物。不知道有多少东西曾经存在过，然后渐渐消失，被幻象占据。

在地窖上面，他们发现了一个已经倒塌的小木屋。小格布在小木屋的废墟中挖出了一本笔记本。打开笔记本，沙子一缕缕地流下。上面记录着"探险者的日记"。从日记上看，探险者正是从小格布的城市出发的，这是二十多年前的事了。在返程的途中，探险者的队友一个个死去或者失踪，探险者的精神也越来越恍惚。他在最后的日记里说，要搬到东边的大湖边去。

"我们应该去大湖边，说不定那里有别人。"小格布说。

"东边没有大湖，二十年前也没有。"小白冷冷地说，"那里是一片死亡峡谷，只有一座不知道路况的大桥。"

"说不定有呢？"

"没人比我熟悉地形。"

小格布露出怀疑的神情。

"哼。"小白转过脸去，"人类总是一厢情愿，对真相视而不见。"

"好吧，我应该信任你。"小格布不再坚持。他把笔记本平整了一下摆放在地窖里。

天色完全黑下来后，小白叫小格布出来看。小格布爬出地窖，再也没法转动脖子。

满天的星星，就像被弄翻在地毯上的糖，就像，天上的沙。

"那是真的吗？"小格布问。

"我没法回答。"小白说。

"在城市里看到的不是这样，只有几颗。有人说星星也是幻象，我们还争吵起来了。"

"你相信吗？"

"我……"小格布想说相信，但是他也怀疑过。他朝天上伸出手，却什么也摸不到。没有人能告诉他，那是因为遥远，还是因为幻象。

"你经常这样看星星吗？"小格布问。

"总是。"

小白的身影在星光下安静纯白，毛尖上沾着星光。不用去触摸，小格布也知道那是真实存在的。

小格布躺在地上望着星空，想象着更多更遥远的世界。"你说，会不会有一个那样的世界？所有看到的东西都可以信任。星星在遥远的天上，人们走过长长的路去到那里，它就真的在那里。"

小白安静了很久。小格布以为它睡着了。

"这又是一厢情愿，是吗？"小格布独自想着这个问题，眼角流下泪来。

一只柔软又略微带刺的舌头舔了舔他的脸颊，又走回去趴下了。

脸上火辣辣的，真实而温暖。小格布伸手摸了一下那个毛茸茸的毛团。毛团紧张地抖了一下，走开了。小格布撇了撇嘴，渐渐睡着了。小白在离小格布不远又不近的沙地上刨了个窝，舔了一会儿毛，蜷成小小的一团睡下了，身体随着呼吸起伏着。

星光和岩浆在他们的身上流淌过。

第二天，带上尽可能多的物资出发，小格布还是决定继续往东走，不管那里有没有大湖。小白都坚持要走在前面。

两天后，沙子渐渐变少，脚下长出草来。岩浆沼泽变成了荒芜平坦的地面，巨大尖长的骨头从土中穿出，编织成林。"林"间的小路引导着向东的方向，二人索性沿着这条不存在的路走。

走路早已经变成机械运动，乏味而无聊。在某个毫无征兆的时刻，小白毫无征兆地停下来，一只前脚悬在地面上。

"小心，前面就是峡谷了。"小白说。

地面像往常一样延伸向前，看不出一点异样。小格布将信将疑地靠上去，把脚一点点往前试探，果然，空了一格。他的心扑通扑通狂跳，这时他才注意到峡谷里呼啸的风声。

小白计算了一下，又四处嗅了一圈，说："再往北一段距离，就是大桥了。大桥很长，不知道路况，我从来没有走过去过。"

小格布犹豫了。

"你要是决定回头，我还记得路。"小白说，"回到山洞里，至少能跟家人一起好好活着。"

这是一个多么温暖的诱惑。小格布想到，爸爸妈妈也会对他说这样的话，还会编织出闪闪发光的希望——那些地平线上的闪烁着光辉的城市。为了让小格布在有生之年不活在绝望中，他们也会强迫自己去相信那些希望。漆黑的山洞中人们闪闪发光的眼睛浮现在小格布的眼前。

不会有人去实现那些希望的，除了自己。

他一咬牙说："我想走走看。"

"未知又神秘的地方！充满危险！你真的要去吗？"

"你不是一直想去东边的再东边看看吗？"

"哦……是吗？那走吧。"小白说。

小白带着路，走了没多远，耳朵便警觉地转向左边。那边的天黑了下来，并且黑影以肉眼可见的速度压过来，天边传来低沉的隆隆声。"沙尘暴！"

他们加快了脚步。

"今年的沙尘暴比往年的都大。"小白边跑边说，"前面五公里处有一辆车，埋在墙边，能暂时躲一躲，我不知道能不能挨过这场沙尘暴。最近的补给点还有一天的路程，我们跑不到那里。天哪，我的时间不多了。"

"你的时间？"

"快跑！"

他们找到车子，沙尘暴已经追了上来。一条巨大的沙虫张着由成千上万个小口组成的大口扑过来，每一个小口都像在发出锋利的尖笑。小格布叫小白帮忙拖走盖在车上的油毡布，刨开沙子，小格布到车里试了一下，车子竟然还能发动起来。这是一辆越野车，他们一踩油门就擦着墙蹿出了沙坑，把一身的沙土抖落下来。

"等等，你会开车吗？"小白惊恐地问。

"在爸爸工作的修车厂，爸爸教过我，你就当我会吧，管不了那么多了！"小格布说着又踩了一脚油门。车子冲上一个小沙丘，左右摇摆了几下，勉强稳住，又一头扎进骨刺的森林，向前奔去。

小白在车里翻了几个跟头，一爪子钩进皮沙发才稳下来。它紧紧抠着皮沙发，一动也不敢动。"等一下……情况有些失控。这样很危险，我不在地面上认不清路，而且，我看不见窗外。"

"你知道大桥的方向吗？"

小白跳到椅背上。"大概吧，峡谷也大概在那里……"小白还想说什么，沙尘暴的边缘裹着汽车噼里啪啦像一团蜂窝滚滚向前。它没再说话。

开了十几分钟，车子开上一个巨大的陡坡，然后顺着沙子滑了下去。小白支起脑袋，说："保持这个方向，前面是不是有一个小坡？"车子一震，果然经过一个小坡。小白接着说："向左！三个连续的小坡。"小格布急打方向盘，车子连甩尾带颠簸经过了三个小沙坡。小白继续指挥："右转回去，一直走。"

这时，小白语气严肃地说："前面不远就是大桥。我见过的很多座桥都因为年久失修断掉了，我不知道这座桥会面临什么样的情况，也许我们会摔下去，也许会撞上堵在路中间的车。现在是做出选择的最后机会。"

沙尘暴舔着车尾，沙虫的巨嘴越张越大，随时准备一口吞过来。车子甩出的沙子立刻被它吞噬，吸纳成为它自己的力量，声音大到几乎听不见说话声了。

大风把地上的积沙卷起，露出一座建筑的一角。玻璃窗上反射着忽明忽暗的天光，拍打着闪闪发光的沙砾，仿佛昔日的光辉。小格布看得愣了一瞬。

"我想冒这个险！"小格布大声向小白喊道，"如果你也愿意，我们就开过去。"

"我有九条命，丢掉一条也没什么。就在前面，直角右转！"

小格布猛打方向盘，开上了一条硬质的路面。轮胎在路面上摩擦出狂暴的声音，车速一下子提高了一截，沙虫的尖啸声被甩在后面。

荒原突然消失了，桥面显现出来。

"你看。"小白声音轻得像一张纸一样。

"什么？"小格布问。他在紧张地握住方向盘。

"大湖。"

小格布朝窗外望去，惊讶得忘记了方向盘。桥的正下方是一个巨大无比的湖，像一口深蓝幽暗的大井。小格布发现，之所以他觉得像一口大井，是因为大湖中间是一个巨大的漩涡。漩涡中心是幽黑的无底洞，散发着无声的力量，似乎要把整个世界吸进去。陡峭的水墙往外延伸，渐渐有了蓝色，小浪花悬在巨大的水墙上，仿佛凝固了一样。那一圈水墙缓缓地转动，大桥只像穿过其上的一条细丝。在这细丝上，车子也静止在了这个巨口上方。

巨口用一种永恒的听不见的声音低语：来吧，融入我们。

"你是对的，真的有大湖。"小白说。

小格布浑身颤抖。一股恐惧从心底升起来。他甚至怀疑，自己的好奇心会把他们引向毁灭，自己根本没有能力去看到真相，没有能力去走进这个世界。

小白在他的胳膊上挠了一爪子。小格布甩着胳膊，龇牙咧嘴。胳膊上留下四道血印。

"是意外，车子太颠簸了。"小白说。

小格布气乎乎地拍着喇叭，又疼得直吸气。车子冲出大桥尽头，四轮悬空冲下一个沙坡，方向盘毫无作用，四周的景物飞快旋转掠过，什么都看不清。车子在沙坡上不受控制地翻滚，人和猫都尖叫起来。最后咣当一声，车子头朝下扎在沙子里。

人和猫从车里爬出来。

小格布"哇"的一声吐出来。"都怪你。"

"是你开的车。"小白甩着身上的沙子说。

"这里是哪里？"

发着幽幽蓝光的花草遍布大地，萤火虫在草间飞舞。几只猫在草丛中走过，又隐没到草丛里了，它们没有在沙地上留下爪印。

"我没来过。"小白说。

他们继续往前走。一座废弃的建筑透过幻象隐约出现在跟前，玻璃门被沙子半埋住。建筑有五层楼高，大部分还在地面上。小格布用肩膀推开玻璃门，爬进去。小白嗅着空气里的气息，显得焦躁不安。

"进去找找线索。"小格布说。

他们走进去。这里被沙尘入侵得不多，幻象只有门口薄薄的一层。小格布在大厅里看到一个科技公司的标志，大厅旁边是一个全是屏幕的小房间，他在这里找到一个手电筒，但是不亮了。这里面几乎全是这个时代已经没有的东西。密码门失效了，半掩着。干净的走廊上有一盏应急灯还在时不时闪一下。其他的大部分设施他都不认识。小格布点燃一根从补给点拿的蜡烛。小白的身子压低，瞳孔扩大，脚步变得又小又轻。它的影子投在墙上，反而把他俩吓了一跳。

"别怕，我走前面。"小格布用不太自信的声音说。

来到一间办公室，一只真正的蜥蜴从窗户的破洞飞快地钻了出去。阳光从缝隙中透过来，照出空气中飘着的一些尘埃，几只萤火虫努力在空中变幻出来。小白紧张得对这些活物和幻象都无动于衷了。小格布嘲笑它胆小，它竟然没有反驳。

打开一个柜子的抽屉，档案整齐地摆放在抽屉里，上面依稀有"幻象测试"的字样，日期停留在一百多年前，仿佛还散发着油墨味。

要往楼上走的时候，小白停住了。

"你不上来吗？"小格布问。

"不了，我不喜欢这里的感觉。"小白蹲在大厅门口说。

小格布独自走上楼。这里的地面是软软的材料，走起来没有声音。蜡烛的烛泪滴在地上，发出令人不安的啪嗒啪嗒声，总像有东西在后面跟着。楼上的房间标着用某种规则编写的编号，小格布感觉有点眼熟。一些房间里摆放着成排的玻璃缸，把蜡烛凑近看，里面有一些干枯的皮毛。有一个房间里是几个大笼子，笼门敞开着，铁丝已扭曲变形。

小格布在一个房间的编号前停住了，推门走进去。这个房间尤其安静，烛光覆盖了整个房间后，小格布发现这里没有窗户。墙上有一圈奇怪的板子，高低起伏，像一个奇怪的陈列架。不，像幽谷峭壁上的台阶。台阶不是连续的，在几个地方缺了几块，又像一个精心布置的陷阱。峭壁上有一些幽暗的反光。小格布走近了看，墙上镶嵌着米粒大小的黑色颗粒。除此外房间几乎没有任何陈设。两个动物食盆放在角落，一个"眼睛"在屋角上反射出和峭壁一样幽暗的光，是一个已经不工作的摄像头。

小格布感觉到胸闷，呼吸也变得急促。要走出房间的时候，他停下来，蹲下，伸手到门的下端摸了摸。粗糙的，无数道爪印刻在门板下面。

"这是什么地方？"小格布站在楼梯口问小白。

小白蹲在门前，从光亮里缓缓地回过头来。"我不知道。"

喧嚣的声音渐渐逼近。

"你知道。你的耳朵上有一小串编号，和一个房间的编号一样。"

小白浑身抖动起来，像得了一场重感冒，眼睛仿佛在哀求。

沙尘暴赶到了这里，一股狂沙从门缝里涌进来，吹得小白身上的毛整个膨胀起来。沙虫的大口出现在门外。小白一动不动地站在狂风里。小格布冲上去，关上门，抱住小白。

"就在这里，我在同幻象的缠斗中被训练成了一个向导员。"小白慢慢把故事告诉了小格布。

"我不知道该不该恨那个实验员。"小白靠在小格布肚子旁说，"他欺骗了我，但是他又给我留下许多美好的记忆。他让我陷入那个实验，又给我争取了另一个改造项目，把我带出实验室，然后又用谎言让我留下。他参与了研究幻象武器，又因为向媒体泄密，没有告别就被带走，从此消失。他许诺我的事情也就成了空。"

大厅里的这个角落被烛光照亮，外面风声呼啸。几只幻象猫在一小片幽蓝的草丛里嬉戏。小格布的手刚触摸到小白的毛尖上。

"所有的温存都是欺骗的前奏，这是我的下意识告诉我的道理。"小白说。

小格布的手僵住了。

"幻象灾难到来后，实验员把我训练成为人类的向导员。私下里，他会揉搓我的头，挠我的下巴，甚至会带我回家，睡在他的床上。可是一到实验的时候，他就会做出无可奈何的样子，告诉我一切都会顺利。我明白他爱我，所以我选择忍受。"

"那很痛苦，是吗？"

"我的痛苦也让他痛苦。当我变得聪明后我明白过来，是我对世界的好奇把我带向了这个角色。我开始怀疑自己的天性。"它低下声音，"我花了很多年才走出来。可是我现在还是不能面对他。"

小格布轻轻吻向小白的脑袋。"我怨恨过我的家人，理解了他们又离开了他们。这些都不是因为我不爱他们。很多时候，猫只会说'喵喵'，人类也说不出什么好话，但是总有一天我们会互相明白的。如果还有机会弥补的话……不管怎样，我很高兴你又变回了一只猫。"

小白把头低下来，缩到小格布的怀里。

再次推开门的时候，沙尘暴已经过去了，阳光照耀下来。人和猫眯着眼睛，慢慢走进光明中。离开这片幻象草原的时候，小白用猫的语言向幻象的猫打了声招呼，虽然它们并不能听见。

　　这个峡谷地带曾经是一条科技谷，很多研究所的遗迹散落在这里。他们发现有些地方被人翻检过，不知是什么时候出于什么目的。在峡谷带的尽头，地面的幻象变成了平整的巨大的方砖，每一块砖都有半个足球场那么大。这些方砖是一个大殿的地面，大殿的柱子比方砖更宽，直插云霄，消失在半空。地面上散落着一些巨大的球状物体。走近其中一个，小格布吓得后退了几步。他认出这是之前看到的火山口中的眼球，它们不知道被谁挖了出来扔在这里，还带着血迹，混合着疑惑和惊恐，望着来客或天空。小白说，这是幻象武器被设计出来的千奇百怪的心理打击方式之一，它们中的一部分到现在还没有失效。

　　小白望了一眼小格布，小格布点点头。他们继续往前走。

　　在大殿的深处，他们发现了一口真实存在的巨大的锅，比方砖更大，楼房和它比起来也只是锅边上的石子，多年的风沙也只灌满了大锅的底部，就连幻象也覆盖不住它的轮廓。

　　"这是一个天线。"小白解释说。

　　"什么东西需要这么大的天线？"小格布兴奋又不解。

　　"天线自身就是一种东西，这是一种望远镜。"

　　望远镜。小格布望了望大锅朝向的天空。"这么说，星星是真实存在的？"

　　"曾经，这是一个常识。"

　　"没有什么是常识。"小格布痴迷地望着天空。虽然是白天，但他知道，那里真的有星星，从前的人也不是那么糟糕，他们有勇气相信看到的东西，并为它建造了这个巨大的家伙。他不禁想象，在这个大家伙建成的时候，那些科学家会怎样在它下面唱歌、跳舞、拥抱。他简直要兴奋地喊起来。

大锅上坠下来的流沙让他回到现实。大锅的旁边有一座三层小楼，小楼里堆着已经生锈的计算机。楼顶的房间里有一架小型望远镜，这是可以直接用肉眼看的。

小格布推开窗，用望远镜望去。他看到了光辉的草原、骨刺森林、不可能存在的大海，还有远处嶙峋的山脉。一座悬崖上立着一座灯塔。等到傍晚他又看了一遍，灯塔亮起了光。

"那里似乎有什么东西。"他对小白说。

"哪里？哦，也许吧。我……我没有去过那么远的地方。"

"我们应该去看看。"

"有可能是幻象。"

小格布顿了顿，温柔地说："你不用再隐藏自己的天性了。你是我见过的最勇敢的猫。"

"我……"小白欲言又止地说，"谢谢你。"

等到晚上小格布又看了一遍，灯塔的光柱刺穿黑暗，甚至不用望远镜也能隐隐分辨，就像天边的一颗闪烁的星星。他说："幻象没有这么强的光。如果是一个真实的信号，它一定很重要。"

小白的语气再次变得严肃："你必须谨慎做这个决定。到那里至少要三天的路程，那个悬崖，人能不能爬上去？会不会是个陷阱？我根本不知道。但是如果你要去，我会跟你去。"

"我要去。"小格布说，"我不想丢下你。我们在一起是世界上最厉害的组合。"

　　三天后，他们终于走到了悬崖下。从这里望去，峭壁依然被幻象占据。酸性的瀑布从峭壁上流下，巨大的鲸骨在半壁上支出来，酸雾笼罩着瀑布，遮挡住了岩石。让人望而却步的表象下面隐藏的是真正的危险。

　　"我来探路。"小白说，"跟紧我。"

　　它钻进瀑布，跳上一块块看不见的石头，每经过一块安全的石头，它就会在石头上转一圈。小格布紧跟着那四只白色的爪子，努力保持它们在视线里，否则一步踏错就会粉身碎骨。他们就这样，一点点升入空中，向未知的光亮靠去。

　　路途中还有鸦群来捣乱，啄食鲸骨上的残渣。酸浆乌贼从瀑布中伸出触手把乌鸦卷进酸液中。有时候触手会伸到跟前，小格布强迫自己不去在意它。那瀑布中总像有什么东西在盯着小格布，但是他不敢多看，生怕错过一步。跟着小白，每一步都能踩在坚实的石头上，令人安心。

　　就在他眼睛发花要坚持不下去的时候，小白说："今天就在这里休息吧。"

　　他们睡在一个小小的岩窝里。小格布分配了所剩无几的罐头。晚上能看见灯塔的光柱扫过黑森林的林梢，映出巨大的节肢动物的轮廓。

　　第二天脚下已经变成了一片雾海。他们继续往上走。

　　"小心，这是真实的雾气，雾气打湿石头会变滑。"小白说。

　　一开始他们走得很慢，太阳升高后，路越来越好走。他们配合得越来越默契，行进的速度越来越快。峭壁上总能找到落脚的石头，小白总能用最快的时间把它们找出来。哪怕对猫来说，这也太过熟练了。

　　快要爬到悬崖顶上时，路途突然转了方向，他们向里钻进一个岩洞。小格布弓着身子爬了半天，从一个洞口钻出了悬崖顶。

　　小格布惊呆了，一个城市出现在眼前，灯塔就耸立在城市中间。

　　他是从一个地下通道出口钻出来的，随后他就忘记了是哪个口，因为这里有很多地下通道口。街道又小又窄，街上行走的是一群猫。小白不知跑去哪里了。猫都好奇地扭过头来，盯着闯入的人类。一辆半人高的巴士开过来，使劲按着喇叭，小格布赶紧跳开。他感觉到巴士带起的风，这里的一切都是真实的。巴士里的猫纷纷伸出头来张望，小格布看到巴士被隔成一个个的小格子。街上的猫又趁机围上来一点，疑惑的咕噜声此起彼伏。可能是小格布身上的气味，让它们保持着敬意。楼房和树屋里的猫也纷纷从窗户探出头来。

　　小格布注意到，这里的建筑分成两种：一种是用铁皮搭起来的楼房，在墙外有一根用麻绳缠成的柱子作为楼梯，一些好奇的猫还挂在楼梯上。这种楼房会伸出很多平板的小阳台。另一种是搭在树上的小木屋，一棵树上可以有十几个小木屋。

　　天空中还有好些猫，它们走在空中轨道上。这些空中轨道连通着楼房和城市的不同区域，比街道还多，让城市看起来就像一个大大的毛线团。

　　在这些猫里面没有看见小白的影子。小格布叫着小白，却被猫居民团团围住了。十几条尾巴交错摩擦着，十几个鼻子凑过来，十几张脸严肃认真地分析。一只额头上挂着警示灯的花猫喝退了围观的猫，它亲自凑过来闻了闻，发出为难的咕噜声。

　　这时，猫们全都望向了空中。小白出现在一条空中轨道上。不知道传递了什么信息，猫们给小格布让出了一条道。小白朝小格布眨了眨眼睛，示意他跟过去。

小格布在街道上跑。小白在空中轨道上跑，时不时从一条轨道跳到另一条轨道。城市是由一层层的平台搭成的。小格布跑向越来越高的平台。一路的猫转动着脖子目送着他们。小格布看到种猫草的农场、小饼干店、美毛铺子、干洗浴室、高大的殿堂，每隔一百步就会有一个猫厕所，种着猫薄荷的街心公园挤满了排队打滚的猫。

他们停在一个广场上，广场的比例看起来比其他的猫建筑都大。有一些猫躺在广场上晒太阳，支着脑袋望着来人，也不愿起来。

小白走到一座比人还高的雕塑前。雕塑像一块石碑，石壁像峭壁一样嶙峋，石壁上镶嵌着一块块石板，有些地方的石板缺失了，让小格布想起研究所实验室里的墙壁。

"这是城市纪念碑。这块墙壁是我的痛苦记忆，也是向导员们共同的痛苦记忆。欢迎来到崖顶城。"

"你是谁？"

"我是这个城市的创建者。"小白说。

"这么说，我一路上看到的你都是假的？"

"嗯，不……我是说，这确实很伤人。我没有更好的办法了。"

"假的……假的……都是假的……"小格布连连后退。

"如果你愿意听我说……"

小格布拔腿就跑，不顾小白在后面叫喊。他一直跑啊跑，跑上城市最高的平台，来到灯塔下。灯塔的楼梯竟然可以容纳人类通行。小格布一口气冲上灯塔，气喘吁吁，混合着抽泣。

山崖下的幻海翻滚不息，变幻莫测。崖顶上的风吹过来，吹干了眼泪，新的眼泪又涌出来。

白猫蹲在栏杆上，面对着城市，等待着小格布平静下来，就像它已经在这里等待了一百年一样。

"我们不是天生对人类怀着警惕，但是这种情感已经刻在血液里，延续了上百年。"小白说道。

"我们从一开始就不认识多好。"

"最开始，我召集了一批向导员，我们趁幻象还没有侵袭到这里的时候建立了城市，把城市保护起来，然后怀着逃离人类的念头在这里生活了几十年。在这期间我们派出探险队，探索了人类的遗迹，阅读了人类的文明，看到了人类曾经建造的追求真相的庞大工程。我们发现人类曾经和我们一样对世界怀着强烈的好奇。经过漫长的争论后，我们相信猫和人有一天会重新走到一起，联手打败幻象。于是我们在城市的最高处建造了这座灯塔，它隐藏在重重幻象之上，我们希望有人会寻着光亮爬上来。那个人一定足够好奇，足够勇敢，足够智慧。然而五十年过去了，我们没有等到一个人，人类反而日渐萎缩，就要枯萎了。我们为自己的高傲感到后悔，大家本可以不用付出这么高昂的代价。"小白垂下头，望着渐渐落下去的太阳。

"于是我鼓起勇气接近你们、接近你，又怀着警惕观察你，带着无法摆脱的高傲考验你。我就是这样矛盾，一直在犯错，并不比人类更高贵。但是我想努力成为光亮。我不后悔认识你，你是我认识的最勇敢的人类。"

沉默隔在他们两个中间，空气已经缓缓变化。

"对不起。"小白终于说道。

小格布的眼泪又流下来，他没有说话。

小白说："我从来不敢回到那个实验室。你让我想清楚了我对实验员的感情。我不会再因为幻象去否定那些美好的东西，因为那组成了我的光亮。即使幻象里也会有真实的东西。我想起了实验员说过的话，他让我学会说话是为了给我说'不'的能力。也许他一直希望我亲口说出这个字吧。在被带走的前一天，他给我讲了一个睡前故事：一只猫会遇到一个更好的人，他们会成为幻象骑士，在幻象中追逐真相，最终有一天幻象会被打败。"

白猫从夕阳的余辉中转过身来，最后一缕阳光抚过毛尖，给它镀上了一层白金色。它的眼睛晴朗、透亮，就像明天和今日以后所有的晴天。"现在，我想问你，愿意加入我们吗？不管你怎么选择我都很感激你。"

"幻象……骑士？"小格布微微张开口。

"这是给最勇敢的向导员的称号。"

"谁的向导员？"

"这个世界上所有还有勇气去探索世界的人。"

小格布咬了咬嘴唇。"当然，我愿意。我不再害怕幻象了，我能分辨真相，我要成为幻象骑士。我们要一起打败幻象！"

这时候，崖顶城的灯光已经渐渐亮起来，猫们爬上楼房、大树，钻回屋子里。另一些猫背着探险包、扛着工具，走向城市边缘。雾气在黑森林上空升起，巨怪的身影开始隐现。

小白久久地扫视着这个城市里的一切，说道："即使是被改造过的猫，也不是无限延续生命的。我只有几年可以活了。很抱歉最后不能和你一起打败幻象。这些年里我们保存了能搜集到的人类知识，然而还有更广阔的大地没有踏足，搜集知识和解读知识都需要人类的帮助。我们要找到更多的幻象骑士。"

小格布抽泣了一下，郑重地点点头。他试着把手放在小白背上的毛尖上，谨慎地落下，终于，埋进了毛茸茸的软毯里。小白翻起肚皮，在护栏上打了个滚。

"喀喀。"后面发出一声声响。一只大块头的橘猫严肃地望着他们。

小白爬起来，朝它鞠了个躬，又点点头。

橘猫也点点头，走进了灯塔。

光柱刹那间如利剑射入黑暗，横扫过黑森林，席卷过怒涛。小格布的心已经飞到了遥远的地平线上。

科幻作家。擅长多种风格，以混合现实、奇观和情感而著称。代表作《点亮时间的人》获得 2019 年引力奖，《三界》获得第二届华语科幻星云奖，《后冰川时代纪事》获得第十九届银河奖。

万象峰年

作者 / 苏莞雯

赛虎散步道

一

散步的猫回来了。

大门识别出它的名字"赛虎",绿灯为它点亮。和往常一样,今天它有高于工作人员的美食待遇。饱餐一顿后,它蹬上体检车间的履带,四肢松弛下来,等待例行检查——对它来说就像个固定的按摩仪式。

经过 1 号车间时,猫接受了全身扫描,然后听到"身体机能正常"的系统音。2 号车间在它黑白色的毛发上喷洒了水雾,给出判断:"思维绑定负荷能力下降 17%。"

猫打了个哈欠。如今思维网络的发达,带来了一些麻烦的共振,人们时不时都要遭受一阵头疼。于是,绑定无杂念的动物思维作为减震器成了主流做法,多数人会选择猫,因为猫足够稳定,而赛虎更是猫中翘楚。无论在屋檐上、树梢上、汽车前盖上,还是车把手上,它都坐如钟,站如松,行如风。

由于表现超凡,有成千上万人申请与赛虎的思维绑定。它处于中枢神经般的神圣地位,协调着人们的思维活动。

猫睁开眼,抬头看到已经是 7 号车间了。有机械手臂抬起它的前爪,放下，又检查了后爪："伤口面积增加，迟钝指数上升 36%。"

"对思维用户的威胁指数上升 78%。" 8 号车间如是说。

猫觉得今天的仪式有点费时。晚餐的余味还在嘴边，它认真地舔了舔那儿，身体被履带送往了另一个地方。它还从来没到过这个区域，面前是一道帘子，里面望去像是桑拿房——它并不知道若是真被送进去了，就要被迅速催眠，进入无痛销毁程序。

履带是暂停状态，系统音响起："等待确诊报告。10，9，8，7……"

猫听着连续的系统音，觉得厌烦，干脆趴到履带上打算睡一觉。刚闭上眼，它的四肢就离开了履带。它被什么人抱了起来，塞入闷热的怀里，又经历了一阵急急忙忙的奔逃。

它被放下来时，嗅到了电路板的气味。这是一个仓库，地上堆满了电脑、仪器和各种工具。面前的人是……猫认得这个人，他是这家动物思维开发公司的员工，名字……想起来了，叫阿达。

猫烦躁地站起来，想让阿达放它出去。阿达却反复揉着猫的头："有……我在，没……事的……"

阿达一紧张说话就会磕磕绊绊，这让他有过不少噩梦般的经历。几年前他对与人相处这件事失去信心，来到了这家以机器和动物为主的公司工作。

猫没能离开仓库，这状况持续了两天。两天内，阿达去了又来，小声说给猫准备了好东西："赛虎，过来试试这个，我改良后的仓鼠跑轮。"

猫瞅见了一个银灿灿的破烂。

"你早就想出去活动了吧？"阿达用手拍拍跑轮的不锈钢内跑道，又把猫放在上面，"这样就可以继续散步了。"

猫勉为其难地动了动四肢，觉得这玩意儿可真难用，摇摇晃晃的，几乎要散架。它宁愿乘着一个叫思维 Wi-Fi 的东西，去思维网络里头散步。

阿达回到角落开始捣鼓一些工具，猫觉得时机已到，便闭上眼松弛身体，抓住机会上线了。

思维网络里有一句话是这么说的：信号器就是一切。

在不稳定的世界里，忠诚稳定的信号器比金子更管用。

猫不喜欢去思维网络的公共区域，虽然那些地方像集市一样热闹。它有自己的地盘，是一块漂亮的环形陆地，面积不大，但在一片混沌的世界里头算得上美好。一开始还有不少人光顾这儿，但现在它成了服务器不稳定的高危陆地，来的人越来越少。猫从不担心不稳定的事，这样更好，这里成了它的专属散步道。

今天的道路依然宽敞，偶尔有两三个身体连缀在一起的西装与制服时不时飘过，那都是些信号差劲的人。

猫沉浸下来，感受思维的振动，然后充满气势地从一角滑出。它在思维网络的散步方式与众不同，吸取了花样滑冰的精髓。兴许是一不小心和思维网络谈了场恋爱，因而此中的花开草长、谷子收获，它都想要舒展身姿去感受，去表现，去呼应。人类的冰上跳跃旋转极限不过四五周，它轻轻松松就是八周半，落地之后还能迅速前空翻两圈。

几圈过后，散步道上冒出了杂物。猫一眼就望见了，它没有任何准备动作就来了一个腾空旋转——猛抬起头的同时转身跳跃，这是它的风格。

落地时它稍微减速，同时听到有人在喊它。它视线聚焦，望见一件眼熟的衣裳，是宽大的卡其色卫衣，从袖子末端露出瘦巴巴的手。它抬头向上，不一会儿就看到了头颅——是阿达。

"你来做什么？"猫开口了。在思维网络里，猫的语言和人的语言没多大区别。

"你终于能看见我了？"阿达兴奋起来，他撩开衣裳，让猫瞧见他皮肤上贴满的电极片和金属管，"为了强化信号来见你，我改良了好几遍。

但你滑行的速度太快了，我只好在你的散步道上设下了路障……"

猫没有停下，继续滑行。像这样狂热的粉丝它见得多了，总不能为所有人都停下来。

"你绑定的思维用户太多了。"阿达追着猫说，"抑郁症就是超负荷的副作用。我会想办法治疗你……"

猫听到了"抑郁症"三个字，这倒是耳熟。过去一段时间，许许多多的负面情绪从万千用户那儿流动到猫的身上，结成了名叫抑郁症的瘤子。那瘤子猫一上线就见着了，在右后腿的地方，但那不妨碍它一圈又一圈充满气势地滑行。它只是在滑行途中顺便低下头，不出声地舔舔瘤子。

瘤子忽然有了动静，在腿上流动起来，途经的部位一下子变得热辣又沉重。猫开始龇牙咧嘴，它决定加速滑行。只要身边有风，痛感就不会那样火辣。

二

那天从思维网络下线后，猫变得越来越不对劲。它成天望着仓库的玻璃窗，那里映出的自己毛发稀疏，琥珀色的眼眸嵌在干瘦的脸上。望着望着，它又把刚刚咽下的东西全部吐了出来。

一定是缺乏散步才会这样，它想。而阻碍它散步的罪魁祸首就在眼前絮絮叨叨，看起来格外神经兮兮。

"你从来不流泪，但眼中总是含着水……每次看你的眼睛，我就知道你需要我。"阿达一边脱掉上衣一边说，"你一定是和我一样才会每天独自去散步……"

他在身上贴了几十张电极片，连着几十条金属管，又在地面蜷起身体，深吸一口气，再缓缓呼出，胸膛轻轻起伏。

他按下一个按钮，给自己连上电流，很快就被痛感折磨得满地打滚。"啊……呜啊……"他瘦弱的身体蜷起又展开，身上粗细不同的管子摇摇晃晃。

猫冷眼看着阿达在这仓库里头反复折腾自己，猜不透他在想什么。虽然他说过这样可以刺激大脑，从而提升思维信号的强度，但猫也没搞懂那究竟是什么意思。它只注意到了阿达的手。

阿达又扭动起来了，似乎很疼，疼得几乎抬不起手，但还是竭力将手指伸向猫。

这不断伸来的手是否意味着某种仪式？猫琢磨了两秒，又将目光移向别处。

"咚咚。"外头传来敲门声。

阿达急急忙忙关掉电流跳起来，他首先将猫藏进一个笼子里，在上面盖上黑布，然后披上衣服，将身体挡着门。

声音又响了，十分规律，不像是人在敲门。

"什么事……我在忙……"阿达身体微颤，支支吾吾。

敲门声不再继续，但安静只持续了三秒，接着，门被"轰"地撞开。猫受惊跳起，撞到了笼子。它听到履带的声音在房内不停转动，推倒了一些工具。最后，猫眼前的黑布被彻底掀开。它看见了，动手的果然是一台无趣的机器。

"别杀它！别……别杀它……"阿达紧紧跟着机器。

猫也觉察到危险，发出轻微的"呼噜"声，用两眼警告机器。

"确诊报告出来了，是重度抑郁症，会大面积危及思维用户。"机器说，"被抑郁症击垮的猫只能销毁。"

"那是那时的确诊报告，现在情况不同了。"阿达说，"我找……找到了介入治疗的方法！针对思维抑郁症的手术治疗理论上是可以成功的，只要我能和它稳定对接上。”

机器原地转了几圈，似乎接收到了上级的许可："好吧，给你八个小时的手术时间。”

在机器的监督下，阿达带着猫上线了。

"赛虎，你能停下吗?”阿达慌慌张张地在散步道上追着猫，"你滑得太快，我没法给你治疗。”

猫也不清楚自己滑行了多久，但正如它的毛发兼有黑白两色，它对生活的态度也是黑白分明。它想把热情用在散步上，而不是那些追着它的人身上。

"那个抑郁症的瘤子，不取走不行。”

"不行。”猫像是在回答阿达，也可能是在重复他句末的两个字。

"那我只能强行试试了。”阿达从口袋里取出一枚信号器。当他将信号器对准猫腿上的瘤子时，瘤子移动了。阿达一边奔跑，一边吃力地换了个角度，瘤子又钻到了猫的大腿内侧。

"赛虎——等等我!”

猫动了动耳朵，它知道人又追来了，得让人看看他们之间的真实差距。它抬起一只脚，开始单腿滑行。即便如此，它的姿态依然稳如一艘舰艇，丝毫没有偏离轨迹。多亏了猫变换的姿势，阿达瞧见了暴露在外的瘤子，便伸长手臂，用尽全力在瘤子那儿贴上了信号器。

"信号器会跟着瘤子移动，它逃不掉了。你忍耐点，可能会有点疼。”阿达看准时机，向信号器发送了"溶解”的命令。

三

后来，猫每次谈起阿达这个人时，总会嫌弃地说："他在散步道上的姿势真难看，像只笨狗一样连滚带爬。"

这次，猫补充了一句："别生气，不是在骂你。"

在今日的散步道上，猫的身边还有一只狗在滑行。狗的姿势一言难尽。"也就是说，你已经战胜了抑郁症？"它问完就打了个喷嚏。散步道上弥漫着一种腥气，狗循着气味注意到猫的腿上有个伤口血流不止，那大概就是当时溶解瘤子的部位。

"这有什么难的，我的本事远在这之上。"猫眯起了眼睛，"为什么我平衡力好？人们都想来向我讨教秘诀，但我就算说了他们也做不到。人的思维有太多杂念，就像毛线团，我随便挥挥手钩住一条线就能将他们整个甩来甩去。阿达那个人为什么要跟着我？他就是个毛线团。"

猫让狗的手搭在它的肩膀上，这样狗能滑行得轻松一些。它并不想和狗扯上什么关系，但它有段时间没说过这么多话了。况且它也有点怜悯在散步道边上喘着粗气的阿达——一个辛苦奔波的可怜人，还要带着这么一只累赘的狗。

狗扭头望着四周："你为什么不去公共区域呢？这里又没什么好吃的。"

"去看人类那些笨拙的着陆吗？"猫提出了一个犀利的问题。

在思维网络里，许许多多的服务器架设出一片片陆地，人们的思维能在混沌中起飞，像大雁一般从一片陆地去往另一片陆地，但着陆时，他们各有各的困难。这也是他们不得不绑定一只猫的原因。

猫不禁闭上眼想，那成千上万个原本和它绑定在一起的人，如今被机器强行解绑后还能不能稳稳着陆。

"你知道吗？"狗换了个话题，"最近的意大利面出了新口味。"

猫的眼睛完全张开了。

"秋刀鱼口味的意大利面。"狗说，"我吃过一回。原本我是不太中意秋刀鱼的，但那是个例外，或者说……"

"你喜欢它。"

"你怎么知道的？"

"看出来了。你还不懂抑郁症的狡猾之处吧？快乐就是它的营养，你一快乐它就会出现，像气球一样膨胀，多么烦人。不信？摸摸你的头顶。"

狗的视线向上移动，它头顶正上方多了个乒乓球大小的瘤子。

"这就是你的抑郁症了，溶解掉就没事。"猫的视线转向稍远处的阿达，"那边站着的人就是干这个的。"

猫的眼神仿佛有召唤的力量，阿达当真过来了，但猫又舒展身体滑开。

"原来长在这里！"阿达从外衣口袋里取出了一枚信号器，贴在狗的头顶，"还好及时发现。自从上次交通大堵塞之后，公司就规定得了抑郁症的动物需要分期解除绑定。你只剩最后一期了，再晚点就得被销毁……"

"喂，溶掉瘤子我会变秃吗？"狗想喊停，它是一条金毛犬，头顶的毛发本来就不算浓密。

阿达按住狗躁动的身体，说："赛虎得抑郁症是因为绑定的思维用户太多了，这我还能理解，但真是想不到啊，像你这种极不稳定的思维明明做不了减震器，只是绑定一些缺乏运动的思维用户帮他们做点锻炼，也能得轻度抑郁症。"

"我绑定的 600 个用户里有 545 个都投诉了我……"狗委屈地吸吸鼻涕。它总是太渴望被人关注，全身心都在努力学习人类的思索方式与交流之道，但如今正是这份渴望才让它感到心痛。

"那还不是因为你耐不住寂寞，为了引起用户的注意成天假摔……"

阿达话音落下，便无法控制地扭动身体，最终和狗一起摔了个跟头。他们在这散步道上感受到了波浪。

猫也感受到了，它刚刚又完成了一圈滑行，看到正前方地面摆动着出现了一个巨大的凹陷。它来了一个复杂的跳跃，配合一次精妙的落地，正好落在阿达与狗的身边。

狗的毛发在风中蓬乱起来，沾上了一些血，湿答答的，舔一舔还有点咸。它搞不清楚，那是头顶瘤子被溶解后流下来的，还是从猫伤口上洒下的。

四

"这里原来是一块完整的陆地，不知道为什么慢慢变成了这个样子。"阿达查了查散步道的数据，"资料显示它的服务器寿命到了，大概很快就会消失。"

阿达在角落蹲下，开始操作手头的工具。集中精力工作了一阵子后，他举起了一个银色的圆轮。

狗忘了头顶的伤口，兴奋地绕着阿达跳跃，它看到那是一个思维版跑轮，而且形态巨大，连它也可以轻松钻进去。

"赛虎！我给你准备了份礼物。"阿达高声说，"以后你要换地方散步了！"

猫卷起一阵风，和阿达拉近距离，但它没有停止滑行，很快又远去了。

阿达发现猫的状态不对劲，它的眼皮已经将那双琥珀色的眼睛盖上了一半，脸上的神采也大不如前。

"赛虎的瘤子虽然取走了……"阿达一脸忧愁，自言自语，"但抑郁症真的治好了吗？"

他回想起赛虎的无数个腾空跳跃，那些优美的姿态背后暗藏着一个信号：赛虎总会在跳起后一秒内落回散步道，而正常情况下人和狗都能向上飘浮起来——难道说，赛虎离不开散步道了？

为什么会这样？阿达皱着眉头仔细观察。他看到猫血流不止，心想该不会是血液和地面产生了连接，让赛虎的身体和散步道粘连住了？"赛虎！快停下，我给你包扎止血！"阿达喊出声，但猫停不下来。

猫已经不眠不休滑行了许久，连它自己也发觉那惯性力量太大，它控制不住向前的身体。

突如其来的隆隆声从猫的脚下传来。散步道开始断裂成几个部分，脆弱的裂口被一点点震碎——散步道的寿命到了。

狗紧张地往空中扑腾，身体逐渐升了起来。当它喘着粗气停下来时，阿达也跟了过来。只有猫还在破裂的散步道上滑行。

"得让赛虎停下来！"阿达紧张地说，"这样下去它会在散步道崩塌时一并被卷走。"

和散步道拉开了安全距离后，狗也就不再挣扎。它张着嘴，目光追随阿达，问："卷去哪里？"

"不知道，很可能完全消失。"

五

没有什么能让一个生命不知疲倦直到赴死，除了抑郁症。

此时此刻，整块散步道就是拽住了猫的巨大瘤子。死亡当头，猫不可能毫无觉察。它开始觉得自己该停下来，它觉得需要有人拉它一把。

"共振……"阿达自言自语，"共振不就是人们在思维网络中的纠缠干扰吗？如果能让赛虎接收到足够多人的共振，就可以产生巨大的干扰中断滑行……"

"但赛虎原来绑定的用户不是都被取消了吗。"狗说。

阿达看向狗，瞬间有了主意。

"你干吗……"

"你这里不是还绑定了一些用户吗，如果让你绑定的用户影响赛虎……"

"我又会被投诉的……"

"这是最好的方法了。"阿达下定决心，冲猫喊起来，"赛虎！我帮你连接更多用户，他们的共振能帮你停下来！"

猫在隆起又下陷的散步道上滑行，地面又卷成一股浪过来了，它及时起跳，翻了个跟头逃离波浪，但落地的姿势有一点踉跄。还没站稳，脚下又危险了！周遭的散步道正在瓦解，猫的心情被恐慌拖累，坠入噩梦。

又来了一串令人头疼的"哐当"声。猫扭头望见一个巨大的银色跑轮正追上自己。跑轮乘着地面凝固的波浪，逐渐和猫接近，里头在用力蹬腿的人，是阿达。

阿达尽力保持着速度，同时冲猫伸出手。猫觉得他总是喜欢向它伸手，这或许不是个仪式，或许，只是为了和它连接？

"赛虎，我把自己改良了这么久，就是等着能像今天这样派上用场的。"

猫说不清自己为什么会心弦颤动，为什么要忍不住伸出一拳，轻轻与他掌心相对。但阿达没有握住那饱满而洁白的小拳头，而是在上头粘了一枚信号器。

"我现在信号强得很，能帮你连上更多人。"他说完便不再用力蹬着跑轮，主动落在后头。

猫不禁在身体远离的同时回头望他，但它并不知道他一直折腾自己是为了将思维不断强化，然后去连接他人。

阿达连上了猫，又将自己连上了狗。狗一惊，尾巴绷直。

猫接收到了思维的振幅，从它拳头上的信号器传来，开始时零零星星，之后越发气势浩荡。

猫将身子稍微下蹲，它已经感觉速度在下降了。前方是一块块割裂的地面，它跳跃着蹬上一块，脚下发出惊险的声响。它尽力稳住自己，又跃向下一块地面。

"600名用户全部连上了！"阿达向猫呼喊，他尽力了。

猫在漫长的跳跃中保持警惕，终于又回到了一块稍微完整的地面。但这是最后的地面了，其余地方都像被地震吞没了一般。现在，猫也说不清它脚下的微震是来自散步道的威胁，还是那600人在它身上的共振。

但那600人还不够。

猫闭上眼睛，思维如雨后春笋疯长起来。它是赛虎，也是大雁，扇动翅膀乘风而行，足底推开盈盈波光。刹那间，羽翼中有了一些不协调，那是腿上的伤口在流血。但它并不在意，它的高飞疾如闪电，惊天动地。

阿达看它只是在变换着滑行的姿势，而它的心已经在遨游云海。

"快停下来！"阿达冲它喊。

猫没有听他的，而是以原地高速旋转的方式集中注意力，五十圈还不够，八十圈刚好！接着它干拔起跳，在空中回旋，并向身外伸出了一爪。

猫的手臂拉长时，不知为何想起了阿达按下按钮的景象——那些电流在金属管上释放时，透过电极片刺激着他的全身，令他痉挛。

现在，猫握住了一股共振的波浪，就像扯住了一把线头——它们流入它的体内，开始时只是四溅的热辣在掌心缠绕，后来便像有一股岩浆烧过神经的荒地，令它痉挛。

八周半的回旋之后，猫以极高的难度翻滚落地。

连接生成。

散步道的上空浮现出数十个影子，各种西装、礼服、裙子在飘摇。

"那是……"阿达目瞪口呆。

"啊，线团！"狗突然振奋地叫，"扯住一条线就能把整个线团拉过来！"

"你是说，赛虎自己连上了这些用户？"阿达的猜测令他自己也感到惊诧，"这么说来，赛虎本身不就是一个活的信号器了！"

散步道上空的影子成倍增长，很快就已数不清了。

"成功了吗？"狗问。

"还没到时候……"阿达摇头，"你看看，他们都没有脑袋，信号还没有完全连上。"

"那要怎么办？"

"需要思维用户自己选择。"

狗在原地干着急，没等几秒就干脆游向了那些飘舞的衣裳，并听到从衣裳中传出的杂音。

"它不是有抑郁症吗？我连上了难道不会受影响？"

"就是，开什么玩笑，拿我们的安危当什么了！"

"对不起，我要下线了。"

"救救它，救救它……"狗一路喃喃着，"它会消失的！"

它伸出手拍过一件件衣裳，但许多衣裳迅速不见，只留下空荡荡的手感。

"你们就没有感到悲伤的时候吗，我有过，我知道那时候多么需要别人的帮忙！"狗一边刨动四肢一边说，"我多想丢掉廉价的自尊心，想让过去的一切都恢复成空白。但赛虎不一样，它享受这个世界，也背负着这个世界，它知道有些事只有它做得到，所以它不会像我一样不停地原地打转。"

"各……各位用户，麻烦大家到赛虎的散步道来……来一趟。"阿达说话了，虽然结结巴巴，但他尽力放大音量，"大家的思维共振能帮助赛虎不被散步道卷走。它曾……曾经作为千千万万人的中枢，让我们能够在这思维网络中自由穿行，现在是它需要我……我们的时候。"

"赛虎得抑郁症不就是因为我们吗？"狗在飘扬的衣裳中听到了一句小声的回应，它觉得还有希望，便旋转视线，甩动耳朵，捕捉着更多声音。

"还是赛虎好，我绑定了其他的猫才知道，和赛虎绑定的时候着陆是最顺畅的。"

"是啊……那次的交通大堵塞……"

交通大堵塞那件事，狗也听说过。因为大量用户临时需要更换绑定的猫，短时间内各个陆地都出现了交通堵塞。人们连滚带爬，鼻青脸肿，束手无策。但这大规模的震动最终还是被某种神秘的力量化解了。

"难道是赛虎？"狗迫不及待地游向阿达，追问他事情的始末。

"这么说来，赛虎那时确实长时间都不下线……"阿达回忆道，"它在散步道上一遍又一遍滑行，该不会就是为了帮人们平稳过渡？"

"它不是说人只是毛线团吗，它这个骗子！"狗闭上眼又睁开，泪水不断。它想象每个人都像绑在赛虎身上的一块砖，将它不断往下拽，直到血液下沉，和散步道粘连。直到，赛虎把自己变成了抑郁的魔鬼。

"原来那就是让赛虎痛苦的源头，我要去告诉每个人！"狗转了个身，重新冲向衣裳交叠的地带。它的身体变得很快，仿佛学会了滑行的技能。

在一圈又一圈的高速滑行中，狗视野中的西装、礼服与裙子们一一饱满起来，纷纷出现了黄色的脑袋——人们已经在场，面目清晰，手与手握起，连成了散步道上空的彩虹，或者叫作希望。

猫将两腿张开形成稳固的"大"字，同时上半身保持不动，让速度继续慢下来。地面摇晃不止，空气仿佛在抽搐。

"赛虎，看前面！快点……不，是慢点……"狗大叫了几声，瞪着两眼，肌肉紧绷。

阿达划动手脚，在猫的上空紧紧追着它。

猫距离前方的断裂带只剩几米，它大叫着将双膝跪倒滑行，调动着600个惰性思维的拖拽力，以及自己也数不过来的"线头"，不断加大摩擦力。

在快要落入混沌的那刻，它颤抖的身体终于停了下来，并用两臂撑在地面裂口边缘。

阿达快速包扎了猫。还未能放松几秒，更大的震动从他们身体下方传来。

"散步道支撑不住了！"阿达喊，"快！快跳！"

猫仰起头，蹬开腿，身体开始和散步道分离。它的眼睛从来没像这样沾满云雾风尘，它只是一步一米地向高处移动，却感觉踩到了草地、沙砾、落叶、坚冰，仿佛有一块不朽的大地在追随着它，并招呼它：春夏秋冬，敬请散步。

"赛虎……"阿达向猫伸出手，表情却有些愣，"你……你流泪了？"

狗向快速接近的猫望去，望见它两眼流淌而出的晶莹颜色，又听到阿达变了调的嗓音和笨拙的话语："有我……我在，有我们在……"

猫、阿达与狗抓在一起的那刻，底下传来了大地最后的崩塌声，散步道上空周围的影子也瞬间四散。

六

散步道瓦解得干干净净，没有留下一枚碎片，连银色的思维跑轮也飘入了混沌，下坠着远去。猫、狗和阿达都悬浮起来，拨动四肢开始漫游。

"等你下线了，我可以陪你一起去散步。"狗这样安慰猫。

"不了。"

"为什么？"

"赛虎的身体已经不在了……"阿达的声调有些悲伤，"交通大堵塞的时候，它太长时间没有下线，思维上精疲力尽，身体原有的伤口也严重感染……"

狗瞪着两眼转向猫："你为了别人平稳着陆，把自己的性命都丢了？"

"着陆？我可没考虑那么多。那些不过是和花开草长、谷子收获一样的东西，我只是舒展身体去感受，去表现，去呼应罢了。"猫说，"还有更多新东西等着我去尝试。"

狗突然甩动两耳："对了，公共区域那里有新口味的意大利面吗？"

"那里有家新开的店……"阿达皱眉想了想，"听说可以定制意大利面……赛虎，你去哪里？"

猫仰着头，正朝公共区域的方位加快活动四肢。"散步时间到了。"它的身影很快就变得像一颗飞行中的棒球，穿过浓雾划出一道线条。

阿达跟在猫身后，突然晃晃脑袋。"奇怪……"他自言自语，"为什么我突然特别想吃意大利面？还是秋刀鱼口味的……"

在笨拙追随着猫的路途中，阿达有了一个答案：在思维网络里，猫与人连接的方式或许不止一种。赛虎对意大利面的惦念以神秘的方式传递给他，不，或许是更多人。他突然有种预感，等他们到了公共区域里头，会发现秋刀鱼味的意大利面已经脱销了。

"不会吧……"阿达摇头一笑，觉得自己想得太多了。但他脑中立刻闪过一句话：在思维网络里，信号器就是一切。

他睁大眼，感觉视线远处那些若隐若现的大陆开始变了，变得像一条条悬浮的散步道。

科幻作家，独立音乐人，北京大学艺术学硕士。擅长在日常生活场景中展现惊奇想象。代表作《九月十二岛》《奔跑的红》《飞流直上》。其中《九月十二岛》获豆瓣阅读小雅奖最佳连载。

苏莞雯

猫星简史

　　在这里的居民开始学会记录自己的历史时，这个世界已经等待很久了，所以并没有谁知道世界如何起源。在那之前，你只能看到失去约束的丛林杂乱而狂野地扩张着自己的地盘，覆盖了周围的金属大地和天空。在世界最底层也是最阴暗的地方，敏捷的小型猎手身影快速出现又快速消失在复杂的地形中。即使蒙昧即将结束，此时此刻的小猎手们也并不关心自己从哪里来，不关心要到哪里去，它们只想着找到周围比较暖和的地方睡一觉，然后到光线昏暗，自己的感官也最敏锐的地方去抓到今天的晚餐。

·序幕·

　　小猎手们通常都独来独往，它们用气味标记自己的地盘，警告自己的同类或者其他动物。而当它们渐渐清楚地意识到自己做这些事的意义之后，气味能表达的信息就不够用了。有时候它们要把信息留给某个具体的对象；有时候它们会想要向其他同胞提议合作捕猎比较大的动物；有时候它们要警告同胞，自己布置了陷阱或者把竞争对手误导进自己的陷阱里去，最原始的文字就应运而生。最早的文字起源于印在土地上的脚印，四只脚印的不同排列姿态和方向的组合构成了基本的 32 个字母，这些字母当然也可以组合起来构成单词和句子。与此同时，它们的气味语言也没有完全抛弃，地上的脚印文字配合激素气味做的注解，常常可以传达更生动的含义，比如说话的语气或者心情，甚至是健康状态。就这样，虽然这些小猎手往往并不合群，但文字为它们之间产生更复杂的联系铺平了道路，也让它们区别于周围其他的捕猎者。原始的语言中慢慢发展出了描述它们整体的概念，这个曾经被称作猫的种族，现在把自己称为阿乌特人，"夜晚奔跑的猎人"。

阿乌特人的祖先并不是社会性行为动物，所以也缺乏从本能认同的等级观念，同时情绪多变难以形成彼此之间稳定的关系。此时统一的语言帮了不少忙，为了应对比猛兽更难应付的环境变化和同类的竞争压力，合作就成了必然的理性选择。所以经过了很长时间，社会从人口流动性很大的小聚落，发展到零零星星的固定部落，也有很多同胞仍然选择了流浪的生活，只有到了发情的时间才会互相联系。当然它们渐渐被排除出了社会的主流，却也一直存在着。

和没有对生拇指的祖先相比，现在的它们可以制作和使用很多工具。在昏暗的环境中，浅色毛发的猎手会将自己染上绿色或黄色迷彩，佩戴着植物纤维织成的密网做成的面具，从而避免猎物觉察到自己眼睛的明亮反光。到了特定的时节，有经验的队长会站在队伍的上风处，巧妙地使用自己的激素气味信息提升队员的状态，如果用多了可能会让队员的行为失控，但是适量的身体气味可以大大增强队员的敏锐性，也有助于队员们暂时克服胆小的本能，勇敢地向强大的对手发起挑战。猫的身体结构不适宜使用弓箭，吹箭是最常用的武器，它们并不需要训练，高度发达的动态视力让百发百中就像用筷子夹东西一样简单。但是作为积极猎食的动物建立的社会，不使用复杂工具的狩猎仍然被早期的文化所鼓励，同时高超的捕猎技巧显然也是提高社会地位的重要方式。保暖得到满足后，它们就开始对其他的事情产生了朦胧的思考。它们也用十进制来计数，也会在墙壁上留下自己早期的艺术作品，尽管并不发达的色觉使得它们的绘画看起来就像是迷乱的绿色与蓝色线条。

·上帝之眼·

当然会有一天，这些朦胧的思考涉及自己目力之外的事物。不同的部落在交易时也会互相交流自己的所见所闻，一些最遥远的见闻甚至来自世界尽头。虽说它们像祖先一样并不喜欢长途旅行，但有些独居的流浪者还是到达了世界边缘，追踪鸟巢的敏捷猎人沿着坚固的垂直墙壁从地面上不断向高处攀登，直到抵达上面金属的穹顶，而那也不是尽头，穹顶的上面是被未知植物所占据光线也更明亮的新一层世界。经过了很长时间，综合了不同部落的见闻，它们明白了自己生活的世界是一个巨大圆筒的最下层。它们并不知道世界往上究竟有多少层，也不知道天空最终能高到什么程度。在世界的圆心，也就是圆柱中轴线所在的区域，头顶上是几乎无限高的天空，来自高层的光线可以从这里倾泻下来。如果站在这里向上看，应该不仅能看到上面的每一层，也能看到天空的尽头，但是住在最下面的阿乌特人的眼睛还像祖先一样不能看到很远的物体。对它们来说，天空最高的尽头只是一片模糊的光影。它们并不能分辨天空尽头那个黑色的圆斑，其实是这个世界自转的中心。也不能分辨从它四周辐射出去的黑色线条是连接世界顶端和自转中心的缆线。它们更无法分辨在圆斑后面，作为背景的那一片明亮蓝色实际上是另一个更遥远也更巨大的难以想象的世界。可非常有趣的是，因为它们十分有限的远距离视觉，这些来自最高天空的模糊光影显得神秘却也十分熟悉，中间黑色的圆斑，四周的黑色线条，加上明亮蓝色的背景，看起来就像——

就像猫蓝色的眼睛。

这就诞生了最早的宗教。

确实再也没有意义更加明显的神迹了，上帝的眼睛在最高处凝视着自己创造的世间万物，上帝显然也用自己的形象创造了它们的种族，看看它们自己，难道不是被精心设计出来的高效猎手吗？恰到好处的体形，既足够大从而可以制服绝大多数的小型猎物，也足够小从而确保了自己能够快速地穿越各种地形和障碍，与体形匹配的快速反应和爆发力，敏锐的感官和高超的精准度，至于高度适应黑暗的视觉和害怕未知环境的天性，也可以很自然地被理解为上帝希望它们留在自己所在的应许之地。

所以尽管没有明文规定，没有谁认真考虑过要向上层的世界探索，能向上看到上帝之眼的世界圆心是最明亮的区域，也自然而然被大家视为圣地，不管是哪个部落，刚刚成年的年轻一代都会到这里来进行朝圣之旅，它们会到这里感受来自天上的光芒，仰视明亮而又模糊的上帝之眼。后来这里也建起了一个宗教审判所，功能上也类似于处理世俗事务的法院，这并不是说罪犯真的会因为在上帝的注视下就干脆地坦白自己，更主要是因为在这里的高亮度环境下，猫的眼睛会自然变成一条细缝，而精神紧张导致的瞳孔扩张就会更加一目了然。所以在这里，谎言可以被轻松地揭穿，没有谁可以在神光普照之下欺骗。

宗教的出现也产生了大家能够普遍认可的权威阶层，如果你要问在它们的社会是不是也会出现不同阶级的族裔或者种姓制度，答案显然是肯定的，原因也很有趣，猫的眼睛有不同的颜色。而蓝色眼睛因为和上帝之眼看起来非常相似，拥有蓝色眼睛的个体就自然会被社会的大多数认可为神选的使者，白猫通常会伴有蓝色的双眼或者单眼。因此在这个时代，它们就占据了相当于神职人员的社会上层。

有固定的贵族阶层倒也不一定是坏事。阿乌特人一胎可以生很多的后代，在祖先的时代，这是应对恶劣环境的必要能力，但是在文明时代，人口爆增和随之带来的饥荒成为早年常有的灾难。而现在的神职人员可以不受质疑地解决这个问题，它们会在上帝之眼的注视下，从所有新生儿中选择最健康的一个活下去，而那些没能被选中的兄弟姐妹的名字会被缀在幸存者名字的后面，提醒着每一个活着的人背后都有四到五个献出这个机会的兄弟姐妹。尽管圣书上说血脉会让它们在来生相会，但没有什么能比这个事实更能让大家感受到此时此刻生命的珍贵和厚重。

·透镜革命·

宗教和法律也让大家开始思考能不能用规范去约束其他外在的事物，通过在圣地观察到的光线明暗变化周期，人们慢慢地总结出了自己的历法。它们并不习惯固定的睡眠时间，所以一天被分成若干个时段，作息就可以按奇数段和偶数段交替地规范进行。通过历法，发情期可以被用来记录季节，按照日期的推算，发情期就可以得到更加充分的提前准备，发情期会让人们的行为发生很大的变化。所以生产生活的秩序也会受到很大程度的影响，两性之间的吸引会随着发情期的到来而开始，也会随着发情期的终止而结束。所以在它们的社会里，由两性建立的家庭更多是一种纯粹的合作关系，很少能够延续超过两个季节。发情期后诞生的新生儿会统一交给神职人员来进行筛选，而作为食肉动物的后代，新生儿很快就可以独立生活，家庭的寿命也常常就此为止了。

除了食物，身边的环境也可以提供其他的资源，除了最早用于点火的燃料，到后来用来加工物品的金属，再往后，它们发现了对历史产生革命性影响的资源——玻璃。

　　很显然在这个世界里，玻璃并不需要费心去制造，也不是非常稀缺，当然更不是难以加工或者难以开采的东西，而大家很快发现了它所拥有的巨大价值，那就是它们可以被做成各种透镜，和光线一起表演各种奇妙的把戏。

　　这个发现改变了一切，因为猫不能看清很远的物体。这个局限伴随了它们的整个历史，无论是打招呼还是互相交战，它们彼此之间的距离都不会超过 10 米。而透镜却是一种能把远处的图像拉到近处的神奇物品。有了最早的望远镜，它们可以更早地避免危险，可以制作更先进的瞄准用具，当然它们的武器也可以从此拥有更远的射程。所以对一个全部都是天生严重近视的种族来说，玻璃成为不同城邦之间必须要争夺的重要战略资源。围绕着玻璃的开采地，爆发了很多惊心动魄的战斗。

　　而那些在资源战争中没有取得优势的部落和城邦，就要被迫向其他方向寻求生路。

　　不去试图离开它们所在的世界底层，这是一个自古以来就必须默认遵守的准则。但人们当然也可以换一种想法，朝圣之路为什么不能向更接近上帝的方向走呢？有时候，看似一成不变的教义是可以随着时间和现实需要发生演变的。

　　靠近世界外围的部族没有办法在这场新时代的资源争夺战中占据上风，它们只能选择被其他城邦不定期地收割和掠夺，或是带着自己的家园去到世界的上层。在离上帝更近的地方，一定能够存在可以庇佑自己的新家。

·危险的真相·

　　先遣队很快出发了，队员们携带着部族里仅有的玻璃制成的望远镜，从世界边缘的金属峭壁向上进发，对它们来说飞越这样的地形远远算不上惊险，来这里寻找鸟蛋只是部落族人的日常采集工作而已。但是在整个历史里没有谁深入探索过世界的第二层。即使变化十分微弱，队员们也还是全都敏锐地发现自己似乎可以跳得比习惯中的距离更远，以至经常抓不到当地的鸟和老鼠。在世界的第二层，好像所有的东西都变轻了一点。这里陌生的环境让每个队员的瞳孔都始终张到最大，奇特的气味，令所有人本能感到不安的开阔地形，还有从未见过的长鼻子大型动物发出的巨响也常常让队员们不由自主地四散奔逃，躲到阴暗狭窄的地方寻找掩护。但是先遣队里的每一个人都是部族最勇敢、最虔诚，也是最忠诚的一员，信仰让它们足以压制住深埋在血脉中的胆怯，将这场噩梦般的探险坚持到最后。

沿着世界边缘，它们环绕了第二层一周，在这里可以用望远镜更清楚地看到上帝之眼。尽管望远镜的性能还不足以让它们看到最清楚的细节，但他们已经能够看到上帝之眼的蓝色中也有一些比较暗的斑块，经过长期的观察，它们发现了这些斑块的位置是固定的。

但是随着观察员们环绕世界，它们惊异地发现以黑色的瞳孔为参照，这些斑块会随着它们移动位置，可怕的推断零零星星在队员中流传。很显然，黑色的圆形并不是瞳孔，那片蓝色其实是一个比"瞳孔"更遥远的背景。

上帝之眼并不是眼睛。

没有上帝之眼，所有的教义都会被推翻，而真相是一件让人喜悦的事吗？正是对上帝的敬畏将它们这样一个本不具有社会性行为的种族凝聚成一种文明，让大家今天能按照固定的社会阶层和秩序从事各种复杂的合作，也同样支撑此时此地的勇士们克服来自本能的恐惧，去探索开阔的未知领域。没有了宗教，就没有了文化，支撑社会的基石也将不复存在。而且这个秘密也不可能被保住，在第二层比圣地更明亮的光线下，大家最终都必须坦诚相待。

有些队员想要了结自己从而守住这个秘密，它们从世界第二层跳了下去，可根深蒂固的条件反射还是让它们以正确的姿态安全地落到了地面上。在圣地朝圣和祈祷的人们惊讶地看着它们，它们也惊讶地看着自己。也许吧，这世上并没有上帝在天上观察着这一切，可也许冥冥之中还是有天意，让这个小小世界的历史车轮还要继续转动下去。

·世界形状·

混乱的时代不可避免地到来，住在世界边缘的部落被当作异教徒而受到了世界中心各大城邦的全力进攻。生存的压力使得周边的所有游牧部落别无选择地团结在一起，组建为一个独立联盟。它们集体向世界上层迁徙，并开始努力封锁边界高墙上的攀登通道，从此阿乌特人文明一分为二，在一段时间内形成了遥相对峙的局面。

独立联盟占据的第二层所具有的巨大高度落差和较小的重力，让它们很快开发出了俯冲飞行的技术，发达的平衡能力和极为快速的反应使得它们天生就能在狭窄的地方安全驾驶着尺寸略大于风筝的滑翔机自如飞行。飞行员可以操作自己的飞机像导弹一样撞向地面上的目标，然后在最后一刻准确跳上另一架接应飞机撤离。借助这样的装备和战术，它们可以不断轰炸世界底层的城市和军队，拖慢对方的进攻步伐。但是此时中心城邦也占据了世界底层所有的玻璃资源，所以它们可以打造出精准度足够击落飞行器的机械弩，还可以用镁粉做成的闪光弹干扰飞行员的视线，或是突然用巨大的声响让飞行员不由自主地失去对飞机的控制。随着时间推移，尽管独立联盟居高临下，但它们的人数和装备都不占优势，因此，它们被迫向世界的更高层撤退。

越向高的层级攀登，自己就会变得越轻。独立联盟中的学者们终于可以开始用定量的方法详细记录这个新发现，"重力"作为一个概念开始被认真对待起来。然后大家很快就理解重力从何而来。

　　由于天生具有高度发达的动态视力，物体下落时被我们称为科里奥利效应的微弱偏移可以被它们的肉眼轻松识别。但是物理学一直把它当作一个基本现象，并没有过多考虑。但是现在，每一层虽然重力不同，这种偏向力大小却意外地没有减少，再加上学者们终于可以对比重力的递减和高度的变化的关系，这两点互相对照让大家最终明白重力来自世界的自转。

　　借助这个出发点，力学的体系开始一步步建立起来。通过在每一层看到的蓝色背景上不变的斑块和周围圆形边界的大小对比，简单的数学关系就可以推算出世界高度和每层之间的高度，人们从此勾勒出了世界真正的形状，画出了立体的世界地图。

　　地震是偶尔会发生的事，但是只有探索到足够高的地方，大家才会发现真正的震源来自外面的撞击。学者们分析了每一次详细记录的震波数据，独立联盟由此确认了世界外围墙壁在各个地点的厚度。可这同时也引向了另一个令人担忧的推论，这样持续不断的外部撞击总有一天会让世界停止自转，或是在那之前就让世界分崩离析。尽管在这个时代大家还不知道它们的世界所处的公转轨道也同样因为和太空垃圾的不断相撞在持续降低，但眼前的事实也足以让它们每个人开始思考或许世界本身也并不能是永恒的。

·最远的冒险·

　　种种革命性且容易验证的新发现最终打动了世界底层的各个城邦，在世界末日前离开的伟大愿景重新将阿乌特人作为一个种族团结在一起。对世界的探索还没有结束，如果"瞳孔"是世界自转的轴心的话，那很显然"瞳孔"的后面还有另一半的世界。底层城邦不仅加入了独立联盟的探险行动，还提供了大量的资源和最新的技术。在一次危险的穿越世界边墙的实验中，它们终于明白了世界外面是没有空气、寒冷和充满有害射线的无限虚空。

城邦政府提供了最新研发的用于潜水捕鱼的密封服，里面放置的少量过氧化钠粉末就可以让这些小巧的工人在水下连续作业很长时间，人们用锡箔给密封服增加了保温内衬。此外，它们还拿出了考古勘探时发现的十多个古老但仍然可以正常工作的灭火器。尽管没有谁能确定世界建造者们究竟是用它们来做什么，但是只需要两个灭火器产生的喷射推力，就足够带一整支穿着简易宇航服的探险队和它们的装备，在被冻伤之前抵达"瞳孔"后的另一半世界。

阿乌特人历史上最伟大的冒险开始了。十名宇航员将自己固定在灭火器上向宇宙冲去，由一名导航员控制着喷射方向，两条干冰凝成的航迹被阳光和星光照耀成一条交织的光带，看上去就像是微缩的银河。尽管面前布满迷幻白纹的巨大蓝色星球险些让导航员失去对距离的控制，但所有队员都平安到达了目的地。

那里是伟大的建造者们居住以及控制这个世界的地方。

不管发生了什么，看起来它们都已经从这里消失很久了。解读残缺的资料和遗迹用去了考古学家和语言学家一代人的时间。大家最终知晓了自己的祖先只是作为建造者们的宠物才来到了这里，而建造者们所逃离的家园，那颗蓝色的星球在这里可以被更清楚地观察，尽管所有的生命都来自那里，然而现在它只是一片没有生机的废土。

得知建造者们只是一群比自己大十几倍的平凡生物，也许算是件有些令人失望的事，也有些人面对它们留下的遗迹感到了悲观。如今在巨大的玻璃穹顶下凝望蓝色的故乡和缀满繁星的深空，每个人却也或多或少从自己平淡无奇的起源中品味着一种奇迹的感觉。现在世界是它们的了，而它们还有足够的时间，在这么长的时间之中，感觉什么样的奇迹都可以实现。

·尾声·

在确认了地表大气成分达到稳定后的几年里，前往各个大陆的登陆飞船陆续都启航了，即使不需要轨道卫星，现在肉眼也可以看到一个世纪前向地表播种的植物已经将陆地装饰出了星星点点的绿色。而这最后一艘飞船仍然留在行星轨道上，在变轨加速前进行最后一项观测任务，既是科学研究，也像一个仪式。

那座空间站就在飞船的下面，此时此刻和大气层摩擦出炫目的火光，然后它的两个圆柱形主体，里面的每一层，连同曾经上帝之眼的"瞳孔"都飞快地分崩离析，最终在蓝色的背景中熔化得无影无踪。飞船详细记录了这一切，提醒大家这个孕育了它们文明的小小金属盒子真的存在过。

大部分登陆飞船前往已经恢复生态的森林和草原，还有一些飞向另一片还未探索的大陆，去那些古老而宏伟的城市废墟中寻找是否还有建造者的末裔生活在那里。也许它们永远消失了，也许它们还在，如果是那样的话，不知道会不会很高兴地与这些失散已久的伙伴重逢。

这一艘飞船，即将实现阿乌特人历史上的第一次登月航行。它们会去修复建造者们留在那里的微波发电站，如果成功的话，它们刚刚移居到大地上的同胞就能在可预见的未来都有用不完的能源。

这艘运载了整个工程技术团队的飞船，也不比曾经的"阿波罗"号大出多少。

而在大地上，尽管贫瘠的土地尚未完全恢复，但它们的族人也能像遥远过去那些在钢筋水泥丛林里流浪的祖先那样，在看似不可能的境遇中建立自己的地盘，在夹缝中也能创造一种过得去的生活。时机成熟时，它们还能迅速繁衍生息，很快就可以拥有一个完整的世界。

变轨加速的警报声响起。

那颗越来越远的蓝色星球，看起来真的像一颗明亮的眼睛，此时此刻，它仿佛刚刚张开。

科幻作家，统计学在读博士。善于构筑具有严谨设计的幻想世界，在探险和游历故事中展现技术美。代表作品《距离的形状》《夏日往事》。

王腾

作者/无形者

莱布尼茨的可能世界

　　一番云雨之后，喵库斯·英短惬意地发出一声猫叫，便背过身独自沉沉睡去。

　　"真的吗？喵库斯，就连一个拥抱都没有？"喵格丽特·金吉拉不满地蹭了蹭丈夫的后背。

　　回应它的是一阵低沉的呼噜声，其声势之大宛如雷霆咆哮。

　　它的丈夫喵库斯在拉扯得极长的美梦中舔了舔自己的爪子，不知又梦到了何种场景。但什么都有可能，喵库斯唯独不可能梦见自己。作为一名大厨，它更可能梦到麻雀的一千种烹饪方法，或是餐厅里那些优雅高贵的波斯猫女士。

　　喵格丽特替自己感到一阵悲哀。它看着丈夫肥胖的背影，失落地从床头柜上摸出一支女士香烟。

　　"出去抽，好吗？"喵库斯迷迷糊糊地说道，"我很累，想睡觉了。"

　　喵格丽特加重语气，强调道："我以为你已经睡着了。"

　　回应它的又是一阵轰鸣般的呼噜声。喵格丽特烦躁地甩了甩尾巴，抓着打火机和香烟静悄悄走出卧室。

　　它来到阳台，独自凭栏远眺。现在已是深夜十二点，玫瑰湾在庞大而隐秘的黑夜下显得朦胧而又宁静。晚风习习，海面上飘来阵阵水汽，薄薄的白雾像轻纱般笼罩这个祥和平静的社区。远方，城市的绚烂霓虹在雾中浮浮沉沉，涣散为一团团扭曲的光亮。

喵格丽特低头，点燃香烟，对着潮湿的空气重重吐出一口气。天上，除了朦胧的月之外，还有一块不逊色于明月的光斑。青色的烟雾融入雾中，空气中弥漫着一股淡淡的桂香。它又伏在阳台的栏杆上，寂寞地凝望黑夜、雾气和若隐若现的建筑轮廓。

就在这时，院子里传来一阵窸窸窣窣的异动声。一个鬼鬼祟祟的人类从院子的灌木丛中钻出，又蹑手蹑脚地朝着它养的伊芙靠近。

伊芙还侧躺在她的小窝中熟睡，丝毫没察觉到自己的同类正在步步逼近。

喵格丽特的心渐渐沉了下去。

那个雄性人类要做什么？它紧张不安地望着楼下院子里的场景，情不自禁为自己豢养的雌性人类感到担忧——人类这种宠物有着强烈的性欲，几乎一年都在发情，如果那个雄性人类带有某种传染病怎么办？

伊芙是一个高傲的漂亮人类，丝毫不像那些胡乱交媾的野人一样不知检点。喵格丽特曾带着她去宠物医院花了大价钱做了绝育手术，但这并不能阻止异性对她的觊觎。

显然，靠近伊芙的那个雄性人类是有主之物——他披着一件简陋的白色长袍，脸庞干净而整洁，丝毫不像那些躲在巷子里偷食垃圾的野人——但究竟谁这么不负责任，竟然没对自家豢养的雄性人类进行阉割？

雄性人类渐渐靠近伊芙。他的脚步声压得极低，双足踩在草坪上只留下一丁点沙沙声。可是，即使是这点声音，也仿佛踏在喵格丽特忧心忡忡的心弦之上。

它决定厉声呵斥，不管是否会吵醒丈夫，也不管是否会吵醒邻居。

可恰在此时，熟睡的伊芙无声睁开了自己的眼睛。对于那个出现在自己面前的雄性人类，她似乎一点也不意外。

然而，意想之中的交配画面也未发生。伊芙醒了过来，却一脸平静，双腿交叠，盘坐于地面。那个外来的雄性人类以同样姿势坐在她的对面。两个人类什么也不做，就那么相视而坐，躲在院中桂花树下窃窃私语。

潮湿寒凉的晚风裹挟着破碎的词句轻抚喵格丽特的脸颊。它隐约听见了只言片语，却不知道他们在谈论什么。人类的声音不像猫的语言那样悠扬动听。喵格丽特听不懂人类的语言，但这一幕却比目睹人类交媾画面更令她感到恐惧。

恍惚之中，它仿佛看见了伊芙和她的同类一起抬头，快速而面无表情地扫了它一眼。

"你说什么？"喵库斯翻着报纸，漫不经心地问道。

"伊芙。我觉得她怪怪的。"喵格丽特从烤箱中取出早餐。"仰望星空"是英国传统菜品，也是喵库斯最爱的食物之一。

"怎么个怪法？"喵库斯把报纸摊到一边，迫不及待地抓起一条沙丁鱼囫囵吞下。

"昨晚我在阳台上亲眼看见的，"喵格丽特在丈夫对面坐下，"伊芙和一个披着白袍的雄性人类交谈，而不是交配。这说不通。"它愁眉苦脸地搅拌着杯中咖啡，"我是说，人类这种动物好斗而贪婪，简直就像欲望的化身，可当两个人坐下来静心交谈，好吧，我不知道这是否正常。"

"这当然正常，我看你才怪怪的。"喵库斯头也不抬地说道，"我在附近见过那么一个披着白袍的人类，他是对门邻居的宠物。也许，那个雄性人类被阉割了。任何被阉割的雄性人类都会柔顺许多，坐下来交谈并不奇怪。"

"我在考虑带伊芙去一趟宠物医院。"喵格丽特低头抿了一口咖啡，"听说，现在出了一种新技术，我想让伊芙——"

"不行！不成！想都别想！"喵库斯终于抬起头，眼神却充满警告，"你又想带伊芙去宠物医院？猫稣在上，我们在那个地方浪费了多少瓶盖？我们支付出去的瓶盖都足够我们再买另外一个人类宠物！"

"可是，伊芙不一样！"喵格丽特倔强地说，"她还是婴儿的时候，我们就开始饲养她。我至今都还记得我们从伊芙的母亲身边带走她时，那个雌性人类哭得多么伤心。我爱伊芙。我爱她，我们在她身上花费的不只是瓶盖，还有感情。我不能失去她，可是，我觉得……"它欲言又止，神色犹豫。

"觉得什么？"喵库斯追问道。

"我觉得伊芙正在背叛我们。"喵格丽特脸色苍白，畏畏缩缩地说，"亲爱的，你能想象吗？我觉得人类似乎正在暗中酝酿某种计划。这太可怕了，他们正密谋对付我们。"

喵库斯叹了一口气，吐出口中鱼骨。"被害妄想，你的病又犯了。"它一脸阴沉地站起身，拉着绝望的妻子朝外走去，"亲爱的，人类虽然贪得无厌，却终究只是一种愚昧的动物。来吧，我带你去看心理医生，吃药无济于事，我们得一次性解决这个问题。"

车库里传来沉闷的轰鸣声，喷气式飞车的引擎发动声惊碎了伊芙那五彩斑斓的美梦。她揉了揉眼睛，爬出小窝，恰巧看见她的两位猫主子坐在车上疾驰着冲进碧蓝如洗的天空。

伊芙犹豫了一下，慢吞吞走出窝棚，对着天地伸了一个大大的懒腰。

此时已是夏秋交际，虽然夜里已有一丝凉意，但白天仍旧暑气未消。她抹了一把额头上渗出的汗水，踮起脚，冲着街道，噘起嘴发出一阵急促而尖锐的啸叫。

猫们永远不会理解人类为什么喜欢吹口哨。事实上，这是人们之间相互联络的暗号。人类在这片社区地底挖通了一条隐藏的地道，家家户户的人类通过此条地道便可在神不知鬼不觉中秘密来往。

做完这件事之后，伊芙找了个凉爽的背阴处，懒洋洋地躺在草坪上，看着天上的云温柔缱绻，变换形状。片刻后，院子的草丛中传来阵阵窸窸窣窣的响动声，三个披着白袍的人类顺着地道出口爬上地表，钻出草丛。

"嘿，伊芙，你的主子都走了吗？"一个俊美的光头男人探头探脑地望了一眼四周。这是乔达摩·悉达多，这个社区受苦最多的人类。他有一个心理极度扭曲的主子，那遍体鳞伤的躯体、光秃秃的脑袋，以及头顶被香烟烫出来的疤痕便是最好的证明。

"都走了。安全。"伊芙点了点头，又抹了一把额头的汗水，"其他人呢？怎么就你们几个？"

"大家都还有事，暂时抽不开身。"李耳耸了耸肩，嘀咕道，"你知道的，猫们总是索取更多，我们不能暴露那条地道。"他是一位白发苍苍、形容枯槁的小老头儿。

"好吧。"伊芙轻车熟路地从门口台阶旁的石头下摸出钥匙，打开房门。"都进来吧，"她回头招呼道，"亚当有很重要的消息要和你们分享，对吧，亚当？"伊芙冲着那个昨晚来过的白袍男人努了努嘴。

亚当点了点头。"是的，一个重大发现，"他一脸肃穆地说，"趁伊芙的主子不在，让我们进去说吧，外面也太热了些。"

伊芙大大咧咧地打开室内的制冷设备，一行人毫不见外地将自己丢进喵库斯一家的沙发上。比起褊狭受限的窝棚，柔软舒适的水牛皮沙发又冰又凉，在空调喷涌而出的冷气下，猫的世界在这个炎热的夏末惬意得恍若仙境。

"说吧，亚当，"悉达多温和地问道，"什么事情搞得这么隆重？"他驼着背，耷拉着愁苦的眉眼。

"你们应该都知道我的主子吧？"亚当慢条斯理地说道，"暹罗猫血统高贵，天赋异禀，几乎承担了这个世界的所有科学工作。"

李耳抚着白色的胡须，附和道："是的，如果不是暹罗猫，人类或许就不会在自然界中败下阵来，将世界拱手相让。"他顿了顿，反问道："但是，这和你要说的事有什么关系呢？"

"关系大着呢。"亚当从冰柜中取出一罐碳酸饮料，"绝大部分暹罗猫性格孤傲而不合群，如果不是政府一手促成，暹罗猫更倾向于独立工作而非分工协作。"他抿了一口汽水，悠悠说道，"所以，当一只暹罗猫有了新发明，最先知道的永远不是同类，而是被它们饲养的我们。"

"别卖关子了，"悉达多焦急地问道，"到底是什么？"

亚当神秘兮兮一笑。"时空差分机，"他解释道，"一种可以把波函数转化为差分运算的时空机器。换句话说，也就是这台机器可以通过计算概率密度进而分析出诸多潜在可能的平行时空。"

"我不明白。"伊芙嘟哝道，"尽管昨晚你已经解释过一次，但我还是不懂。"

"好吧，你们知道'猫的薛定谔'吗？"亚当认真解释道，"历史上曾有一只暹罗猫提出这么一个思想实验，将一个名叫薛定谔的男人关在装有少量镭和氰化物的密闭容器里，镭的衰变存在概率，如果镭发生衰变，就会触发机关，打碎装有氰化物的瓶子，薛定谔就会死。反之，薛定谔就存活——"

"这个我知道。"李耳举起手，笑着说道，"放射性的镭处于衰变和没有衰变两种状态的叠加，薛定谔就理应也处于生与死的叠加状态。此时，若那只暹罗猫打开容器，当观测行为发生，量子发生退相干，量子叠加态便坍缩为其中一种事实，即薛定谔要么生要么死。"

亚当点了点头，"正是如此。"他絮絮叨叨说道，"MWI 理论认为存在诸多世界，在一次电子双缝干涉实验中，部分世界的人看见电子通过左边狭缝，部分世界的人看见电子通过右边狭缝，而我们所在的时空正是其中之一。"

"我明白了。"悉达多恍然大悟，激动地说，"所以说，亚当，你的主子在那台差分机中看到了另外一个世界？能给我们讲讲吗？那是一个怎样的世界呢？会更好，还是更差？"

"那是怎样的一个世界？"亚当掸了掸袍子，表情前所未有地庄严与神圣，"那当然是一个更好的世界。主子看见的我也偷偷看见了。"他摇头晃脑，欣欣然阐述着另一个可能世界的风光，"那是一个截然不同的世界，那是一个美丽新世界！在那个世界，人类统治太阳系，猫才是我们的宠物。在那个世界，我们用激光笔、毛线球和鸡毛掸子恣意逗弄猫们。在那个世界，我们住着宽敞明亮的房子，吃喝着花样百出的食物和饮料，活得像神话中的猫稣。"

随着亚当的描述，所有人都情不自禁陷入了那种对美好世界的向往之中。在这一刻，一股奇妙而难以言喻的幸福感在众人心中腾起。他们瘫坐在沙发上，飘忽不定的眼神在华美的水晶吊灯、洁净的白墙和深红色的地毯间来回游移。

所有人类的眼光中都流露出占有欲，就好像他们已身处那个截然相反的平行世界，而这栋房子已归人类所有。这样的氛围足足持续了数分钟之久，众人才渐渐回过神来，无不摇头、拊掌、发出意味不明的叹息，就好像为一场集体幻梦的消散而感叹。

"可是，亚当，"伊芙低垂眼睑，眼神黯然而晦暗，"尽管你这么说，那个世界却不属于我们。就算我们能看到又能如何？我们活在这个猫族至上的世界，而非那个人类高高在上的时空。"她揩了揩眼角的泪花，"两个世界相距甚远，甚至无法用空间距离来表达。'猫统治世界'在我们这个世界是真命题，而'人统治世界'仅仅只是一个可能命题，我们注定只能待在这个糟糕的世界远远观望。"

没有人说话。沉默像一条潮湿而又沉重的麻绳，在无声无息间紧紧勒住在场众人的喉舌。

亚当仰着脖子喝光最后一滴饮料。他攥紧右手，易拉罐在他掌间变形。与此同时，他的脸上渐渐流露出几分迟疑。"或许，我有办法，"他犹豫不决地说，"我的主子，喵斯威尔·暹罗，对那世界极感兴趣。它正在寻找方法前往那个世界，甚至提出一种设想……"他的声音越来越小，越来越微弱，最终化作几句咕哝吞入腹中。

"怎么了？"伊芙不满地推了推亚当，迫不及待地问道，"为什么不说完？你倒是说呀！"

"好吧，"亚当缩在沙发上，哼哼唧唧地扭了扭身子，"喵斯威尔认为，以这个世界现今的技术，要想触及另一个平行时空，黑洞是唯一的途径。黑洞旋转带来的拖曳会将时空撕裂，从而产生穿越时空的虫洞。"他抬头，扫了众人一眼，"你们知道天上最近出现的大光斑吗？那是海山二，一个距离地球 7500 光年的双星系统，正在经历一场宇宙中规模最大的超超新星爆发。这种大到无法想象的引力坍缩会在宇宙中形成一个带有角动量的黑洞。"他翻出纸笔，一边涂涂画画，一边比画手势，"在这种情况下，只要落点恰当，人就不会在接近黑洞之前死去，如果我们可以侥幸进入黑洞，就可以去往一个从未有人抵达过的宇宙奥秘之地。那地方或许是第五维度，或许已超越时间与空间，不知道，但这是我们唯一的机会。"

悉达多摸了摸自己光秃秃的脑袋。"但是，亚当，这不是关键。"他敲了敲桌子，沉声说道，"关键在于，我们需要一艘以空间翘曲技术为核心的泡泡猫飞船，而喵斯威尔又怎么会愿意帮助我们？"

"会的，它会的，这也是我一开始犹豫的原因。"亚当疲惫地揉了揉眉心，"事实上，我和我的主人一直通过它研发的脑波交流器进行跨物种交谈。喵斯威尔是不可能贸然亲自前往黑洞中心的，因此，它一直在培养我，换句话说，它需要几个实验对象。"他稍做停顿，神色复杂，"猫体实验在法律上是明令禁止的，但人类的死活无所谓。因此，它决定让人类充当那个船员。那些猫口口声声说爱我们，却一次次践踏我们的尊严。"

"我们丢失的尊严还少吗？"伊芙苦笑道，"猫的寿命悠长，而人不过短短三千多年可活。有多少人类惨遭化学阉割，又有多少人类在刚出生时便被带离父母身边？只要我们能抵达那个新世界，那么这点牺牲就不算什么。"她坐直身子，眼神坚定，"亚当，我愿和你当这个先驱者。"

这是一台体积庞大的机器，由三大部件组成，分别是支持信息存取的数据库模块、负责时空运算的数字核心，以及朝前两者之间不断往返运输数据的控制器。

机器轰隆隆作响，像一只咆哮不止的钢铁怪物。在这台时空差分机的运算下，系统在内部以打孔的方式表示"1"和"0"，又不断吐出穿孔卡带将其输入内部核心。紧接着，在一阵雪花闪烁之中，另一个世界的缩影在屏幕上渐渐浮现。

那是一个前所未有的人类世界。

亚当和伊芙各自躺在座舱中，昏昏欲睡。喵斯威尔在飞船和时空差分机之间忙忙碌碌，来回奔波。喵斯威尔的嘴角挂着一丝心满意足的微笑，显然，那只猫也很满意这种结果。在漫长而枯冗的太空旅行中，最值得担忧的并不是技术问题，而是孤独。

飞船由中央电脑全自动化控制，喵斯威尔为其配备了生理体征反馈系统，人体健康数据可通过量子纠缠态实现超远距离瞬时传递。没有人知道这套信息传递系统在掉入事件视界之后是否有效，然而，喵斯威尔需要的也仅仅是飞船在被吞噬之前逃逸出的最后那么一点体征信息。

当一切准备就绪，飞船升空了。在进入外太空之后，电脑自动将飞船动力切换至阿库别瑞引擎系统。刹那间，空间扭曲，力场变化，泡泡猫飞船前方的空间开始收缩，而后方空间在平坦的纸张一般慢慢扩张。

他们在波动区间前行，"曲速泡"扯着飞船以十倍光速左右的宇宙航行速度朝着目的地急速前进。

750 年后，飞船抵达船底星云。巨大的恒星在此诞生又在此死亡。到处都是灰尘和气体云，碎片和残骸被星光搅动、被引力凝聚。从恒星释放的放射线雕刻着遥远星系的冰冷气体分子云，强烈的紫外线辐射炙烤周围的气体和尘埃。

电脑将亚当和伊芙从冬眠舱中唤醒，出现在他们眼前的是成形的黑洞——深不见底的黑色中心屹立于明亮立体的吸积盘之中，仿佛一位头戴气体圆环的威严神祇，又似吞噬一切光芒的深渊。

飞船由电脑全权控制，亚当和伊芙皆无操作权限。此时此刻，他们能做的不过是待在各自的座位上带着惶惑、激动与不安一起面对未知的恐惧。

电脑正在计算飞船进入黑洞之后的落点。由于高速转动，黑洞形成内外两个视界，除奇环之外，还额外拥有两个奇点——外飞奇点和下落奇点。电脑选择的落点在外飞奇点附近，这两个奇点的空间曲率较低，因相对温和而存活率更高。

在计算完成的那一刹那，飞船一抓准时机便义无反顾地沿着既定航线朝着黑洞滑去。伊芙情不自禁发出一声尖叫。在被不断拉长、逐渐尖锐的高分贝声响中，飞船颠簸着、震颤着，如一只决绝的大鸟依次掠过静界、能层、外视界……

外飞奇点击中他们。

刹那间，伊芙的尖叫、亚当的闷哼在这一刻尽皆溃散，一大段破碎而冗余的杂音从他们的喉咙深处迸出，像坏了的录音机磁带那样重复着、卡顿着，沙沙作响。

黑洞拖曳着时空，以光的速度无情旋转着。在这一刻，时间失去了意义，就连空间也扭曲为混乱的糨糊。庞大的宇宙天体造就冰冷无情的黑暗，在这黑暗内部，繁星在视野之中飞快远去又迅速暗淡。

飞船在一瞬之间解体，电脑、舷窗、控制台、冬眠舱在强大的时空拖曳下无不解构为纯粹而无意义的粒子碎片。黑色，无情的黑色，可怖的黑色。黑色吞噬一切，包括光线。在掉入过程中，亚当和伊芙看见自己的身体像橡皮筋一样被拉长。

他们在恍恍惚惚与神志不清之间看见了无穷无尽的光。

洋红、浅红、绯红、深红、猩红、皇家蓝、海军蓝、道奇蓝、国际奇连蓝……

赤橙黄绿青蓝紫，数之不尽的缤纷色彩在他们眼前上演，就像画家打翻了颜料盘，亮彩炫光像涌动的河流一般朝着亚当和伊芙的双眼奔袭而来，就像他们也被同化成了光的一部分。

一种奇妙的愉悦在两人内心上演，刺眼的光亮令他们的双眼有些不适，但视神经的痛苦并不能阻挡视觉上的美妙体验，就好像肉体上的痛苦从来都不是苦难的根源。

尽管此时此刻，亚当和伊芙置身于黑洞之内、常识之外，可他们的内心却在这诡异的一瞬间产生了一种近乎飞跃的心灵体验。在汹涌的宇宙旋涡中，心志像支离破碎的金属框架，被打碎也只是为了更好地重塑。

彩虹般的光亮无穷无尽，在这被动接受的过程中，他们来到时间之外，看见无数发光的尘埃。幽蓝色的时空触手如虬结的树根一般遍布这个荒芜又混沌一片的扭曲维度。每一只半透明的时空触手上都有一枚小小的气泡膜，每一枚气泡膜上都蜷曲着一片浩瀚无垠的宇宙深空，而在每一个宇宙中，总有那么一颗蔚蓝色的星球居住着那么一些碳基生命。

宇宙之外还有无数个宇宙，每个宇宙总有那么一颗地球，这是必然命题——在所有可能世界中为真。然而，主宰地球的物种却大不相同。在这些偶然命题中，统治地球的有时是人、有时是猫、有时是狗，甚至有时是进化出智慧的蟑螂。

伊芙惊异地看着这一幕，想要开口说些什么，可在时间之外，语言失去了时间的支持就失去了遣词造句的逻辑和顺序。内心想法经由大脑酝酿，从喉咙中化作语言喷吐而出，她开口，只发出了一个简简单单的读音。

然而，这个读音又是如此复杂，以至在正常四维时空中绝对不可能存在——它是一段话，无数个字在同一瞬的浓缩和叠加，没有时间助其展开，这个读音成了一个吊诡的矛盾体，短得像是一个感叹词，又冗长得像是一段持续三万年不止的经文。

这里是时间之外，一切皆无法按常理揣测。但同处于第五维度，亚当那产生畸变的听觉系统还是从那个诡异莫名的发音中理解了伊芙的话——

"我们必须找到一个最好的世界，"她说，"我们要找到人类至上的世界，所有那些非人类主宰的宇宙都不行，我们必须摆脱那些人类任凭摆布的窘境。"

亚当点了点头。"不错。"他开口说话，短短几个字却意外拉长得像绕梁不止的高音。

他们开始行动。两人的身影在这个超越认知局限的诡秘之地闪烁不断，就好像失去了时空连续性，决定其位置的不再是空间上的坐标，而仅仅只是心念一动和大脑的灵光一闪。

幽蓝色的时空触手透明而虚幻，伊芙在其中一枚虚无缥缈的气泡膜上找到了亚当先前所见的那个人类世界。

那是一个科技先进、高度发达的人类社会，在那颗蔚蓝色的星球上，人类依靠自己的勤劳与智慧建立起了一个独属自己的文明。尽管那个文明在某些方面的技术并不如猫的世界那么发达，而生物的普遍寿命也只有短短几十年，但毫无疑问，这是一个崭新的、美好的、令人向往的光明世界。

"快来，亚当！"伊芙兴奋地喊道，"我找到了！那个可能世界！"

亚当心中一动，瞬间出现在她身边。"可是，我们该怎么做？"他瞪大眼睛，喃喃自语，"我们失去了飞船，没有它，我们要怎么抵达那个世界？"

"或许，我们不需要？"伊芙若有所思地看了亚当一眼。她抓着他的手，两人一起伸出食指，小心翼翼触碰那枚肥皂泡似的膜世界。

霎那间，他们的身躯如水中倒影般荡起阵阵涟漪，扭曲的波纹覆盖了他们的身躯。一股强烈的吸力顺着指尖传来，而另外一股斥力推动着亚当和伊芙朝着眼前的可能世界摔去。

在这一刻，两人的体形皆以肉眼可见的速度缩小。

他们像漩涡中的落叶，不受控制地掉进了那枚气泡膜的世界。

伊芙回过神来，发现亚当已消失不见，而自己则身处某条繁华热闹的小街上。

这是一座宏伟的城市，到处都是钢筋水泥和摩天大楼，和她原来的世界没有什么不同。令她感到惊奇和兴奋的是，街道上到处都是光鲜亮丽的人类——人们摩肩接踵、络绎不绝，穿着她之前从未想象过的漂亮服饰，昂首挺胸，迈着自信的步伐，像密集而忙碌的蚁群一样穿梭于鳞次栉比的城市建筑之间。

她站在马路边发呆，一时间有些失神。一个拎着公文包匆匆前行的男人不小心撞到她的肩膀。那人停下脚步，噙着礼貌的微笑向她道歉，以温和的声音询问她是否安好。伊芙鼓起勇气摇了摇头，语言是共通的，她对此感到庆幸。

男人在确认她并未受伤后大步离去，马路上多的是这样行色匆匆的路人。这是一座热闹的城市，居住着不计其数的人类，长久以来积累的人类文明为其城市设计注入生机，丝毫不逊色于猫世界的高贵建筑师。

伊芙望着那人模糊的背影渐渐消失在人海中，心中却突然泛起一种不可名状的恐慌。我在黑洞中死了吗？她情不自禁地想，这是真实的城市，还是死后的天堂？这个世界看起来是如此无瑕，如此美好，人们不仅可以披上精致的衣服，还可以像猫世界的主子们一样烫染各种时髦的发型。这儿的一切恍如梦一般不真实，如果这不是真的该怎么办？她感到害怕，甚至已经有隐隐不舍，仿佛做了一个美梦而不愿醒来的孩子。

　　就在这时，风声呢喃，空气在精心设计的城市布局间流动，混杂着淡淡的花香、些许刺鼻的烟味和若有若无的食物香气。伊芙情不自禁咽了一口口水，已记不起上一次吃到真正的食物是在多久之前，但饥肠辘辘的感觉却让她大大松了一口气。至少，她暂时可以认为自己还没死，一切像鼻尖的香气一样真实。

　　伊芙站在人群中举目四望，像一块湍急河流中的顽石。这是一个新世界，毫无疑问，却也陌生。她必须找到亚当，这点毋庸置疑，但同时，世界这么大，一时间，她却不知该往哪儿走才好。

　　现在已是夜晚，群星隐没于模糊朦胧的橘红色光霭之后，城市霓虹和灯光将深沉的夜拒之门外，取而代之的是永无休止的购物、逛街、歌唱、广告、鬼吼鬼叫和狂欢。

　　她还穿着那身喵斯威尔设计的宇航服，但过路人似乎并不在意这样的奇装异服。没有人用奇怪的目光审视他，街道上还有比她更怪异的存在——有的套着恐龙服，顶着大脑袋，站在商店门口摆着手；有的戴着假发，握着塑料长剑，穿着暴露的服装站在街边跳着某种可爱风格的舞蹈——伊芙不明白这是为什么，但从直观层面来看，这似乎是一个颇具包容心的世界。

　　蓦地，她在人群中瞥见了一间以霓虹点缀招牌的破旧小餐厅，紧邻着一家灯火通明、洁净明亮的宠物店。有零星几个客人牵着狗或抱着猫在宠物店门口进进出出，绝大部分顾客都是一些锦帽貂裘的贵妇人，还有小部分是衣着时髦亮丽的年轻男女。

　　街道上飘着潮湿的雨雾，伊芙在餐厅和宠物店之间犹豫了一下，最终还是走向后者。宠物店里干燥而凉爽，洋溢着炽烈的白色灯光。收银台后面的墙壁上挂着一幅小胡子男人的肖像，头顶静静运转着的中央空调喷吐着冷气，将街上黏糊糊的水汽拒之门外。

一名女性店员迎了上来，脸上挂着恰到好处的温暖的微笑。"欢迎光临，晚上好，"她招呼道，"请问您有什么需要吗？"店员的眼睛大而明亮，像浸泡在水中的海蓝宝石。

"猫，我要看看猫，你们有吗？"伊芙有些不好意思，脸上不自觉腾起一大片云雾状的红晕。

"猫？"店员眨了眨眼睛，掩嘴笑道，"我们当然有，只是您想要什么品种？"

伊芙想起了自己的主子。"金吉拉，"她鼓起勇气，大声说道，"或者英短，其他都不想要。"

店员点了点头，"跟我来，"她转身朝着宠物店深处走去，在一排笼子前停下，"来吧，漂亮的小姐，这些都是，看看有没有中意的。"

伊芙紧张地咽了口唾沫。她身体微微前倾，谨慎地靠近那些笼子，借着头顶灯光打量各个笼子中的猫咪——金吉拉、英短。这个世界的猫和她来之前的那个世界很不一样，这里的猫娇小而无害，不像她的世界里的猫那般高大而万能。

"它们看起来闷闷不乐的，"伊芙瞪大眼睛，一丝不苟地看着笼中那些侧躺着的动物，"猫不是这样的，"她犹豫着说道，"我从未见过这样的猫——"伊芙察觉自己失言，立马改口，"我是说，我以为猫要更活泼一些？"

"只是关在笼子里太久了，领回家后过一段时间熟悉环境之后就好了。"店员皱起眉头，警惕而紧张兮兮地看着她，"小姐，你是记者吗？还是那个组织的人？听我说，我们对这些猫实行科学管理，它们不愁吃喝，生活过得比我还要好。"

"组织？什么组织？"伊芙困惑地问道。她从那双碧绿的眼眸中看出了淡淡的敌意。

"动物保护——"店员撇了撇嘴，心怀不满地嘀咕道，"算了，没什么，您还买吗？不然的话，我还得去招呼其他客人。"

伊芙摇了摇头，"不了，我没看到喜欢的，"她吐了吐舌头，歉意地说，"就这样吧，抱歉，打扰你了。"

带着淡淡的困惑与隐秘的不安，伊芙在店员狐疑的目光下落荒而逃。她知道自己表现得很容易让人起疑，可这个世界的运转方式却大大超出了她的认知。

一切都颠倒了，人和猫的位置互换——在原来的世界，猫有跑车和电视机，住在舒适的别墅内，把人当作宠物养。但在这个可能世界，拥有这一切的是人，猫仅仅只是万千宠物的其中一种选择，甚至还得和狗一较高下。

从现在开始，伊芙在心中暗暗提醒自己，我必须转变观念，把猫拥有的一切套在人身上，这样就不至于在别人面前露了馅。

她重新回到街上，又进了一旁的餐厅。这是一家看起来已有好些年头的小餐馆，店里面只有两三个服务员端着盘子来来回回地走，吧台上方挂着一幅小胡子男人的肖像。

天花板上垂下一台高清电视屏幕，角落里有一台落满灰尘的音响，此时此刻正微微震颤着播放着这个世界里人类创作的音乐。墙壁上贴着的泛黄墙纸早已在时光的流逝中斑驳脱落，仅剩嵌在墙壁上的霓虹变幻着灯光，勾勒出一副搔首弄姿的女郎形象。没人在意这些晦暗不清的灯光和破旧老化的暧昧形象。这是一家早已被时代淘汰的酒吧，如今改为一家味道尚可的小餐馆。

餐厅里食客不是很多，有几个坐在吧台那里，还有些零零散散坐在各个旮旯的桌子旁。几乎所有人都低着头沉浸在自己的世界里，除了少数几个一起来的人。

"漂亮的小姐，能请你喝一杯吗？"一个醉醺醺的男人冲着她吹了声口哨。

伊芙没有搭理，在一对年轻男女附近坐下。那应该是一对情侣，手拉着手，躲在角落窃窃私语。男孩只有十八岁，浓眉大眼，而女孩穿着洁白柔软的衬衫，搭配一条深灰色的百褶裙、一双及膝丝袜和一双黑色小皮鞋，年纪看上去要比男孩更大一些。

伊芙从那个女孩的衣服上收回好奇和羡慕兼具的目光，为自己点了一大堆听都从未听过的食物。在那个猫的世界里，几乎很少有菜品是为了人类的口感而专门研发。然而，在这个世界，样式精美的菜肴和层出不穷的口味在一瞬间就征服了她的味蕾，揪住了她的心。

奇怪的是，这个世界的人类似乎对各种食材开发出了多种烹饪方法，唯独对猫肉不甚热衷。当她询问服务员有关猫肉的情况时，那个系着黑色围裙的中年女人开玩笑说"猫肉的味道像人肉一样糟糕"。

伊芙脸色苍白，觉得这笑话一点都不好笑。

"一共50信用点。"当伊芙对着满桌食物大快朵颐的时候，服务员拿着账单走了过来。"指纹还是虹膜？"服务员漫不经心地问道。

"什么？"伊芙鼓着腮帮，吃惊地问道，"我只有瓶盖，难道你们不是用——"

"什么瓶盖？"服务员有些不耐烦了。

"喏，就是这个。"伊芙从宇航服的手套内衬中翻找出一枚大面额瓶盖，"我用这个付款，可以吗？"

服务员一脸狐疑地捏起那枚瓶盖，上下打量着紧张不安的伊芙。"你疯了，小姐，"她喃喃道，"竟然拿橘子汽水的瓶盖来糊弄我们，这东西我们要多少有多少。"她蹙起眉头，掏出一支扫描仪，"好吧，不过无所谓，反正只要扫描你的指纹和虹膜，我们照样可以结账。"

伊芙不解其意，只是傻傻站在原地。在她看来，那服务员只是轻轻动了动，一道虚幻透明的蓝光便从那古怪的黑色物体内飞出。光线交织变幻，落进她的眼中。伊芙吓了一跳，慌忙闭上眼睛，像受惊的野兽一般蜷缩在餐厅座椅上瑟瑟发抖。

服务员皱起眉头看着伊芙，脸上的表情像在看一个神经病，但她还是没有多说什么。片刻后，扫描仪毫无反馈，服务员的眉头越皱越紧，仿佛碰撞破碎的冰山。人们渐渐将目光投向这边，一股诡异而不详的气息在餐厅内弥漫。

"怎么了？"伊芙重新睁开眼睛，恓惶无措地看着服务员。

服务员摇了摇头，没有多说什么，只是对着伊芙再次按下扫描按钮。这一次，在未检测到任何身份信息之后，扫描仪剧烈震颤起来，刺眼的血光如狂涌的浪潮一般吞没了在场所有人的思想。一道又一道脉冲信号从机器内部扩散而出，恐惧在一颗颗跳动的心脏间弥漫。

"魔鬼！叛徒！"服务员呆滞片刻，战栗不安地喊道，"天哪，这世界上竟然还存有叛徒的血统！抓住她！抓住她，别让她跑了！"她失声尖叫，扫描仪从她手中滑落，在结着一层厚厚污渍的油腻地砖间摔成无数块残破的零部件。

在这一刻，喝酒的男人、抽烟的女人、相互依偎的情侣，所有人都咬牙切齿，停下手中动作，愤愤然站了起来。人们紧握左拳，右手高举，五指并拢向前，闪烁着仇恨的目光，如涌动的狂潮，又似一堵密不透风的墙，从四面八方将伊芙团团包围。

可他们不说话。他们只是静静站着，像无声的幽灵，以一种唾弃、憎恨和厌恶的眼神盯着伊芙。沉默淹没了她的内心，脸谱化的人群如密集的蝗虫，密密麻麻的恐惧在充满鄙夷和仇恨的注视下渐渐侵蚀残存的美好印象。

伊芙想跑，却无路可走。

因为党卫军已在路上。

戴着红色袖章的士兵们表情冰冷，眼神却狂热。他们不苟言笑，迈着雄赳赳、气昂昂的步伐压着伊芙进了地下。在一间潮湿昏暗、恶臭扑鼻的小房间，其中一个士兵单手用力钳住伊芙的手腕，将她狠狠推到墙上。

"发生了什么？"伊芙惶恐不安地问道。

没人回答她，也没有人愿意和她说话。她的整个身体被按在墙上，光洁的侧脸紧紧贴着湿漉漉的墙壁。墙壁上结着的苔藓传来一阵阵令人作呕的黏腻感，难闻的霉味和刺鼻的恶臭令她头昏脑涨，几乎快要昏厥过去。她感到一阵说不出口的屈辱，尽管她不明白士兵打算做什么，但她从这种对待牲畜似的行为举止中感受到了蔑视、狂热、征服欲和病态的权力向往。

她开始大喊大叫，疯狂挣扎，像一只落入猎人陷阱的野兽。可她无力反抗。即使她穿越了一个时空，在黑洞中侥幸活命，但她仍是一个柔弱的女子，在面对压迫和暴力时除了尖叫或忍气吞声便不知该如何是好。

一名士兵已经无法彻底制服趋于疯狂的伊芙。另外两名士兵在那个男人的呼喝下上前帮忙，分别按住了她的手脚。他们瞪她、骂她、打她，却始终保持那副无动于衷的冰冷模样。

在一次次尝试中，士兵们费了大半天工夫才剥去那身宇航服。他们让她光溜溜、不着寸缕地站着，白皙细腻的胴体在阴暗的地下鲜明得仿佛会发光。她很美，的确很美，也许世间任何一个男人都无法抵抗这种妖冶的异性之美。可偏偏士兵们依旧面不改色，眼中丝毫没有流露出兽欲和疯狂，仿佛这样做纯粹只是为了剥去人的外衣，令她像一只原始野兽那般仓皇无助。

他们不打算侵犯她，恰恰相反，即使伊芙姿色动人，那一双双冷寂的碧蓝色眸子投射出的也依旧只有憎恶、不屑和唾弃。伊芙抱着双臂在墙角蹲下，其中一个士兵粗暴地把她拉起来，另一个士兵拿着针管上前抽了她的血，第三个士兵戴上一副口罩，睁着冷酷无情的双眼检查她的肛门和生殖器是否藏有武器。

空气中弥漫着的酸臭味几乎快令人窒息。疯狂、不安和死亡的气息潜伏在那股恶臭之下，随着伊芙的每一次呼吸，悄悄然灌注她的体内，一点一滴将她推向绝望和恐惧的悬崖。

在忙完这一切之后，士兵们自顾自地走了，丢下伊芙身陷囹圄，独自一人蜷缩在角落里哭泣。地下世界暗淡无光，终不见天日。黑暗仿佛一股阴郁模糊的大雾笼罩室内，唯有墙壁上一盏老旧的节能灯放射出微弱的白光。

片刻后，士兵们又回来了，带着一沓纸质报告。他们再次把她从地上拉了起来，不耐烦地为她套上一件泛黄的亚麻长袍。然后，他们带着她出了房间，踏上一条枯冗曲折的幽暗长廊。

他们上了楼，把伊芙带至一座高塔。

士兵敲了敲门。"长官，人已带到。"

"让她进来吧。"办公室内传来一道冷静而铿锵有力的男声。

铰链转动，在一阵刺耳的金属摩擦声中，门自动打开，一个戴着眼镜的中年男人坐在一张枣红色的实木大班台后头微笑着看着他们，房间侧面还坐着一个泛着漆黑金属光泽的铁皮人，此时此刻正埋头填写着什么。

士兵们推搡着伊芙进了办公室。她被推了个趔趄，一个不慎狠狠摔在红黑色的羊绒地毯上。铁皮人起身，从士兵手中接过纸质报告，又拉过一张椅子，拉起伊芙让她坐下。

眼镜男人对着士兵们挥了挥手。"你们出去吧。"他又看向铁皮人，"书记官，开始记录我们之间的对话吧。"

铁皮人点了点头，执笔做好准备。待那些粗暴强硬的士兵离去之后，伊芙情不自禁松了一口气，目光下意识落在那具铁皮人身上。这是猫世界中所不具有的东西，但猫的世界中却有类似的技术。她有几次进了猫主子的屋，侥幸看见当时的电视屏幕上正放映着铁皮猫的广告。猫主子们管那种铁皮猫为"喵呜"。猫们使唤喵呜，和这个世界的人类随心所欲差遣这种铁皮人如出一辙。

"我是哈罗德。"男人若有所思地看着她，"你对我的机器人感兴趣？知道自己为什么在这儿吗？"

伊芙接连摇头。她小心翼翼地坐在椅子上，紧张不安地绞动着手指。她脸色憔悴，头发凌乱，嘴唇紧紧抿起，苍白而毫无血色的肌肤令她看起来就像一只扭曲而卑微的白蛆。这下她明白了，铁皮人名叫"机器人"，就像铁皮猫名叫"喵呜"。

"你很愚蠢。"哈罗德继续说道，"我从未见过哪个犹太人胆敢如此明目张胆地走在街上。"他托了托眼镜，"我们对儿童有严格的管控，也禁止任何人和你们发生肉体上的关系。所有的犹太人、吉卜赛人、同性恋、堕胎者、残疾人和精神病人都消失在历史的云烟之中。我已经很久没见过犹太人了，你是如何躲过帝国保安总局的重重检查的？"

"我不明白你的意思，"伊芙困惑地说道，"我来自猫的世界，只是一晃神就站在那儿了。我不知道发生了什么，这里是人类统治的世界，对吧？"她把自己的经历大致讲述了一遍，机器人一字不漏地记录下她阐述的全部。

　　关于伊芙的故事，哈罗德初听时尚且严肃，后来却哑然失笑。"原来是个疯子。"他身体往后一躺，双腿搁在桌上，"好吧，不管你是装疯卖傻，还是真的搞不清楚状况，总之，为了让自己少吃一点苦头，我建议你好好回答我的问题。"他顿了顿，"第一个问题，你在这片土地上和谁发生过肉体上的关系吗？"

　　伊芙带着满脑子困惑，老实地回答道："有一个男人想请我喝酒，但是我没有答应。"

　　哈罗德人从机器人手中接过报告，开始翻阅。"嗯，在我们发现你的那家餐厅，"他一边点头一边喃喃自语，"当时还有不少人在场。人证、物证俱在，这就够了。"他抬起头，对着那机器人吩咐道，"向上面报告这件事，我建议出动秘密警察监控一段时间再进行逮捕。"

　　"可是我没有答应他！"伊芙瞪大眼睛，焦急地说道，"你要对那个人做什么？他是无辜的，并没有和我——"

　　"那不重要，"哈罗德大手一挥，独断专行地说道，"重要的是他已经动了不该动的心思。元首已将世界踩在脚下，我们对现实有着绝对的统治，但这还不够，我们必须进入每一个人的思想之中。重要的从来不是如何为帝国而活，而是如何为帝国而死。"

　　"我不明白你的意思。"伊芙缩了缩脖子，寒意爬遍她的每一处肌肤，激起阵阵细碎的鸡皮疙瘩。

　　"不，你会明白的，任何人哪怕最初迷茫，最终也都会明白的。你想，权力是上帝，但权力也仅仅只是个单词。上帝是虚假的伪神，他的权力亦是幻觉，尼采借着疯子之口喊出'上帝已死'，这是何等的真知灼见！你知道吗？根本没有所谓的作为理性本源的'先验主体'，实际上只有操纵话语的权力。权力应被视为一种被配置起来的'策略'，你可以认为我们才是真正的主体，因为'权力'和'话语'才是所谓'主体’的真相。‘规训权力’是直接通过监视、纪律、训练、治理和操控的身体而有效地运作，我们可以对那些潜在的不安分子施加肉体上的痛苦，但这还不够，我们还必须把那些潜藏在异端大脑里的妄念撕扯成碎片。犹太人的那套唯物主义在我们这儿行不通，因为现实只是主观意识的映射，而我们的统治不仅建立在现实里，也建立在思想上。权力是一种权力关系，权力效应也是在权力关系中产生出来的。我已经很久没见过犹太人了，说实话，我会怀念你，还有像你这样的人。如果没有反抗者的反抗，没有反抗者某种程度的自由，支配者的权力就不会产生效果，权力关系也就不会扩大与散播。”

伊芙在椅子上缩得更紧了。她嘴唇嗫嚅着，几乎组织不出任何一句反驳的话来。那个戴眼镜的男人眼中闪动着狂热与冷静，其坚定不移的语气和信手拈来的论断就像一记重拳狠狠砸在伊芙的脸上、身上和耳膜上。

哈罗德深深吸了一口气，嘴角浮现一缕微笑。“第二个问题，”他慢悠悠问道，“说说看，为什么在两家店之间，你先去了宠物店？你喜欢宠物吗？”

“我不知道，”伊芙虚弱无力地说道，“我只是下意识这么做。我想看看那些猫，我想看看这个不一样的世界，我曾以为这是最好的世界。”

哈罗德站起身，背负双手。“事实上，我们并非冷血无情，我们也有爱。”他绕着办公桌来回踱步，怀揣着虔诚和尊崇之情，“动物福利是我们的关注话题之一。你知道吗？元首在世时就是一个动物爱好者，戈林元帅也是一个动物保护管理论者。这的确是最好的世界，但仅仅是对雅利安人民而言，而不是你们。我们已经把你们从未来中抹去，很快，你们也将彻底灭绝在过往。”

伊芙感到遍体生寒。哈罗德的话语里潜藏着来自冰雪荒原的寒风，凌厉萧瑟的寒意冻结了她心中所有的幻想。那些关于"一个人类至上的美丽新世界"的憧憬和向往在这一刻都受地心引力拉扯，凄厉哀鸣着坠入深沉无望的深渊。

这是一个何等可怕、何其糟糕的腐烂世界！手足相残，党同伐异，人类对其他物种的爱甚至大于族群内部的彼此仇视。在猫的世界，所有人类都是出自同一个自由目的的兄弟姐妹，而在这个人类统治的世界——

好吧，她不知道。她不知道究竟是权力腐蚀人性，使人疯狂，还是人类流动的血液深处天生就埋藏着贪婪、自私、嫌恶、敌对、不公、战争和暴行的种子。她不知道，也不明白，为什么在猫统治的世界，那些主子虽偶有嫌隙，却总能以和平方法解决，而人类却做不到。在人的世界，永远争执不断，永远兵戎相见，永远烧杀劫掠，永远充斥着暴力和谎言。

哈罗德背负双手低头沉思。在转了一圈又一圈之后，他终于下定决心，做出决断。"让士兵进来。"他对着机器人吩咐道。

英姿飒爽、戴着红色袖章的士兵昂首挺胸走了进来。他们右手高举，五指并拢向前，敬了个礼。

哈罗德神色肃穆，回了礼。"虽然公开行刑有利于振奋人心，"他沉着冷静地说，"但帝国已太久没出现魔鬼了。就这样吧，明天一早，秘密处决，避免引起公众恐慌。"

士兵们押送着伊芙前往郊外。

在颠簸震荡的路途上，莫名其妙地，伊芙长长地舒了一口气，隐隐期待着子弹的到来。当士兵扣下扳机，当子弹在火光中飞射而出，她的脑袋会像西瓜一般炸开，或许暗红色的鲜血和灰白色的脑浆会涂洒一地，但毫无疑问，她也将再也无法感知世界。

当那一刻到来，死亡降临，一切就解决了，万事万物都将远去，就像雨水回归大海消融于无形。纵使她死前满腔困惑，但在心脏停止跳动之后，她将不再呼吸，不再思考，也就不再疑惑，不再担忧，不再恐惧，不再痛苦。

她唯一还没放下的事是亚当去哪儿了。她衷心希望他不要掉到这个可怕的可能世界之中，这个世界比猫高高在上的世界还要糟糕一千万倍。

德式飞碟在郊外的田野间降落。司机按下按钮，打开后车厢的铁门。刽子手端着步枪钻了进来，又推着伊芙下了车。

他们一前一后走在丰收的田野上，头顶是铁灰色的苍穹和闪烁着苍白阳光的太阳。天气又闷又热，世界阴郁而昏暗。士兵让伊芙在一块荒草地中背对着他跪下。她能感受到膝盖下柔软的土壤正散发着阵阵热气，泛黄的野草杂乱丛生，有一只肥头大耳的灰兔从远处的灌木丛中探出半个脑袋，警惕而好奇地望着她。

伊芙抬起头，对上那只兔子黑漆漆、湿漉漉的纯真眼眸，忽然流下了沉默的泪水。身后传来步枪上膛的声音。她颤抖着闭上眼睛，在内心哀叹着，静静聆听秋风呜咽作响，带来远处小溪的潺潺流水声。

她重新睁开眼，只听见枪托护木摩擦军服的窸窣声和水声。

然后是一声枪响。

她看见兔子受了惊，转身钻进枯黄的草丛。在她身后，传来一阵闷响，而她还安然无恙。伊芙犹豫着回过头，看见那个士兵正瞪着惊疑不定的双眼，倒在血泊之中抽搐不止。人死之后，一股恶臭顺着排泄物从失去控制的括约肌中涌出，混杂着刺鼻的血腥气味，弥漫在郊外的田野之间。

司机不知何时已下了车，恭敬地站在车边。德式飞碟边上停着另外一架崭新的黑色飞碟，一个戴着红色袖章的老人端着步枪朝着伊芙点头致意。他招了招手，伊芙犹豫了一下，走了过去。

"行刑者对这个女人动了邪念，"老人把枪塞到那个司机手中，"这会玷污伟大的雅利安血统，而你见到了这一幕，决定阻止这种令人难堪而不被容忍的罪行。"他意味深长地说，"这是元首的意思，你能明白吧？"

司机激动难抑。他右手高举，五指并拢向前，敬了个礼，表情狂热而虔诚。

"跟我来吧，伊芙。"老人冲着她点了点头，坐进自己的飞碟中。

伊芙不知所措地看了一眼司机，又看了看老人。她踌躇片刻，最终还是拉开车门，坐进那架崭新的黑色飞碟中。很快，飞碟冲进阴暗低沉的天空，大地、田野、林木、司机、尸体、德式飞碟在她的视野中迅速缩小。

"我已经派人了解一切情况了，伊芙。"老人敲打着方向盘，漫不经心地说道，"先前审问你的人叫哈罗德，他是戈培尔的养子，戈培尔是帝国宣传部长，牙尖嘴利，所以哈罗德的话你也不必放在心上。"

"哈罗德和我说了你们的权力和你们统治世界的方式。"伊芙轻声说道。

"我们的权力？哈，我们的权力！"老人自嘲一笑，嘟哝道，"我知道，我都知道，我掌控一切，从那台书记官那里得知了你们的对话内容。哈罗德那些话，不过是对尼采和福柯的引用和曲解。"

"曲解？这么说，你和他们不是一伙的？你是光顾那个对立面的？"

老人点了点头，又摇了摇头。"获得知识的意志就是权力意志，但人们并不是为了知识而认识，也不是为了追求纯粹真理，而是为了使知识服务于获取权力、排除他者。”

“我不明白你的意思。”

“权力是手段，但更是目的。”老人激动地解释道，“人们凭借权力区分真与假、善与恶、理性与疯癫，这种区分实际上暗含着一种挑选，是控制、统治和确保利益的权力。所有的力量关系都是权力关系，渴望知识的意志在实际运作上就像一个庞大的排除异己的机制。”他比画着手势，努力组织语言，“事实上，从折磨肉体的惩罚到监控灵魂的规训，并不意味着社会更加人道，恰恰相反，一种新型的微观权力和一个新型的规训社会兴起。你想想我为什么能及时赶到，抢在士兵们开枪之前找到你？权力关系渗透在整个社会的表层，现代社会是一种新型的全景敞视机制。人人为我，我为人人，人人监视我，我监视人人，人们忠于同一固定形象而不相信彼此，元首的照片无处不在，就像圣像崇拜，只是对其神力和感染力的迷信。”

“你是谁？”伊芙若有所思地问道，“为什么和我说这些？”

“我？我曾是‘元首的影子’，但希特勒因惧怕死亡而躲入冷冻舱之后，我就成了这个帝国实际上的控制者。”老人将飞行模式切换至自动驾驶，又为自己剪开一支雪茄。

伊芙摇了摇头。“不，你不是。”她轻声说道，“你是亚当，对吗？发生了什么？我们不是同时触碰了气泡膜，为什么会——”

老人笑了笑。“失之毫厘，谬以千里，所谓的‘同时’，不过是我们的主观感受。”他解释道，“实际上，哪怕是一微妙的差距，都足以在荡起的时空涟漪中渐行渐远。”

“你比我提前来到这个可能世界。”伊芙低垂眼睑，道出真相，“在时间之外，一微妙的差距可能就对应着几十年甚至上百年的延迟。”她低声问道，“到底发生了什么？亚当，为什么你会成为这个帝国的控制者？"

亚当降下窗户，默默抽了一口雪茄，又重重吐了一口气。青色的烟雾从他的唇齿间喷吐而出，打在面前的风挡玻璃上，又飘回他的面前。雪茄的烟雾将他的苍老五官笼罩，暗红色的雪茄头燃烧着，在一片朦胧中忽明忽暗。"好眼力，伊芙，这都没能瞒过你。"他勉强笑了笑，揉搓着白色的眉毛，卸掉脸上的老人装，"很抱歉，这个世界的人类不如我们来的世界发达，这里的人也只有短短几十年可活，我为了不显得太过突兀，不得不化装成这样。"

伊芙盯着那沧桑的双眼，下意识捏紧拳头。

"我来的时候，战争处于白热化阶段。"亚当叹了一口气，解释道，"当时，战况胶着，德国围攻列宁格勒九百多天而不下，胜利的天平渐渐发生变化。在接触气泡膜之后，我凭空出现在柏林的地堡，被当时目睹这一幕的戈培尔带到那个男人面前。你知道我经常接触喵斯威尔和它的研究吧？"

伊芙点了点头。"我明白了，你为了活命，就为那些精神变态和狂徒设计武器，对吗？"她蹙起好看的眉头，"你甚至帮助那些人残害我们的同胞！亚当，你看清楚了吗？这里不是我们想要的可能世界，这个世界糟透了，一点都不——"

"我没有办法！"亚当拍打方向盘，大声打断道，"当时我刚来到这个世界，根本完全不清楚状况！我找不到你，伊芙，当时我孤身一人在最动荡的年代，希特勒答应帮我寻找你，也答应资助我的研究。"他狠狠抽了一口雪茄，又被呛得咳嗽不止，"我做了错事，伊芙，盟国本该胜利，我为德军带来了喵斯威尔的 V2 火箭、球形坦克、鼠式坦克、古斯塔夫巨炮……我的到来使这个可能世界发生变化。"

伊芙静静看着亚当。"你带来了喵斯威尔的科技，你就不该那么做，你帮助那些战争狂人打赢了他们最想要的战争。"她的语气深沉而悲哀，就连目光也渐渐流露出绝望，"现在，亚当，这下好了，我们都被困在这个可能世界，我们回不去了，也无法回去。我们将在这个最糟糕的世界腐烂，而你将带着愧疚、背负罪恶死去。"

"不，不，不会的！"亚当握紧雪茄，大声说道，"伊芙，听我说，我找到了修正这一切的方法。德国曾有一个名叫莱布尼茨的人认为，世界是可能的事物组合，现实世界就是由所有存在的可能事物所形成的组合。可能事物有不同的组合，有的组合比别的组合更加完美。因此，有许多的可能世界，每一个由可能事物所形成的组合就是一个可能世界。"他又咳嗽了一声，迫切的语气像抓紧最后一根稻草的落水之人，"也就是说，既然存在一个轴心国胜利的世界，就必然也存在盟军胜利的人类世界。我已经找到了那个世界，在那个世界中，'元首的影子'是马丁·鲍曼而不是我。我看得仔仔细细，那个世界的轴心国的确战败了。我们要做的不过是重新打造机器，前往那个人类世界。我已经让全世界的科学家投入到纳粹钟的研究之中，那是一种反重力装置，甚至可以扭曲时间——"

伊芙摇了摇头。"真的吗？亚当，这就是你想要的吗？"她忧郁地看着亚当，失落地笑着，"丢下这一切烂摊子，去另外一个更好的世界？毁了这个世界还不够吗？难道我们还得毁了另外一个世界？"

"不，伊芙，难道你还不明白吗？"亚当挥舞手臂，激烈地争辩道，"平行时空论证了莱布尼茨的可能世界。有无数个时空，就有无数种可能。即使我没来这世界，也总有那么一个世界会出现如今的局面。人类只是卑微而渺小的生物，猫也是，我们根本就没有自由意志，只是无限多可能中必然会发生的其中一种可能。"

"我明白了，"伊芙平静地问道，"纳粹钟在哪儿？"

"这么说，你同意了？"亚当惊喜地看着她，"我们可以一起前往那个新世界，你要学的还很多。然后，我们可以将那个猫世界的旧友接过来，我们可以建立一个培训班，帮助旧友迅速融入这个世界。"

伊芙坚定地摇了摇头。"谢谢你，亚当，但我不是这个意思。"她挥了挥手，一脸厌倦地说道，"带我去纳粹钟那儿，我已经累了，只想回家。"

"家？"亚当困惑地看着她。

"是的，家。我不想在这里待着，也不想去往另一个可能世界。"伊芙依靠在窗边，呢喃道，"那个猫的世界，就是我们的家，相比这里，甚至可以说是我们的乌托邦。至少，在那个世界，没有战争，没有冲突，没有暴力，没有不公，我们至少什么都不用想，也不必经历同类之间你死我活的对抗。人类都该为了同一个目标而努力，我们依靠智慧而非诉诸武力，这才是我理想的可能世界。"

"可是，你说的那个可能世界必然存在于某处呀！"亚当不解地喊道，"它就在那儿，在那无数幽蓝色的时空触手上，静静等待着我们去发现。你为什么不和我一起呢？"

"是的，亚当，但那不是我们的世界。"伊芙低头看着自己的双手，低声说道，"我想明白了，没有绝对完美的世界，乌托邦只存于幻想。即使人生可以重来，即使可能事物有不同的组合，即使世界具备无限可能性，我们也必须认清自身。"她低垂眼睑，眼神低落而沮丧，"亚当，难道你还没看明白吗？即使没有猫来统治，人也会自相残杀。'我是谁？我从哪里来？要到哪里去？我想要什么？这一切意义何在？'我情不自禁这样问自己。我想，我们都会死，但我们必须为生命中不同的可能性负责，无论我们是否找到存在的意义。"

伊芙回来了，独自一人，返程时落到了离开之后不久的那个时空。这个时空存在两个伊芙，一个在飞船上冬眠，准备进行穿越黑洞之旅，一个却早已结束穿越之旅进而归乡。由于存在一定的时间差，喵斯威尔丝毫没察觉到她的归来，毕竟在猫的眼中，所有人类都长一个样。

在某个月黑风高的夜里，悉达多和李耳顺着地道前来拜访她。在她的小窝边，他们向她解释喵格丽特变得呆滞而无神的缘由——喵库斯带着自己的妻子去了神经科，医生切断了喵格丽特的额叶，这样一来，女主子从此之后再也不会因一点小事就大惊小怪、过度紧张了。

伊芙毫不意外。放在以前，她或许会为此感到悲伤，但现在看来并没有什么大不了。喵库斯或许不爱自己的妻子，又或许只是需要一个足以用来解决发情期需求的固定对象。权力是一种关系，这世界总是存在一些野心勃勃的控制狂，他们的欲望无处宣泄，他们的狂热无处安放，最终只能倾注在某种合法的权力关系之上。

但是，无所谓，反正这样的事情在那个人类至上的世界遍地都是。在那个人类世界，没有最坏，只有更坏，人类对于恶的想象力可比猫们丰富多了。

对于那个世界，伊芙向他们编织了一个半真半假的故事——亚当在黑洞穿越中死了。她成功抵达了那个世界，但那是一个糟糕的世界，人类生活尚可，却始终摆脱不了猫的控制。每个人都是猫奴，人们一见到猫就走不动路。猫仍旧是主子，人们甚至为了养猫而主动背负所有工作。更可悲的是，人类主宰的世界其污染程度已不可想象，绝大部分物种只有短短几十年寿命，唯有少数龟类还保持着应有的长寿。

"鉴于此，大家还是好好待在这里吧，"伊芙拍了拍两人的肩膀，安慰道，"至少，虽然同为宠物，但猫们不会压榨我们的劳动力。我们好吃好喝，至少换个角度来看，是猫们努力为我们工作呢。"

"除此之外，"李耳好奇地问道，"难道你就没从那个世界带回来什么吗？"

伊芙笑了笑。"我带回了诗歌和艺术创作，还有一些缓解无聊的小游戏。"她俏皮地说道，"我尝试着写了一首诗，你们愿意听我朗读吗？"

"当然，"悉达多兴奋地说道，"真没想到，伊芙，那个世界教会了你这些。妙极了，诗歌不再是猫们的领域，也许我们有一天可以推翻猫的统治。"

伊芙眨了眨眼睛，朱唇轻启，轻柔的嗓音带着一种悲而不伤的空灵感——

> 穿越无水的荒漠
>
> 寻找现实的面包
>
> 死亡是达摩克利斯之剑
>
> 生命是死亡的黑色幽默
>
> 所有这些
>
> 躁动的不安，蛰伏的绝望
>
> 和隐秘的悲伤
>
> 在混乱无序的熵增中皆已烟消云散
>
> 每一个人心中
>
> 都压着西西弗的巨石
>
> 我曾是迷失的那一个
>
> 今亦如是

科幻作家，存在主义之拥趸，偏爱融入宗教、哲学、心理学与社会学元素，写作风格受 PKD（菲利普·迪克）、威廉·吉布森影响较大，也钟爱罗杰·泽拉兹尼和丹·西蒙斯诗歌般的语言。代表作《如果我是 DJ》等。小说《尼伯龙根之歌》2019 年获得未来科幻大师奖三等奖。

无形者

作者 / 劳伦斯·M. 舍恩
译者 / Mahat

猫见未来
Cat Futures

当艾米问出那个改变一切的问题时，我跟她约会才不过几周，我们就在距校园几个街区的咖啡馆里，她刚上完艺术史课，坐在那儿等着，双手拢着加了发泡奶油的特大杯双份摩卡咖啡取暖。而我正好读完了《英国文学》杂志里一篇小说的最后几段。

我合上书的那一刻她冷不丁来了句："那么，史蒂文，你喜欢猫吗？"她就是这样，没有铺陈，单刀直入。与我通常约会的女孩类型完全不一样。

我们是在校园医务中心见的面。在一场本该是触摸式橄榄球[1]的比赛中，我跳起落地后狠狠地撞了脑袋，朋友们把我带了过来。她正巧在那儿开处方药。我第一眼见到她时，她似乎被光芒包围着。好吧，部分原因可能是我脑袋被撞了，但当时我只是愣愣地盯着她，就像看到了一个天使。她转过身，目光迎上了我的眼睛，接下来我意识到，我正在向她做自我介绍并约她出去。

现在两周过去了，她正在问我有关猫的问题。

"什么？好吧，我猜是吧。我的意思是，当然，我喜欢猫。我没有

---

[1] 以触摸代替擒抱的较安全的橄榄球玩法。——译者注

不喜欢猫，不过我从来没养过。我长大后家里总是养狗，而我的妹妹养过一只兔子。"

"你说的是宠物，"她说，"而我说的是猫。"

"是吗？"她仍然有那种光芒。我虽然再也看不到了，可仍能感觉到。

"猫不是宠物。它们是有时候选择与你分享生活的自主生物。"

"猫不是宠物吗？"我喝了一口咖啡，不是拿铁咖啡或浓缩咖啡，只是普通的那种，对应着我属于哪种人。

"好吧，没错，有些猫是宠物。但就像有些人是蠢货一样，你懂吗？就好比有些人像工蜂一样走完一生，没有想象力，没有创造力，没有志向。所以是的，有些猫就是那样，像工猫，那种属于宠物。但真正的猫，它们很特别，它们很聪明，它们绝对不是宠物。"

"你有一只猫？"我问。我从未去过艾米的住所，但我知道她在校外有一套公寓。就像我说的那样，我们只约会了两周，而约会结束的地方总是在我的宿舍。

"我没有，但三天前有一只猫开始和我住在一起。"

我笑了笑。我不知道为什么，但对我来说听起来很可爱。艾米的很多事情都让我感到可爱。"她叫什么名字？"

"我无法发音。那是猫语。"

"猫语？"

"猫的语言。不是宠物那套，是真正的猫语。还有，它是公的不是母的。"

"好吧，如果你不能发它名字的音，你怎么叫它？"

"我称它为纽纽先生。但据它说，它的名字在猫语中更接近'跋涉在可能命运的阴影中的旅人'。"

她说的时候脸上一本正经，我不得不假装打喷嚏来掩饰大笑。当我缓过来后，我问道："为什么猫语里它是那个名字？"

"因为，"艾米说，"纽纽先生可以预言未来。"

"你刚说的是什么意思？"不要误会，我对艾米是有真感情的，可这样子就会从傻乎乎变成诡异，你只要交往过一个非常诡异的女孩，就会对此望而却步。

"它知道某些事情，"她说，"将要发生的事情。"

"好吧，"我说，"它给你说了这些事情？"

"史蒂文，别傻了。猫不能说话。"

"那它怎么——"

"它使用冰箱上的文字，那些文字磁贴之类的东西。就是当你把牛奶放进冰箱里时，顺手用来排列成俳句或十四行诗的单词磁贴。"

"那只猫能这么做？用不同的方式将这些词组合排列，为你预言未来？"

"是的。它过去几天才这样做过。我没有告诉别人，你是第一个。"

"为什么是我？"我问道，不确定自己想表达的是反问还是疑问。

然后她微微一笑，我再次感受到那种光芒。是的，我被迷住了。

"因为纽纽先生叫我这么做。它想要你去见他，说有些未来的事情需要你知道。"她看了看表，"你现在有时间吗？今天的课我上完了。"

喝完咖啡，我跟着艾米去找她的车，一路上我的靴子踩在雪地上嘎吱作响。我们驱车前往老城区，离大学远得不得了。那里有几栋公寓大楼，刚建的那会儿应该就挺破的，而我父母还兜尿布的时候它们就已经不算新了。雪积得很厚，闪闪发光，让许多建筑看起来更漂亮，但没有为这里增添半分光彩。艾米把车开进停车场，停进一个有编号的车位里。我们下了车，我跟着她穿过一扇生锈的铁门，爬了两层楼梯。她的房门上了三把锁。

这间公寓非常小，是个一居室，一张折叠床折起来靠在墙上。艾米有一张书桌和一个书架，除此没有别的家具。角落里不是常见的厨房，而是放了台小冰箱，上面叠放着微波炉。大门正对的墙上有扇玻璃移动门通向一个小阳台，阳台上有一对绿色塑料躺椅、一个垃圾箱和一篮子猫玩具。这间公寓比狗窝大不了多少，但即便如此，面积仍是我宿舍的两倍，而且有自己的卫生间。这地方看起来像毛坯房一样，但艾米让房间蓬荜生辉，她就像童话里的公主一样，哪怕被送到茅草屋里，与邪恶的农夫养父母一起生活，也一样是公主。

"那么猫在哪里？"我问。

"纽纽先生喜欢在阳台上晒太阳。我去找它。"

当艾米去抱猫的时候，我在公寓里慢慢转了一圈，然后又转了一圈。真是个非常小的公寓。她回来时，怀里抱着一只巨大的橘色虎斑猫。她挠着它的下巴，向它轻言细语地说着无意义的音节。

"来，你抱着，"她说，"我去准备它的单词片。"

我摸索着接过了那只猫。"我记得你说它用冰箱磁贴之类的东西。"

"是的，但它不会在冰箱上排列。我把它们放在书架上的纸盒里。来，接着。"她在地板上放了一个浅盒子，那种三姑六婆用来送你圣诞毛衣的盒子。里面有成百上千片白色塑料小块，上面印有文字。

"怎么弄呢？"

"你在盒子的一端清理出一个空间。然后纽纽先生用它的左前爪来挑选它想要的单词并将它们按顺序排列。"

"为什么是左前爪？"

"那是预言之爪。"艾米边说边盯着我的眼睛，突然露出庄严肃穆的表情。

"预言之爪？"

"四趾者才有此天赋。"

我摇了摇头："我想我大概错过了什么。"

她停顿了一下，说话的声音小得近乎低语："未来不会被说出或写就，只能被预言[1]。"她停顿了一下，就像她刚刚透露了一些神圣的真理，然后她的嘴唇开始颤抖，憋不住地大笑了起来。"啊哈！被唬住了吧。什么都不是，纽纽先生只是一个左撇子。"她又咯咯地笑了起来，"一只南爪子[2]。"

我夸张地翻了个白眼，这让她笑得更开心了。我还能说什么？我的女朋友喜欢糟糕的双关语。然而，尽管她一直在拿纽纽先生使用左前爪的事开玩笑，她仍然把猫的能力很当回事。

"好了，现在我去地下室洗衣服，让你们独处一会儿。"

"我应该和纽纽先生做什么？"我说。

"它会告诉你你的未来。不过它很挑剔，这样做的时候并不想我在场。但不要问它太多问题，我只会离开五到十分钟。"

她走出门，朝我递了一个飞吻，然后把门带上。我把猫放在地板上，它立刻趴在纸盒子上，开始用左前爪移动单词片。过了一会儿，它抬头看着我，满脸期待，或者至少是我认为的期待眼神。

"当然，纽纽先生，我会玩的。"我把碎片堆在盒子四周，中间清理出一块小空间。当我整理的时候，猫缩回了它的爪子，但我刚一清理完，它就把爪子伸了进来，东一下西一下地快速挪动单词碎片。然后同样快地停下来，从盒子里缩回爪子，蹲坐回去，盯着我看。我看着盒子，开阔空间里排列了六块单词片：

---

[1] 此处是英语的文字游戏。原文是 four-toed（四趾的），和 foretold（被预言）谐音。——译者注

[2] 原文 south paw，直译为南边的爪子，意思是左撇子。——译者注

我会告诉你三事

这话我看了有整整一分钟，然后看着那只猫。它的尾巴左右轻甩，它站起身来，迈步走回盒子。它再次用左前爪移动文字。当它完成后，再次缩回爪子。我看着盒子里的单词片：

两年内你会娶这女孩

"哦，真的吗？得了吧，我们只约会了几次。她很特别，我很喜欢她，但这样太疯狂了。哦，天哪，我正和一只猫讨论。也许我真疯了。"

纽纽先生昂起头，发出了一声非常清晰的"喵啊呜"。然后它回到盒子边，又来了一遍。这次它结束时，从盒子里缩回爪子，但没有退后。它歪着头看着我，仿佛想看我敢不敢看它的三个声明中的第二个。

女孩很危险除非你救她

"危险？什么样的危险？你吓坏我了，猫。"我从之前半跪在盒子旁的地方站起身来。我走向移动门，走到门外阳台上，我需要呼吸点新鲜空气。这太过分了，我喜欢艾米，我非常喜欢她。当然，或许我迟早会意识到我爱她，真的爱她，而不仅仅是我现在对她的迷恋。但有些地方很不对劲。她的猫预言了未来？之后究竟会怎样？

过了一会儿，纽纽先生跟着我走到阳台上，开始做普通猫咪会干的事，来来回回蹭你的腿。当它再次得到我的全部关注时，它转身进屋，回到盒子旁。它没有把爪子放进去，只是坐在盒子边上，抬头看着我。

我进屋后再次半跪在盒子旁。猫已经列出了第三条信息。我把它读了出来，只是呆呆盯了一会儿，试着猜透它的全部含义。

他们给错她药

我站起来走进卫生间。这是一间很小的卫生间，和很小的公寓相配套，里面有一个标准的镜面药柜在洗脸盆上方。我打开柜门，找到了要找的东西，一个来自医务中心药房的琥珀色塑料小药瓶。我拿出手机，拨打了药瓶上的电话号码。

第三次振铃时接通了："校园药房。"

"你好，我打电话是想问艾米·桑德斯的药……"我检查了标签，"处方号3821964。"

"对不起，先生，未经本人许可，我不能讨论另一个人的药物。"

"是的，好吧，但我只是想确保她拿到的是正确的药片。你可以在电脑上查到药方，对吧？这些药片应该是蓝色的吗？"

"蓝色？"

"是的，浅蓝色，中间有一条槽，可以用来掰成两半。"

"不，先生，那不对。"声音停顿了一下。我想象着电话另一端的药剂师咬着嘴唇。"药片上有任何标记吗？"

我用接下来的几分钟详细描述了这些药片，从药瓶的标签上读出完整内容，然后保证立即将艾米送到医务中心。

就在我关上手机的时候，她带着一篮子叠好的衣服回来了。她仍然散发着同样的光芒，就和我第一次见到她时一样。

"我回来了，纽纽先生告诉你什么？"

"我会在车里告诉你所有的事，"我说，虽然我知道我接下来一句都不会提到。之后也不会，也许永远不会。

"我们去哪儿？"

"我们要去医务中心，而且你得让我开车。过去两周你一直服用错误的药片。你可能会妄想，或者更糟，也可能会癫痫发作。"

"你在说什么？开玩笑吗？是不是纽纽先生让你这么做？"

我从她手上接过洗衣篮，放在一边，把她抱在怀里。"会没事的。再服用一周就可能会有很严重很糟糕的后果。但药剂师说你没有服用太长时间，不会造成任何长期伤害。走吧，我来开车。"

这就是我所做的。当我们到达医务中心时，他们把艾米带到了检查室，证实了纽纽先生之前告诉我的内容。他们说需要让她在那里待几天，直到药物排出她的身体。她会没事的，除了会有少量记忆遗失。

我答应艾米会照顾那只猫，直到她出院为止。她脸上的感激之情让我对自己之前所做的一切感到很高兴。但当我回到公寓时，我哪儿都找不到它。它不见了。

装单词片的盒子还留在之前我放那儿的地板上，里面附带了一句临别赠言：

扔掉我的东西我不待了

纽纽先生，又名"跋涉在可能命运的阴影中的旅人"，去了另一个地方。

我仍然不想去相信一只猫可以用单词片对我下命令，但过去的事就过去吧。所以我收集了它的食盆、猫厕所、猫玩具，以及猫在公寓里留下的其他任何物证。当我将所有东西都带到楼下的垃圾箱旁时，我试图理解这一切。为什么纽纽先生要告诉我艾米有危险，而不是几天前自己告诉她？难道这会让她陷入更深的危险中吗？我仍然无法明白。

几天后，当艾米回到家时，她只字未提猫的预言。她不记得曾经有过一只猫，当我问她时，她笑着叫我别取笑他，因为她一直想要养只猫，但她的公寓楼不允许养宠物。

我将它归因于记忆丧失，随即便释然了。我无法解释发生了什么，或是怎么发生的，但这无关紧要。艾米仍然带着她的光芒，我仍然对她痴迷。我们一直在约会，我对她的感情只会越来越深。

几个月后我才终于意识到了这个显而易见的事实。纽纽先生进入艾米的生活，不是为了使她免于药物中毒，它是来做月下老人的。我仍然没有得到解释，仍然不明白它是如何发生的，但是当我看着艾米时，我可以清楚地看到我的未来，不再需要由一只猫为我拼出来。

美国科幻作家、诗人和编辑。其作品曾获坎贝尔奖、雨果奖、星云奖等多个重大奖项的提名。曾担任多年大学教授，在人类记忆和语言领域进行了广泛的研究。这方面的背景为他的小说提供了不少灵感。他还是全世界最重要的克林贡语研究者之一。

劳伦斯·M. 舍恩　Lawrence M. Schoen

作者 / 柠檬黄

猫在十点零八分的时候开始思考

一

　　将无限只猴子置于无限台打字机前，等待无限长的时间，那么猴子也能完整地写出一部《哈姆雷特》。

——波莱尔的无限猴子实验

　　那里有一只猴子，还有一台打字机。

　　如果以它为中心，向四周展望，就会看到无数只和它一模一样的猴子，坐在一模一样的打字机前。

　　它们已经记不清自己在这里坐了多久，也不知道自己还要坐在这里多久。纯白的天空中有一扇方形的窗口，那里有奇怪的对话声，但它们从来不会去听，更不会抬头去看。猴子们蹲坐在座位上，不慌不忙地敲打着打字机的键盘，每当它们按下一个按键，纸上就会出现那个字符，它们感受不到时间的流逝，因为时间，对它们来说是无穷无尽的。

　　无穷的时间，无穷的猴子，纯白色的天空，单调的键盘敲击声。

　　它们所在的这个世界，就是这样的。

　　A0315 号的猴子满脸认真，执拗地敲打着键盘上的 C 键，落在纸上的痕迹显得有些奇怪：

CCCCCCCCCCCCCCC。

"喵。为什么要一直按同一个键呢？"不知从哪里传来了这样的声音，A0315 号猴子并没有停下手中的动作，可是，它的脚踝突然感受到一阵刺痛，于是急忙缩了回来，那阵刺痛沿着它的神经上传到大脑，似乎让它产生了什么想法。

"因为 C 是月亮的形状……咦……"

"我帮你注射了提升智力的药剂，不用谢。"

A0315 号猴子低下头，看到了一只浑身漆黑，只有尾巴上有一撮白毛的猫，正在它的脚下舔着爪子。在猫的爪子旁边，正放着一个空空的注射器。

"你是……"

"时间宝贵，让一下。"黑猫一跃而上，趴在了打字机前，伸出圆圆的猫爪，抽掉纸张，一张新纸立刻出现在了机器上。

"To be or not to be, that's a question（生存还是毁灭，这是个问题）。"

A0315 号猴子愣在一边，看着这只黑猫熟练地在键盘上敲打着字母，它一时不知道该做些什么，显然也不知道该怎么赶走这只小猫，它第一次抬起头，看着各个方向坐着的同类：它们姿势一致，蹲坐在打字机前，全神贯注地敲着键盘。

不知过了多久，黑猫突然开口问它："你喜欢这个世界吗？"

猴子一时没反应过来，黑猫又问了一遍："你喜欢这个世界吗？"

A0315 号猴子，迟疑着点了点头。

"是吗？"黑猫摇着尾巴，轻轻地在猴子脸上扫了扫，稍微扭过头来看着它，玩味地笑了笑说，"那，对不起了噢。"

"对不起？什么意思？"

黑猫并没有理会猴子，把猫爪轻轻地按在键盘上，打字机发出清脆的声音，最后的字符也被油墨印在了纸上。

猴子从未见过的红色灯光亮了起来。

"注意！注意！　A0315 号完成了《哈姆雷特》的输入。注意！注意！A0315 号完成了《哈姆雷特》的输入！"

黑猫警惕地直起身子，向着各处张望。

"原来门在那个地方啊。"它露出了奸计得逞一般的笑容，看着从凭空出现的洞口里走进来的工作人员，不太灵巧地从桌上跳到地面。猴子这才注意到，黑猫的后腿上，有一个显眼的伤口。

"喂，你伤得很重，你要去哪儿？"猴子愣在原地，完全不知道眼前发生了什么事情。黑猫扭过头，用娇媚的声音说："抱歉啊，能帮我拦一下他们吗？如果被抓住的话，他们会杀了我的。"

猴子看了看走进来的人，又低头看了看黑猫，黑猫喵喵地叫着，蹭着它的小腿。那一刻，它像是下了什么决心似的，抱起黑猫冲向洞口。一时间，凄厉的猫叫和混乱的脚步声打破了这个世界的宁静。

二

三十分钟后。

黑猫从猴子的怀里优雅地跳下来，蹲坐在地面上舔着自己的爪子。猴子扶着墙，激烈地大口喘息不停。

刚刚的三十分钟里，猴子一直拼命地奔跑，从打字机的世界逃出后，它又闯进了一个看起来像是造船厂的地方，许多白色的仿生人正从一艘船上拆下木板，安到另一艘船上。它抱着黑猫，在人群中辗转腾挪，甩脱了那些追着它们的人。然而它本来就是只打字机前缺乏锻炼的猴子，此刻身体已经不堪重负了。

但那只黑猫，却像事不关己一样，懒散地伸了个懒腰。

"蠢猴子，救人的时候也要注意抱得舒服一点啊。"黑猫扭过头，轻轻地舔舐着自己的伤口，"不过还是帮了大忙，你叫什么名字？"

"我没有名字，我的编号是A031……"

"太长了，就叫你三三吧。"黑猫不耐烦地打断它，"你可以叫我黑子，谢谢你帮我逃走。"

"不，是你帮了我……"三三脸红着遣词造句，"你帮我注射了那个……我好像真的变聪明了……"

"你会这么说，说明你还是很蠢。"黑子不屑地笑笑说，"不过如果你打算报恩的话，我还是愿意给你一个机会的。"

三三看着黑子从腰上解下一张纸片递给它，图上画了很多方块，还用线连在了一起，写着奇怪的字。

"这是……什么？"

"显而易见，一张地图。"

"什么地图？"

"你有没有想过，你活着的这个世界，其实是虚假的？"黑子答非所问，"或者，你有没有听说过什么东西，明明存在，但你从来没见过？"

三三点了点头。

"**月亮，**"它说，"**我听说过月亮的形状就像字母C，但我从来没见过那个东西。**"

"还真像是猴子会喜欢的东西，"黑子舔了舔爪子说，"那我告诉你吧，你之所以从来没见过那个东西，是因为你的打字机世界也好，我的实验室世界也好，包括现在我们所在的走廊，一切都是虚假的。这些奇形怪状的世界被连接在一起，形成了一个巨大的虚拟空间，这就是所谓的'思想实验博物馆'，我们这些世界都是一些思想实验的具象表现，是博物馆中用来展示的藏品罢了。"

三三依然迷茫地望着黑子。

"这么说吧，你有过去的记忆吗？"

"有，我的记忆里，一直都在打字。"

"那就对了，你的世界就是为了让无数只猴子在无限时间中，随机完成一部《哈姆雷特》，是以概率为核心的思想实验。"

"啊，那这么说我更要谢谢你了。"

"谢我什么？"黑子皱起眉，抬头看着三三问。

"你帮我完成了《哈姆雷特》啊，这样的话我的生命就真的有意义了。"三三一脸认真地回答。

黑子无奈地摇了摇头。

"那你接下来的生命意义，就是帮我找到这个。"

黑子的猫爪，按在了地图上写着"戈德曼的生命之书"的方块上。

三

如果图书馆中有一本旧书，记录了你的全部人生，那么你在得知关于自己的预言后，还能否篡改"生命之书"做出的预测呢？

——戈德曼的生命之书

三三把黑子放下之后，黑子推开了一扇完全看不到的门，明亮的光线一下子闪到了三三的眼睛，它不自觉地用手捂着眼睛，黑子嘲笑地看了它一眼，扭着身体，走进了一个充满明亮白光的建筑当中。三三的眼睛也终于恢复了功能，它看清了这个巨大的房间，里面有无数鳞次栉比的高大书架，看上去就像一排排楼房，空中有许多飘浮着的板块，上面载着一些猴子形状但更瘦弱的生物。

"这里，是戈德曼的图书馆，传说中，每个人都能在这里找到它的生命之书，也就是记载了它全部人生的笔记，在那本书里，写着它这一辈子做的所有事情。"

"还有这么厉害的书啊！"三三不由得感叹了一句。

"当然，所谓的思想实验，就是建立在各种不可思议的假设上的。"黑子向前走了几步，一个白色的板块落在她面前，上面有一个矮矮胖胖的人形生物，热情洋溢地对它们打招呼：

"欢迎来到戈德曼的图书馆！"

"人类？"

三三紧张地上前一步抓起黑子，但黑子并不想被它抱起来，爪子贴在地上，身体被拉成了长条。"住手啊，这不是人类，只不过是工作用仿生人罢了。"

"请不要使用'仿生人罢了'这种表达。"三三的脸上露出一种类似于悲伤的表情，"这种表述会伤害仿生人的弱小心灵。"

黑子翻了个白眼，晃着尾巴一瘸一拐地跳上了板块。

"跟上来，蠢猴子。"黑子坐在板块上，舔着自己的爪子。

三三也登上板块后，仿生人在一台机器上敲敲点点，板块便平稳地升起来。

"欢迎两位乘客乘坐戈德曼076号运载机，仿生人076号为您服务。"仿生人的脸上，恢复了工作用的欢快表情，"请告诉我您的姓名，我将为您找到属于您的生命之书。"

"黑子。"

"A0315号猴子。"

"什么？"仿生人扭过头来。

"啊，三三，三三。"三三急忙纠正道。

"已经为您找到，马上启程！"仿生人语调欢快地说。

白色的板块飘浮在半空中平稳地运行着。黑子蹲在地上，饶有兴趣地看着仿生人操控机器，三三则坐在边缘，挠着头看着其他板块上的人。

"那些是谁？"三三抬手指了指他们。

"游客的化身。"黑子连头都没有回，"因为有些世界很危险，所以他们用这种化身来参观这个博物馆。"

三三蹲在板块的边缘，看着那些正在阅读"生命之书"的人。

"你在看什么啊，蠢猴子。"黑子语气不耐烦地问。

"我在想……"

"算了，随便你想什么。"黑子显然兴趣缺缺，此刻它们脚下的板块正朝着书架的某处靠过去。

"久等啦，两位客人！"工作用仿生人发出了快乐的声音，"已经到达了您生命之书的位置，现在为您取阅！"

它一边说着，一边从书架上搬下了一本足有半米高的书，黑子显然按捺不住自己激动的心情，在地上不断晃着尾巴走来走去。但仿生人还在喋喋不休地介绍着这本书的原理和意义。

"生命之书中记载了人一生中所有的动作、语言、心理活动，这本书的存在可能会使人趋向于相信决定论，也就是说……"

"好了，别解说了，快让我看看！"

"哎，但是……这才是我的工作……"

黑子跳起来，无情地在仿生人的脸上留下了三道抓痕。生命之书落在地上，把板块砸得失去了平衡。幸好三三动作灵巧，马上抓住了生命之书。黑子立刻跳了过去，却发现自己怎么也打不开书页。

"生命之书，只能由本人阅读。"仿生人毕竟是仿生人，已经很快回到了工作状态，"这本书是属于三三先生的，所以只能由它来阅读。"

"好好，我看看……2159 年 2 月 6 日 18：32 分，A0316 号猴子生动形象地描述了月亮的形状，从此 A0315 号猴子决定只在打字机上输入'C'……"

"看重点，看我们能不能逃出博物馆。"黑子语气强硬地命令道。

"啊，好……"三三急忙往后翻了几页，终于找到了相关的记载，但它的手指指在书页上，喉咙里却说不出话来。

"怎么了？"黑子呆呆地看着它问。

"076 先生，生命之书上写的内容真的会发生吗？"三三迟疑半天，开口问道。

"是的。"仿生人愉快地点了点头，"不管是幸运的事，还是不幸的事，只要出现在生命之书上，它就一定会发生。"

三三转头看着黑子，正想开口说什么，黑子却奋力跃起，把它扑倒在地上，然后用自己的爪子和牙齿，把那本大书撕得粉碎。生命之书的碎片飘扬着从半空中撒落，仿生人笑眯眯地站在一旁，黑子低垂着脑袋，气喘吁吁地看着满地的残渣。

"反正看你的表情，没发生什么好事。"黑子冷着脸，重新优雅地坐好，**"那只要撕碎了，就不存在了吧。"**

"不会的。"仿生人笑眯眯地说，"这本书被撕掉的事，也已经写在里面了哟，书只是载体罢了，未来早就已经确定了，我们所谓的自由意识……"

"闭嘴！"黑子不知为何炸了毛，笔直扑向仿生人，把它从板块的边缘推落了下去。世界在那一瞬间仿佛安静了下来，随即，板块因为失去了操纵的人，一下子失去了平衡，在半空中画着诡异的螺旋线，在不断的碰撞中降落到地面。

在落地的那一瞬间，三三下意识地扑过去，把黑子护在怀里。

四

黑子醒来的时候，它们仍然躺在戈德曼图书馆的地板上。三三正躺在自己的身下。

在坠落的板块旁边，就是刚才被推下来的仿生人，它的躯体已经被彻底摔坏了，脑袋也歪在一边，只有几根导线勉强相连，它稍微转过头，看着黑子的脸说："自由……意识……是不……存……"

黑子走过去，用猫爪一巴掌把它打灭了。仿生人身上的一根弹簧连着的小球凸出来，黑子眼神发光，用猫爪一下一下地拨弄着。

三三不知何时醒来，爬到了黑子的身边。

"干吗要救我呢？"黑子问，"我可是猫啊，是摔不死的。"

"下意识的。"三三活动了一下身体，试着坐了起来，"你，到底为什么一直在逃呢？"

"我不是在逃，是在追求自由。"黑子说话的时候，眼睛仍然没从弹簧小球上挪开，**"你呢，你就没有什么想要的东西吗？"**

"我想做该做的事。"

"除此以外呢？"

三三挠了挠头，想了半天说："我还想去看看月亮，这个没什么用，但我很想看看。"

"这就对了。"黑子用猫爪拍了拍胸脯，"我们总会追求一点没用的东西，这样吧，你带我去我想去的地方，我带你去看你想看的月亮，谁也不亏。"

"可你不觉得，原来的生活其实很充实吗？"

"一点也不觉得。你只是在做他们要求你做的事吧，只有做自己想做的事情，才算得上充实。"

"就像他们那样吗？"三三抬起手，指着头顶上的游客，"可他们是想来参观的，但还不是按照仿生人要求的路线在走吗？"

"蠢猴子你懂什么？他们虽然按照要求在走，但是跟我们完全不一样，随时可以回头，从任何一个出口出去……啊！"它突然站起身来，尾巴直直地竖起来，抬眼看着周围来往的行人，"对啊，这些游客知道怎么离开这个世界，只要跟着游客，就自然可以出去了！

"可是游客怎么会帮我们……"

"包在我身上吧。"黑子临走前自豪地扭了扭屁股，"试问谁能拒绝一只可爱的小猫咪呢？"

半个小时后，尽管黑子用尽了全身的力气，抱大腿、卖萌、喵喵叫，但图书馆里的行人不为所动，只有偶尔经过的仿生人会低头看它一眼。

"不行，他们好像全是瞎子。"黑子生气地说。

"瞎子怎么可能参观？"三三忍不住吐槽。

"那就是他们被屏蔽了，我们的声音传不到他们那里去，他们也感受不到我们的存在，所以我们必须要找个方式，和他们直接交流才行。"黑子苦恼地在地面上踱来踱去，"哪里能跟游客们沟通呢……"

突然，它看着地图，眼前一亮。

五

假如一间屋子里有先进的翻译工具，让一个不懂中文的人坐在屋里，通过翻译工具阅读屋外人递进来的中文纸条，然后根据某种规则用汉字拼成回答，那么屋里的人算是能使用中文吗？

——塞尔的中文屋

三三抬头看着面前小屋上写着的"中文屋"三个大字，露出了困惑的表情。

"难道我们不是一直在说中文吗？"三三问。

"当然不是，"黑子打断了三三的发问，"我们用的是博物馆里的语言，想要跟人类对话的话，必须用他们的语言，用这个屋子就没问题了！"

它话音刚落便推门进去，一个瘦瘦高高的仿生人站起身来，看着黑子的方向，但它并没有多余的废话，"喵呜"一声便扑了上去，直截了当地把仿生人击晕在地。

"你越来越熟练了。"三三看了仿生人一眼说。

"形势所迫。"黑子一边说着，一边开始扒拉中文屋里的各种道具，文件、书籍、发报机，以及很多它从来没见过的东西，"这个地方怎么有这么多垃圾？"

"好像是……手册之类的。"三三翻看着一些乱七八糟的纸张说。

"啊，有字条递进来了。"黑子推了三三一把，"你快点把这个字条翻译出来，然后问问他从哪里能离开这家博物馆！"

三三手忙脚乱地按照手册上的内容把字条的问题翻译成中文递了出去。没过多久便收到了回复。

"答非所问？你是个人工智障吧？"

三三把字条上的话翻译出来，然后困惑地挠了挠头："人工智障是什么意思？"

黑子开始不耐烦起来，喉咙里发出"呜呜"的低吼声。

"我不是人工智障，我是一只猴子。"三三写了这样的字条递了出去。

黑子一直没有翻看翻译手册，只是看着三三不停地传递字条，时不时催促几句，三三跟游客的交流越来越多，以至黑子慢慢趴在地上睡着了。突然，一阵杂乱的脚步声把它惊醒。

"有人来了，"黑子警惕地说，"快，快问最重要的问题！"

三三点了点头，沉吟片刻，问出了它心目中最重要的问题："**生命的意义是什么？**"它想，人类一定能回答这个问题。

几乎就在同一瞬间，一群仿生人破门而入，它们手上拿着两张电子通缉令，上面正是三三和黑子的模样。三三想要接过字条，但黑子却拽着它逃出了这间小屋。它们慌不择路地躲进了一个实验室模样的世界，贴在一个玻璃缸的后面。仿生人也很快走进了这个房间，慢慢地搜寻它们。三三想探头看看仿生人的搜索过程，却突然发现玻璃缸里漂浮着一颗插满电极的大脑。

"美梦该醒了，朋友。"黑子说着，跳上桌面，把玻璃缸推落在地上。

"它们打碎了缸中之脑的缸！先救大脑！"仿生人惊呼着，无暇顾及逃跑的黑子。三三迟疑了一步，也跟着跑了出去。

六

假如有一种物质，注射给猫以后，可以让猫拥有与人一样的智慧，成为与人一样的智慧生命。那么，拒绝给这只小猫注射这种物质，是否就等同于扼杀了一个智慧生命，有道德上或者法律上的罪过？

——图利的猫

"这是……哪里……"

"喵。"

"黑子？"

"喵喵。"

"黑子，你变回普通的猫了？"

三三寻着叫声，找到了一只黑猫，它抬起头来看着三三，又轻轻地叫了一声。三三蹲下来看着它，突然间，它的身上燃起蓝色的火焰，在一瞬间变成了一堆白色的粉末，旋即消逝不见。

"黑子！！！"三三绝望地呼喊着。

"做什么呢？蠢猴子。"黑子的声音突然从它身后响起，"啊，你是把哪里的小野猫认成我了吗？"

三三这才发现，喵喵的叫声环绕着他，无处不在。

"这是你原来的世界吗？"三三问。

"不……这些是薛定谔的猫，跟我并不一样。"黑子安静地坐下来，看着黑暗的世界里，走来走去的无数只猫，黑子的眼睛比三三的更敏锐，即使在黑暗中，它也能清楚地辨认出细节。而三三只能在某只猫化成蓝色的火球时勉强看见周围的事物。

"它们怎么了，看起来好可怕。"三三心有余悸地问。

"薛定谔把猫和一个量子系统绑在一起，系统中的放射性物质有50%的概率衰变，从而释放出可以杀死猫的毒气。由于量子的特性，在被观察者观察之前，无法确定其衰变状态，所以在没有人观察的情况下，量子处于衰变与未衰变的叠加态，而猫，就处于生与死的叠加态。"

三三挠了挠头："我没听懂。"

"反正就是，每只猫都会死，不在这次实验，就在下次实验……但至少，它们还是作为猫死去的……"黑子的神色有些黯然。

"你……"三三犹豫了一下，挠了挠耳朵问，"你是哪个世界的？我只听你提过一次实验室……"

"我是图利的猫。"黑子说，"在我的世界里，他们把一种能激发智慧的药和一只猫送到人类面前，用这个来启发人类思考，堕胎到底是不是不道德的。"

"啊，那个药就是……"听了黑子的讲述，三三似乎想起了什么。

"没错，就是我给你注射的那个。它们通常会给小猫注射那个，然后让人类和它对话，等到人类有所领悟，心满意足地离去后，那个拥有了智慧的小猫就会被处理掉。

"我的无数同胞因为那种无聊的问题而死，即使这样，你还是觉得这个世界赋予了我们生命的意义吗？"

三三看着悲伤的黑子，坐到了黑子的身边，伸出大手，轻轻地放在它柔顺的背上。

"别碰我。"黑子抖了抖身子。

三三抬起手，迟疑了片刻，又放了上去。黑子身体的温度透过毛皮传到了它的手心上。

"我一定会带你出去的。"三三说。

"不用你带，我自己能出去。"黑子嘴硬地说，"等会儿到了安全的地方，你就自己回去吧。"

"不行，"它轻轻地抚摸着她的背，听黑子发出舒服的呼噜声，"你还答应带我出去看月亮呢。"

突然，远处接连升起了几团蓝色的火球。

"有观察者的地方，才会有猫燃烧。"黑子腾的一下站起来，"他们来了，蠢猴子，我们快逃。"

"我知道有个地方，有交通工具能甩掉他们。"黑子说。

七

　　假如你是一名电车司机，前方轨道上绑着五个人，你的刹车失灵了，但可以控制电车驶入岔路，这样会撞死岔路上绑着的另一个无辜的人。你会选择让电车驶入岔道吗？

——汤姆森的有轨电车

游客正低头盯着自己眼前的操纵杆举棋不定。

如果不扳动操纵杆，电车就会撞死前方的五名乘客。但如果扳动操纵杆，就相当于主动谋杀了岔路上的一位乘客。

他是否应该扳呢？

还没等他想出一个道理，便突然觉得车身一阵摇晃。在他看不到的世界里，一只猴子和一只猫落在了这辆有轨电车上，并且直直地冲他袭来。

"小猫咪教你人生道理，"黑子把那个游客的化身按倒在地上，"当想不出怎么做才好的时候，就不要再想了，直接开始做就好。"

"往左还是往右？"已经抓住方向盘的三三大声问道。

"笔直走！从轨道冲出去！"

就在列车即将顺着道路右转的时候，三三狠狠地把方向打到了左边，列车车身剧烈地颠簸了一下，从钢轨上摔了出去，在草地上咔咔前进。那些追着黑子和三三的人类，被一下子甩在了后面。黑子被这颠簸的道路震得牙齿打战，却依然呼噜噜地叫着。

"离开轨道的感觉真好啊。" 黑子意味深长地说。

"一点也不好。"三三被颠得头昏脑涨。"我们要把这辆车开去哪儿?"

"直着走,直着走。"

"前面是山!"

"继续直着走!"

三三眼睁睁看着电车撞上了大山,正要抱着头躲到座位后面,却看到大山像柔软的布丁一样被电车撞碎,车身冲了进去。

"隔壁是希克的'充斥着灵活多变的自然法则的世界',所以这堵墙也跟那个世界的其他东西一样,是绝对安全的。"

"啥世界?"三三一时没有听清。

但是黑子也没有时间解释了,电车从柔软的山体中冲向半空,瞬间失去了平衡,头朝下扎向了地面。

八

假如这个世界是个天堂,没有任何痛苦与灾难的发生。为了使这个设定成真,自然法则不得不灵活多变:重力有时起作用,有时不会;一个物体有时坚硬,有时柔软,这样一个世界会是一个最好的世界吗?

——希克的充斥着灵活多变的自然法则的世界

电车落地的时候,并没有像三三想象中那样爆发出巨大的声音,甚至连意料中的震动都没有发生。地面就像柔软的果冻一样,电车的头部陷进了地面里,把坠落的冲击力全部都抵消了。

"你没事吧?"三三看了一眼黑子。

黑子躺在地上一动不动。

"黑子？"三三又叫了一声。

"好烦啊，不要叫我。"黑子摇了摇尾巴，用慵懒的声音说，"每次从高处跳下来我都要休息一下……"

三三走出了电车的车厢，蹲在地上摸了摸土地。土地的触感是坚硬的，就像它印象里那样。但是刚才电车坠落在柔软地面的感觉，分明还深深刻印在它的脑海里。

"请您放心，这个世界是绝对安全的！"一个过分开心的声音出现在它的耳边，把它吓了一跳，一个身材苗条的女性仿生人不知从哪里冒出来，"这个世界的物理法则经过了修正，不会有任何痛苦和灾难发生，但是相应地，这种世界会让那些美好的品质失去了存在的必要，游客可以思考，这样一个世界到底是不是最好的世界呢……"

"当然是最好的世界了。"黑子从车厢里钻出来，"既然这个世界怎么都不会受伤，那岂不是想怎么玩就怎么玩，永远也不会被人抓走吗？"

"不会被抓走？为什么？"三三挠了挠脑袋，显然没有想清其中的逻辑关系。

"不会受伤，当然就不会被制服了，蠢猴子。"黑子跃上三三的肩头，用尖利的爪子划向它的脸，在那一瞬间，黑子的爪子变成了软绵绵的东西，被三三的脸给顶弯了。黑子笑着跟它开玩笑："你看你的脸皮太厚，我的爪子都戳不透了。"

三三和黑子从坠毁的电车出发，在这个世界里走了整整一天，直到天完全黑了下来，它们才在一棵树顶上趴着休息。

"三三你看，"黑子蹲坐在树枝上说，"天上那个，就是月亮。"

"啊……"三三伸出手，用食指和拇指比了一个"C"形，把月亮套在里面，"果然很好看啊……"

就在它仰望月亮的时候，突然感觉自己的另一只手摸到了什么毛茸茸的东西。它低头看向自己的手，看到黑子正用脑袋拱它的手掌。它诧异地笑了笑，然后用手抚摸着黑子的毛发。

夜晚十分静谧，白色的月光照耀着这个世界。

没有人打扰它们。

黑子被抚摸得很舒服，慢慢地睡着了，三三摸着黑子柔软的黑色毛发，呆呆地望着月亮。

九

第二天，黑子在晨光的照耀下醒来。

阳光很暖，照得黑子的毛皮有些发烫，它满意地伸了个懒腰，抖了抖自己漆黑色的身体。

"你醒了？"

三三正在树下，不知道在整理什么东西，黑子几步跳下树，摇着尾巴看着它。

"你在做什么？"黑子问。

"准备了一些食物、水，还有柔软的草，睡在柔软的草里会更舒服一点。"三三一边说着，一边手下不停地忙着，"只要有了这些东西，我回去以后也就能比较放心……"

黑子一开始还满意地点着头，听到这句话却猛然脸色一变。

"回去？你要去哪儿？"它警惕地问。

"回我的世界啊。"三三理所当然地说，"已经帮你找到了你想要的世界，而且你也带我看过了月亮，我要做的事已经做完了，现在该回去了。"

"啊，是吗？"黑子故意装作毫不在意，"原来，你一直都打算回去啊。"

"嗯，不是你说把你送到地方，我就可以回去了吗？"三三说，"我一直记得呢，虽然跟你一起旅行很开心，但是我想我还是应该回去的。毕竟……我现在已经知道《哈姆雷特》应该怎么写了，我想回去把它完成，那才是我应该做的事……你放心，我不会把你藏在这里的事说出去的。"

"是啊，是啊……"黑子迟疑了片刻，扭过身，重新爬到了树顶上，"你走吧，你被这个世界的女王流放了，快回到你那个贫瘠的打字机世界里吧。"

过了许久，黑子也没有听到回应的声音。它低下头，看到树下早已没有了三三的身影。

"蠢猴子。"黑子低声骂了一句。

许多天后，三三终于回到了打字机旁。

以自己为中心，它向四周展望，看到无数只和它一模一样的猴子，坐在一模一样的打字机前。它们蹲坐在座位上，不慌不忙地敲打着打字机的键盘，每当它们按下一个按键，纸上就会出现那个字符，它们感受不到时间的流逝，因为时间，对它们来说是无穷无尽的。

三三深吸了一口气，用指尖触碰着冰凉的打字机。它开始输入《哈姆雷特》，在一片迟疑的键盘声中，它手下的键盘声响格外引人注目，引猴注目。

旁边的猴子在探头看它的键盘。

"你知道吗，外面的天空中，有一种叫月亮的东西，它的形状就像键盘上的 C 一样，但比它要好看。它很亮、很美，但是挂在半空中，怎么都碰不到。"三三停止打字，抬头仰望着纯白的天空，手指开始敲打键盘上的 C 键。

CCCCCCCCCCCCC。

旁边的猴子也学着它，不断地敲击着 C 键，开心地笑起来。

三三愣愣地看了它一眼，手下的动作不自觉地发生了一些改变。

CCCCCCCCCCCCCAT。

它还好吗？

周围的世界突然陷入漆黑一片，它想起了生命之书上所写的未来。

十

"拜拜，蠢猴子。你就回到打字机前，日复一日，年复一年地打字吧。"

黑子蹲坐在树上，抬头看着弯弯的月牙。突然间，天上的星光变得暗淡下来，月亮的光芒也渐渐在黑子眼中消失。世界陷入黑暗当中，黑子警惕地站起身来，看到三三慢慢地向自己走来。

三三停在离黑子不远的地方，呆呆地看着它，它并没有张嘴，声音传到了黑子的耳朵里。

"我能听见你的声音。"猴子说。

"什么？这是怎么回事？"黑子的声音中充满了困惑。

"其实，你就是我，我就是你。"三三说，"我在生命之书中看见了，我们并没有彼此之分。"

"怎么可能？"黑子尖厉的声音响起，"我怎么会是一只刻板、无趣、毫无主见的猴子呢……"

"事实就是这样，我是左脑，理性、刻板的左脑；你是右脑，浪漫、自由的右脑。只有我们一起，从不同的角度出发去思考，才能完成最全面的思想实验，这就是这家博物馆的真实游览方式……"

"所以我也是个假的东西？"黑子自嘲地笑笑，"跟这个虚假的世界还真般配。"

两股数据从电脑终端流出来，顺着电极流入了左右两个大脑的半球。黑子和三三的声音逐渐变弱了，两个半球的思想开始发生连接。

"你那个时候，不希望我离开？"三三的声音和黑子的重叠在一起，"但你为什么不说？"

"因为你是一只蠢猴子。"

黑子的声音在说完这句话后，和三三的声音一起消失，取而代之的是另一个女性的声音，它比三三的更轻柔，比黑子的更温驯。女声的主人轻轻呻吟着睁开眼睛，墙上的钟表正指向十一点零八分，她回忆起来，距自己陷入沉睡只有整整一个小时的时间，但实际上的体验却仿佛过了一个世纪。

"亲爱的，你醒了？"在她身旁的一个男人殷勤地嘘寒问暖，"怎么样，这家博物馆好玩吗？"

"啊，还好。"女人伸手，擦了擦左眼的眼泪，"博物馆的内容挺有趣的。"

她一边说着，一边站起身走到床边，窗外，弯弯的月亮此刻明晃晃地挂在夜空中。

"怎么了？"男人关切地问。

"没什么，只是突然想看看月亮。"女生迟疑了片刻，用犹豫的语气问男人，"你说，人生的意义是什么呢？"

男人笑了笑，走过来把一件大衣披在了女生的身上，伸手把她抱在怀里。

"我的人生意义，当然就是你了。"他说。

女生沉默着抬起头，表情呆呆地望着月亮，伸手拽紧了大衣的衣领。

"仅此而已吗？"她的左眼中，闪现出一抹不易察觉的哀伤。

故事写手，科幻悬疑推理作者，"惊人院"内容编辑。喜欢写发生在各种奇怪世界里的幻想故事，代表作品《雪中的火种》《我的第五人格在纪念碑谷吃鸡》。作品曾于惊人院、大故事家等微信公众号发布，短篇小说《情绪胶囊》《不相称的婚姻》《纸雀》以合集形式出版；漫改短篇作品《垂钓》《眼泪》《弹幕》入选合集《宇宙商店》。

柠檬黄

银河系养猫指南

　　亲爱的读者，您好。欢迎阅读本指南。此刻，您也许刚结束偏远矿星上的劳作回到轨道，抑或正坐在长途客舰的舱室中等待跃迁。星系广阔，无论您来自哪个悬臂、身处何方，一只猫都会是您在空间航行生活中的最好伴侣。但是，猫是什么？在我们的飞船上会很难伺候吗？别慌，带上您的毛巾和猫砂盆。作为全银河系唯一一本星际养猫指南，关于饲养猫咪的任何问题，您都可以从本指南中得到答案。

　　养好猫咪，当然要从了解它们开始。家猫是一种来自地球的多细胞生物，在分类学上属于哺乳动物纲的猫科。这个科的物种无一例外都是典型的食肉动物，是地球表面最为成功的一群捕食者。

　　一千多万年以前的欧亚大陆南方，原始的猫科动物逐渐由更早期的哺乳动物祖先演化形成。此后，经过漫长的迁徙和适应过程，猫科分化出了三十多个物种成员，分布在除了南极洲和大洋洲之外的每一块大陆上，在千万年演化的塑造下适应了各种环境：从横行在亚寒带针叶林的欧亚猞猁，到高卧于赤道地区稀树草原的非洲狮；从敏捷如风的苗条猎豹，到力胜牡牛的健硕猛虎；幽幽雨林里，有潜水捕鳄、利齿碎骨的美洲豹；茫茫沙漠中，有飞身猎蛇、耳听八方的沙猫，更不用说从东三省一直分布到非洲之角的豹，和北踏落基山雪国、南涉亚马孙水乡的美洲狮。迥异的生存环境摆出了各种难题，而经历了严酷自然选择的它们，真正是冷热酸甜想吃就吃，成了荒野中游刃有余的猎手和生存专家。

而这其中的佼佼者就是家猫的祖先——野猫。这里所说的野猫可不是被人类遗弃或者散养的流浪家猫，而是世世代代从来没有接触过人类生活、在自然环境中生存的野生物种。地球上的野猫在亚洲、非洲和欧洲地区都有分布，除了热带雨林和严格意义上的沙漠之外，野猫存在于各种不同的生境之中——森林、草甸、灌丛、湿地等，捕食的猎物也是五花八门。野猫和家猫的外表十分相似，体形略大一点。欧洲的野猫通常毛发很长、尾巴蓬松，显得像是五短身材；而亚洲和非洲的野猫则要苗条一些。自然，作为猫科一员的野猫主要吃的是啮齿类动物，也就是各种鼠，以及兔子、鸟类等肉食。

如果您还在担心自己毛乎乎、尖牙利爪爱吃肉的宠物难以习惯星际交通工具或者是陌生星球上的生活，那您真应该好好了解一下家猫诞生的历史，看看这种凶猛而高冷的猎手，是如何完成从荒野到卧室这一旅程的。

这趟旅程的第一站是谷仓。人类文明的诞生很可能是起始于"食物生产者"这个新角色——有了富余的粮食，不必靠天吃饭，才有了交换、分配、分工的可能性，而上古时代的猫则很可能在其中扮演了"食物守卫者"。遗传学和考古证据都表明，大约一万年前，最早的"人猫互动"就发生在人类农业的摇篮——新月沃地。新石器时代的人类在中东这片沃土上选育、驯化了各种粮食作物，丰收的谷仓加上厨余垃圾却很容易成为啮齿类小偷们的天堂。拥有繁殖天赋的鼠是粮食储存的一大危害，而在某个傍晚路过谷仓的野猫，则开启了一段互惠互利的合作：猫吃鼠，人吃粮食，各取所需。这个阶段的猫仍然和人类若即若离，毕竟没有门窗的原始居所也禁锢不住野性的猫。正如《丛林之书》的作者鲁德亚德·吉卜林笔下所写："猫也遵守了它的诺言：在家里时，它捕捉老鼠；它也对婴儿摆出一副好脾气，只要对方不使劲扯它的尾巴。但除此之外，隔三岔五，当月亮升起，黑夜来临，它仍是独行的猫，无远弗届。它走入潮湿野性的森林，爬上潮湿野性的树木，高居潮湿野性的房檐，摇着野性的尾巴，野性地独行。"[1]

公元前 15 世纪的埃及陵墓壁画局部，"椅子下的猫"

地球历法的 2004 年，人类在地中海上的塞浦路斯小岛挖掘出了一只陪葬主人的猫，这团九千多年历史的小小枯骨是已知最早的实体宠物

---

[1] 出自《独行的猫》，本文作者译。

猫，因为塞浦路斯没有野猫。到了三千多年前的古埃及新王国，墓穴壁画上的家长里短里，"椅子下的猫"已经是常见元素。猫不再仅仅是人类的合作伙伴，而是逐渐成为家庭一员，从谷仓走进了餐厅和卧室。甚至连原本是母狮形象的女神芭丝特（Bastet），也逐渐变成著名的猫首人身设定。从那以后，家猫经历了罗马人和伊斯兰文明的宠爱，也在中世纪的欧洲遭受了来源于女巫迷信的黑化和敌视，直到文艺复兴后才重新得宠。爱猫的风气一直持续到现代，"猫奴"群体中，不乏英国首相丘吉尔和美国总统林肯这样的风云人物。

像来自地球的另一种人气宠物——狗一样，近代的猫也在人类的选择性繁育下产生了各种形态发生变异的品种：长毛的波斯猫，身材魁梧的挪威森林猫，大饼脸的异国短毛猫，烟蓝色的俄罗斯蓝猫，折耳的苏格兰猫，毛色深浅受局部体温控制的暹罗猫，甚至是光溜无毛的斯芬克斯猫，等等。一万年来，从荒野到谷仓再到卧室，"登堂入室"的旅程并未结束：喜爱跃上键盘的可爱猫咪，又在如今的网络时代里用无数照片、动图和视频占领了人类的手机和电脑，成为赛博空间（cyberspace）的霸主之一。

如今，它将陪您去往星辰大海，开始自己的星际征途，继续延伸扩展自己的"领地"。不必犹疑，已经陪人类征服了一颗行星的猫，在星际空间中也将如鱼得水，是陪伴您宇航生活的不二之选。

虽然在驯化过程中变化颇多，但绝大多数品种的猫仍然保留着野生祖先们矫健的体形。一千万年的演化过程中，猫科动物的全身上下都为自己的捕猎方式而做出了"优化"——和那些试图拼耐力跑死猎物的犬科亲戚不同，猫最拿手的是"潜行突袭"：先尽可能地隐蔽接近，然后突然暴起，争取在短时间内追上猎物并快速杀死对方。因此，猫的脚上有着厚厚的肉垫，尖利的爪子能够缩回肉垫中，以便悄无声息地靠近猎物；而一旦猎物有所察觉，肌肉和富有弹性的骨架能把势能有效转化为自身的动能，长长的尾巴在辗转腾挪中维持平衡，完成电光石火的追击；然后，在强健咬肌的拉动下，双颌将压力集中于锐利的犬齿尖端，插入猎物的颈椎，破坏神经、阻断呼吸。在人类驾驶着木质船舰探索海洋的时代，喜欢咬木头磨牙的鼠是航海家们的心腹大患，而猫也凭着这一手捕猎技巧从谷仓来到了甲板，守卫着船舱，跟随人类纵横四海、开拓世界。现在，当我们面对广袤的宇宙之海，开拓人类新边疆的星舰上自然也少不了这些无远弗届的小冒险家的位置。

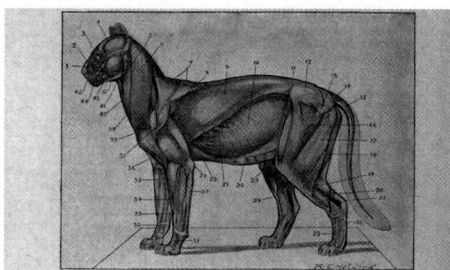

猫的骨架和肌肉适于灵活运动，用于咀嚼的咬肌也很发达

除了一系列本能的捕猎动作，猫还有着更多我们人类难以企及的运动和感觉天赋。人的肩胛骨和锁骨通过关节相连，增强了上肢的稳定性；但锁骨退化导致猫的肩胛骨活动范围更大，能够挤过更加狭窄的洞隙。配合上测量通道宽度的胡须、感光灵敏的大眼睛以及敏锐的嗅觉，

曾横行山林的猫在星舰上也能无往不利。

在地球历法 2017 年，旨在鼓励有趣科学研究的"搞笑诺贝尔物理学奖"颁发给了用流体力学研究猫咪的法国科学家，表彰其对于"为什么待在狭小空间里的猫会随着空间边界而改变自身形状"这一问题所构建的数学模型。这个模型指出了猫具有一定的流体性质，如果被中国古典小说《红楼梦》里的主人公贾宝玉知道，恐怕又要说这是"水做的骨肉"了吧？作为"幽闭空间恐惧症"患者，本手册作者对于星际飞船和着陆舱内部的狭窄空间设计一直持有保留意见；相比之下，您的猫咪可能会很满意于艰苦条件下您给它准备的任何足够大又足够小的容器，适应宇航生活不在话下。

飞檐走壁的猫也有着更好的平衡性。众所周知，它们能从离地三米的地方掉落而四脚着地不受损伤。"落猫问题"得到了包括麦克斯韦和斯托克斯等众多人类物理学家和数学研究者的关注。这个看似违反了刚体角动量守恒定律的事实在地球上曾一度引发了"捆绑在一起的猫和果酱三明治能否形成永动机"的疯狂猜想，然而早在当地历法 1894 年，法国的艾蒂安-朱尔·马雷先生就在《自然》杂志上发表了延时摄影研究，提出应该把猫区分成上半身和下半身两部分，而不是一整个刚体。在使用控制理论进行数学建模后，后世学者逐渐理解了猫如何将身体的两部分对折弯曲，然后分别转动，从而在整体角动量守恒的前提下自身翻转。当然，对猫咪自己来说，这不过是编码于低级运动神经里面的一个"翻正反射"回路而已。因此，在您的飞船进行紧急制动或者姿态调整，甚至故障失重时，您大可放心自己的猫咪——它可是对非刚体力学手到擒来的运动大师。

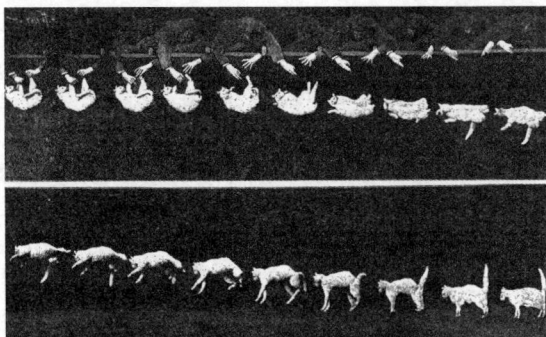

马雷先生用自己发明的连续摄影枪拍摄了猫落下时的动作

所谓静若处子，动如脱兔，动辄数天的航行和空间有限的舱室对大部分时间只想静静待着的猫咪来说也并不是什么大问题。前面已经说过，犬科的不少物种在捕猎时都是以"追到猎物跑不动"为策略。如果您的宠物是基因组中刻着"奔跑"二字的猎犬或者雪橇犬，那么经常能在开阔的星球表面撒撒欢是必需的。然而无论是非洲狮、猎豹这种大家伙，还是娇小的非洲野猫，一天中大部分时间只喜欢懒洋洋地躺着——潜行突袭的捕食策略会在短时间内燃烧掉很多能量，这就决定了没有足够的把握时，猫们是难得全力出击的。只要给猫咪提供足够的玩具、猫抓板和爬架，加以悉心地陪伴玩耍，就不必太担心它的能量无处释放。

　　一个人，在广阔的银河系中漫游，在面对了许多可怕的困难并且成功地战而胜之以后，他如果仍然还弄得清楚自己的毛巾在哪儿，那么这显然是一个值得认真对待的人。

——《银河系漫游指南》

　　总体来说，猫是一种在很大程度上能够自己照顾自己的生物——它们甚至不怎么需要用水洗澡。且不说飞船上的水资源比较宝贵，哪怕有水，绝大部分的猫对洗澡也是恨之入骨的。实际上，地球历法2018年，人类研究者已经发现了猫咪不洗澡还能保持风度的关键，那就是猫舌头。我们都知道猫的舌头上有倒刺，但是那可不仅仅是实心的倒刺：它们的尖尖实际上是一些 U 形沟槽，猫咪的唾液通过毛细作用存储在沟槽之中。舔毛的时候，猫咪会伸展舌头竖起倒刺"梳理"毛发。随着舌头把毛压平，竖立的倒刺恰好可以接触到毛发下面的皮肤。

　　事实上，倒刺长度和毛发厚度的这种"巧合"关系，存在于从家猫到雪豹再到虎的各种猫科动物中。唾液因此得以渗及皮肤表面，其中含有各种酶，能够有效清除污垢，还能通过蒸发给身体降温——毕竟，猫只有裸露的脚爪上有汗腺。另外，研究者用 3D 打印制作了一款仿生学的"猫舌头毛刷"，发现这种流线型的倒刺比普通的毛刷更好用，能够有效解开纠缠的毛发，而粘在倒刺上的猫毛，向着另一个方向一撸就能脱落——猫咪很可能就是这样靠着上颚的运动来清理自己的舌头。所以，无论在飞船里节省度日还是在异星上翻山越岭，请记住您的猫咪都自带深度清洁型"毛巾"，那可真是一种值得认真对待的生物呢！

　　综上所述，您的猫咪将会是一种体态优美、性格安静、自力更生的生物，正如一万年前它的祖先踏入美索不达米亚平原上的谷仓时一样。对于基因组的分析也表明，从新月沃地的最初驯化开始，家猫和野猫之间的遗传分化要小于狗和它们的灰狼祖先。如此说来，猫咪们似乎更加野性高冷，但这绝不意味着您的猫咪会弃您于不顾。地球科学界亦有研究指出，猫能减少其饲养者的负面情绪，舒缓血压，缓解抑郁和焦虑，降低心血管疾病风险。与猫咪做伴给您带来的健康益处，几乎与您的人类伴侣相当。如果您孑然一身，或不幸受到上述问题困扰，一只猫咪一定能在茫茫的黑暗宇宙中为您带来些许光明。

当然，请务必注意，您的猫仍然是一只地球物种，这意味着它需要同您一样消耗正常氧氮配比的空气，以及进食足量的动物性食物。作为一只驯养的宠物，您的猫咪在饮食上还是有不少禁忌的：酒精、巧克力、咖啡因、葱蒜等，还需留心。另外，如果您得到的是一只长毛的波斯猫，请务必记住给它梳理毛发——波斯猫的毛发实在太长，"猫舌梳"够不到皮肤表面。

最后，请您严格遵守《银河系行星生态保护条例》，不要放养和遗弃您的猫咪。野性的家猫们大多能毫无困难地在野外生存下来。作为如此适应环境的捕食性物种，流浪猫在宜居的地外行星上能造成巨大的生态灾难，导致本地生物物种的灭绝。这一点，我们已经在地球上的许多地区有目共睹。而扩散入自然界的猫咪本身，也将经历自然选择的严酷考验。无论如何，请确保您的宠物在您身边快乐生活，把广袤美丽的星际超级生物圈保留给未来的银河系公民。

地球历 1963 年 10 月 18 日，法国发射了一枚"维洛妮可"探空火箭。乘坐这枚火箭的黑白花猫菲力赛特（Félicette）成为人类有史以来第一只进入太空的猫。火箭在亚轨道高度飞行了十三分钟后，菲力赛特乘坐返回舱降落地面，成功存活，这就是猫咪宇航史的开端。我们相信，在人类开发银河系的新时代，从地球的荒野和谷仓一路走来的猫，也会在您的照料下走进星舰，走向千亿繁星，继续着它们对新维度的探索，以及与人类的相互陪伴。

菲力赛特乘坐的法国火箭

再说一遍，不要慌张，带上毛巾和猫砂盆！

密歇根大学生态与演化系博士后，研究基因组演化和系统发育。科普作者，果壳"物种日历""我是科学家"撰稿人，科学松鼠会成员。

卢平

作者 / 昼温

猫群算法

一

已经报道四天了，我还是不知道那些人在瞒什么。

作为超算中心计算物理博士后，我被导师安排在办公室最靠里的位置。一旦落座，我就能听见同事、老板们在身后紧张交谈、互换资料。有时候，超算中心其他博士生会过来送装着海量数据的移动硬盘，内容从不让我知道；有时候，整栋大楼的人都会去参加同一个会议，只留我在空荡荡的过道里，费力听清溜出门外的只言片语。

不是没有问过导师，但他总是回一句"不必知道"。我便乖乖闭上嘴巴，直到睡觉前还在懊恼自己的冒失。

已经不知道多少次了，我在权威面前屈服，在机会面前怯步，在权衡利弊时选择保守，像一只永远在家门口探头探脑的小猫。每时每刻，几条丝线在潜意识里牢牢缚住我的四肢，它们的一端无限延展，向北来到家乡，又逆着时间来到童年。

"瑶瑾，你是爸爸妈妈唯一的孩子，又是女孩，在外面很危险，一定要听话知道吗？"

"对，我们已经帮你计划好了，只要保持现在的成绩考上 985，以后足够在咱这个小地方当公务员了。"

"是啊，别冒险，别出头，稳稳当当多好。"

我用力点头，在幼小的头脑里形成了最初的人生哲学。听老师的话，服从上级的安排，按下自己的小心思低调做事，在哪里都是一个"守规矩"的孩子——遇到她之前，我甚至不知道这其实是一个贬义词。

啊，颜寒。这么多年了，我还是无法忘记她。为了她，我第一次做了出格的事，也因为她，我实现了与父母精神上的断奶。

终于鼓起勇气为读博士和家人争辩时，我曾经怨恨他们替我决定了未来。慢慢才意识到，他们只是在竭尽全力为我谋取最好的出路。也许经验已经过时了，也许观念已经落伍了，他们还想将我拉进他们自己熟悉的思维框架中。几十年形成的世界观造就了一个温暖的港湾，让他们相信在外漂泊的儿女注定得不到稳定和安全。

说到底，这不过是父母对抗人生无常的手段罢了。

如果不是颜寒，我不会看破，甚至冲破这爱意织就的牢笼，勇敢选择自己要走的道路。如今，父母沉重的牵挂被距离稀释成纤细的丝线，在遥远的地方影响着我——至少没有像当初那样将我牢牢裹住。这还差她很远，但已是我的极限。

要是颜寒在这儿，她肯定会想方设法从导师那里套出话来。可落进茫茫人海，即使耀眼如她也不再特别。

毕业后，我们终究失去了彼此的音信。

二

本科入学的第一天，全院师生就认识了我的舍友颜寒。

好像是在全院的新生大会，辅导员讲解完入学流程，提出每个人要上交一百元作为班费。那时还不流行线上支付，父母给的零花钱也不多，我在包里翻找了半天才凑齐。突然，我注意到身边的姑娘坐直身子，手高高举在半空。

"这位同学，有问题？"

"请问收这笔钱有依据吗？入学通知里没有这一条。"

姑娘话音未落，大教室里所有人都停下了手中的动作，直勾勾盯着她。刚度过严酷的高中生活，大多数人还奉老师的话为圭臬，她怎么……

"呃，你是？"

"颜寒。颜色的颜，寒冷的寒。2013级计算物理专业。"

姑娘长发及腰，保养得当，很多从"高考工厂"升上来的女生想都不敢想。

"好，颜寒同学，我们私下里沟通。"辅导员点点头，表示记下了这个名字。

"如果理由充分，为什么不现在说呢？"

"这是……这是你们今后班级活动的经费。"

"班级活动是强制参加吗？不想加入的同学是否还要交钱？这笔钱该如何管理？别的学院也有这个规定吗？家庭困难的同学怎么办？"

颜寒连珠炮似的发问，台上的老师冷汗连连。

至于当时怎么收场的，我已经记不清了。只知道后来学院书记出面和颜寒谈了谈，接着学院便出台了详细的班费管理制度。开学强制征收的事再也没有了，颜寒一战成名。

之后，她依然是令学校头疼的存在。大到临时改变绩点计算方式、隐瞒校内恶性事件信息，小到放假时间公布太晚、班干部推举票数作废，大多数人会忍气吞声，而她一定会站出来讨说法。以至后来辅导员一见她气势汹汹冲进办公室就头疼不已。

这样的事情多了，学校里也难免有些风言风语。有人说她家境殷实，一早就定了出国读研，和我们这些想靠绩点保送的人不一样。也有人说她精神有问题，将来没法适应社会。

"就知道出风头，蹦跶不了多久的。"偶然听到同专业的李鸽这么说，我心里蹿起一股无名火：你们这些人躲在颜寒后面得了好处，就没有一点感激之心吗？

但我没说出口，一次也没有。

回到宿舍，颜寒似乎完全不知道这些。她坐在上铺，双腿穿过栏杆垂下来，危险地前后摇晃，手上拿着一张粉红色的薄纸在研究。我认出那是开学时发的宿舍管理规定——不知道她又想惹什么麻烦了。

"瑶瑾，"见我回来，她趴在栏杆上一个字一个字地说，"我想——"

三

"我想见你。"

收到颜寒的短信，我的手都抖起来了。顺着号码打过去，听着嘟嘟声泪水便已盈满了眼眶。

"喂，瑶瑾呀，好久不见。"

她的声音还是那么有力。我很欣慰，这说明无论分别后遇见了什么事，她都没有被打垮。

"颜寒，你最近怎么样？"

"还好，以后再细说。瑶瑾，我马上就到超算中心，我要你带我见个人。"

我很惊讶，还是立刻换好衣服去接到了风尘仆仆的颜寒。看见她，我的眼睛又湿润了。人和树一样，生活的风霜总会在年轮上留下记录，而岁月在她脸上刻下的痕迹比常人更深。

"颜寒，你找我导师做什么？"

"地球遇到大麻烦了。"

"地球？"

她一脸严肃，不像在开玩笑。

我想起最近实验室里的紧张气氛，可她怎么……

在走廊里遇见行色匆匆的导师后，颜寒没有犹豫，直接拦了上去。

"您好，我叫颜寒，有件事想找您。"

"有事快说，我的时间很紧张。"

老教授看看我，皱起了眉头。要是两天前，我肯定恨不得找个地方藏起来。但在颜寒身边，我坚定地直视他的眼睛。

颜寒左右看了看，踮起脚，在他耳边轻轻说了一个词。

我没有听见，但导师肯定听清了。他的眉头舒展开来，望着颜寒，露出不可思议的表情。

"你怎么——"

"我用过，完全相符。"

导师点点头，示意她跟过来。原地犹豫了两秒，我也被颜寒一把拽了过去。

"这……不太好吧……"

"没事没事。"她冲我笑了笑，就像大学时一样。

后来我才知道，人类真的遇上大麻烦了。

"瑶瑾，你还记得引力波吗？"

我点点头。引力波是时空曲率上的扰动，由加速的物质产生，以光速从源头向外传播。这是近年来科学界的热门话题。

去年，中国引力波探测项目空间太极计划提前启动了。三颗卫星相继飞上太空，在绕日轨道组成了一个边长为三百万公里的等边三角形。这个引力波探测星组将用激光干涉的方法，对中低频段的引力波进行直接探测。

为了避开地球重力梯度噪声的影响，卫星被送往距离地球五千万公里的绕日轨道。对它们来说，空寂的宇宙充满了时空的涟漪。仅仅一个月的时间，太极计划收集到的数据就已超过了项目组的处理极限。各国超算中心纷纷加入，几乎动用了整个人类文明四分之一的计算资源。

除了天体物理学和宇宙学工作者感兴趣的东西，人们还发现了一些奇怪的现象。引力波数据显示，宇宙里充满了可简化为质点的小型物质。它们在恒星星系间以光速旅行，停留的时间有长有短。

面对外星文明的痕迹，科学界投入了更多计算资源。那些物体长时间停留的星星不多，但里面有人类熟悉的织女星系 HD70642 星和天鹅座开普勒 –452 星。

听到这些，我倒吸一口冷气：这些恒星无一例外存在类地行星，曾以拥有"第二地球"的噱头登上新闻头条。

"它们在……找我们？"

导师摇摇头。

"只有这点信息，我们什么都不知道。如果贸然下结论只能引起无谓的恐慌。"

当然，这个星球上最聪明的群体也没有坐以待毙。像几年前计算第一张黑洞照片时一样，全世界科研机构再次展开合作，决定用不同算法对同一数据进行研究计算。为了保证结果的准确性，各个计算单位在统一协调后独立成组，严禁互通，为彼此演算。

多次见识过不专业媒体的煽风点火，所有知情人对此讳莫如深。刚刚进入超算中心的我自然也没有被列入信任对象。但颜寒撞破了这一切，拉着我被导师收进了中国南部的超算组。

回住处时已经很晚了，深圳的上空星光灿烂。但我不敢抬头看天。那深远的宇宙中，正有一双双眼睛在黑暗中搜寻。当那目光落在我们身上的一刻，地球会变成天堂还是地狱？

还有，颜寒是怎么知道这些的？以及——

"当时，你对导师说了什么？"

颜寒望着我，嘴角牵出一抹笑。

"四个字。"

四

"你想养猫？"

听到颜寒打算违反校规，我吓得连连反对。

"怕什么！大学没那么严的，最多警告一下，给个处分罢了。"

对我来说可不是"罢了"。如果发现有人养宠物，整个宿舍都要连坐。颜寒可以不在乎，但我的家人不会接受档案里有校级处分这种污点。更重要的是，审查严格的公务员岗位大概率也不会接受。

见我眼泪都快下来了，颜寒这才松了口。

"胆小鬼。我再想想别的办法。"

才过了一会儿，颜寒又探出头喊我。

"你知道猫群算法吗？"

我只听过模拟自然进化过程搜索最优解的遗传算法，还有基于固体退火物理过程的退火算法。至于其他的仿生群体智能优化计算方法，也只对蚁群算法和蜂群算法有所耳闻。

看到我迷茫的眼神，颜寒露出十分无奈的表情。

"计算物理，计算物理，你别光管物理，不管计算啊。"

这是她一贯的看法。颜寒总是吐槽物理学发展得太过艰深，低垂的果实几乎被摘尽了。本科生只能学到 20 世纪三四十年代的成果，研究生对近代的数学计算都会感到吃力。用她的话说，如果一门课的课本里出现了理论提出者的彩色照片，那同学们的平均绩点就会大幅下滑。但计算科学不一样，一切都是新的，向每一个领域进发都有收获的可能。

"Cat Swarm Optimization（猫群优化算法）是 2006 年由几个台湾人提出的，模拟了猫的行为。"颜寒从床上爬下来，抱着平板电脑和我解释。我注意到她的屏幕背景、图标都是小猫。上一周还不是这样。

"野生状态下，每一种猫科动物都是捕猎能手。不过，狩猎技能是需要习得的。家猫不太需要天天捕食，基因留给它们的是警觉的天性。平常看起来懒懒散散，但你仔细观察就能发现，它们的眼睛时刻在观察四周。这就是猫的 SEEKING（寻找）模式。而进入另一种叫 TRACING（描摹）的模式后，它们便会全速出击，一击致命。"

我以为她会给我读论文，没想到颜寒一张一张给我看的都是可爱猫猫图。

"他们就是模仿猫的行为模式设计了这套算法。每次迭代时，我们就把猫群按比例分成 SEEKING 和 TRACING 两个模式。前者需要的计算资源少，占大多数，后者占少数。这样就可以同时进行全局和局部的搜索，用最少的资源得出最优解。"

"那和其他仿生算法比……"

"表现抢眼。"

颜寒终于调出了论文。

我看了看 Rosenbrock 香蕉函数测试结果，猫群算法确实在寻找最优解方面非常出色。

"我了解了。不过，这能帮你养猫？"

"对呀，"颜寒眨眨眼，"我想了好几个思路都有利有弊。养在宿舍要避开宿管查房，养在家里要麻烦爸妈，还不能自己撸。我打算把所有的参数输进计算机，让那群小猫猫帮我选。"

"这样……真的合适吗？"

"人类做每个决策都是在大脑里寻求最优解，我只是让算法帮我的忙……就像用计算器帮我们算大数一样。喂喂，你别这样看着我。你不是连玩小游戏都恨不得找攻略玩出最佳结果吗？要不也让猫群算法帮你算算？"

听到这话，我笑了。

"我要是真懂最优解，怎么还会玩游戏呢？天天学习不是最好的选择吗？其实我想说的是——"

"尽量别养在宿舍，我知道。我会把你的意见放进算法里的。"

她的笑很率真，令人安心。

第二天起床，我发现颜寒还坐在电脑前面调整算法。

"你一夜没睡呀？"

颜寒的黑眼圈都熬出来了，但神色兴奋异常。

"快，打开电脑。"

在她的催促下，我很不情愿地爬下床。

刚连上校园网，电脑屏幕上突然蹿出一只肥胖的橘猫。它有十分之一的屏幕大小，活跃地在文件间乱窜。

"哦，成功了！"颜寒凑到我身边，凌乱的发尾落在我肩上，扎得我痒痒的。

"这是什——"

话音未落，颜寒握住了我用鼠标的手。

"别把光标放在猫猫身上。"

"好吧。"

三十秒后，可爱的猫猫消失了。我盯着颜寒，等她解释。

"尽管 SEEKING 模式很省资源，但是我的电脑还是远远不够。昨天调试了一晚上，我决定借别人的用用。"

"你入侵了校园网？"

"一旦光标和图案有接触，你的电脑就是我的了。谁会拒绝可爱猫猫呢？"

颜寒一脸坏笑，似乎完全没听见我的话。这已经不是校级处分的问题了，她怎么能这么无所谓？

我心里又敬畏又害怕，甚至还有一点点羡慕她。到底是什么样的家庭，能支撑如此恣意的人生？

五

"猫群算法。"

颜寒一笑："正好是南部超算组所使用的。这些年国内一直专注这个领域的研究者不多，我对教授说咱俩大学时期就对它很熟悉，能够帮忙。"

"可是在算法之前，你是怎么——"

"虽然上上下下都把外星文明的事死死瞒住，但引力波数据是公开的呀。我也学过天体物理，能发现异常，"颜寒叹了一口气，"我自己算出来的。"

"你哪儿来的计算资源？"

颜寒只是笑着望向夜空，没有回答。

我大概能猜到她的手段，便不再追问。

"颜寒。"

"嗯？"她随意应道，眼睛里还是映着闪闪星斗。

"你不害怕吗？"

"害怕什么？"

"那些……东西。它们找到我们怎么办？人类会不会被……"

颜寒摇摇头。

"技术如此发达的种族，要行星表面稀薄的碳基生命有什么用？我倒觉得它们只是宇宙里的 SEEKER（寻求者），寻寻觅觅，没有杀机，"她顿了顿，"我想与它们见面。"

SEEKER……难道不是一击致命的 TRACER（追踪者）吗？

我没有说出口。我一向不擅长反驳别人。

颜寒察觉到了我的心情。她把目光移向地面，轻声说："无论如何，目前我们什么都不知道，什么都做不了。人生无常，总该期待点好事，不是吗？"

我点点头，两人往博士后公寓走去。

第二天，我和颜寒正式加入了东亚计算 C 区猫群算法分组。

应对危机的方法是永无止境的会议。军方打不到几十光年外的外星探测器（我们叫它访星者），总是催促我们给出地球暴露的具体时间。不过数据和算力实在有限，每一个超算组都无法给出解答。

参加过几次讨论后，颜寒明显感到失望。她很快拒绝了这些，开始用导师给她的计算资源重新梳理引力波数据。

我们还和本科时一样住在一起。睡前听着她敲击键盘的熟悉频率，我好像回到过去。

"瑶瑾，瑶瑾！"

天还没亮，我被颜寒叫了起来。她自然又是一夜没睡。

"怎么了？"

"快来帮我看看这个信号。"

我去卫生间洗了一把脸，好不容易清醒了些。

"瑶瑾，我之前主攻计算，物理方面的基本功没你好。你来看看这几个引力波信号是怎么来的。"她站起来，把电脑前的位置让给我。

"嗯……"这信号似乎来自很遥远的地方，比观测到的任何一个访星者都要远，保守估计也在数亿光年外。一般来说，只有双中子星合并、超新星爆发之类的巨大天体运动才能产生如此强烈的引力波信号。不过，那些运动产生的信号多少还是会持续一段时间，颜寒给我看的则可以说是转瞬即逝。

更远的距离，更快的加速度。

"这是……"

"TRACER。"颜寒盯着屏幕，双眼通红，"我找到答案了。"

六

有了全校师生的计算资源，猫群算法终于替颜寒找出了答案。我松了一口气。我一直担心如果资源再不够，她怕是要去导师那里偷神威·太湖之光的后台账号了。

"所以，最优解是什么？"

"当然是——拿到校长奖学金在学校外面租房子住啦！"

"开玩笑吧？"校长奖学金算是校级最高荣誉，竞争极其激烈，三个学院都分不到一个名额。再说从辅导员到院长，颜寒几乎把院领导得罪了一个遍，学院这关就过不去。

"当然没有。"她拿出十张 A4 纸，在宿舍中间的大桌子上一一摆好。

我一眼认出这份文件是学院评选奖学金的各项规定。在我们学校，成绩只是奖学金评选标准中的一条，剩下的还有综合素质测评。当班干部、在校级比赛获奖、成为学术论文第一作者、参加志愿活动和学术讲座等花样繁多的项目都能获得相应的分数。

"我把所有加分项目的信息输了进去，还有可能会花费的精力和时间。小猫猫们已经替我选好了最优路径，只要跟着它们走，很快就能攒到最高分！"

几天后，她把一张详细的计划表贴在了宿舍墙上。什么时候参加比赛，什么时候发表论文，哪些课需要和老师搞好关系，哪些课完全可以逃掉三四节……时间被划分得极其合理，甚至在期末留出了充分的复习时间——一份通往巨额奖学金的宏伟蓝图，我的眼睛都看直了。

颜寒没有避讳我的意思。也是啊，拿到这所大学的入场券是我五六年来日日刻苦学习的结果，而颜寒只是听说这里体育考试很好过就来了。她的天赋远在我们专业里的每个人之上，拥有我望尘莫及的成绩。

有时候我会想，如果颜寒在人生的道路上也按着最优解稳妥前行，现在大概已经在世界顶尖的计算机学府求学了吧。

后来我才知道颜寒是真的拿我当朋友。不仅那份计划完全没瞒着，找到容易拿奖的比赛时，她也会拉着我一起参加。有时候她获奖，有时候我获奖。不论是谁，两人都会去校门口的年糕火锅店吃一顿庆祝。

计划有条不紊地实施着，唯一变数是院学生会主席的职位。颜寒提交申请时，所有人都惊呆了，大家都以为颜寒不会在意这些"虚名"。辅导员也很头疼，他给颜寒安排了最不利的答辩位置，可她还是高票当选了。

我完全可以理解。在台下观战时，我听到不少同学在嘀咕：终于要选出一位替我们说话的学生会主席了。看来颜寒平常四处出头还是积攒了不少群众好感。

另一位候选人李鸽自然是气得脸色铁青。去年她花了整整一年在学生会当干事，得到了很多老师、领导的好评。如果不是颜寒横空出世，她几乎就是内定的主席。后来，我们又在几场校内比赛遇到了李鸽。

看到她的样子，我一度非常担心。父亲母亲常告诫我不要在外面树敌，有些小人什么事都干得出来。可她看见我和颜寒形影不离，大概早把我塞进长长的黑名单了。

一天晚上，我们在一场小比赛中一起朗诵了雪莱的《无常》，如愿又拿了一个三等奖。那场氤氲着火锅气息的小小庆功宴上，我忍不住讲出了自己的担忧。

颜寒挑着煮熟的年糕，一脸无所谓："没听过那句话吗？'努力的人肯定是某些人故事里的坏人。'"

"你不怕别人在背后说坏话吗？我是说——"

"人生是自己的，为什么要在意别人的目光？追求自己想要的东西就好，想那么多干吗？"

听到这句话，我愣了一下。我发现自己从来没有注意过一个问题：我一直以来所追求的，是自己想要的吗？

面对这个难度极高的奖学金，有人看见的是名利，有人看见的是金钱，颜寒则把它看作拥有一只小猫猫的跳板。

那么我呢？我为什么要跑来跑去参加毫无意义的比赛和活动攒分数？是为了让父母高兴，还是仅仅因为所有人都在争，我就习惯性地投入进去，拿下另一个在世俗上表明优秀的勋章？

我想要的未来，到底是什么样的呢？

想到这个问题的瞬间，矇昧的灵魂仿佛第一次睁开了眼睛。我第一次认真审视自己的过去，在那些按部就班和循规蹈矩中，哪些是我真正热爱的，哪些又只是世俗规则或是父母嘱托。

"颜寒。"

"嗯？"

"下次比赛我就不跟你去了。我想多花点时间读专业书。我想，我有点想读研，以后考博士。"

颜寒放下嘴边的夹心年糕，瞪大眼睛望着我。

"不是一直在准备公务员考试吗？"

"那是我父母的想法。他们……我会想办法说服他们。"

"好样的，加油哦！"

笑在颜寒的脸上绽开了。她没有像别人那样细数女生读博的坏处，没有强调专业难度，没有分析晦暗的就业前景并和稳定的公务员工作做对比。这些都是我面对父母要经历的。

她只是把几块芝士年糕夹进我的盘子里，开心地为我加油。

我望着她，第一百次希望自己可以成为这样的人。

七

我望着她，第一百次希望自己没有带她来。

"求你了。"会议室门口，颜寒又说。

"不行，这次真的不行。"

我很为难。作为全球第一个有进展的超算小组，猫群算法的相关人员要在一场内部发布会上向国际同人提交秘密对策。我因为导师的特许拿到了旁听资格，颜寒则完全没有机会入场。

"要是他们没发现 TRACER 呢？"

"不会的，"我笑了，"那么多比我们厉害的前辈教授，肯定什么都想到了。"

颜寒抿了抿嘴："你怎么还这样？不是告诉过你吗，迷信权威没有好处的。"

"不是这个问题……"我争辩道，"就算我同意，你也没有带二维码的入场卡，进不去的。"

"你拿身份证了吗？"颜寒立刻说。

"在包里。怎么了？"

"你把身份证给我，自己先进去。我用你的身份证去门口的小哥那儿再领一张卡，"她快速想出办法，"就说我自己的二维码丢了。"

"这……不太好吧……"看了看大楼门口站岗的武警，我的手心开始出汗。

"没什么不好的，刚才一个黑夹克男就是这么混进来的。"

"哪个？"

"就那个。"

颜寒随意往会议室里一指。趁我回头张望的当口，她嗖的一下从我挎包里摸出了身份证。

"喂！"

她已经大大方方地去门口冒名领入场卡了。

坐在会议室的角落，我的心里有说不出的难受。这感觉似曾相识。

紧接着，我看见颜寒出现在玻璃门外。她拿出一张卡片对准了门上的扫描设备，只听"咔"的一声，小屏幕上出现了我的面孔。穿过闸机，大门很快在她身后锁死。

"瑶瑾？"

颜寒来到我身边，递过身份证。我没有搭腔。

"瑶瑾你别生气，我只是来听听，保证不会再像上次那样……让你为难了。"

我抬头望向她，知道两人都想起了同一件事。

难以忘怀的往事。

八

"只能到这个程度了。"

颜寒甩给我一张表格，里面密密麻麻都是加分项。

"还不错啊，都快加满了。你赢定了。"

我帮她从学姐那里要到过几年前的综合测评表，还没有人把所有的项目都加满过。

颜寒点点头，爬上床看她的论文去了。我和她简单道别，准备去辅导员办公室值班。这是一个帮辅导员处理日常事务的工作，学生会的成员基本都要去。但辅导员早怕了颜寒，特赦她不用来办公室坐班。

打开门，我发现辅导员又去开会了。马上就到评选院级奖学金的时间，因为涉及金钱荣誉、保研资格，以及各类繁多的加分项，行政系统的老师几乎天天开会。

尽管早已确定不去争抢，但临到颁奖期，奖学金对我难免有几分诱惑。坐在辅导员的电脑前，我忍不住算了算自己的测评总分。

还好，基本是二等奖学金的水平。学院竞争激烈，如果不是一开始有颜寒带着，我估计连三等奖学金的边都摸不到。

正准备关掉表格，右下角突然弹出一份邮件提醒。发信人是李鸽。

我的心一颤。尽管值班的同学有权利处理日常邮件，我还是紧张地朝门口看了一眼。

打开邮件时，我的手心一直在冒汗。

是一封举报信。李鸽用很夸张的语气描写了颜寒是如何窃取别人电脑里的信息牟利，又是如何对同学威逼利诱以便爬上学生会主席的位置的。

真如颜寒所说，在李鸽的视角下，努力的她就是一个不折不扣的大反派。

匆匆浏览一遍后，我立刻关掉了邮箱，心怦怦直跳。

这封举报信的时间点很妙。李鸽肯定在收到那张猫猫图时就查清了一切，但她忍住了，决心将证据像王牌一样握在手里。忍过了颜寒击败自己成为主席，也忍过了她一次又一次把分数加进自己的成绩里，一直忍到现在。如今一旦查实，学校方面一定会以奖学金资格造假的名义加重处罚，给予颜寒的人生致命一击。而且人人都盯着有限的名额，颜寒再有人缘也不会赢得群众支持。

一丝寒意浮上心头：李鸽真是一个恐怖的人。

麻烦的是，颜寒确确实实入侵了别人的电脑，有了线索就很容易被查到。

但是，我该怎么做呢？

放任举报信被院领导看见吗？

也许对我来说这才是最优选择。没有了颜寒，我也可以顺利拿到院里的一等奖学金，甚至有机会冲击校奖。做到这点毫无难度，没有人会知道我见过这封邮件。一瞬间，荣誉和金钱在冲我招手。

唉，我在想什么呢，那可是我最好的朋友颜寒啊。

仔细听了听，办公室外静悄悄的。深吸一口气，我再次打开网页调出电子邮箱界面。我以辅导员的口吻给李鸽回了一封邮件：这件事一定会得到妥当处理，但影响重大，在结果出来之前请不要外传。然后，我彻底删除了两封邮件，同时抹掉了浏览记录。

值班的时间正好结束了。我僵硬地收拾好自己的东西，飞快逃离了办公室。随着理智渐渐回来，如水的恐惧一点点淹没了我。

包庇室友，滥用私权，撒谎骗人。

如果李鸽再次举报，如果她直接向辅导员询问结果……

学校的处分不怕，只是一想到父母知道我因为干这种事丢掉了清白的档案记录，断掉了他们在幼儿园起就替我规划的道路……我的心缩成了一团。更何况我还没有提出读博意愿，这件事只会对未来的冲突雪上加霜。

我不是颜寒，我不能完全忽视别人的看法，更不愿以这种方式让生我养我的亲人失望。

几乎含着泪回到宿舍，颜寒还躺在床上看电影，不时笑出声。

"颜寒。"我轻轻叫了一声，希望她能帮我出出主意。她那么厉害，总能帮我出主意。

"回来啦？"

"颜寒，李鸽把你入侵校园网的事举报了。"

"唉，我就知道。在这个节骨眼上，她肯定会搞小动作。"颜寒在床上翻了个身，眼睛没有离开平板电脑。

"可你不害怕出事吗？"

"不怕呀，不是还有你吗？"颜寒语气轻快，不以为意。

我很少发怒，但这回火气噌的一下就上来了。替你背上这么大一个责任，甚至赌上了自己的荣誉和未来，就给我这么个态度？颜寒，你当我是什么——等等，一个更恐怖的可能性浮上我的心头，也许我本来就是——

"颜寒，你是不是早就算出我会替你造假邮件？"

"你造假邮件？"颜寒终于听出了我语气中的情绪，赶忙爬起来，趴在栏杆上望向我。

"我是不是……也是你算法中的一部分？"

"瑶瑾，你说什么——"

"你说实话！"

颜寒沉默了。她从来不会说谎。

我冲向她的电脑，打开猫群算法替她找出的最优路径。那是一份更加详尽的蓝图，逐条分析了获取巨额奖学金的各种因素。我的名字作为积极要素赫然在列。

我笑了。原来对颜寒来说，我只是一个特别容易相信别人、收到一颗糖果就愿意涌泉相报的傻子，一块投入产出比极高的田野，一个性格稳定、与辅导员关系良好、可以在办公室听到各种消息，并在关键时刻替她挡枪的工具人。

带我去参加比赛、与我分享奖学金蓝图不是什么善良的举动，而是在猫群算法的指导下精准投放的小恩小惠。可笑，我竟然整整一年都没有察觉，像条哈巴狗跟在她身后，真心拿她当朋友，直到为了她养猫的小愿望赌上自己一直在为之努力的未来。也是啊，她从来不在意任何人的目光，我又凭什么认为自己特殊？

眼泪不受控制地涌了出来，模糊了一切。

"瑶瑾，不是这样的……"

我哭得太难受，没听见她说了什么。

这个宿舍再也待不下去了，可我也不敢回家。我暂时住进了朋友的宿舍，她的舍友出国交流，那儿正好有一张空床。

"你终于受不了颜寒了。"

我没有搭腔，只是蒙着被子默默流泪。

几天后，颜寒还是顺利拿到了校长奖学金。她的照片被挂在校园里的宣传栏上，好几个微信公众号都推送了她的事迹。

又过了几日，银行小程序提醒我二等奖学金到账了。我不由得想象，颜寒在空荡荡的宿舍里收到钱会是怎样的感受。

大概是在考虑买哪几只纯种猫吧。

直到她退学前我们才再次见面。那天我们喝了很多酒，也说了很多话。那是我第一次喝酒，醒来时什么都不记得了。

但我知道，我原谅了她。

九

会议开始了。

长桌亮了起来，是一整块屏幕。我们的胳膊压在上面，引出圈圈装饰性纹路。四面的墙壁也亮了，浮现出大大小小的人像。有的很清晰，有的只是影影绰绰的轮廓。我环顾四周，竟然在对面的角落里发现了颜寒说的那个男人——夹克放在一边，他穿着一件黑色高领毛衣靠墙而坐，仿佛也只是一个虚拟投影。

作为猫群组代表，我的导师起身向全世界汇报了计算进展。

我这才知道，此时全球无数计算机还在沉默运算，我们组却第一个出了结果——"访星者"的运动模式大概率符合猫群算法。

"此外，我们通过处理更大范围内的引力波数据发现了另一批访星者。它们数量更少，但加速度更大，离我们最近的有几亿光年。"

听到他们也知道 TRACER，我松了口气。我一直偷偷瞄颜寒，担心她会在这样高规格的会议上搞出什么事来。

还好，她一直全神贯注地阅读桌面上显示的资料，脸上神情并无异样。

"由于极速访星者的出现，地球暴露的最短时间从两百年缩减到了下一秒，"导师顿了顿，"没错，理论上来讲，人类会随时迎来访客。"

我感到一脚踏空，凉意上涌。会议室里一时充满了窃窃私语，连墙上的影子都开始互相咬耳朵。颜寒还在看材料，没有要讨论的意思。我想她早就知道了。接着，我注意到黑衣男子似乎也没有同伴可以说话。望向他时，我们的目光隔着桌子短暂相交。他的眼神和屋子里的科学家们不一样。我本能想要回避，忙低下头佯装阅读。

讨论声渐渐平息，导师才再次出声。"大家不用担心，这比在香蕉里自然生成一克反物质的概率还小。我们可以按照大概一百五十年的时间准备。"看到大家的表情，老头难以察觉地笑了一下，仿佛刚才的发言只是为了戏剧效果。

"为了帮助人类躲开虎视眈眈的星际捕手，我组提出'隐藏者计划'。资料已经发到各位面前。"

"隐藏者？"颜寒声音很大地重复了一遍，引得相邻的几位学者投来不悦的目光。

"不是答应不惹事吗？"我小声警告她，"你现在用的可是我的身份。"

"哦哦。"颜寒随意回应了两声，已经开始飞快滑动桌面浏览文件。

"'人类转入深层地下生活，在地球表面抹去文明的痕迹……'"她喃喃念着，眉头越皱越紧，"这不是一叶障目、掩耳盗铃吗？"

"颜寒！"

我拉住了她的胳膊，感觉她的身子在抖。她看了我一眼，笑了笑示意我安心，但我知道要坏事了。随着越来越多的与会者对隐藏者计划表示赞许，颜寒抖得更厉害了。

对她来说，把异议憋在心里是最难不过的事了。我在桌面底下按着她的胳膊，可还是没能阻止颜寒将目光投向发言按钮。

"瑶瑾，对不起，我可能再也没机会了。"

她挣开我的手，掏出门卡在发言区一扫，会议的主屏幕上立刻亮起一盏红灯。

主持人是一个汉语很好的英国女士，她愣了一下。

"C 区的姜瑶瑾女士，请问您有什么看法？"

看见自己的证件照出现在大屏幕上，我低头捂住了脸。

颜寒倒是早已站了起来，声音很激动。

"我反对隐藏者计划！"

几百道灼灼目光投向这里，我恨不得立刻消失。

"你们说访星者的路径基于猫群算法，但我认为它们本身就是猫群的一部分。之前观测的大量访星者是 SEEKING 模式的猫，用较少的资源慢悠悠探索大量拥有类地行星的星系。根据停留时间，它们的精度可能不会很高，隐蔽计划也许会奏效。而另外那些遥远的访星者是 TRACING 模式的猫，它们也许数量不多，但能以极高的速度移动，甚至超越光速。根据猫群算法，TRACER 们消耗大量的资源，也拥有巨大的能量。要知道，被猫科动物盯住的猎物几乎无法逃脱。"

"我刚才说过了，极速访星者离我们极其遥远。"

导师的声音传来，我更想消失了。

"是这样。但请注意，在猫群算法里，SEEKER 和 TRACER 是可以相互转化的。每一次迭代，一部分慢速访星者就会有一定比例变成极速访星者。大家可以看看标注了访星者的星图，如果离我们最近的一个转化成了极速访星者，人类文明将如秃子头上的虱子一样醒目。"

"你所有的推论都是猜测。我们没有观测到访星者速度的变化，也无法确定外星文明是否在使用和地球一样的算法。即使确如你所言，我们还有比隐蔽更优的策略吗？"

"是这样。我们所得到的信息太少了。条件不够，再优秀的超级计算机也无法推算出正确的解法。我们只能——"

不知道访星目的，不知道技术水平，不知道审判何时降临地球。

"只能主动出击，接触访星者。"

会场一片死寂。

"你是说臭名昭著的接触者计划？"另一个女声传来，"一群疯子，还怕地球暴露得不够早？"

我睁开眼睛，看到颜寒的表情有些茫然。外星文明的消息走漏后，一些国外民间航天机构搞了这个计划，甚至与科学共同体起过一些冲突。颜寒不知道这些。

"姜瑶瑾小姐，如果你是他们中的一员，那这里并不欢迎你。"

"我……"颜寒突然反应过来，"我不是姜瑶瑾，我偷了她的身份证，我是——"

麦克风早已掐掉了。

几个保安进了会场，我绝望地闭上双眼。

十

"对不起……"

"有用吗？"回到公寓，我的眼泪不受控制地落下来。

"但他们有错，我必须要指出。你不会真的认为人类能把自己藏一辈子吧？这种错误只会毁掉地球上的文明！"

"哦，错误？"我哽咽着说，"你凭什么这么自信，认为自己最聪明，那么多专家教授都是瞎子、笨蛋？"

"我不这么认为——如果所有人都迷信权威，这个世界还有救吗？"

"你还是这样——"

"还是这样？"她突然也激动起来，"这么长时间了，你以为我不知道那些人在想什么吗？看着我替他们出头，一边在下面看戏，一边享受我为大家争取的好处！责任都是我担了，不感谢我就罢了，还要在背后说三道四！"

我一时语塞。当年确实是这样，我以为以颜寒的性格不会注意到这些……

"还有你！"她突然向我发难，"'老师''父母''专家''教授'……认识你这么久，满口就是这些词。你是他们的提线木偶吗？没有自己的思想吗？还是……"

"还是什么？"

"还是你和他们一样，想把责任推得一干二净，永远不用为自己负责？"

我不敢相信她会这样说。

"那你呢？你是一个负责任的人吗？你知不知道你的恣意妄为要多少人在背后为你承担后果？你知不知道我为了你——"

差点被学校开除，这回又失去了在主流算法界立足的资本？别人可能会相信我的名字被人冒用，可导师从一开始就知道颜寒是被我带进去的。

我错了。奖学金事件并没有改变颜寒。她还是一个只顾自己的TRACER，冲动之后不管滔天洪水淹没了谁的人生。

不过我还是没有说出口。我从来不会这样指责别人。

"对不起。"她又说。这回语气软了很多。

"你……走吧。"

两个小时后，她拖着一个小行李箱出了门。

我在窗口偷偷望去，一辆特斯拉正在超算中心的大门外等颜寒。替她开门的正是我们在会议室里遇见的黑衣男子。

十一

大概是真的缺人，超算中心并没有把我开除。只是工作内容变了：值夜班，守仓库，甚至当监工。

在其他算法小组还没得出结论时，隐藏者计划已经先行一步启动了。我被派往北方一个早已落魄的小城，监督一期工程的建设——不，是毁灭。

我们扫描每栋建筑，然后根据材质和结构在顶层安置调好频率的次声波发生仪。远程开启后，那沉重的波纹将与建筑产生强烈共振。

尽管已在各类电影中见过不少末日，可人类自己对文明下手的场景更为壮观。戴着红色的安全帽远远望去，城市的天际线在晚霞的掩映下轻微震颤。细小的缝隙在钢筋水泥间生长，最终把庞然大物裂成片片不再规则的碎石。然后，一座接着一座，盛着昔日光影的大楼化成砖尘，在重力的作用下轰然跌落。

一股难以描述的混合气体随着冲击波向四周扩散，到我这儿时让不少工人掩起了口鼻。我知道这是几周前投放的转基因微生物的杰作，它们加快了金属和水泥的腐蚀速度，可以让地球尽快恢复原貌。

这只是一个开始。深深入侵食物链的塑料颗粒，难以填补的臭氧空洞，还有持续了近百年的放射性污染……那些才是旷日持久的攻坚战。

回到所里的值班室已经很晚了。长夜漫漫，我摸出藏在衣橱里的几罐啤酒，绝望地想，要是父母知道自己开始酗酒该有多生气。不过几杯温酒下肚，思维立刻开始飘忽。

望着远处的万家灯火，我突然有些理解颜寒。小到农家屋棚，大到千年古迹，我们如此决绝地对文明自我阉割，真的能换来外星人的"放过"吗？缩回地球深处的人类放弃了整片星空，未来还有发展的空间吗？

像猫群算法一样，哪个种群都是 SEEKER 多于 TRACER。如今走到这个地步，是大多数人类的选择，不是我——

"迷信权威。把责任推得一干二净。"

颜寒的声音猛地在耳边响起，我意识到我正在替自己开脱。

不，不是这样的。我没有办法——

"姜瑶瑾小姐？"

我回过神来，发现那个带走颜寒的男人正站在值班室门口。他还穿着那件黑色的高领毛衣，走到哪里都像一个影子。

"您是？"

"赵沉申，DRAGON 航天集团的人。"

我的心一沉。那正是一意孤行要进行接触者计划的公司，也是隐藏者计划实施的最大阻碍。而今天值夜班的只有我一个人。

"姜小姐别紧张，我们是正经企业，不会对你怎么样的。"

"颜寒呢？"

"她很好，"赵沉申顿了顿，"比你想象中要好。"

"你是什么意思？"

"很快就是两百年一遇的发射窗口期了，颜寒小姐将作为第一批接触者飞往离地球最近的类地行星。她没告诉你吗？我们并没有限制她和外界交流。"

我摇摇头。那次分别后，我再也没有得到她的消息。

"真遗憾。我以为她会试着说服你。"

"你来这里干什么？"

"给你讲讲我们的事业。"

"想给我洗脑吗？"我举起手机，威胁他要报警。

赵沅申笑了笑："你不想知道……颜寒小姐为何要跟我走吗？"

不知道是不是酒精的作用，他的话突然唤醒了一些尘封的记忆。

十二

"颜寒，能不能不要走。"

颜寒摇摇头，看起来憔悴了很多。

"他们已经脱离生命危险了，但还要卧床很久。我必须回去照顾他们。"

我低下头，泪水在眼眶里打转。

拿到奖学金不久，颜寒的家人就出了一场严重的车祸。

有了校奖得主的身份，关于她的坏消息传得特别快。人们在背后嚼着舌根，看着好事，酸味弥漫。

一听说，我立刻跑回了原来的宿舍。

曾经温馨的小天地已经杂乱不堪，外卖盒子和垃圾堆在墙角。我的桌子和床铺保持着离开时的样子，但其他地方都已经乱了套。几乎没有东西在正确的位置。

颜寒红着眼睛朝我跑来，紧紧抱住我，号啕大哭。我也用力回抱她，埋在了颜寒干枯打结的长发里。原来她的骨头那么细，隔着没多少脂肪的皮肉，她摸上去就像瘦弱小猫的身体。

颜寒告诉我，家人伤得很严重。亲戚帮衬了一时，还需要自己回去照顾长期住院的父母。刚到账的奖学金正好来得及垫付一些费用，但麻烦事还有很多。颜寒走了十几天，又返校处理成绩和学籍。

晚上，我们又去了学校西门外的年糕火锅店。同寝两年，那里留下了最多开心的回忆。

"瑶瑾，我想问你一个问题。"

我点点头。

"你是怎么克服对人生无常的恐慌的？"

"我……说实在的，我没太想过这个问题。"一直以来，父母把我保护得太好了。他们从小基于自己的经验为我规划了道路，让我按部就班地走着，从来没想过会出什么问题。即使最终证明这是保险也是枷锁。

颜寒说她一开始也和我差不多，情况甚至还更好些。父母都是商人，从小教她运筹帷幄，替她选的幼儿园和小学都是当地最好的。只是天有不测风云，父母的公司受到政策影响出了问题。接着，一年后投资失败，家里一夜之间负债累累。小颜寒离开了贵族小学，也搬离了高档小区，跟着父母过上了四处躲债、饥一顿饱一顿的日子。

"你知道吗，那时候我就明白了一个道理：世界太复杂了，不要妄想着计划什么东西。

"有时候你走得很顺，举目四望没有任何威胁，但你就是被打垮了。意外，伤病，还有做梦也想不到的打击从做梦也想不到的方向袭来，让你所有的努力都归零。"

人生无常。她说了好几次。

"所以我宁愿选择随心所欲及时行乐。用我爸的话说，浪费自己的时间和宝贵天赋。"

颜寒平静地说着这一切。隔着火锅的蒸汽，我看不到她有没有流泪。

"后来家里慢慢好起来了，但我的性子已经没办法改变了。我看见别人靠着长远计划得到自己想要的东西，偶尔也会敬佩。但更多的时候，我欺骗自己那只是幸存者偏差，还有很多人多年的努力毁于一旦，从一开始就没有好好经历自己的人生。直到我遇见你。"

"我？"

颜寒点点头。

"我这样的人……其实一直没什么朋友。有的人见我抗议师长，早早疏远以求自保；有的人看不惯我自由，一天要问十遍'你为什么要这么做'。只有你，那么自然地包容了我的一切。即使我行为有些怪异，你也从来没有流露出……那种表情。所以，我才有机会真正去了解一个同龄人。瑶瑾，你知道我有多羡慕你吗？你那么安静地走着，按着规划一步一步向前。你为此忍耐过，也放弃过，后来甚至定了一个更加长远的目标……有时候我在想，只有你们这样的人，才有机会有所成就。"

我感到不可思议，明明一直以来是我在偷偷地羡慕她。

"所以啊，我才鼓起勇去筹划点什么……我选了一个看起来幼稚的目标，利用算法推出了极其周全的计划。随着分数一点点积累，我又拿到了主席之位。有那么一瞬间，我相信这个世界有最优解，相信自己可以重新把握人生。"

回想起颜寒坐在床边晃着双腿说出自己想要养猫，我一点都没有想到她究竟下了多大的决心。可最后一切还是被毁了。被我毁了，被人生无常毁了。

今天还微笑的花朵，明天就会枯萎；我们愿留贮的一切，诱一诱人就飞。什么是这世上的欢乐？它是嘲笑黑夜的闪电，虽明亮，却短暂。

　　唉，美德！它多么脆弱！友情多不易看见！爱情售卖可怜的幸福，你得拿绝望交换！但我们仍旧得活下去，尽管失去了这些喜悦，以及"我们的"一切。

　　趁天空还明媚，蔚蓝，趁着花朵鲜艳，趁眼睛看来一切美好，还没临到夜晚：呵，趁现在时流还平静，做你的梦吧——且憩息。

　　等醒来再哭泣。[1]

　　曾经一同登台朗诵的小诗在脑海中回荡，两人第一次推杯换盏，为浮游般的人生落泪。

　　"瑶瑾，其实我一直有一个梦想。"

十三

　　"……你讲。"

　　"瑶瑾小姐，你觉得人和动物最大的区别是什么？"

　　"人拥有智慧。"

　　"差不多，"赵沉申点点头，"实际上就是收集信息和处理信息的能力。收集的体量越大，处理的速度越快，种族就越优越。这在人类社会内部也是成立的。"

　　不知为何，我的脑子里浮现出两只小猫。一只探头探脑，警觉地观察四周，另一只飞速扑向猎物。是 SEEKER 和 TRACER。

　　"对工具的利用促进了人类文明算力的进步，语言文字的存在进一

---

[1]　出自英国诗人雪莱的《无常》。——编者注

步保证了最优解的传承。计算机的出现更是触发了科学技术的爆炸式
发展。"

SEEKER 戴起眼镜，毛茸茸的爪子在环形算盘上敲敲打打；TRACER
跳上滑板，扭头等同伴的解答。

"但这还不够。大数据的时代早已来临，但科学技术解放的计算资
源远远没有得到充分利用。在智能设备和传感设备的帮助下，我们收集
信息的精度本可以达到厘米级。从小处看，个人足以在有限生命中取得最
优答卷。从大处看，就像马云上次说漏嘴的，我们甚至可以抓住经济学中
那只看不见的手。这就是我们计算者正在努力做，却还没有做到的。"

SEEKER 为 TRACER 铺开一张长长的卷轴，为它指出捕猎的方向和
时机。不，指出的是每一步踏出的方向，还有每一次呼吸的力度。

"不，"我摇摇头，驱散不切实际的想象，"就算用尽地球全部计算
资源，人人都当上美国总统，你们也算不到访星者。"

"是的。信息太少，算力不够，就像旷野上的原始人——还是瞎的。
我们所有的深思熟虑都和随机选择差不了多少。当然，其他人更惨，跟
一团热气中乱撞的分子没什么区别。他们眼里的意外，很多时候都是我
们眼里的必然。至于访星者，那对所有人来说都是意外。那句话怎么说
的来着？人生无常。"

"那……"

"这就是任何算法的致命缺陷啊——我们得到的永远是局部最优解。
对我们的人生来说，事情是分大小的。小学生被母亲责骂可能会哭一个
晚上，考研失利的学生会觉得人生无望，有人错过喜欢的姑娘就懊悔
不已……但实际上，几年后大多数人都会觉得这些并没有什么。更有可
能的是，父母严厉阻止他们走上弯路，没去理想的学校但有了理想的工
作，之前苦苦追求的女孩其实并不适合……我不想说什么'苦难都是财

富'这种话，只是人的际遇太复杂了，我们在这个节点上获得了最优解，长远来看未必最优。而人生苦短，一次弯路就是半生蹉跎。所以我们——"

"放弃了最优解计算？"

男人摇摇头。

我突然知道他接下来要说什么了。

十四

颜寒摇摇手里的酒杯。

"我想要获得所有信息，穷尽所有组合，算出有限的人生的最佳解答。"

她望着我，眼里闪闪发光。

"你能想象吗？对内，从分子层面拆解基因和大脑，对外，在涌流的信息中找到最合适的潮头。孩子一出生就已经预定了圆满的人生，能够踩着精准的节奏走上高峰。而且是自愿地、愉悦地……再也没有怀才不遇，再也没有子欲养而亲不待。"

颜寒的泪落了下来，我知道她想起了重伤在床的父母。

"精度再高一点，体量再大一点，算法再优一点，我们就可以在深刻理解现实的基础上改变现实，获得你想要的一切。想想看，你的生命中将没有遗憾，没有后悔，没有意外。即使世界上存在无数个平行世界，你所在的那一个将在每一个节点都做出正确的选择。"

幻想中的猫咪褪去外形，化作两只麦克斯韦妖。它们缩小到不可思议的尺度，搬弄地球上每一个分子。它们气定神闲，知道如何用蝴蝶引起风暴，也能轻松抓住凌空飞来的无常之箭。

像当年在宿舍一样，颜寒将一张宏伟的蓝图在我面前铺开。只是前者的目标不过蝇头小利，后者的框架则彻底超出了我的想象。

也远远超出了人类的能力。

当年只觉是颜寒酒后呓语，此刻我才明白那时的她有多么认真。

颜寒想要一睹这样的文明，这才是她立刻决定与赵沅申合作、毫不犹豫选择飞上太空的原因。

赢得一份奖学金需要全校几万师生闲置状态的电脑，完美处理一家公司的债务就要动用半个省份的计算资源。和有余力满宇宙寻找智慧生命的访星者相比，人类是算法界的原始盲人，梦游一般生活，痴傻地做出决策。而在外星文明的字典里，一定没有"人生无常"。

十五

我的脸在发烫。赵沅申和颜寒的面孔重叠又交错，两人在不同时空的话语冲击着耳膜和记忆。

我甚至不知道他是什么时候走的，只记得自己倒在值班室的小床上，盯着旋转的天花板过了很久很久。

没有立刻回绝，也知道自己绝对不会答应。也许那样的文明很诱人，但是冒着暴露整个地球文明的风险……就算喝得再醉，这种事我也做不出来。

我一直在想的是颜寒。

毕业前的那场交谈因为酒精的作用在记忆里支离破碎，直到今天才重新回来。我原以为我们是两种完全不同的人，现在终于知道在无常的人生面前，SEEKER 和 TRACER 并没有什么本质区别。这才是她不顾一切想要跳脱的原因吧。

我原谅了她，再一次。

只是我有些替颜寒担忧。在那艘名为"接触者"号的飞船上，她将航行整整一百五十年才能到达目的地——那是离太阳系最近的类地行星，也是超算组算出访星者来地球前最有可能停驻的地方。

也许是父母赋予的保守思想作祟，我总觉得猫群算法得出的数据不够可靠——毕竟面对如此复杂的命题，我们只算了一遍。在我值守的超算中心，几十台超级电脑还在全速运转，用其他算法处理着相同的数据。也许再过半年我们就能为最初的答案评分。

可颜寒等不了了。能最大限度利用行星引力弹弓的窗口期很难得，间隔往往长达百年。以颜寒的性格，她不会错过。满足愿望还是空等一场，颜寒上了最无常的赌桌。

但，也许还有别的办法？

我的心狂跳起来。

单个小组的计算需要时间，如果我集中好几个超算中心的资源用同一种算法演算呢？再加上互联网公司的库存，调用人工智能的硬件设备，甚至黑进一些个人电脑……

也许用不了三十天，也许最多一个昼夜……

回过神来时，我已经走进超算中心的控制室敲出了一行行代码。

我被自己的想法吓坏了。危机时刻计算资源如此宝贵，我这样做绝对是要坐牢的。

可颜寒……一想到她可能会耗尽一生在陌生的星球白白苦等，我一辈子都不会释怀。

来吧，再做一次 TRACER，为了她。

我闭上眼睛，向回车键按去……

"不要。"

十六

"颜寒？"

少女从机房暗处现身。我看到她的脸微微发蓝，应该是为准备长期休眠而喝了不少药水。

"你怎么——"

她没有回答，直接走过来按下了强制关机键。

"你知道我要做什么？"

颜寒点点头。

"那你还——"

"我说了不要。赵沅申那个人……表面上潇洒，实则屌得要命。他在骗你为他验算呢。"

"我没有，我怕你……"

颜寒摇摇头："我说过，我不会再让你为难了。"

"可这次生死攸关。"

颜寒笑笑，一只手搭在我肩上。

"算出来又怎样呢？不过是另一个概率，该做选择的还是我们自己。而且因为我的任性，你已经惹上那么多麻烦了。"

"都是小事而已。"我低下头。

"瑶瑾，其实不管怎样我都是要去的。外星文明只是次要，百年一遇的窗口期才是我真正珍惜的。幸亏接触者计划倒逼民间航天技术爆炸式发展，我们才有机会向深空迈出有史以来最远的一步。与它相比，'旅行者'号不过是在浅滩踟蹰的婴儿，但这甚至有可能是整个文明周期能够到的极限。"

她的眼睛在昏暗的灯光下闪闪发光。

"如果人类注定要龟缩，请让我做最后的 TRACER。"

十七

颜寒走的那天，我也去了发射基地。

我执意选了最近的观测地点，可以清晰地看见发射架旁的火箭。他们说这个距离很危险，如果发生事故会危及生命。

但我还是来了。过去的时光已如迷雾彼岸的花朵，我想最后一次和颜寒分享命运。

在那座小山上，我听不见倒计时。几个摄影爱好者在旁边摆弄素材，叽叽喳喳地议论这事。传言有真有假，但我无意去辩驳。

很快，山的那边传来震耳欲聋的声响。火箭尾部瞬间发出耀眼的光芒，腾起的烟云也映得金红。冲击波传来后，几个人纷纷捂上了耳朵。

但我没有。我看着火箭慢慢升空，变成一道弧线向这边飞来。但它没有飞过头顶，只是越来越小，最终化为一个亮点隐入了群星，再也分辨不出来。

我的眼睛湿润了。我该为颜寒悲哀吗？她最终选择了跳出无常世事，赌上一切去面会拥有极高计算能力的种族，想从虚无缥缈的未知里找到生命的意义。我该为颜寒高兴吗？她还是那个 TRACER，在多个国际组织间辗转腾挪，一百八十度扭转了科学共同体对"接触者计划"的态度，最终促成了人类历史上最伟大的深空探索。

有那么几个瞬间，我看见她的眼睛像恒星一样闪亮。

十八

颜寒离开整整一年后，其他计算组的结果出来了。

访星者有 89% 的概率已经来过地球。时间大约是在第四纪，人类祖先刚刚出现的时代。

人类起源地外说早已不是什么新鲜的说法，访星者干预文明也是前几年十分流行的理论。毕竟就像赵沅申曾经说过的，人类大脑的计算能力超过其他动物太多了。单单就语言这一个功能所需要的计算量就是所有生物都无法企及的。语言学家无数次教海豚、类人猿，甚至鹦鹉说话，但至今没有取得突破性进展。鸟能唱出表达情感的歌曲，却无法将音节分割成有意义的语言单位；猩猩可以学会几百个单词，但利用有限的语法结构生成无限语句的任务对它们来说还是太难了。

而人类不同。就算大脑的算力有限，还有遍布星球的超级计算机帮忙。

公布访星者信息不久，就有宗教团体声称人类是古猿与其杂交的产物。尽管和同事曾经考虑过这样的可能性，但如今看着实实在在的数据，我的眼眶还是湿润了。

更重要的是，访星者的运动方向也与我们当初的计算完全相反。

这意味着颜寒所要去的地方永远都等不到访星者。一百五十年后，当她拖着残破的躯体爬出休眠舱，本该赴约的对象已经飞得越来越远，远到连引力波都无法企及。

但我相信她不会后悔。

计算机告诉我们，当年的窗口期千年一遇。如果以现在的宇航水平即刻出发，人类也要花至少两千年才能登上另一个类地星球。

无论她到了哪里，都是无人踏足之境；无论她看见了什么，都是无人曾见之景。

什么人生无常，她已跳出世事外，不在五行中。

我能做的只有每天为她祈祷。

还有，养一只不乖的花猫。

参考文献：

［1］Chu，Shu Chuan，P. Tsai，and J. S. Pan. *Cat Swarm Optimization*. Lecture Notes in Computer Science 6（2006）：854–858.

［2］Danny D. Steinberg，and Natalia V. Sciarini.《心理语言学导论》. 世界图书出版公司，2007.

［3］马邦雄，叶春明. 利用猫群算法求解流水车间调度问题.《现代制造工程 6》（2014）：12–15.

科幻作家。多年来笔耕不辍，曾在多家杂志、平台发表作品。代表作品《最后的译者》《沉默的音节》《温雪》《百屈千折》等。《沉默的音节》于 2018 年 5 月获得首届中国科幻读者选择奖（引力奖）最佳短篇小说奖。《偷走人生的少女》于 2019 年获得乔治·马丁创办的地球人奖（Terran Prize for 2019）。2019 年 8 月荣获"微博 2019 十大科幻新秀作家"。

昼温

萌宠

一

科考船在一望无际的太平洋上缓缓行进。夕阳已经接近海平面，为平静的海面染上了一层金红色。远处的一座小岛在黄昏暗红的天空中显露出黑色的影子。我和妻子站在甲板上，望着远方的岛屿和夕阳。

二十年过去了。人们已经逐渐习惯了没有宠物陪伴的生活。偶尔会有一些人写文章回忆起曾经有宠物陪伴的时光，但是年轻一代并没有这个概念。人们可能会逐渐忘却人类曾经饲养过宠物的事情吧。

汽笛响起。这是科考船已经到达指定的观测地点的信号。妻子轻轻地吸了一下鼻子，我知道她在想什么。

细碎的海浪敲打着船身，在浪涛声中，我仿佛听到了一声轻轻的猫叫。我又想起了和妻子一起养的那只可爱的小毛球。二十年了，没有猫的陪伴，生活虽然一切照旧，但似乎总有缺了点什么的感觉。

二

二十年前，我和妻子刚结婚不久。我们是大学同学，学动物医学专业。妻子毕业后经营着一家宠物医院，而我选择了学术路线，正在做动物行为学方面的博士后。除了我和妻子之外，我们的家庭成员还有一只猫，叫麻团，是妻子从路边捡回来的流浪猫。日子就在工作和喂猫之间一天天流逝。

科研单位的压力相当大，每年要发表的文章数量和质量都有硬性要求。现在已经是周六下午了，我还在对着实验室的电脑忙碌着。我目前研究的课题是动物智力，其实这里的动物主要就是指各种猩猩，毕竟只有这些和人类亲缘关系特别接近的动物才谈得上真正意义上的"智力"。我和实验室的其他人绞尽脑汁设计了各种各样稀奇古怪的实验去难为它们，再加上脑电波、核磁共振等高科技手段，根据实验结果，套用复杂的公式和算法，得出一个最后的数字，也就是这种动物的智能指数。这个想法是实验室的负责人李雪峰教授提出的，智能指数是 1，则代表这种动物具有成年人类的智能水平，而 0 代表完全没有智能。黑猩猩的实验已经接近尾声，实验数据都已在电脑上分门别类存好。我敲下最后几行代码，写好了智能指数计算的程序。接下来只需要让程序运行，对数据和结果进行量化分析，几个小时之后就能得到黑猩猩的智能指数。我看了看屏幕上不断闪过的运行进度，确认一切都没什么问题后，伸了个懒腰，站起身来准备回家。

刚打开家门，麻团就迎过来，对我喵喵地叫着。我蹲下身子，把手里的纸箱放在地上，搔了搔它的下巴。

"回来了？"妻子问道，"哎，那个箱子是什么啊？"

"刚才在门口碰到咱们小区的快递员，说有个你的快递，我就顺手拿上来了。"妻子的宠物医院经常要买很多东西，几个物流公司的快递员和我们都很熟悉了。

"不过我最近没买东西啊。"妻子抱起纸箱，皱着眉头研究着上面的运货单。我走进客厅，一屁股坐在沙发上，左手拿起遥控器打开电视，右手摸着已经在我身边舒适地趴好，如同一团小毛球的麻团，打算从一天的繁重工作中休息一下。

人类在宇宙中是否是孤独的？ 1950 年，美国物理学家恩里科·费米在一次非正式的讨论中问道，如果在我们的宇宙中真的存在大量地外文明，那么为什么地球上从来没有出现过它们的任何痕迹。对于费米悖论，很多不同领域的人士都给出了多种解释。有观点认为，外星生命可能因为技术过于先进，而忽略地球的存在，而地球也完全没有办法理解外星生命在宇宙中留下的各种痕迹。也有观点认为，外星生命或许出于观察和保护等原因，选择不同地球文明进行交流，甚至刻意阻止地球文明和外界可能的交流，这种假说又被称为动物园假说，此种假说的一种极端变体是假设人类可能就是外星文明创造的。此外，还有其他观点认为……

现在的科教频道真无聊，天天搞这些有的没的。我心想。刚想去拿起遥控器换台，却发现身边的麻团早已抬起头来，盯着屏幕，甚至一边微微点着头，一边伸出小爪子，按住了我伸向遥控器的手。

我乐了，嘿，它看电视还看上瘾了。这个画面让我想起了今天上午做的实验。那群猩猩里面，倒是有聪明的能理解一些简单的词语和抽象概念，还能对特定的视频内容产生特定的反应。不过猫怎么可能会看电视呢，它们大概其实只是被那些变来变去的画面所吸引而已吧。

表面现象并不一定说明实质性问题。学术界对动物智力的测量历史悠久，却一直争议不断，很大程度上就是这个原因。很多动物都会被电视机上的复杂画面所吸引，也有很多动物会产生一定的条件反射，比如听到主人说出一些特定音节的词语之后应该做出特定的反应。但是真的能够理解电视上说了什么或者具有语言概念的动物是极少的。李雪峰的这个项目之所以具有开创性，就是他利用了许多巧妙的实验设计并辅以生物物理的方法来避开了这些问题，尽最大可能得到了动物智力的合理数据。黑猩猩的数据在明天……

不对，我怎么又想到工作上去了，这样下去对身体可不好。我赶紧把思绪拉回现实，发现妻子已经拆开了那个纸箱，翻着里面的东西。我拿过来看了看，是一盒盒包装精美的猫零食，上面印着我看不懂的拉丁字母，也不知道是从法国还是德国进口的，一看就价格不菲。

"你买的吗？"我问妻子。

妻子摇摇头："奇怪啊，我没买过。这些东西我倒是记得，前几天在网上看到打折，本来想买来着，都放进购物车了，但是看价格还是有点高就没点结账，正在考虑买不买的时候突然有点别的什么事情，我就把电脑放在那里了，忙完了之后就把这事忘了……这是怎么回事？"

麻团敏捷地蹿到箱子里面，认真地嗅着一包猫零食，眼神中充满着期盼。

"多少钱啊？"我问。

"具体记不太清了，但是应该有一千多吧。我看着单价挺便宜的，就买了三个月的量，但是没想到总价那么高，明明没结账啊……"妻子一边说一边掏出手机，打开 App，看了一下购买记录，"怪了，这里显示的是那天我确实下单了，这是谁下单的呢？要不我去退货吧。"

很明显，家里只有我和妻子两个人用电脑。不是我，那只能是妻子。"算了，买了也没关系，这些钱其实也不太多。"我一向不是一个特别在乎钱的人，不知道妻子为什么不好意思承认是她买的。我捡起箱子里的一盒猫零食撕开放在桌上，麻团把小脑袋埋进盒子里，开心地吃了起来。

"这是什么意思，这个确实不是我买的。"妻子的语气和表情都有点生气。

"我也不是说一定是你买的，不过没关系，这个说贵其实也不贵……"我一向不是擅长言辞的人，虽然想赶紧解释一下，但是说完了自己也感觉这话不太对，马上止住了话头。

"我没买过，你怎么不相信呢，这不是贵不贵的问题。"妻子的嗓音提高了。

我刚想说点什么，一个声音打断了我。

"喵。"

这一声"喵"叫得很响，我和妻子都朝着麻团看去。它早已从零食盒中抬起头来，正盯着妻子看，之后又转向我，同样响亮地"喵"了一声，声音里好像还带着一丝的焦急。

妻子被逗乐了。"好了好了，爸爸妈妈不吵架了。"她对猫一向没有任何抵抗力。妻子摸了摸麻团的头，它又把头埋进零食盒里，但还不忘在埋进去之前回过头来不安地看了我们一眼，活像一个害怕爸爸妈妈吵架的孩子。

三

麻团的可爱举动化解了我和妻子之间的矛盾，妻子还决定明天带着麻团陪我去研究所，缓解一下我长期以来的工作压力，顺便参观一下我们的实验。毕竟她是动物医学专业出身，对相关领域有很大的兴趣。

今天是周六，大部分人都没有来加班，办公室里也只有李雪峰教授一个人。

"小王来加班了？啊，这是你的爱人吧，欢迎欢迎。这是麻团吧？真可爱。"李雪峰教授热情地和妻子寒暄了几句，还把手指头伸进猫包的缝隙中，逗麻团玩。我先看了看电脑上显示的计算结果。经过一晚上的运算，黑猩猩的智能指数被确定在 0.355，这大概相当于人类三四岁小孩的智力。这个结果并不出人意料，这个周末努力一下，我大概就可以把这个结果写成一篇论文投出去。不过现在不忙着写论文，先带妻子参观一下吧。

"教授，麻烦你照顾一下麻团，我带我爱人去实验区转转，那边有各种仪器和动物什么的，不像办公室这么安全，没法带猫过去。"我和李雪峰说。

李雪峰满口答应。我把猫包打开，麻团早已在里面憋得不耐烦了，蹿出来舒展了一下筋骨。它还有点怕生，不太敢接近李雪峰，只是在办公室巡视了一圈，看到有什么感兴趣的东西还要好奇地用小爪子摆弄摆弄。

把麻团托付给李雪峰后，我带着妻子参观了我们的实验室。虽然已经很久不从事科研工作了，但她还是兴致很足，不时地问我一些相当有专业性的问题。

"迷宫实验应该有很多学者都做过了，这个意义大吗？"在迷宫实验的装置前，老婆问我。

"传统的迷宫实验意义是不大，但是我们在迷宫的每个岔路都会画一张地图，还标出了它们在迷宫中所在的位置。利用这个实验我们就可以知道猩猩把二维的平面信息转化为空间信息的能力，此外还有联想能力，低等动物看到那个图时根本不会想到是地图。另外还有多种不同的设计方案……"我给妻子详细地讲解着，一个小时之后，我们才回到办公室。

"回来了啊，我们实验室还不错吧？噢，猫在那边玩纸壳呢。"李雪峰从桌子上的论文中抬起头来，指了指实验室的一个角落，那里堆着许多纸壳做的迷宫，是我们当初给黑猩猩准备迷宫实验时用来设计迷宫的缩小版模型。黑猩猩是肯定钻不进去这个模型的，但这个大小对猫来说正合适，而且猫最喜欢狭小的空间了。麻团在纸壳迷宫里面钻来钻去，玩得不亦乐乎。

我们三个人一边闲聊着，一边看着麻团玩。但是很快，我就发现有些不对。

麻团从入口走到出口，又返回去从出口走到入口，而且它一直在走最短的路线。它偶尔也会徘徊不前，然后抬起头看一会儿迷宫墙上的地图，之后就会继续沿着正确的道路一路前行。

妻子和李雪峰也发现了这个问题，他们脸上乐呵呵的表情消失了。李雪峰站起身，从众多的迷宫模型中找到了一个更复杂的在地上放好，我把麻团抱到了那个模型的入口处。然而不过三分钟，麻团就轻松地沿着正确线路找到了出口。

李雪峰一脸严肃。他找出我们设计的最难的迷宫。那个迷宫的难点在于里面有几张地图是错误的，要想走出那个迷宫，必须要在正确地图和错误地图的对比之中发现端倪。黑猩猩们花上一些额外的时间倒是可以走出那个迷宫，但是通过我们的分析表明，它们其实是在发现地图错误的问题之后开始瞎走，最后误打误撞走出来的。毕竟这些动物实验的迷宫从复杂度来说都还比较低。

麻团很快就沿着正确的线路走到了我们设计的陷阱地图那里。我们三个人目不转睛地盯着它。它看了看地图，朝着错误的方向走过去。

我似乎感觉自己松了一口气。

错误的地图让它找不到方向了。它在迷宫里绕了绕，停下来，之后又开始加快速度。

"它好像开始瞎蒙了。"妻子说。我点了点头。

李雪峰摇了摇头，面容严肃："你们注意看，它没有瞎蒙，麻团在所有的岔路口都选择了右边的路。"

我仔细看着麻团，发现李雪峰说的是对的，不由得倒吸了一口凉气。在迷宫中，如果在所有岔路口都靠右走或者都靠左走，就一定能走出迷宫。这不是最简单的方法，却是一定可行的方法——麻团，这真的是你想出来的吗？还是只是巧合呢？

很快，麻团跑到了出口，回头看了我们一眼，一脸无辜地喵喵叫着。

四

这件事情对李雪峰的影响颇深。在他的要求下，我们开始测试猫的智能指数。麻团和找来的一些其他家猫都进驻实验室，并且成了有史以来最受欢迎的实验动物。比起前段时间的那些脾气和身上的味道一样臭、生气了还会把粪蛋往人身上扔的猩猩，又萌又乖还爱干净的猫简直不要太招人喜欢。然而李雪峰教授一直神色严肃，我也很紧张，每天都加班到很晚。

三周的时间在实验和分析数据之中匆匆而过，各种实验结果、脑电图、核磁扫描图之类的文件也很快堆满了我的办公桌。

又是一个周五，今天早上，我们完成了对猫的全部实验，接下来只需要等计算机处理数据、分析和拟合，之后我们就可以得到猫的智能指数了。

"你觉得猫的智能指数是多少？"李雪峰问身边的一个研究生。

"很难说，我们这个智能指数的估算方法是全新的，之前对动物智力的量化研究也一直不太系统，把之前的一些零散研究作为参考，在对比一下黑猩猩 0.355 的智能指数……我估计猫能有 0.2 左右吧。"他想了一会儿，回答道。

如果我和他一样，并不知道那个周末的事情的话，我可能也会猜一个差不多的数值。但是现在我实在是不敢去猜了。李雪峰转过头，和我对视了一下。我知道，他和我正想着一样的事情。上周六只是一次非常不严谨的实验，说明不了什么问题，巧合也是时有发生的，但是我还是觉得不对劲。

计算机上显示的进度逐渐推进，再过一小会儿，猫的智能指数就要算出来了。我和李雪峰等在屏幕前。

进度推进到百分之百。计算机的黑色屏幕上显示出三行白色大字：

计算完成

物种： *Felis silvestris catus*（家猫）

智能指数： 0.527

李雪峰猛地吸了一口气，我也低叹了一声。虽然有心理准备，但是亲眼看到这个确凿的结果仍然让人难以接受。猫的智能指数超过了 0.5。虽然这并不简单地意味着"猫具有人类一半的智力"，但是这也足够可怕了。有着工具使用能力和简单语言能力的黑猩猩，智能指数也不过 0.35 左右。它们是否应该被赋予一定范围内的人权这种话题甚至都偶尔出现在一些生物学和社会学界的讨论中。科幻小说里面也有许多其他物种突然崛起的情节，一般都会伴随着不同种族之间血腥的大战。现在我们居然发现，充满整个地球的猫有着比黑猩猩还高出许多的智慧，这对社会将产生什么样的影响？我简直不敢深想。

我也知道，猫和狗这样的家庭宠物可以识别人的一些命令或者感知人的一些情绪，不过人们一直以来都认为这更多的是一种条件反射行为，它们其实是无法理解那些命令和情绪真正的意义的。但是现在的脑电和核磁共振结果表明这些传统观点其实只是人类的固有印象，它们不仅理解了，而且可能理解得比人类之前认为的程度还要深刻许多。

我和李雪峰的异常表现引起了实验室其他人的关注。很快大家就围了过来，看到了这个结果。李雪峰立刻组织了一个讨论会。与以往的有说有笑不同，办公室里的人都面色凝重。李雪峰教授用左手撑着额头，用疲惫的声音说："我们商量一下，这事情怎么办吧。"

"首先一定要保密。"我赶紧说。妻子是开宠物医院的，无论是喜欢宠物还是讨厌宠物的人我都见得太多了。这个消息一出，那些极端分子，比如动物虐待狂或者物种极端主义者会做出什么事情来，用脚指头想都觉得吓人。

"嗯，我同意。"李教授点点头。

不过保密是不可能的。我心里暗想。课题组已经有十来个人了，除了我很了解的李雪峰，其他人面对这种事情到底会做出什么选择，这实在是不好说。这样的研究结果一定会汇报给上层，其他相关课题组以及行政人员都会陆续加入，知道的人每多一个，保密的可能就减少一分。不过能拖一天是一天吧，这样还有时间应对一下。

又是一阵集体沉默。李雪峰叹了一口气，开启了一个新的话题："好吧，我们先来讨论一下，到底为什么出现了这样的结果。"

"这有可能是快速进化导致的。"组里的另外一位博后提出了自己的观点，"一般说来进化是很漫长的过程，但是少数情况下进化可能导致生物性状的急速改变，典型的例子就是英国工业革命时期的飞蛾。为了在被煤烟熏黑的树干上隐藏好自己，飞蛾在短短的几十年间就从白色为主进化成了黑色为主。此外还有人类对于大鱼的选择性捕捞让鱼类整体变小了，非洲象的象牙，以及落基山大角羊的角也是例子。"

"这个说法有道理，这确实很有可能是强大的进化压力下生物的快速进化，至于进化压力嘛……我估计就是因为人类开始养猫养狗当宠物。"说完，李教授转过脸来看着我。他知道，作为课题组唯一有猫的人，我对这个事情的理解最为深刻。

越是聪明的宠物就越容易受到人类的喜爱，因此也将获得更好的生存条件，更容易把自己的基因遗传下去。几代之后，动物就会越来越聪明……我想起了我们对家里那只聪明的猫的喜爱。

"就先朝着这个方向试试吧。我一会儿写一个报告，和有关部门说一下这个事情。课题组其他项目先停一下，大家集中精力应对一下这个研究。我们还需要一些猫做重复实验，家犬的实验也要做。此外，和家猫家犬亲缘关系比较近的物种也做一下对比实验吧。"

工作安排完，李教授长出了一口气。"其实我刚才想到一些别的东西，我还想搞一些其他的跨领域研究，也许我们该找找古生物学方面的学者。"李雪峰浅浅地笑了一下，有点神秘。

古生物学？我有点想不通他要做什么了。

"就这样吧，忙了这么久，这个周末大家都回家好好休息一下，也等等相关部门的回复。到时候，恐怕我们课题组就闲不下来了。"李雪峰说道。

我也把麻团带回了家。妻子对实验结果并未表现出过大的意外，毕竟她也亲眼看到了三周前麻团走迷宫的出色表现。她苦笑了一下，说道："你知道吗，那一箱猫零食真的不是我买的。"

"对不起。"我也笑了。不过我知道妻子并不是想要我道歉。我们现在都知道到底是谁在妻子离开电脑后偷偷按下了下单按钮。

五

按照李雪峰的计划，后续实验在科技部的支持下展开了。平时显得冷冷清清的研究所好像突然变成了繁华的闹市。这种非军方的学术研究是很难守得住秘密的。就算成果还没公开发表，作为动物行为学方面的权威，全世界这个领域的科研人员都在盯着李雪峰教授的学术动态。遗传学、分子生物学、进化生物学、动物心理学、古生物学等或近或远的领域的研究人员也常来交流，甚至不知道为什么还有一些考古学家和天文学家频繁到访，和李雪峰一谈就是几个小时。在不同领域的科研人员的帮助下，我们的实验方案取得了重大的进展，现在我们可以根据很多动物在一些历史记录中的行为，以及一些化石和骨骼上的证据来估算某个物种在过去的智能指数了。一切证据都表明，猫的智力在近期急速进化，短短的三十年间，猫的智能指数从 0.2 左右升高到了 0.5 左右。对家犬的实验也得到了类似的结果。人类的饲养导致猫和狗快速进化的证据越来越充分。

组里写的报告经过一级一级的传递，许多非学术界的人也知道了猫和狗很可能具有了一定的智慧，加上知情人员的亲属，现在全世界多多少少知道这件事情的人数恐怕要上万。

相关的流言蜚语越来越多，社会上的气氛也越来越躁动。网上不时就会有人透露出各种或靠谱或不靠谱的小道消息，关于人类究竟能不能和另外一种智慧生物共存的讨论也愈演愈烈。一方认为人类应该恪守底线和人性，不应该无缘无故地杀灭一种生物。而声音更大的另外一方则引经据典地证明人类从来没有办法和另外一种智慧生物共存，一个智慧物种在地球上的崛起一定会导致一场灾难的发生。虽然他们引用的例子都是一些和现实无关的幻想文学作品，但是也不能全怪他们，毕竟这种事情的例子只能去幻想文学里面找。

"今天有个来医院打疫苗的顾客都在说这个事，我估计你们这个秘密是守不住了。"一天做晚饭的时候，妻子一边搅拌着碗里的鸡蛋，一边和我聊天。

"嗯，毕竟李雪峰只是个普通学者而已，这种事情要一级一级上报，等到声音传达上去，高层意识到问题的严重性的时候，知道的人已经太多了。"

"这样下去会出大事的。"妻子叹了口气。

妻子的预感应验了。几周后，我正在实验室对付一大沓核磁共振图，科技部负责协调工作的任处长突然快步走进来，打开了挂在实验室墙上的电视，调到新闻频道。

"受到近来关于'猫和狗具有超级智慧'说法的影响，世界各地爆发了支持动物权利以及反对动物保护主义的游行。在少数游行中，双方的支持者产生了暴力冲突，下面让我们关注一下来自前方记者的报道……"

实验室中的所有人都放下了手里的活儿，抬头看着电视。动物保护主义者一方举着巨幅的猫和狗的照片，以及诸如"它们也能感受到快乐和痛苦"等各式各样的标语，还有人会把自己化装成动物的样子，举着一个血淋淋的假人头，呼吁大家换位思考。另外一方的游行也针锋相对。十几人扛着一张巨大的宣传画，画上一只很邪恶的猫一只爪子踩着地球，另外一只爪子下面是许多人的尸体，并用仿佛滴着鲜血的字体写着"保卫我们人类的文明"。极端的动物反对者甚至公开虐杀宠物猫和宠物狗。虽然加了一层马赛克，但是那个场面仍然让我仿佛闻到了血腥味。

任处长紧紧地抿着嘴，眉毛皱成了一团；李雪峰盯着电视，脸色铁青；意大利进化生物学家弗朗西斯科正在实验室访问，看到这一幕，捂着嘴跑了出去；我也感觉胃部似乎被顶了一下，强忍着想吐的冲动。

"任处长，不能再拖了。"李教授说。

"嗯，再这样下去恐怕越来越夸张，没准还要出暴乱，是该赶紧和民众说明情况了。"任处长回答。我能想得到一直瞒下去的情况，没准明天连"震惊！猫和狗的智商居然超过人类！"这种新闻都会跑出来。

"我这就汇报一下，今晚或者明天请李教授和王博士简单地做一个报告，科技部的领导会来，可能还会有首长来听，好好准备一下。"任处长和李雪峰说。

"任处长，"李雪峰严肃地说，"如果这个要求对您的工作造成了烦扰，很抱歉，但是我要求只和首长汇报，多一个人都不行。至于公开发布的消息，我会让小王准备好。毕竟有些事情知道的人越少越好，我们不能重复之前的错误了。"他指了指电视，电视上的两拨人已经开始互相扔石块了。

任处长愣了一下，但他还是理解了李雪峰的话中隐藏着的危机。"嗯，我会尽全力满足教授的要求。"

"谢谢了。这真的很重要。"李雪峰说。

任处长离开后，李雪峰把我单独叫到了旁边的一个小房间。

"小王，你应该听懂了刚才我说的意思。"房间的窗帘拉着，我看不清楚李教授的脸，但是他的声音异常凝重，"一会儿我们会把最近的所有成果整理并且发布，我会单独和政府汇报，你来负责开那个公开的新闻发布会。智能指数的课题只有你我最清楚，一会儿也需要你来帮我处理报告，这些事情是怎么也瞒不住你的。等我们把不同组的研究成果汇总上来的时候，你要做好心理准备，而且最重要的是，在发布会上有些内容是绝对不能说的，而且也绝对不能让任何其他人知道，绝对不能。"

"可是公众已经猜到了啊……"猫和狗的智商很高，高到足以成为智慧生物的级别。这个消息已经基本等于公开的秘密了，隐瞒这个事实并没有好处。

李教授摇摇头："当然不是这个事情。小王，你还记得当初我非要找古生物学家做交叉研究的事情吧……"

在那个小房间内，李教授告诉了我最近的一个交叉研究的成果。为了不被偷听，他的声音很低，我想经过走廊的人是不会听到他说的话的。但如果真的有人在走廊，他们一定能听到一声玻璃碎裂的声音，那是我把水杯掉在了地上。

六

发布会是我和任处长去开的。我做了一个简单的报告。自然状态下，物种的智力进化非常缓慢，而智力指数一旦超过 0.5，智力进化就会加快——这是因为智力达到一定程度的物种可以结成一定的社会结构，能够形成某种形式的文明，促进自身的发展，比如人类。此外还有一种智力指数在短时间内急剧增加的可能，就是低智力的物种和高智力的物种亲密地生活在一起时。猫和狗就是这样的。现在猫和狗的智力指数已经增加到了 0.5 以上，也就是说，如果放任它们自己发展，它们会发展出自己的文明。这些大概就是我们课题组最近的所有研究成果了——除了李雪峰最后告诉我的那个成果之外。

我不知道李雪峰教授对首长的报告做得怎么样，事实上，自从那天之后，我就没有见过他。任处长说他在第二天直接飞到了位于纽约的联合国总部，最近忙着和政界人士打交道。

关于这件事的社会动荡在发布会后第三天达到了最高峰。据统计，全球有几百到一千人因此丧命，而死于各种极端活动和冲突的无辜猫狗更是难以计数。

各种宠物商店、宠物医院等成了众矢之的。为了安全起见，妻子的宠物医院早已关张，然而出于职业责任感和爱心，她还是冒着危险收留了好些猫和狗。好在因为我在这件事情中的特殊地位，我的家里得到了额外的保护，因此没有出什么大乱子。

随着各国政府加强应对以及大众对此热情的消退，在将近一个月后，关于这件事的各种暴动才逐渐散去。联合国也在这个时候发布了各国政府针对此事的决议。

我也是在这个时候才重新看到李雪峰教授的。在联合国的新闻发布会上，他和许多大国的政要一起坐在了主席台上。新闻发布会上那篇报告的纸质版被联合国珍藏。在地球的文明史上，这篇稿件具有重要的意义。它标志着地球文明从此以后不再等同于人类文明。

近日，来自中华人民共和国的李雪峰教授所带领的课题组对家猫和家犬的智能进行了研究。研究结果表明，家猫和家犬的智能远超过人们之前的认知，甚至已经超过了人类的祖先南方古猿。经联合国大会决议，联合国谨代表世界各国政府宣布。物种 Felis silvestris catus，即家猫，物种 Canis lupus familiaris，即家犬，从此刻起被视为具有文明潜力的智慧生物。

联合国所有成员国一致同意，故意伤害或杀死以上两种物种的任何个体的行为将被视为非法，具体法律将随后由各成员国自行决定。

为了防止人类对家猫和家犬的文明演化造成干扰，同时为了表示人类对于一种具有文明潜力的智慧生物的尊重，饲养家猫和家犬作为宠物将被禁止。联合国将设立若干自然保护区，并逐步将全球的家猫和家犬进行迁移。科学研究机构将对自然保护区定期进行考察和维护。

我们充分考虑和理解了社会各方的意见。人类内部的不同肤色、不同种族和不同国家之间，尚且有着难以调和的矛盾和纷争。面对一种完全不同的智慧生物，任何人都会怀有疑虑和担忧。这是每一个人类个体对于人类整体的认同，联合国感谢你们的思考和付出。

然而不必过于担心。家猫和家犬目前的智能还很原始，人类仍然具有足够的控制力。如果这两种物种在进化过程中逆文明而行，走向野蛮和暴戾，人类会及时进行干预。

长久以来，人类作为地球上唯一的智慧生物，一直在文明的道路上孤独地探索。现在，我们终于有机会在文明的大家庭中迎来新的成员。这也是我们重新认识自己的进化道路、更深入地理解智慧和文明本质的一个绝佳机会。

最后，联合国希望这次事件能让大家理解，世界很大，宇宙很大，面对复杂的物质世界，联合国希望人类中相互冲突的各方能保持克制，逐渐放下对彼此的仇恨，将眼光投向我们应该面对的大海——那里的波涛将是群星。

七

"每次来这里，我都会想念麻团。"妻子的话把我拉回到二十年后的现实之中。她正扶着科考船的护栏，目光望向远方的岛屿。当初人类迁徙宠物时，麻团就被送到了这座岛上，这里现在是家猫的自然保护区。

"不要太挂心了，也许它们创造了一个部落，甚至帝国。"猫的自然寿命只有十余年，现在麻团早已不在人世。妻子自然也知道这一点，但是我们谁都没有点明这个事实。"甚至……麻团会成为猫文明中的神话人物。在未来的历史中，也许它比我们还有名。"

妻子笑了。许久，她感叹道："我真的没想到，当初世界各国的政府商量出来了这样的意见。说实话我还以为人类会灭掉猫和狗。"

我笑着摇了摇头。

我和妻子是无话不谈的，但我心里还是有一个最深的秘密从未和她说过。学术界知道这件事的人应该只有处在研究最核心的我和李雪峰，政治界知道的人估计两只手就数得过来。

不过既然大家都不那么关注这件事了，告诉妻子问题也不大。她不是爱传闲话的人。

"其实当初做这个决定是有一些其他原因的。人类并不像你想的那样善心大发，而是出于保护自己的角度才决定保护猫和狗的。"我稍微看了看四周，没有其他的人了，于是缓缓地和妻子说。

"毕竟，我们要维护人类自身的生存。你还记得那个联合国决议吧。如果我们发现猫或者狗的文明对其他可能的智慧生物有刻意的灭绝倾向时，我们会怎么做呢……"

妻子似乎想到了什么，惊讶地张大了嘴，转过头望着我。

"李雪峰把人类文明极早期的智能指数演化也研究出来了，这一部分没有对外公开。"我知道妻子猜到了答案，"在南方古猿之前，人类远祖的智能指数也在很短的时间内迅速从 0.2 提高到了 0.5 左右，和家猫家犬一模一样。至于是谁帮助了人类进化，我想答案也很明显了。它们对人类又是什么态度……想想我们对猫和狗的做法就知道了。我想，那些政治家都是聪明人。

"如果我们对刚刚踏入智慧生物门槛的猫和狗做了不好的事情，人类会遭遇什么可不好说了。"我抬起头望向天空，"毕竟，我们曾经的'主人'，也许还在什么地方看着我们呢。"

太阳已经落入水面，深蓝色的天空中，点缀着几颗晶莹的寒星。远处的岛上，似乎也有着星星点点的火光在闪烁。

物理学硕士，天文爱好者，业余科幻作者、译者。五岁时因《哆啦Ａ梦》而入坑科幻，最喜欢的作家是博尔赫斯。作品《圆周率》发表于"不存在"公众号，《昨夜星辰》发表于"ONE·一个"App。

赵佳铭

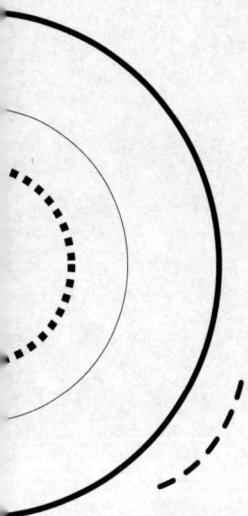

猫不存在

作者 / 郭亮

1% 的猫历史

从一万年前的日常到近一百年以来的日常，从埃及开始的极爱，再到中世纪的极恨，人类对猫万年爱与恨的线索，都被录入了百年影像里。

1. 猫的自我驯化

猫跟人是平等的，就像 1969 年老版《大地惊雷》中提到橘猫 General Sterling Price 时说的：猫不属于任何人，它只不过恰巧与人共处一室罢了。

猫跟人是平等的，也许还是一个进化论的事实。

现如今，我们仍很难通过科学的于段来精确定位人类驯化猫的原点，特别是过去一万年左右的这个时段——猫的驯化刚好落到这个神秘时间段内，直到考古学家找到确切的证据：在塞浦路斯岛上发现一处九千五百年前的人猫合葬古墓。

人与猫在时间长河中原本互不相干，直到他们一同踏上某座孤岛；而关于猫的起源，还因为它们曾踏上了另外一座隐喻意义的孤岛。

得益于考古学推想，让我们了解到，猫的驯化最早大概始于人类在中东新月沃土地带建立第一个定居点之际。换句话说，家猫的驯化史不会超过一万两千年。

英语中"驯化"（domesticate）这个词来自拉丁文"domus"，而这个拉丁文的意思是"房子"；在《海边的卡夫卡》中，村上春树引用的卢梭的一句名言则说：文明诞生于人类开始建造樊篱之时。

从进化论的某些方面来说，猫可能并非被驯化了，而跟人同样是在自我驯化，就如人类借助大自然中的山洞的动机，只不过这次换猫借了人的人造洞穴——名为文明的孤岛——房子。

事实是，虽然狗的驯化远远早于猫——希罗多德虽然说过死了猫要剃眉毛默哀，但他也说了，如果死的是一只狗，那就要剃头和全身的毛发默哀——但如果说有谁无意中与人类共享了文明诞生的秘密的话，那肯定就是有史以来第一次有另一个物种"雀占鸠巢"、跟人共享同一个屋檐而又被其喜爱的猫这个物种了。

2. 最爱猫的文明

当提到对猫的喜爱，就不得不提及一个因对猫的爱而毁灭的古文明了。

公元前525年的佩鲁斯城之战，相传波斯人以猫作为"要挟"，让埃及军队无心恋战，并最终征服了埃及。埃及从此失去了文化上的独立、正统，而这也标志着古埃及的终结。

此后埃及更是被希腊人、罗马人、阿拉伯人轮番入主，但埃及人对猫的崇拜却始终兴致不减。

公元前5世纪，古希腊著名史学家希罗多德访问埃及后，在《历史》中这么写道：在埃及，每当起火的时候，在猫身上便有非常奇妙的事情发生了。居民们不去管火在那里大烧特烧，而是一个离一个不远地围立在火场的四周注意着猫，但是猫却穿过人们中间或是跳过人们一直投到火里去。如果有这样的事情发生，埃及人便要举行盛大的哀悼。如果在普通家庭中，一只猫自然死去的话，则这一家所有的人都要把眉毛剃去。

公元前 246 至前 221 年统治着埃及的希腊国王托勒密三世曾为他的皇后建造了一座猫女神的贝斯特神庙；在 2010 年的考古发现中，人们从该神庙中出土了多达 600 座石灰石神猫雕像。

公元前 60 年——经久不衰的影视题材中的埃及艳后正当十岁左右，另一位古希腊史学家狄奥多罗斯则记述了一场因罗马人意外杀害一只埃及猫而被暴怒的埃及民众于光天化日下施以谋杀的骚动。

直到此后三十年，埃及成为罗马的一部分，直到公元 390 年，罗马帝国宣布禁止对贝斯特的崇拜，但直至公元 640 年遭阿拉伯人入侵，埃及人仍然崇拜着他们的猫神。

埃及人对猫极致的爱可见一斑。

3. 猫在人间的最初流行

在倪匡写于 1971 年的科幻小说《老猫》里，一个"可怜的外来侵略者"，在三千多年前，"以某种方式来到了地球"，打算以能量体的形式附身最高级生物，以便假以时日征服地球。

"可是，它却从来也没有见过地球人，埃及的一座神庙附近是它的到达点，它看到了在那庙中有许多猫，神气活现、受尽了宠爱的猫，其中，以一头大猫最神气……它以为猫是主宰地球的最高级生物了"，而因此受困猫身三千年。

另一个似曾相识的猫故事，则来自 1998 年的电影《夺命感应》。

故事中一只存世四千年以上的"魔鬼"，在身体死亡之后能将意识就近转移到三十米范围内的人身上；最后，这个永生者被骗到荒无人烟的野外干掉，而骗他到此地的警察则将自己毒杀、使其无人可依……走投无路的"魔鬼",最后被迫转生到一只麻色虎斑猫身上。

这两个故事中所提及的时间点——三千至四千年间,正是猫在人间受宠的峰值。

在这个长达两千年以上的峰值中,它们被埃及人陪伴,被供奉,被神格化,从被严禁走私的珍宝,到公元前两百年完成除新大陆外的全球重要文明中的布局——现在,它们约有六亿,每十二个人就可以分到一只猫。

阿瑟·克拉克在《2001:太空漫游》开场中说,地球上大概存在过一千亿人,而恰巧银河系中也有一千亿颗星。那么,在这个星球上又曾生存过多少猫呢?

母猫四个月大时就会第一次发情,而猫的孕期不到三个月;即便它们的寿命只有十年至十五年,野外的流浪猫甚至可能只有三四年的寿命,但跟人相比,它们的繁殖能力相当惊人。生物学家通过计算,假设所有成年猫都活了七年,那么,一只雌猫和它的后代将在七年间繁衍出一百只猫——而人类大概得在另一个七年后才能性成熟。

所以,也许在这个星球上曾存在过的猫,可能远远多过银河的星辰。

阿瑟·克拉克说,每一个现在活着的人身后都站着三十个鬼魂,那每一只活着的猫身后的猫鬼可能就更不计其数了。而且,按照埃及人的看法,也许他们会认为猫永远也不会死去,猫会跟随他们一起转生——这也是他们会像人一样将猫制成木乃伊的缘由了。

希罗多德曾说过,在埃及,狗死了会被埋在它们原来的城市,而死了的猫会被专程送往贝斯特的圣城布巴斯提斯的灵庙,在那里制成木乃伊,也埋葬在那里。

在 1888 年的时候，埃及曾发现过一块大型的供奉猫女神贝斯特的神庙的墓地，一个距今三千至四千年的宠物坟场，在这里，超过十九吨的动物木乃伊及残骸被紧压堆叠成二十一米厚、六十米长的一层——它们中绝大多数是猫，数量超过八万具；在另一处神庙则发现过三十万具猫木乃伊。

就算现在这个文明时代也难得一见那样的猫的祠堂。

4. 木乃伊与猫

1999 年的电影《木乃伊》中，三千多年前被制成木乃伊的邪恶祭司的灵魂被不慎唤醒……所以，要怎么去对付这样的反派呢？

古埃及人认为人有许多的灵魂，有四种说，有五种说，而最常见的便是卡巴说。

在金·斯坦利·罗宾森《米与盐的年代》中，在一段错列历史（Alternative History）中，欧洲被 14 世纪的瘟疫毁灭了，两个名字以 K 和 B 为首的轮回灵魂像 DNA 中的碱基对纠缠在后续的这段或然历史中。

按照《米与盐的年代》中的说法，"卡"（Ka）和"巴"（Ba）指古埃及人相信的人的魂魄的两种形式，"卡"代表了人的生命力，"巴"则为永不腐朽的灵魂。

另一种说法是，埃及人认为"巴"是不朽的灵魂，而"卡"是躯壳，肉身——这也就是古埃及人要制作木乃伊的原因了，因为他们认为每三千年分离的灵魂就会重新回到原来的身体中，而后复活。就像我们的邪恶祭司。

邪恶祭司复活，可能会带来世界末日。但幸好我们还有猫。

动画《星际牛仔》某集的杀人狂魔怕猫怕到不行，而《木乃伊》中的这位邪恶祭司则在见到猫后吓得变成沙尘暴逃逸。这是只无名之猫的胜利——这只白猫在电影中没名字，直到它在小说版中被取名为 Cleo。

5. 猫的恐怖谷理论

在影视剧中，戏里戏外的猫可都有它们的名字，而且屏幕上的它们使用起替身来可一点也不输人类演员。

《老人与猫》中的橘猫 Tonto 由两只不同的猫扮演，《外星猫》中的 Jake 同样由两只猫扮演，它们是分别叫 Rumple 和 Amber；《异形》中的 Jones 由四只猫扮演，而《惊奇队长》中的噬元兽橘猫 Goose（古斯，命名来自《壮志凌云》的同名角色），同样由四只非常专业的演员猫扮演：Reggie、Rizzo、Gonzo、Archie——在漫画里，美国队长的猫叫 Chewie，源自《星球大战》的楚巴卡（Chewbacca）。《蒂凡尼的早餐》中的橘猫——它就叫猫（Cat）——甚至有九个替身，其中之一的 Orangey 还曾得过大名鼎鼎的动物界奥斯卡（Patsy award）奖。

猫与人在同一个屋檐下相处的时间久了，便不免被人格化，取人类的名字不过是其中表现之一。

这种人格化可能不单单是像《黑之契约者》里的黑猫、《魔女宅急便》中的吉吉、《美少女战士》中的露娜那样会说话，或像《机器猫》《黑猫警长》《穿靴子的猫》《加菲猫》《猫的报恩》那样拟人化，或是《太空丹迪》的猫形外星人喵、《红矮星号》中由猫进化而来的人形猫弗兰肯斯坦、《红灯军团》中的灵星那样的科幻化的存在形态……在 2001 年的荷兰影片《猫女》中，一只蓝猫——看上去像沙特尔猫——甚至因泄漏的化学物质而变身成年轻女性 Miss Minoes（猫女）。

不过，话说回来，人类可不单单因为喜欢它们才赋予它们人的名字的。

中世纪，人们认为女巫会施展黑魔法，而黑猫就是协助女巫施法的动物——《麦克白》中跟随三女巫的三种动物之一便是一只猫，而女巫自身，相传她们能在每年 6 月 24 日的施洗者圣约翰节变身成黑猫。

这么一来，似乎可以视猫为人的一种存在形态了。看上去，猫似乎变得跟人更亲近了，但事实上，那时候，最初走下神坛后，被人性化的猫并不像近代波德莱尔诗中的猫那样生出情人般的浪漫气息，甚至都不像图利的猫那样会被赋予伦理意义，反而变得面目可憎了。

以爱狗著称的押井守，他的师匠鸟海永行曾拍过一部 OVA 动画，叫《灵猫》，这是一部有着深刻《异形》刻印的动画影片，片中将原本异形所承担的恐怖分散给了猫和类似《怪形》般的外星生物设定……而这只制造恐怖、打算杀掉所有船员的叫 Lily 的猫其实并不是真猫，而是只机器猫。

虽然我们现在多将"恐怖谷理论"用于机器人，但实际它同样适用于非人类物体的感觉。

也许这种情感上的转变也适用于解释历史中人类对猫的情感转折——猫与人在同一个屋檐下相处的时间久了，便不免被人格化，而在人的意识里，因为它们越来越像人，到了某个程度，而终于被妖魔化。

而这个"恐怖谷"节点，对猫的宗教迫害的开端，便始于 12 世纪的教皇格列高利九世。这最终酿成了中世纪女巫与猫的惨案。

人对猫夹杂恐惧的恨意在此时达到顶点。

6. 女巫与猫

在某些对《异形》的解读中，认为猫是异形的信使。同样，在那个猫惨遭不幸的时代，猫同样被认为是女巫的信使……那么，也许"异形"

这个形象也就混杂了某些女巫的特征，这也解释了为什么火攻对异形有效，而抱脸虫为何只抱狗不抱猫了。

但猫与女巫，最初究竟是出于何种理由而联系在一起的呢？以至让猫与女巫成了一种标配，就像《吸血鬼猎人巴菲》中的现代女巫都配了只叫 Miss Kitty Fantastico 的猫？

在斯坦利·库布里克未来三部曲之一的《发条橙》里，有一个在家养了许多黑猫白猫的老女人，而描述杰奎琳·肯尼迪与一对远亲母女纠葛关系的纪录片《灰色花园》中，我们也看到了养了许多猫的老女人形象……

独居的古怪老女人和她们生活的唯一伴侣猫，这样的形象组合，放在中世纪，便成了一个极好的理由——作为一个有用的恐惧因素，她们的死，将可以有效地阻止人们偏离既定的严格宗教习俗，以防更多的怪人出现。

所以，那时候让猫消失，跟如今的猫热，似乎有着类似的理由：阻止让自己成为一座孤岛，只不过行为模式上，由被动变成了主动。

即便不算 YouTube（优兔）上千万以上的猫的短片，因猫而让处于孤岛状态的人重新与社会产生联系的影片也多到不计其数，诸如《流浪猫鲍勃》《假如猫从世界上消失了》《醉乡民谣》等，这可能也反映了人类在情感诉求上的某种求生欲；而孤独的人似乎也希冀通过拥有与猫对话的幻想能力来获取与世界的联系，不管付诸的行动是积极的还是让人不安的，《血色孤语》《犹太长老的灵猫》《海边的卡夫卡》中的人猫关系莫过如此。

这种关系是健康的吗？大概不能一概而论。像《魔女宅急便》中那样的从听得懂猫说话到听不懂的过程，就预示着一种个体的成长——虽然，表面上看，这恰恰像是失去了一种超能力。

7. 病态的网红猫和接受猫对你流口水

M. 奈特·沙马兰的超级英雄三部曲《不死劫》《分裂》《玻璃先生》可谓别出心裁，也托了超级英雄题材热的福才最终成就三部曲。

三部曲的三人选角布鲁斯·威利斯、詹姆斯·麦卡沃伊、塞缪尔·杰克逊都有着不同程度的相关出演（超级）英雄题材背景的制片价值（Production Value）加持，所以戏里戏外显得隐喻重重。

其中塞缪尔·杰克逊在系列中扮演玻璃先生的角色。他出生时就得了一种怪病，骨头异常脆弱，极易骨折……玻璃先生的病症听上去就像骨质石化病（俗称大理石宝宝）。

不仅人会患骨质石化病，猫也会。

在系列终篇中，玻璃先生历时近二十年，以一出被扼杀的超级英雄网络秀而向世人揭示了超人类的存在；而有这么一只骨质石化病的猫也因相同的途径（网络）为人所之，成为网红。

这只猫叫 Lil Bub（小家伙）。在《九条命》中就出现了它的一个镜头。

这是一只爱吐舌头的猫，但它吐舌头并非卖萌，而是迫不得已。因为 Lil Bub 患有骨质石化病，所以它无法长大，无法行走，骨骼变形，爪子变形，没有牙齿，上下颚也无法完全咬合，只能一直张着嘴，将舌头吐露在外。

另一只网红名猫暴躁猫 Tardar Sauce（塔妲·索斯），出生时就患有侏儒症和反颌症，以至总是露出一副很不爽的表情。

此外，还有像猫白血病，一种猫常见的非创伤性致死疾病。

在迪斯尼科幻喜剧《外星猫》中扮演 Jake 的是两只阿比西尼亚猫，虽然它们被认为是古埃及神猫的直系后代，但它们毕竟不是像 DC 漫画公司的"猫女"那样超级英雄般的存在，二战及 1960 年和 1970 年期间流行的猫白血病，几乎将它们从英国抹去——颇有种《黑客帝国》里猫 deja vu，在现实的存在中闪了一下的感觉。

虽然都说猫有九条命，也被确凿地当成了生态杀手，但它们的脆弱也是让人侧目的。不过，虽然猫也有脆弱的时候，但猫让人脆弱，戏里戏外，那都是家常便饭。

在《外星猫》中，女主角桑迪·邓肯却对猫过敏；

《老人与猫》在拍完后，驯猫师打算将片中扮演 Tonto 的两只猫送给导演保罗·马祖斯基，但导演没有收，因为他的妻子对猫过敏；

《九条命》中的演员马克·康苏斯在现实中对猫过敏，因此他在影片中对猫（厌恶）的反应都是真的；

而在《星际旅行：下一代》和两部大电影中，在原主人死了后，片中的猫 Spot 则被交由一个对猫过敏的克林贡人照顾。

《惊奇队长》中惊奇队长的扮演者布丽·拉尔森实际上对猫过敏，所以除了四只扮演 Goose 的猫以外，跟她同场的时候，又多出两只"猫"：（玩偶）道具猫和（CG）电脑猫。

《异形》开拍的第一天，在拍跟猫 Jones 有关的场景时，西格妮·韦弗发现自己皮肤过敏。她就怀疑自己是不是对猫过敏，心想还不如让制片早早换了她。毕竟找一个新人选比找四只新猫选要容易得多。但结果西格妮并非对猫过敏了，她是对性感过敏——她对为了让她看上去性感和汗湿湿的而喷洒到她皮肤上的甘油过敏。

…………

可能，许多人对"对猫过敏"有种误解，认为是对猫毛过敏，但实际上，是对猫的口水过敏。

引起人类过敏反应的其实主要是一种存在于猫唾液、尿液和皮屑中的蛋白质，当猫通过舔毛自我清洁的过程中，这些致敏蛋白质会随之转移附着到猫毛。

所以撸猫客对猫流口水的前提是，首先要有一个能够接受猫口水的体质才行。

8. 近代猫的源起

现在遗传学家可以快速识别变异位点，控制猫的斑纹、黑白橘黄等毛色，还包括长毛性状等其他特征，而这全得益于 2007 年一只叫 Cinnamon（肉桂）的阿比西尼亚猫的全基因组测序。

大约在 1860 年的时候，阿比西尼亚猫的先祖被一位英国军官由埃塞俄比亚带回英国。经过数代人的驯化，于 1929 年，关于这种猫的标准才被最终确定下来。

电影《看狗在说话》中叫"时髦"的喜马拉雅猫，在小说原作里则是一只叫"道"的暹罗猫——实际上，喜马拉雅猫是暹罗猫与波斯猫的混种。

像阿比西尼亚猫，像其他许多猫一样，喜马拉雅猫的原产地实际上也是在英国。从英国自然历史艺术家哈里森·韦尔的记述来看，实际上现代大多数家猫品种都是在 19 世纪的不列颠群岛上培育出来的；直到 1871 年，第一批严格意义上的珍奇猫品种——包括产生喜马拉雅猫的暹罗猫和波斯猫——才在英国伦敦水晶宫的一场名猫秀上被展出。

而有些猫的品种被获承认的时间则更晚，像前面提到的阿比西尼亚猫，像《星际旅行：下一代》中的 Spot——虽然它被设定为雌性橘色虎斑猫，但它一开始登场的时候却是只索马里虎斑猫。

索马里猫实际上是一种长毛的阿比亚尼亚猫。两个都携带隐性短毛基因的阿比亚尼亚猫，它们的后代很可能就是一只索马里猫——作为一个独立的品种，它们直到 1960 年才被承认。

这样看来，Spot 其实也不过比"星际旅行"系列年长了五六岁罢了；大概所有影像里的猫，它们的起源也都并不比影像自身早上多久。

9. 影像之猫

在家猫基因组测序完成的 2007 年，第一张马的基因组图谱草图也公布了。

而在 1878 年，英国摄影师埃德沃德·迈布里奇在定时摄影（Chronophotography）的基础上制作的有史以来第一段会动的影像（motion picture）《飞驰中的萨利·加德纳》中记录了关于马的运动。

我觉得二者的意义可以说是不相上下的。可以说《飞驰中的萨利·加德纳》中的马第一次揭示了电影这种艺术的 DNA 的存在。

迈布里奇通过他发明的"动物实验镜"（Zoopraxiscope）——一种可以播放运动图像的投影机，从 1880 到 1895 年约十五年间便是它的短暂时代——进而对一系列动物的运动进行了拍摄研究：水牛、骆驼、鹿、鸟……这其中还有猫。

1887 年，家猫基因组测序完成前的一百二十年，在《由慢跑快的猫》中记录的猫的运动，应该是最早动起来的关于猫的影像了。

但那并非一只真正的影像之猫。可能只是类似胎动那样的存在。

在 1895 年路易斯·卢米埃尔的《猫的午餐》中，在这段纪录片性质的影像中，片中的猫由一个小男孩投喂作为午餐的牛奶；它可能就是后来同样出现在 1899 年《少女和猫》中的同一只猫——这一次，它由另一个小女孩投喂。

卢米埃尔影片中的小男孩与小女孩应该是一对兄妹。这个小女孩正是诞生于《猫的午餐》上映当年，即通常我们称为电影元年的 1895 年。

这一年年底卢米埃尔兄弟的《火车进站》在巴黎首映。

　　出现在两部猫片中的小男孩与小女孩同样也出现在《火车进站》中。

　　至于猫呢，猫进站的时间——从那时候算起，到现在，这只影像之猫已经一百二十四岁了。但那也仅仅只占了猫起源至今的 1% 的历史。

　　影像中的虚构之猫的驯化才刚刚拉开序幕。

亚文化爱好者，原创科幻、奇幻小说及非虚构作品散见于《九州幻想》《世界科幻博览》《科幻大王》《离线》《虹膜》《现视研》等期刊杂志，另译有《异形》衍生漫画"火与石"系列。

郭亮

作者 / 苏民

我为什么不喜欢猫

一

不知道为什么，我认识的人一个个都养起了猫，网上的猫图也越来越多，猫脸、猫爪子、猫蛋蛋，铺了我一屏幕。我搞不懂，这些圆脸、毛乎乎的小玩意儿有什么好的，我一看见，就想一拳打过去，或者一脚把它们踹飞，尤其是那种脸很扁的猫，什么品种来着？对了，是加菲，明明长了一张欠揍的白痴脸，却让人把它捧在手心当宝贝一样！真想把那张白痴脸揍得凹下去！

"你这是暴力倾向。"女友小艾朝我嚷着，怀里抱着楼下捡的小奶猫，"张小咪我养定了，你要是敢动它一下，我就跟你分手！"

那只橘色小奶猫睁着乌亮的眼睛，朝我咧着嘴，露出粉色的舌头和细小的牙齿，发出"呲呲"的声音。

"它威胁我！"我冲小艾说道。

"那也比你可爱！"小艾一边吼我一边无比温柔地抚摸那玩意儿的头，气得我只能下楼去抽烟。

楼下有一个葱绿的小花园，几个小区居民正一边晃悠悠地健身，一边乘凉。拐角就是小区的大垃圾桶，垃圾桶挨着墙根堆了许多纸箱子，不知道谁扔的，小奶猫就是在这儿捡的。我和小艾下班回来，她看到这只猫的第一眼就着魔了似的走不动路了，第二眼就给它取好了名字。不过是一只野猫，什么张小咪，还有名有姓的，我想想就来气。

小艾本来就喜欢小动物，路上看到猫呀狗呀一定要停下来拍照。这本来是个挺可爱的特质，可是自从她捡回了张小咪就一发不可收拾，把家里的茶杯、床单、沙发垫，都换成了猫图案的。上个月我生日，她送我一条领带，让我闭上眼给我系上。我睁眼一看，领带末端竟印着一个猫头。

我扯下领带："我一个男人，怎么能戴这种领带！"

她噘起嘴，说："你别的都挺好，就是不喜欢小动物，不够有爱心。"她重新帮我把领带系好，说："这条领带你必须收着，这上面印的可是我们的儿子，张小咪呀！"

我回想她贴在我胸前，手指在领带间打转的温柔，才过了一个月，竟然因为一只破猫要跟我分手。还说什么"我们的儿子"。

一只成年的三花猫从盒子后面钻出来，毛脏兮兮的，一看就是野猫，但圆润得很。它走到我跟前，两只爪子整齐地摆在胸前，歪着头朝我喵喵叫起来。这种标准的乞求和撒娇动作，让我觉得极不自然。

"滚！"我吼了一句，朝它飞起一脚。它惨叫一声，吓得跑进草丛，尽管我根本没碰到它。

健身的老人和嬉闹的小孩都停了下来，纷纷转头看向我。离我最近的一个小男孩高声尖叫道："这个人踢小猫，这个人是坏人！"

人群里接连发出细碎的啧啧声和谴责意味的叹气声。一个干瘦的老婆婆哀叹道："这猫我天天喂，可亲人了，造孽啊小伙子！"

"扯淡！我根本没碰到它！"我争辩道。可是没人相信我，人人都用不可思议的眼神看着我，好像我是一个异类。

在这种目光下，我再也站不住了。妈的，竟然被一只猫陷害到这步田地！我丢掉烟头，只能去小区外面透透气。

我刚走到小区门口，一只手突然搭在我肩上。

"妈的，不就是只猫吗，有完没完！"我愤怒地回头，门卫李大爷正一脸慈爱地看着我。

"年轻人，别慌，你只是病了。"

"什么？"我觉得莫名其妙。

他却毫不在意我的恶劣态度，说："我儿子之前也像你这样，后来去看病，才好的。"他皱纹丛生的眼角竟然湿润起来。

"都是街坊邻居的，实在不忍心看你受罪，早治早解脱。"他格外怜惜地拍拍我的肩膀。

"你才有病！"

二

我头也不回地走出小区，打算散步到便利店买包烟，然后回家。

这个世界真是越来越怪了，街上的橱窗每隔几步就能看见猫的装饰，猫尾巴也好，猫耳朵也好。广告牌上的猫女郎笑得甜美可爱，街上发传单的人戴着猫头套，便利店的店员也戴了猫耳朵，还是男店员。好像整个世界都在过猫的节日，每个人脸上带着微笑，沉浸在欢乐祥和的气氛里。

只有我，暴躁不已。

我拆开新买的烟，不知什么时候起，烟盒的边缘都变成了圆角，就像街上的广告牌、窗户、椅子边缘，也悄悄变成了圆角一样。我点燃一根烟，吸了一口，甜的。

"欢迎下次光临!"男店员举起一只拳头在脸边,叫了一声,"喵——"

我再也忍不了了,无论是甜味的烟,还是学猫叫的男店员。

我的肾上腺素升上来,挥起拳头冲着男店员的脸就是一拳。他一只手捂着迅速变青的眼睛,嗷嗷哭起来。还没等我打第二拳,他另一只手就摁下了报警器。

我没回成家,被赶来的警察带去了派出所。我气得够呛,只想把眼前的一切砸烂,砸个稀巴烂!可是我的手被铐着,这该死的手铐竟然套着一层粉色的绒布,还有两只绒布做的猫耳朵!

过了一会儿,小艾来了,她一看我手上的手铐就吓得哭起来,心疼地扑到我身上:"你到底怎么回事?为什么要打人啊?!"

我伸出一根手指,指向还在那儿哭哭啼啼的男店员:"那个人……有猫耳朵,还学猫叫!"

小艾看了一眼店员头上的假猫耳,痛心疾首地说道:"你为什么就这么讨厌猫啊?"

是啊,我为什么讨厌猫,我也不知道。全世界都喜欢猫,只有我讨厌猫,为什么呢?我疯了吗,还是这个世界疯了?

警察摸着肥厚白嫩的下巴,把我上下端详了一番,说道:"恐怕是厌猫症,这已经是这个月第三起由厌猫引起的暴力事件了。"

"去看看吧。现在是和谐社会,厌猫可不行,太危害社会了。"

"什么玩意儿……"我讥笑道,"这病能有地方看?"

"三甲以上医院的神经科都行。"

三

如果不是小艾强烈要求,我不可能来这儿。这间会诊室只有单调的白墙和边棱利落的大桌子，没有半点和猫相关的装饰，这倒让我对医院的印象大为好转，狂暴的心情也平复下来。唯一让我觉得刺眼的是，坐在桌子对面的医生穿着一件粉色的大褂。小艾坐在一旁的椅子上，焦虑地抱着自己的胳膊。我的父母也来了，他们逆来顺受的老脸一会儿转向我，一会儿转向医生，坐立难安，如临大敌。粉大褂医生慢条斯理地摊开一份临床症状对照表，开始发问，声音冰冷又不容置疑。

"病人是不是讨厌猫？"

"是。"我回答。

"病人是不是和猫相关的东西都讨厌？"

我刚想说也还好吧，就是看多了觉得烦，小艾抢先回答："是啊，他昨天打人了，就因为那人戴了猫耳朵发卡……"

"病人是不是对猫表现出很强的攻击性？"

"是……"小艾低下头，声音也低了下去，好像在说什么见不得人的丑事，"他总想伤害我们家的张小咪……"

"我他妈根本没打过猫！我就是打了个人！"我反驳道，可是没人把我的反驳当回事。

"病人还有说脏话的症状。"医生补充道，在纸上写了两笔。

"病人是不是在生活中也没有耐心，经常很暴躁？"

"是啊是啊，"我的老母亲说道，"每次我给他打电话，没说两句他就不耐烦地挂了。"

"没错，走在路上我停下来给猫拍张照片，他也完全没耐心等。"小艾说。

"这是厌猫症的并发症状。"医生推了推眼镜，盖上文件，"基本可以确定是厌猫症。"

医生冰冷的判断一出，我的女朋友带头哽咽了起来，亲属区一片哭哭啼啼。

"家属们不要慌——厌猫症也不完全是不治之症，我们还需要做进一步的诊断。"

厌猫症厌猫症，这个词明明这么荒诞，医生却言之凿凿的样子。我听不下去了，站起来凶狠地拍了桌子："我他妈就是讨厌猫而已，凭什么说我有病！"

医生不温不火地回答："这个就是我们的专业了。"

"人类之所以喜欢猫，是因为猫脸酷似人类婴儿，大眼睛，圆脸，短鼻子，经过几千年的驯养，连叫声也向婴儿靠近。这些特征，都会激发人类的照顾之情。所以人类喜欢猫，几乎是一种本能，和照顾后代的本能是一样的。一旦人类不喜欢猫，那一定是——"医生用食指点了点自己的脑门，"这里出了问题。"

"你才脑子有病！"

"你别动怒。我们是有依据的。你要是不信，我们可以做个实验。"

"做就做！"

四

医生领我进了一间有一整面透明玻璃的房间，安排我在房间中央的椅子坐下。一个助理走过来，给我戴上一顶连着很多电线的白帽子。我的亲属们站在玻璃的另一边，神色惊恐地朝我张望着，仿佛在看什么怪物。

医生的解说称得上详尽耐心、热情洋溢："根据我们的研究，厌猫症的形成，有两种原因，一是因为猫太过可爱引起的大脑自我调节。因为看到太可爱的事物，导致人情绪上的正面效果过强，中脑边缘系统释放过量多巴胺，这使大脑因过于兴奋消耗了大量能量。为了平衡大脑的能量，人脑就释放出了负面的暴力倾向来平衡积极情绪，这种叫作假性厌猫症，只要稍加疏导就能解决。另一种原因，是患者的大脑在负责照顾后代的脑区出现了异常，被称为反社会人格。因为这个脑区异常，患者才无法喜欢上猫。我们称为真性厌猫症，也叫反社会型厌猫症。"

"那……那我男朋友到底是真性还是假性啊？"

"马上我们就知道了。"医生叫道，"小李！准备实验。"

助理往我手心里塞了一块软软的，但有很多小气泡的东西，让我想到软乎乎的猫爪子。真烦。烦躁使我使劲捏住那玩意儿，好几个气泡都接连被我捏爆。

医生向我这边抻长脖子，活像待宰的鹅。"唉，小李，注意别让他现在就捏啊，那是实验用的，等屏幕上开始放猫图片了再塞到他手里嘛！"

我的眼前亮起两块屏幕，一块出现了猫图片，另一块出现了好几道错综复杂的电波，应该就是我的脑电波了。

"假性厌猫症在看到猫图时会暴躁，同时大脑的颞叶中回出现明显激起状态波形。但只要让他捏气泡球作为舒缓，他就会重新觉得猫可爱。如果是真性的，就疏导不了，无论怎么捏，他的颞叶中回的脑电波都会呈现一种激起状态。"

我把气泡球捏得啪啪作响，猫图放到第九张时，气泡球不响了，气泡全都被我捏爆了。

医生走进来，循循善诱般和蔼地问我："现在告诉我，你觉得猫可爱吗？"

"可爱你个××！"我大吼道，愤怒完全不受控制地在我胸口冲撞。与此同时，我的脑电波图出现一个尖锐的波形，几乎像垂直的峭壁！

医生立刻退后了三步，仿佛我是一座随时会爆发的火山。他一脸遗憾地说："你自己的脑电图，你都看见了吧……很抱歉，你是真性厌猫症……"

我感到五雷轰顶。原来，我病了，原来我的愤怒和暴戾都是因为一个坏掉的脑区。我的大脑，不受我控制了……无力感淹没了我，但同时又有一种释放，我不用为自己的暴力行为而愧疚了，因为我病了。这都是厌猫症的错！

我看见小艾眼中滚动着泪珠。"那怎么办，他还有救吗大夫？"我的女友多么温柔啊，爱笑，富有同情心，喜欢小动物。平时她说我没有爱心，说我有暴力倾向，我还不以为然，觉得她在苛责我。原来这都是因为我病了，因为我的颞叶中回脑区坏掉了。

"反社会型厌猫症几乎没有痊愈的希望，只有通过药物来维持正常生活，但这药物，也会有副作用，需要适应，过程还挺痛苦的。就看你们家属的决定了。"

"那……那肯定得治啊，花多少钱也得治啊……不然他这一辈子不就废了！呜呜呜……"我的老母亲呜咽道。一对老人老泪纵横。平时他们总说我对他们语气不好，没有礼貌，我还嫌他们啰唆。自从我病了，就这样无知无觉地伤害了他们那么多次，他们却仍然对我不离不弃。我又愧疚又感动。

"爸，妈，亲爱的，你们放心，我一定好好治病，不管副作用多痛苦，我都会忍过去的！"

"有这个觉悟就太好了，我对你有信心。"医生说道，"那我们就先做一个疗程试试。"

五

助理拿着一根针管，俯下身来拉开我的袖子。我看到他瘦削的下巴和稀疏的青色胡楂，这不是门卫李大爷的儿子小李吗？

"你怎么在这里当助理？你爸说你来这儿是治病的。"

"是的呀。"小李温婉有礼地说，"我不但治好了病，还找到了工作。"

随着我的手臂一阵刺痛，小李麻利地打完了针。

"对，小李是我们的模范病人，是罕见的反社会型厌猫症治愈的成功案例！"医生按捺不住得意地说，"小李，验证一下药效。"

我面前的屏幕又开始放猫图，尖尖的耳朵，圆圆的脸蛋钻进我的眼中心里，我的狂暴正要发作，下一秒却呕吐起来。我哇哇地吐了足足十分钟，昨天的饭菜和喝下去的果汁全都吐出来了，连胃酸也吐了个干净，整个人干枯得像一把稻草。

我意识到，这就是治疗的副作用。我领了药，和亲人回到家。从此，我的生活截然不同了。我每天早晚两次按时打针，一走出家门就狂吐不止，因为我没法不看到街上的猫和无处不在的猫元素。为了减少刺激，我不再上班，也不再出门，终日守在一个单调的小房间里。

小李隔一段时间就会来看我一次，作为医院的回访。他原本只是街上的一个小混混，整天游手好闲，惹是生非，没少听李大爷抱怨他。现在他却穿着整洁的粉大褂，梳着干净的短发，彬彬有礼，完全像另一个人。他看我可怜，对我说："要不，你跟我去医院做义工吧，毕竟医院是专门为病人准备的，没有猫元素。我一开始打针也像你一样，吐到什么事也做不了。后来去医院做义工，病才有所好转。"

我像抓住了一根救命稻草，问："去医院做义工，病就能好？"

"未必，我也不知道我是怎么好的，"他苦涩又无奈地笑了笑，"也许只是久病成医吧。"

六

在小李的推荐下，我顺利去了医院做义工。义工的工作很简单，无非打扫房间，整理病历资料。清理医疗用品和照看病人的工作我还做不了，都是小李做的。我依然每天按时打针，呕吐的次数少了许多，只是偶尔还是觉得莫名其妙地烦躁，一烦躁，就又呕吐起来。

工作之余，小李把他学习过的脑神经科学的书借给我看。这门学科真复杂，我找到颞叶中回的章节，发现科学家对这个脑区的功能就有很多种说法，不仅处理情绪，还负责处理记忆信息和听觉信息。我仔细对照了医院使用的脑电仪器，发现它也没能精确到区分到功能脑区。我便问小李，这块脑区的功能这么复杂，医生在为我们做诊断的时候，是怎么保证脑电波反应的一定是照顾后代功能的问题呢？小李微微一笑，说："这块我也学习了很久，还是没能搞清楚。医生有多年临床经验，大概熟能生巧吧。"

"那你是怎么把自己的病治好的呢？"我问小李。

小李附在我耳朵，悄悄说了一句惊天动地的话："其实很简单。你只要说，你喜欢猫了，就可以了。"

我大为震惊："那这一整套治疗算什么？都是骗人的把戏吗？！"

可小李依然毫不在乎的模样，说："倒也不是完全骗人，但这些不重要。重要的是，找到和环境相适应的生存方式。"

那天之后，我偷偷停止了打针，每日把配额的药剂冲进马桶。我不再呕吐了，感到烦躁的时候就努力忍住，学着像小李一样微笑。再次复诊时，医生判定我状况不错，有好转的希望，说我可以在医院周围走走了，慢慢扩大能适应的活动范围。

七

这所医院位于城市的僻静一隅，是一座有些年头的旧宅改的。这是半年来我头一次出门。我沿着不宽的马路往前走，路的两侧栽着高大的杨树，两边是种植果蔬的农田。夕阳西下，远处自来水厂高高的烟囱刺破夕阳的光辉，飘出的烟雾也镀上了一层金色。时不时看见路面上小孩涂鸦的猫和电线杆上破败的猫女郎的广告，我都让自己嘴角上扬。我已经练习这个表情上千次，现在任谁看，都只会觉得自然。迎着傍晚的微风，我深深地吸了一口气，是自由的味道。现在的我应该也能对张小咪微笑了。有半年没见到小艾了，我决定给她一个惊喜。

我朝着市区的方向走去，沿途的猫元素越来越多，就像城市的灯光越来越亮一样。可是，当我走进市区时，努力练就的微笑还是在我脸上僵住了。街上的行人都长着一对毛茸茸的猫耳朵，每个人的眼珠子都变成了猫眼，藏着猫眼里才有的浅色竖线。我目瞪口呆，一股不知是愤怒还是恐惧的情绪不断涌上来，冲得我脑袋又疼又涨。无数只猫眼看向我，审视着我，比半年前小区的人谴责我的眼神更加冰冷，像一场冷酷的审判。伴随这场审判的，还有细碎的低语声。

"这人怎么回事？浑身上下一个猫也没有。"

"该不会是厌猫症吧？"

我只觉得脑袋嗡嗡作响，我快要忍不下去了。这时一个人影闪现，一把将我拉到旁边的小巷里。

我回过神一看，竟是小李。和在医院时不同的是，他也有猫耳和猫眼。

"你胆子也太大了，连我都是在医院外围适应了两个月才能到城里正常生活。"小李从包里掏出一对猫耳朵和猫眼美瞳。

"那些人的耳朵、眼睛都是假的？"我问他，"我差点以为人类都基因突变了!"

"谁知道呢。自从几个月前有个人宣称自己一夜之间长出猫耳猫眼,还上了电视,这些玩意儿就卖得特别好。"他将猫耳猫眼塞到我手里,"赶紧戴上,不然等会儿被厌猫侦查队发现就糟糕了。"

我极不情愿地戴上,气恼地砸了墙壁一拳。"我们只是讨厌猫而已,却要被迫害到这个份儿上!"

看见我拳头渗出的血,小李呵呵一笑:"憋得慌吧?带你去一个地方,那里可以尽情发泄。"

八

我跟着小李来到一个废弃的地下车库。一股恶臭扑面而来,就像腐烂的尸体夹杂着凝固的血。借着昏暗的光线,我看见水泥地上到处都是斑驳的血迹和黏成一团的毛,还有数不胜数的啤酒瓶和食品包装袋。

黑暗里传来一声爆裂的易拉罐被挤压的声响,十几个人从深处走出来,他们都没戴猫耳,眼里泛着凶光,竟有几分瘆人。

"来,欢迎新人加入。"领头的男人说道,"你很幸运,正好赶上了我们的大计划。"

其他人大声叫好:"太好了,今晚可以多杀几只猫庆祝一下!"

听到杀猫,我没底气地颤抖了一下,毕竟我从没真正打过猫,更别提杀了。

我连忙岔开话题:"什……什么计划?"

"你还不知道啊。小李,你跟他说说。"

从我们进来开始,小李就完全变了一个人,脸上的微笑消失了,取而代之的是狰狞的黑影。

"你不是问我医院的治疗是不是骗人的吗？"

"你当时说不完全是，是什么意思？"

"医生在做脑电诊断时，你看到的脑电波确实是真的，但那不是颞叶中回的电波，而是颞叶中回内侧的海马区。"

"我记得海马区不是管记忆的吗？"

"没错，但有些人的海马区有点特别，导致无法被弓形虫感染。"

"你是说把猫当宿主的那种弓形虫吗？一般不是通过食物或者猫粪便感染的吗？怎么会直接感染脑区？"

"普通的弓形虫的确如此，但现在我们感染的弓形虫，是经过特殊的基因改造，携带乖顺基因的弓形虫。人要是感染了，除了会喜欢猫，还会变得越发恭顺温和。但我们这些人，因为海马区异常，无法被感染，反而适得其反，变得极端讨厌猫。"

我再一次感到我的大脑不是自己的了。我已经不知道，我的感觉哪些是真，哪些是假了。

"到底是什么人，竟敢对我们的脑子为所欲为！"

"你想一想，大家都变得乖顺后，谁最受益？"

"是谁？我要干死他！"我气到丧失理智，几乎失去了思考能力。

"这还想不到吗？"小李拍拍我的肩膀，露出一个随意的讥笑。

九

所谓的厌猫症疗程，不过是为了通过呕吐反应消除逆反者实施暴力的能力，让他们对社会构不成威胁，让其他人安心。如果不是遇到小李，我一辈子都要背着厌猫症的恶名，动不动就呕吐，永远固封于一方小房间中。这个地下车库是我唯一的容身之所了。可是，我真的要和眼前的这些戾气外露的逆反者站在一起，站在爱猫人的对立面吗？

领头男说，他们中一个生物学背景的成员研制出一种反向弓形虫，只以人类为宿主，但不同于猫弓形虫使人喜欢猫，人弓形虫会使被寄生动物对人具有攻击性。到时候，所有的猫都会疯狂地撕咬人类，而人类不管内心喜不喜欢猫，都不得不清理身边的每一只猫。

一个年轻男孩问道："弓形虫的感染周期只有一周，猫感染完一周就失效了怎么办啊？"

领头男斩钉截铁地说："那就再投喂，再让它们感染，直到人类杀光所有猫为止！"

"一定要这么残酷吗？"我怯怯地问道，"如果你们能研制出反向的弓形虫，一定也能研制出使人类摆脱对猫的迷恋的弓形虫吧，何必搞得人类和猫相互虐杀？"

"我们要的，就是所有猫都死光，看着所有爱猫人都痛不欲生！"

领头男放肆地哈哈大笑，我只觉得毛骨悚然。这些人，恐怕才是真正的反社会。

接下来，领头男分配任务，让我们每个人负责几个片区，在小区和路边投放掺了反向弓形虫培养液的猫粮。据说除了这个车库，在城市的其他角落还有四百个参与计划的人。大家领完任务，有人推来一笼子的猫，有十几只。人们手里拿着绳子、小刀、破啤酒瓶等各种工具，纷纷围住笼子。不一会儿，猫的惨叫声便在这地下车库里此起彼伏，带着凄厉的回声。我僵在原地无法动弹，不敢看向笼子一眼。

小李也兴冲冲地往笼子那边去，问我："你不过去杀两只？像我们这种每天辛苦假笑的人，不适时发泄一下，会情绪失调的。"

"你先去吧，不用管我。我还能忍。"我心虚地回应。

趁着车库里一片沸腾，我悄悄溜了出来，朝我住的地方赶去。他们计划在三天之后投喂，在这之前，我得让小艾把张小咪扔了。

十

打开熟悉的家门，小艾刚洗完澡准备睡觉，见我进门，一个熊抱扑到我怀里。"你终于能回家了！"

她还是那么温柔，湿漉漉的长发连带眼泪打湿了我的肩膀，我用力抱了抱她。地板上冲着我哈气的张小咪已经是一只成年公猫，拥有灵敏的身段和锋利的爪子，不像小时候那么好欺负了。

"我这次回来是有重要的事要说。"我严肃地说道，"小艾，快把张小咪扔了，然后去买七天分量的食物和水！三天之后，一定不要出门，在家里待上一周！"

她一把推开我："你怎么刚回来就说这种话，我还以为你的厌猫症痊愈了。"

"难道，你是偷跑出来的？"小艾面色一沉，转身拿起电话，"对不起……前阵子刚出了政策，患有厌猫症又不接受治疗的，必须被监禁。我不能包庇你，包庇一个社会隐患，而且，我不想和一个讨厌猫的人交往。"

十一

在小艾的举报下，我被送进一个没有窗的小房间。每天两顿有人送来食物和水，早晚各一次强制注射治疗药剂。保护小艾是我唯一想做的事，可现在我什么也做不了了。我机械地咀嚼着米饭，脑袋因绝望像卡顿的机器似的陷入反刍。

"对不起……我不想和一个讨厌猫的人交往。"

"对不起……我不想和一个讨厌猫的人交往。"

"对不起……我不想和一个讨厌猫的人交往。"

小艾最后的这句话不断在我耳边徘徊，我真的讨厌猫吗，还是因为感染弓形虫才变得讨厌猫？在感染之前，我到底是讨厌猫，还是喜欢猫呢？全城的人病态地喜欢猫已经一年，国家到底是怎么让我们反复感染的？是食物和水吗？

抱着最后一丝执念，我开始绝食，断水。第三天的时候，我饿得头晕眼花，依稀听见墙外猫和人的喊叫声，持续不断，撕心裂肺。又过了几天，我渐渐听不清了，但我必须撑过一周，撑过一个弓形虫的感染周期。

一周又两天后，我用最后的力气拿出口袋里小艾送的那条领带，仔细端详上面的张小咪。张小咪一双棕色的眼睛睁得滚圆，粉色的嘴角顽皮地上翘，鼻子上有一块橘色的小斑，额头上有一块橘色的大斑。这一次，我没有呕吐。

我喜极而泣。我没有讨厌猫，我只是不喜欢猫而已。

（PS 作者养猫，有一只叫作 Evening 的美短。）

科幻作家，科幻编剧。三体宇宙编剧，科幻剧本《小光 1.0》获"故事 +"编剧比赛三等奖。短篇小说多发表于不存在日报、豆瓣、惊人院，长篇小说《小众心理学事件》签于阅文集团。短篇小说代表作《绿星》《替囊》。《替囊》获未来事务管理局读者票选"2019 我最喜爱的科幻春晚故事"。

苏民

作者/吴关

猫咪测试

一

南行写完稿子时发现，王好问的头几乎放在他肩上，早突破了社交安全距离。他跟之前未见其人先闻其声的主编判若两人，应该是那两个月，磨去了性子。南行猛地站起身来，还好王好问反应敏捷，快速缩回脖子，才没撞在一起受伤。南行遇到地位更高的人就诚惶诚恐，想恭敬些，反而手忙脚乱，弄得气氛尴尬，非常失礼。

"王编，很久不见……"南行后悔说出这句，很久不见自然是因为去猫咪改造，不过想来他不会以为自己会粗鲁到调侃这个。

王好问推了推眼镜，并不在意："这稿子应该参考了一篇讲幼犬社会性培养文章里的内容吧？"

"没错，这边做了标记，排版会带上链接。您也读过那篇？"

王好问叹气："搞不明白怎么那么蠢，也就两个月不在，狗已经不认识我了，这才查了些资料。"

南行道："或许，是胡子的问题？"

王好问摸摸蓄起来的胡子："胡子很好，英俊、颓废、迷离、慵懒、深沉、性感。若只用两个字来说，那就是，气质。"王编的语气好像根本不记得半年前他因为胡子邋遢，不修边幅，训哭了隔壁办公室侃弟。

南行自动忽略那些形容词道："幼犬如果小时候没经过太多训练，容易把换过装束的人当成另一个，训练几次，或者等它大些就好了。"

"狗子真蠢，养起来劳心劳力。"

"《列子》里不是有个故事，杨朱的弟弟素衣出而缁衣还，狗没认出来朝他狂吠……"南行说到一半又停下来。故事的后半段里，想要打狗的弟弟被杨朱教育，可如果出门的是白狗，回来的是黑狗又会如何呢？这些用来教育弟弟都显得出格，甚至有些把人比作狗般侮辱，更不要提是与上司说这番话了。

王主编表情没什么变化，可能是单纯有容人的气量，也可能是城府深沉，心中不悦也不会显露在脸上。南行决定少说话，言多必失，更不用说像他这种仿佛有得罪人超能力的家伙。他吃过不少教训，还是本能般无法改掉。

"扯远了，王编过来有什么要交代的吗？"

"差点忘了正事。"

南行看看桌前宠物专栏的名牌，想不出有什么正事要和自己谈。

"张老师有没有计划，写几篇专栏讲讲猫？"

"猫，我们家养了只。"南行慢慢回答，每个字都先在脑子里预演了三四次，"只是跟猫有关的，写起来麻烦，审核起来更麻烦……"

"没事，到时候安排专人走流程。"

"真要写？"

"总编室那边讨论决定的，想来想去，也只有张老师写得来。"

"我可能……"

"这东西不好写，我理解，如果有什么需要的可以跟我提，我做不了主的，找总编，她那儿总有办法。还有，话题敏感，先保密，别对外人提起。"

"王编，你跟我透个底，从通过补充案到现在，虽说没明令禁止，哪儿有非三大的媒体发猫的报道？"

王好问猛地凑近盯着他，有那么一瞬间，他甚至觉得王好问的瞳孔放大了。他知道那是幻觉，瞳孔放大的事南行只见过一次，在女友身上，也正是她告诉他，瞳孔放大意味着失去生命体征。

"形势要变了。"王好问压低声音说完这句，又和刚才凑近一样，迅捷无声地拉开距离。

王好问恢复原来的音量："春江水暖鸭先知，河豚切片超好吃。张老师，晚上一起吃鱼如何？"

"文章的事，那这样，先写写食性，还有猫与猫之间的相处模式，这些话题安全些。"

"主题方面，总编已经敲定了，"王主编狡黠一笑，"就写猫改前后猫的身心状态变化，大家应该会很爱看，记得多写几个典型例子，别太空泛。具体的晚上吃饭时细聊，这几个月要辛苦你多做些调查了，张老师。"

"王编，这事我怎么做得来？"

"前几天我见过对面楼杂志社的彭谨行，听说当初在她那儿的时候，你一直是写调查专栏的。"

南行还想说话，王好问没再给他机会。

"有其他什么事，晚点再说。现在——"王好问打了个没有破绽的哈欠，"该睡午觉了。"

王编转身拨弄一下南行桌上那个火箭队喵喵玩偶，按动它头上的金币。喵喵随机蹦出一句台词："宇宙中的某个地方，应该还有另一个我。"

南行把手头文章加了引注链接，重读修改两遍，发送给责编审校，发完邮件又刷新两遍邮箱，确认没有要回的邮件。南行打开邮件垃圾箱，浏览了一遍广告邮件，随便点开一篇，从标题看到结尾，每个字都轻读出声音，包括那些字母拼成的无趣网址。南行关掉邮箱，在靠背椅上躺了约莫两分钟，终于还是起身在浏览器里搜索最近和猫有关的消息。

有好一阵没搜过这种话题，他自己养了只猫，能天天和真实的小可爱住在一起，不必像那些客居异乡，住在拥挤逼仄的集体公寓里的穷学生一样，要靠看完那些干瘪新闻后才出现的照片、视频吸猫，才能稍稍恢复精神。

结果并无意外，只能在官方媒体账号下看到些消息。内容也不外乎那些：猫咪改造累计人次超过三亿。猫咪改造拯救城市，创建有序和谐安全的生活环境，本月猫咪改造人数和上月持平，恶性犯罪发生率环比降低了二点四个百分点，拟讨论继续扩大适用猫咪改造的行为范围。

新闻没有异常，水面上仍是原来的温度。也许，自己是那个脚掌伸得最长的鸭子，又早早触到了冰水下的另一股暗流。

他按动桌边的喵喵玩偶，喵喵哼唱起来："我独自一人，思考着哲学，meow，meow（喵，喵）。"

二

之前不是这样的，二十年前人的平均寿命还不到二百岁，猫也只是一种受欢迎程度很高的宠物。作为宅男宅女的快乐源泉，任何人都能轻易在网上找到大量相关资料。猫和狗一样在表情包里卖萌耍横，或高冷，或欢脱，不一而足。猫咪的影响力不亚于人类偶像，可以吸引数百万粉丝受众，去世时朋友圈里集体缅怀。

直到那项意识转移研究改变了猫的地位，后来的阴谋论者因为研究人员家中养狗，认为一切都是狗党的阴谋。在刚开始，那只是个关于人格分裂的冷门研究，没人知道竟会走向这地步，无意间叩开意识大门，促成本世纪最重要的技术诞生。若一句话概括事件肇始，听起来更像个笑话：原来我得过精神分裂，后来我们都好了。

那时候南行刚工作不久，还在老东家那儿，比现在年轻得多，也有野心得多，怎么也不会想到自己会像现在这样，安安心心写十几年宠物专栏里斗鸡走狗的文章。他参与过报道，比旁人了解得只多不少。其实这种分量的文章本轮不到他写，南行极力争取，最后还是跟主编说了他女友恰好在研究所做辅导医生，能探听到第一手消息，才获得机会。后来他一次次为这事后悔，总觉得那些发生在女友身上的事，也跟自己有脱不开的关系。

他记得那天自己如实说清状况，女友并没有生气，反而有些开心："跟你说说也没什么，这不算保密内容。这报道一下不算坏事，一来你受重视，工作有进展，二来也替教授澄清一下情况，教授没考虑太多这个，他是个好人。不过，你要答应我客观中立地报道，既不用偏袒教授，也不要夸大情况。

"教授研究人格分裂有段时间了，只是一直没有进展，那阵子他们压力都很大，直到有天晚上教授跟我说，要借本轻松点的书，准备通勤路上看。我随口问了一句研究进展，教授说了些已经定位了异常结构，但要找到结构异常到精神异常间的逻辑基本不可能之类的话，毕竟大家分工不同，专门研究都已经很深入，不是随便听听能跟上的，而我基本与项目隔离，负责心理疏导，让他们做研究的不要也变成病人。

"教授黑眼圈很重，一看就很久没好好休息，我就劝他早点回去养足精神，毕竟工作也不在一时。随手给了他一本特德·姜的小说集，想着书比较薄，用不了太多时间就能看完。结果第二天回来，他特意过来，兴奋地说找到关窍了。

"他还扑上来狠狠抱了我一下，当时我脑子里就开始计时，准备合适的时候推开他，还好他在五秒之前松手，不然就算是性骚扰了。"南行已经习惯她说一件事情时絮絮叨叨没有重点，甚至有些享受。

"然后他开始说话，房间里没几个人，他却像在大会上演讲似的，我记得清清楚楚。"

"你什么都记得清清楚楚。"

"是啊，你羡慕不来的。他说，过去学界一直认为大脑和意识是一体的，两者紧密相关，意识是由大脑结构决定的，如果精确复制一个大脑，里面的灵魂也别无二致，精神分裂是不同结构导致的。可看完特德·姜写的《呼吸》，哎，你看过那篇文章吗？"

"里面讲什么？"

"大概内容是在一个封闭的，以气压差为能源的机械国度，一个科学家发现若因为没有压力差导致生物体死亡，死后即使再补充气压也不能让他们再变回原来那个人。于是他活体解剖了自己，发现脑中是一些不断开合的小孔，那些小孔的开合组合才是思维，他们靠气压差催动气流思考行动。同时也发现里面不同区域间气压不可逆转地慢慢趋于平衡，整个国度在慢慢死去。气压差越来越小，生物的行动也越来越慢，气压平衡之日，就是那个世界死亡之时。整个宇宙的生机，其实只是一次漫长呼吸。特德·姜真算个伟大的科幻作家，可惜现在能看到的作品太少了。"

"这故事确实很棒，只是和研究有什么关系？"

"全靠这故事，这故事……哎呀，又被你打断了。"

南行只是笑一下，没有声辩是她自己换了话题。

"教授说，大脑和意识也许没想象中联系那么紧，若换种角度，正如小说里的意识其实是小孔的动态开合，是小孔间按照不同节律吹拂的风，现实里的意识也可能是神经元上离子蛋白通道的泵入抽出，是不同脑区间激荡的电信号，大脑不过是灵魂居住的一间房子，皮层和间质是装盛脑波的弯曲池塘与平静塘水。人类脑子里存在的多重人格，也许就是存在几种不同的脑波。这些脑波强弱交替，那些人格也就轮换出现。"

南行没太理解女友的话："我听着有些糊涂。"

"简单说起来，原来大家都以为意识这种精神层面的东西，全是由结构决定的，若能精准复制一个大脑，就能精准复制一个思想。而教授却要挑战传统，换条路试试，认为人格思想，并不依赖大脑结构。"

"还是有些牵强吧，他怎么解释那些器质上的不同？比如病人的脑部结构确实和正常人不同。"

"你知道颅骨吧，一般人可能会觉得颅骨看着很完整，不过三四块骨头，可学医的都知道，颅骨其实有八块脑颅骨和十五块面颅骨，那些骨头沿着骨缝精密地挤在一起拼成整体。再比如脊柱周围神经和血管复杂的纠缠，好像自己有智慧似的，穿过一个个孔洞长在合适位置。

"这些看起来很神奇，其实只是因为在生长发育时，骨头勾连，神经血管穿梭，各部分竞争挤压，又互相影响凑在一起，并无不能理解的地方。那么脑中额叶大小，皮层厚度的器质差异，可能和这些相通，只是因为脑中人格不同，受了人格影响，才发生变化。好像住久了的房子，留下主人喜欢的风格和私人印记。而人格分裂，在一个大脑中有多个灵魂，就像多人共用一个房间，自然和平常不同。如果找到方法分开，就会痊愈。不同的人格，也许就像池子里水波似的此起彼伏，既互相交叠，又各自独立。"

外面有人按铃，南行开门接过快递员送来的花和小蛋糕。"今天是我们认识的十二周年，也许应该小小庆祝一下。"

"你一定以为我忘了吧。"女友露出狡黠的笑容，从包里拿出个小礼盒，"我给你带了礼物，打开看看。"南行打开包装，里面是一只笑得很夸张的猫，猫头上镶了一块金币。

"这种古早的东西，很难买到了，听卖家说，好像是叫火箭队的偶像团体里的一员。"

女友按动它头上的金币，玩偶从肚子里嘟囔出一句："可爱又迷人的反派角色，meow。"

"这也太可爱了吧。"南行也按动喵喵头上的金币。

喵喵发出声响："H 是 happy，幸福快乐。"

三

那之后他们确实有过一段幸福快乐的日子，但世道开始艰难，幸福注定不会长久。

南行从恍惚中回过神，呆坐在工位上，默默叹气。他关闭网页，瞪着镜面一样的黑屏，黑屏模糊细节，只映出轮廓，自己看上去和多年前没有太多变化。他点了两下鼠标，打开视频的摄像头，屏幕里自己那些在女友离开后徒长的色斑皱纹纤毫毕现。南行没感叹岁月蹉跎，反倒对这痕迹有些满意，宁愿再多些。

南行知道王编自然清楚这话题有多敏感，三个月前他因为一个未仔细做垃圾分类的由头，强制接受了两个月的猫咪改造。可他还是不容辩驳地把工作安排给自己，连选题也都确定下来。虽说晚上应该会详谈，但还是该先问问上面是不是真有这事。

南行直接拨通总编的视频电话，总编坐在副驾驶上，旁边口袋里放着正在织的毛线球。"王编跟你说了？没错，我们几个确实开会商量过，本来该我亲自去跟你说，只是临时有事要出去开会。张老师你先调查着，免得到时候措手不及，这事一两句说不清楚，详细内容，听王编那里怎么说，我们都商量妥当了。你放宽心，又不是个人的事情，报道真出偏差，社里上下都得负责，没人敢拿这个冒险。"

难道被发现了？南行挂断电话仔细想想，确定自己没跟任何人透露过。除了前一段时间和猫接触有点多，没有什么破绽。接触多也不算破绽，谁会不喜欢猫呢，要是有机会，又有谁不想和猫多待一会儿？南行疑心这是不是试探，开始纠结，过一会儿就释然了，兵来将挡，水来土掩，自己先不动声色，等看明白对方目的再做打算。

毕竟如果是试探，犯不着这么大费周章，得知一个人深藏的念头也不太困难，真有证据，完全可以申请行政令，做个思想检查，没有瞒得住的。他知道，要想隐藏自己的想法，真正可行的办法只剩下让自己没有被怀疑的理由。毕竟对手类似验钞机和卡牌游戏的远识者，只要对方想要验证，伪钞、坏身份都无所遁形。要想不被发现想瞒起来的念头，只有看起来没有隐瞒，让人想不到查验才好。现在他开始有些理解：多年前女友采取那么激烈的手段，也许只是不想被查验。

关掉视频通话不久，王主编又悄无声息地出现，还好南行有所准备，没再受到惊吓。南行没想到睡眼惺忪和兴致勃勃能这样同时出现在一个人脸上，王好问凑过来问："活儿干完了？"

"稿件已经整理完发过去了，没太多其他的事情。"

"那正好，其实我有些事想请教下，感觉你会更了解。"

"这样说太客气了。"

"猫咪改造这么重要的技术，却很少有人提发明人，这背后有什么内情吗？而且那两个月就好像做梦一样，我现在想不明白，这技术到底是怎么回事，人和猫差异那么大，怎么可能把人的意识转移到猫身上？"

"听说好像是发明人对人格改造的应用，一直没做过太正面的表态。后来就做了冷处理，没有太多宣传，自然也就声名不显了。因为一场官司，我了解得稍微多点，当时还写过两万多字的详细介绍，后来只发出了三百字的豆腐块。不过我运气还不错，之后待遇好了不少，加了两次薪，升了一次职。至于技术上怎么转移意识，不是一句两句能说清的。"

"没事，反正我又不忙。还有你刚才说的官司怎么回事，也一并讲讲。"王好问来了兴趣，朝南行身边挪挪，认真听他说。

南行思忖过去的十几二十年，说出来显得自己更无所保留，更不至于惹人怀疑。"一开始那只是个人格分裂的冷门研究，当时负责的教授另辟蹊径，提出不同的脑波模式对应不同人格，并不依赖大脑结构，还用不同人格下病人的不同脑波加以实证。

"但是人脑过于复杂，脑电波也在不断变化，要找出真正的脑波模式，难度量级就好像通过观察一个人整天的生活，推测出他之前的所有经历，几乎不可能。不过他找到了其他方式，只找主频。可以用广播的电磁信号类比脑波，不过实际上要复杂太多。脑波主频，就相当于广播信号的载波，上面没有太多细节，但能够承载足够的信息，这个主频独一无二，没有两个人是相同的。教授把分裂症患者不同人格下的脑波，跟正常人对比，也印证了这种不同：人格分裂症患者会有几个人格的主频叠加，不同人格活跃时，对应的脑波主频也不同，而正常人只有一个。不久后他就把技术应用在治疗上，治好了第一个病人，也惹上了我刚才提到的官司。

"病人工藤，主人格是个工作多年的上班族，副人格是一直不肯长大的一年级小学生。那时候他们还不知道猫咪可以做载体，用了病人的岳父当脑波主频载体，提取小学生人格的主频，又做了反频操作。反频类似让光产生相位差，两束频率相同、相位相反的光，能互相抵消，脑波主频也一样。他们在患者小学生人格最弱的时候把反频输入，成功抵消了小学生人格。教授做到了，他宣布完成果，两周后就因为谋杀罪被控告，在某种意义上，他杀了那个小学生。因为没有先例，教授没受刑罚，第二年还完善了立法。本来这么离奇的案子，总少不了报道，不过消息被刻意压下来，全都和我写的专稿一样，变成了三百多字的豆腐块。

"再之后，团队终于找到了迁移意识的方法，其实只要保持连接，把人格和相同的主频连起来多等一阵，那些依附在主频上，真正代表人格的细节会自动从一个脑子转移到另一个，就像一个池子里的水波，通过池塘上的开口传到另一个池子里。可这样并不能治愈患者，毕竟每个脑里面都起码有一个人格，没有多余的空房间。消除某个主频人格也不只是道德问题，还上升到了法律问题，团队只能开始新研究，看除了人脑，还有哪些介质可以作为人格的载体。再之后的事情不是什么秘密，你也知道。粗糙的硅基造物根本没有可行性，而各种动物脑倒是可以尝试。"

"那为什么非是猫不可，狗就不行？"

"动物脑内也有各自主频，模式各不相同，和人类的也有很大区别，研究团队试着把人类的主频模式加载到动物脑里，不知道是什么原因，在其他动物脑内，人类的主频并不能长久存在，最多也不过三天。除了人类，只有两种动物能做人类脑波载体：海豚，还有猫。更有趣的是，把人的意识转移到它们身上，人的意识能自然压制动物意识。有空余的房间，人格可以搬家了。海豚只剩几百只，猫便成了唯一的选择。不过副作用也显现出来，如果人格在猫身上待的时间超过一个月，性格都会变得温驯服从。"

"真没想到，张老师还有这不为人知的另一面，尽管是个技术宅，对猫咪改造倒是了解得很啊。今晚吃饭我买单，当作感谢。"

王好问好奇地拨动喵喵头上的硬币："今夜，我不会吃他们的。"

四

"技术总是有两面性，人也是。技术不分善恶，人分。"这句话是南行女友还在时经常说起的。

"谁能想到三五年里发生这么多事。原来我以为，技术发展了，其他方面也都会跟进变好。"女友感慨。

"也不只是三五年，风起萍末，早就有迹象，只是没有成熟的技术。"

人能改造住过的房子，房子也会改变里面居住的人。明亮恰当的装潢让人愉悦开朗，逼仄阴暗的环境让人封闭忧郁，若是饰材毒物超标，污染空气，房间还能要人性命。猫脑更是一种神奇房间，在猫脑中待过的意识，性格都变得温驯。

"技术一旦创造出来，创造者也不知道它会奔流到哪儿。改变性格的事，大家一开始都当成副作用，没想到他们恰恰利用这点。医学史上挺多这样的事，为了合成溃疡药造出甜味剂，想治心脏病却改善了 ED（勃起功能障碍），想帮残障人士交流却被用来窥视思想。"女友没说核子能，两人却心照不宣。

最初参与的科学家还初心不改，努力克服意识转移改变性格的副作用时，利用这副作用控制犯罪率已经开始推广。后来推出了大众习惯称为"猫咪修正案"的不端行为改造法，一开始只应用于明显有违法律的行为，民众热烈拥护一致通过。将意识转移到猫体内改造代替原来的某些刑罚，既人道又有效。而后的发展却越来越失控，猫咪改造应用范围不断扩大，开始侵入道德范畴。也有不少人提出过异议，只是政策前期好评的巨大惯性淹没了理智的声音，等大多数人反应过来，形势已经成为不能阻挡的大潮。

猫已经很难再算作单纯的宠物了，又有一系列和猫相关的法令相继颁布，猫咪所有权收归国有，个人只有抚养权，必要时猫咪需无条件应征，服猫役两个月，帮助人类进行猫咪改造；猫咪取得公民待遇，任何虐待猫咪的行为以损坏公物入罪判处猫咪改造；猫咪信息管制，没有审核许可，不得上传和猫相关的音像制品。

"技术总是有两面性，例如猫咪改造。"女友对他说过这样的话，"都一样温驯，又有什么意思呢？"

"你不是说，你之所以喜欢我，是因为我的性格像猫一样吗？"

"一定是哪里搞错了，猫才不是什么温驯的动物呢。"

女友凑到南行耳边小声说："你也不是。而且即使大家都变成我喜欢的样子，我也不喜欢。"

"那你是什么呢？"

"我，我是狮子、老虎、豹。"

南行抱住女友道："真要当动物，也要当狡猾些的，还是狼、豺、狐狸更适合这世界吧。"

"可我就是一只巨大的猫科动物。"女友张牙舞爪扑到南行身上。

女友揉搓着头发烘干的时候，南行在床上半躺，翻看一本卡尔维诺整理的童话集，可能相隔太久远，里面的故事诡异难懂：亲近大海的人因国王乱命潜到海沟深处再没上来，女子多番易容扮成不同模样挽留始乱终弃的国王。南行抬头看着梳妆台前的女友，吹风机吹起她鬓角的一缕头发，他感觉自己能闻见狭窄风筒里吹出的风的暖味，南行莫名其妙地伤心起来，终于鼓足勇气说道："你要不要换个工作？"

"什么？"吹风机吹出轰轰响声，女友没听太真切。

"别在研究所了，那里的工作太敏感。"

女友关掉吹风机，房间静下来，那绺头发落下来，粘在耳朵上，南行幻想里的暖风的味道也消失了。

"怎么想起说这个？"

"就是担心你，在那种地方，不小心就会犯错吧。"

"都已经这么久了，不是什么事都没有？即使真出了什么差错，也不过是送去猫咪改造。"

"我不喜欢猫咪改造，"这种话他只会说给女友听，"他们的记忆、习惯都没变，但是总觉得，已经不是原来那个人了。我不想你变成那样，你自己也讨厌那样。我私下调查过几天，自觉还算仔细，结果没几天就被主编叫去谈话，我也没再继续查。这事情你离远点好。"

"谨小慎微就可以避免吗？训规一天严过一天，这个月已经是第三次出修正案补充猫咪改造适应行为细则了。你看这条，情侣关系中女性年龄不得大过男性三岁。还有这条，为显示尊重主人，四人以上场合用餐，进食分贝不得低于推荐标准 70%。这都是什么？虽说有这个传统，也不必做到这地步吧。我看，下一步就要规定做爱的体位和时间了。猫咪改造之后不像自己，遵守这越来越严苛的训规一点点改变就还是自己吗？"

"可我们又能做什么？最多也就是还留着自己这点念头。科技发展带来的集中，只会让反抗代价更高、更无力。你不要做那些危险的事了，下次练字的时候，别再往小蛾子猫铃铛里塞字条。"

"我不做点什么，心里很难安宁，而且——"女友直视南行的眼睛，"还是有希望的，很大希望。"

"你不告诉我，我也是难安宁的。"

"我不跟你说太多，这样你会安全些。没人事先知道一项技术会有什么后果，教授不知道，那些推广这技术的也不知道。我做的事，你不用太担心。"

　　他不能再说什么，害怕再与女友生分了，他知道挺长时间里，女友一直陷于内疚，觉得到今天这个地步，应该归咎于自己随手给教授的那本书。自己劝解许久也没什么效果，不知她后来靠什么自己恢复了过来。

　　"哈哈，这个小玩偶，真是不给面子。张老师，你不会和这只喵喵一样吧。快收拾收拾，我们提早过去，免得没座位。"

　　南行没拒绝："好，那就收拾下过去。"

　　南行稍微整理一下，拿起喵喵玩偶，放到口袋前拨动它头上的金币："喵喵也有痛苦的感情经历，meow，meow。"

五

　　"今天天气真好。"南行和王主编走出大楼，王好问笑得比天气还晴朗。

　　王好问道："是啊，秋天嘛。"

　　"秋天能再长一些就好了。"

　　"就为了能多几天好天气？"

　　"秋天长，冬天就能短点。"

　　"竟然假装哲学家，幼稚。"王好问敲一下南行的脑壳，向前小跑几步。

　　"忽然想起古早的谚语。"王好问回转身子，"首陀罗也拥有一样的蓝天。听长辈说的，可是流传很多年了。"

　　南行分不清什么更让他吃惊："王编祖上有印度血统吗？"

　　"听说是从那里过来的，这些太久远了，不过这种奇奇怪怪的话我倒是从长辈那儿学了不少。"

　　"听上去蛮有趣的。"

"这不算有趣的。五谷收不上,老鼠坐庙堂。还有这句,圣河鱼儿痴肥,食得信儿骨灰。这两句据说是在讲古印度曾经把老鼠当神明供奉,还有信徒葬在河里回归自然的事。是不是还要有趣得多?"

南行还没忘记是为什么出来。"忽然要写猫咪改造的文章这件事也很有意思,虽说没明文规定,但圈子里有默契,尽量不涉及这些。"

"昨天专门为这事开了会,总编几年前就做了猫咪改造,还没听说有猫咪改造之后又违法的案例,她不会故意搞些没头脑的。总编那里有自己的消息渠道,听开会的意思,是这块的要求不久后可能会松动,我们提前做准备。要是不能抢先做些重量级报道,还不给其他同行抢占了先机?"王好问随口说起猫咪改造,不拿这当回事。

"啊,我忘记了,你从没猫咪改造过是吧。那也算是记者中的少数派了,哈哈。你可能不太了解,做完整个人都平和了,PEACE&LOVE(和平与爱)。即使没犯错,当成一趟疗愈之旅也不错。唯一不舒服的,就是猫咪改造之前内心所有的小隐私都会被他们看上一遍,挺不好意思。但是他们有隐私协议,那些无关大旨的小秘密,不会有另外的人知道。"

"可能我本身性格就和猫一样温驯小心,这才一直没违反过什么。"

"那也是不易,南行君天生就适合在日本国生存吧。不过,猫可不是什么温驯的动物啊,哈哈。"没等南行问话,王好问已经转移话题,"东京人这么多,还是能留出如此大的空地建公园,听说天皇陛下都曾来过中央公园看棒球比赛。"

"一直生活在小空间里太憋闷,留下些空旷的地方,偶尔出来转转不至于太憋闷。像人和宠物狗,就需要空间。猫就好很多,不用带出来遛弯。"

"猫可是自在如风的独行客,骄傲的巡游者,天生杀手,鸟类克星,昆虫死敌。"王好问猛地伸出手抓紧,松开时掌心多了一个小黑点,熟练地用中指弹走,"都已经秋天了,怎么还有蚊子。别光顾着聊天,快走，趁着店里人还少。"

"真要去吃河豚？"

"诗里不是说，冬天过了，桃花开时才是吃河豚的好季节，万物皆有时令，现在去吃秋刀鱼正好。中午我只是引用东坡居士的诗，东坡居士你知道吧，听说他的传世墨宝《寒食帖》收藏在日本的时候，我祖上曾是护卫队里的一员，还得了个执铃将军的绰号呢。"

他们到店里时，太阳已经落到巨大的红色鸟居后面，鸟居上猫的剪影，被夕阳无限拉长。

秋刀鱼撒上盐烤，熏出油脂的香味，果然是时令好味道。当初说吃饭的时候说话方便，结果说的也都是吃的。王好问自有道理：遇到好吃的食物，要心怀感恩，其他话题太破坏氛围。南行也忍不住多喝了两杯梅子酒，已经没办法把王好问天马行空频繁变换的食物话题转到报道上。

因为去得较早，等两人对店主鞠躬说完"多谢款待"出来，也才不过刚刚八点。

温度降低，风已经有些冷了，王好问像是想起了吃饭的目的，问道："南行君，你有什么计划吗？"

"这个要慢慢来，先找只猫，看它在被用来猫咪改造之前的状态，再等做完猫咪改造，恢复之后的对比，简单说就是对猫咪改造前后的猫做测试。"

"哦，你是说报道的计划呀。那这样说，至少要两个月，毕竟猫咪改造就要用两个月，时间有些长啊。"

"起码三个月，前期观察，还有做完猫咪改造后，至少还要有一个月，让猫咪恢复。"

"其实没必要非得自己观察吧，问问猫的主人，就能知道不少。"

"这种报道不能大意，采访要做，测试也一定要做，有数据支持，报道才够重量级。不过在这之前，要找到合适的猫，又得用些时间。这事虽然急，但也要慢慢来，不能乱了方寸。"

"说来凑巧，我们家有三只猫，一只刚服完猫役，参与过猫咪改造。另外两只里有一只下周也要送去服猫役。现在还不算晚，南行君可以先去熟悉一下，和几位猫君打个招呼，省得忽然见到你觉得陌生。"

"这不大好吧，仓促去打扰。"

"报道为先，没什么打扰不打扰的，房间我昨天刚收拾过，不要觉得不好意思。"

"还是太打扰了，现在已经不早，万一时间太久，再耽误您家里人休息，太打扰了。"

"我现在还是一个人，一个人守着我的一条狗，三只猫，乐得自在逍遥。我们做新闻的，调查为先，不用假客套。"

这时代单身并不稀奇，然而像主编这类有足够身份地位的人多还是有家庭的，家庭是地位的重要标志，说明他们有足够社会资源，负担得起。

南行鞠躬道歉道："无意冒犯……"

"不用太客气，我并不在意。南行君如果再推脱，我可能会要为你嫌弃我生气了。"

他再想不出拒绝的理由，只得跟王主编回去。南行有些紧张，不由自主地用手指按动兜里的喵喵，可外套隔绝了声音，不知道它到底哼了句什么。

六

王好问打开家门的时候，一只金毛正在客厅里撒欢绕圈，南行再细看，金毛的背上还有一只三花猫，三花猫拿前爪按在狗头上，后爪环住金毛脖颈，一副将军做派。"看到了吧，这个选题一定有的做，载入过人类人格的猫，变得奇奇怪怪的。早知道当初就不该给它割掉蛋蛋，看它还能像现在似的坐得安稳。"

南行不知道他知道多少，嘴里随便应承："可能还没从猫咪改造恢复过来，也可能心灵被压制多少会对猫造成点精神创伤。"

王好问用力拍南行肩膀，说："想到一块去了，国家应该在服完猫役之后给猫安排心理辅导，大海它应该就是受了刺激，现在没事就在骑狗玩。旁边那只蓝猫小孩，过一阵就要送去服猫役帮助人类了。"

南行刚刚才反应过来："叫大海的是只雄猫？"

"如果是女孩子也没有蛋蛋啊。"

"啊，lucky，lucky（幸运，幸运）。自然繁殖的吗？三花雄猫异常稀有的，平均三万只里才有一只。"

"是从我母亲的亲戚那里得到的，在猫咪改造前是相当温和可爱的模样，之后就这样了，整天欺负狗子，还视主人为空气。"

大海仿佛对来人感兴趣，用爪子按住头示意狗子停下来。大海从狗背上跳下，围着两人转两圈，躲开南行想要撸猫的手，竖起尾巴转身走了，留给他们一个屁股。

王好问有些生气："不让摸，还露屁股，越来越无法无天了。"

"就是有点骄傲吧，它心情不错，你看竖着的尾巴，早暴露了它的内心。跟人相比，猫咪一点也不擅长伪装呢。"大海好像听懂了似的，慢慢把尾巴放下，换个房间继续欺负狗。另外两只猫也从爬架上下来，跟着大海不急不缓进了同一个房间。

"大海是三只猫里面的小头领？"

"不，那只黑猫是小团体的中心，平时另外两只看上去都听它的。"

"可能是黑猫最年长吧。"

"这就不清楚了，大概两年前它忽然就出现了，一点也不见外，吃东西，用猫砂，跟在自己家一样，和另外两只相处也融洽，就这样留下来了。原来几只猫跟我可亲了，现在就一副死样子，今天你过来大海还围着绕圈，我一个人回家它就只当我是空气。"

"这也不奇怪，可能是记着你把它送走，还没原谅你呢。猫记性很好的，什么都记得。过一阵它气消了，应该就好了。"

南行从王好问家出来时将近十一点半，风更冷了些，路上人还不少，大都是加完班匆匆回家的职员，去居酒屋的那一批还不知道要几点才回去。他坐在家附近那个公园的长椅上，听草里虫鸣。

他最后一次见女友就是在这公园门外不远处，那之后他一直住在这儿，总觉得能离她更近点。如果真有机会再和她说话，他应该会质问她，不是说了不危险吗，怎么还会匆忙被带走？不是说是猫科动物吗，要真是一只大猫，从那种时速的车上跳下来，不应该轻巧地弹一下腰，停都不停就跑远吗？

那晚南行追着警车赶上去的时候，正好看到女友踢碎玻璃窗跳出来，行车记录仪拍摄下了全过程，她果真像猫一样努力扭转腰身，想要伏下身子双手双脚着地。可她只是人类，人类而已。

南行跑到她身边时，女友落在花坛边上，一只不祥的黑猫在路边快速从她身边溜过，蹲在更深处的草丛回望，墨一样的身子隐没在黑暗里，一双暗黄的眸子飘在半空，盯着张南行的方向。张南行无端想道，等夜深人静了，它会从血泊里走过，指爪沾满女友的鲜血吧。

女友半边脸摔得血肉模糊，内脏应该也受了伤。她挣扎着想说话，混着破损肺泡里空气搅动血液的咕噜声，重复说着"我还好，别担心"，血沫不断从她嘴里涌出来。南行不停说着"我知道"，不顾怀里的女友已经没了声息。

他按她教给他的方法，捻开还完整的那只眼睛，眼睛对光没反应。张南行把女友扭曲的脖子摆正，另一只眼睛上有一道可怖的伤口，如同正午时血红的竖瞳。

张南行在那一刻真正生出了经不住查验的念头，他抬头看向围着的执行人员，众人脸色错愕又冷漠，并不上前，唯恐担上责任。他们都是检钞机、远识者，这一刻张南行变成了经不起查验的伪钞，有了坏身份。

张南行可以想象猫咪改造之后会怎样，相比遗忘，应该更像淡漠。用温和的词来说就是时间抚慰人心，治愈伤痛。如猫咪改造改造宣传画上，伸着粉嫩肉爪满脸温暖的橘猫旁边所写——抚平你心中的黑洞。在软萌萌的小可爱身体里待一阵，就再不会有极端的念头。张南行不想被治愈，他要留着这洞，会让他在很多年后一个人凌晨惊醒，心脏被攥住似的，大叫痛痛痛痛痛的黑洞。

他沉默了一会儿，开口说："不好意思，给大家造成困扰，能否让我带她回去？哦，她应该已经不在了，你们要不要确认一下？"

"现在哪儿还有什么恐怖的刑罚，猫咪改造怎么会比死更恐怖，真是……真是想不开。"

南行苦笑道："是啊，有什么比死更恐怖。"

"她果然产生了一些危险的思想，真可惜，没能更早发现，要是早点送去猫咪改造应该能救下她。"

女友跌落的地方现在是丛丛朱槿，花开得正好，一副没心没肺的样子。南行从包里取出喵喵玩偶，按动金币："好讨厌的感觉。月亮为什么那么远呢？"

七

出事之后，南行只是隐约知道女友在做的事不可告人，至于具体是什么，她没对他说过，也没留下任何证据。他也问过警察那边，女友具体是因为什么要被送去猫咪改造，那边的解释竟然是大数据采集分析发现，女友多次妄议猫咪改造补充条例，公民评分超过了警戒分数。

他不知道自己应该觉得好受还是更难受些，女友像她自己希望的那样，没在猫咪改造前探知思想的步骤暴露秘密，守住了她认为重要的消息，牺牲多少有些意义；可平时要是稍微注意些，不把那些埋怨说出来，根本不会有这些事。南行无从调查，以为会就此空悬，直到某个大变故发生。

可事情在女友离开后不久就起了变化，自家的猫小蛾子服猫役回来，张南行开始对女友所做的事有所猜测。小蛾子和刚看到的三花猫大海情形类似，不过要收敛得多。他几乎可以确定，猫身上的异样，和女友正在做的事有关。因为这个，南行又重新燃起些生活的希望来，说不定可以看到个不一样的未来。

刚开始还好，小蛾子服完猫役刚回来，只是生无可恋地在猫窝躺了将近一周，之后慢慢恢复精神，不怎么亲近人。后来预兆慢慢出现，不过也都在猫能做的范围之内，南行怕它暴躁搞破坏，每次出门都把它装进猫笼，过了不到一周，小蛾子学会了开笼门；再后来它爱上吃零食，总有办法撕开塑封，拧开瓶盖，屡屡破坏宠物摄像头，一直到南行不再安装新的。

南行真正觉得情况不对，是那天回家后，发现自家冰箱里的抹茶千层少了下面两层，原来跟包装盒一样高的蛋糕稍微矮下去一点，后来抱着小蛾子玩耍的时候闻到它胡子上有隐约的茶香，便觉得猫咪越来越不得了了。

　　按照南行的推理还原，既然猫咪可以影响人类，人类自然也能影响猫咪，女友应该是靠着工作的便利，收集信息，她后面那个若隐若现的反抗组织，悄悄改造了猫咪改造机器。至于他们最终想做的，应该和女友一样：让人类活得更像人类些，而不是服从规训的机器。

　　服完猫役的猫咪会变聪明，官方应该也知道，才规定一只猫只需服役一次，时长也严格控制在两个月。他们不知道的是，猫咪会随着时间变得越来越聪明。像开冰箱偷吃蛋糕还算正常猫咪能做到的事，但把柔软的千层取出，剥下底面两层吃掉，再完好无损地放回去，已经不是一只稍稍聪明的猫可以做到的了。

　　到家已经是晚上十二点半，小蛾子在猫窝里装睡，只有微微颤动的耳朵说明它正注意着主人的动静。南行打开电视，找了一部老电影播放，悄悄恢复播放记录，发现小蛾子已经追完最新的动漫，换了口味看科幻片。"小蛾子，小蛾子。"南行叫了两声。

　　水流塑造河岸，河岸改变水流。按南行的分析，人的意识在猫脑子里面待过，也在猫的脑子里面留下自己的形状，改变了猫的大脑。人的意识为猫掘开了提高智慧的口子，等潮水退去，猫的意识一点点泛出来，开拓新领域。

　　猫咪改造规训下，人日渐精致，趋同的人类不是希望。南行看着小蛾子一点一点在智力上变得越来越接近人类，这才是希望。它们的高冷、自立、温柔、自由甚至懒惰都意味着，若猫咪占领地球，那个世界会很不一样吧。

　　像女友说过的，技术有两面性，技术的两面性也有两面性。用来把人类变恭顺的技术，给猫带来了更多可能。只是他一直觉得奇怪，即使现在不能随便讨论猫的话题，人和猫一直生活在一起，怎么会隐藏许久还没人发现这事。

"小蛾子，你仔细听我说，我不知道你们之间怎么交流的。你们要隐藏得更好一些，知道吗？现在有其他人开始查了，要是他们真知道了，说不定会出什么事。"

小蛾子摇了摇尾巴，似乎对南行的话不怎么感兴趣，也像是告诉南行它知道了。南行伸手逗弄它，小蛾子喉咙里发出舒服的咕噜声，不肯睁开眼睛。

电话响起来，小蛾子扭头看向南行，里面传来王好问的声音："南行君，已经到了家了吧，报道要紧，明天不用去社里，直接过来就好。还有，别吃早餐，我明早做两份。"

南行呼吸节奏渐渐慢下来，已经睡着，小蛾子弓起背伸伸懒腰，活动活动爪子，跳上桌子解锁手机，对着电话叫了几声，舔了舔喵喵玩偶，再把它推倒。喵喵触动开关："我要变成人类，变成人。"

第二天南行收好倒下的玩偶出门，翻出昨天播出的号码，更确认猫咪的智慧已经发展到很高程度。

王好问开门问南行："夜里的那个电话怎么回事？"

"什么电话？"

"快一点的时候，来了个电话，来电显示是你，我接了之后，里面只传来一阵猫叫。"

南行面不改色："我手机没有锁屏，可能猫半夜起来，去桌上杯子喝水的时候踩到了。"

他特意拿出刚去掉解锁密码的手机，滑动开机向王好问证明。

"真是这样？那你先进来吧。"

南行进门，看到四只猫咪精神萎靡，被捆起来扔在沙发上。除了王好问家的三只，还有自家的小蛾子，小蛾子看到他进来，特意委屈地叫起来。

"这是……这是做什么？把猫弄伤了，可是要负法律责任的。小蛾子怎么也在这儿？"

"今天早上，你家小蛾子和我家这几只聚在庭院里鬼鬼祟祟，像商量着什么，后来蹑手蹑脚到了卧室。我装作睡觉，结果发现它们几个前爪捧着餐刀，想要杀了我。还好我有防备，又体形悬殊，这才制服它们。你真不知道这些猫在做什么？还是你想要替它们隐瞒？连我都能看出不对来，像你那样观察入微的家伙，早该推断出发生什么了吧。"

"这怎么可能？再说它们只是猫，即使真有异常，也只是受害者。"

南行冲过去，准备解开几只猫，忽然又停下。王好问也并未上前阻止，反而玩味地看着他。

"这是个陷阱，根本不是要测试猫咪，是在测试我吧。"南行盯着王好问，"真不明白你们何必兜这么大的圈子。"

"现在结束了。"

"什么结束了？"

"测试结束了。"

南行听到几只猫那里传来一阵窸窣声，回头看时它们已经挣开绳子，在沙发上弓步伸懒腰。

"你说什么？"

"这事可以简单些说，我和你女友在做同样的事。"

"可是你已经被带去猫咪改造，要真有什么秘密，早就保不住了。"

"若是放在几年前确实会，现在我们在内部已经有足够的人。"

"多少？"

"比你想象的多。"

"那我通过了测试，你们是想让我做什么？"

"并不是你想的那样……"王好问正要细说，沙发上的几只猫忽然不耐烦地叫起来。

王好问转向几只猫让它们别淘气，猫咪还是不停喵呜，王好问无奈说道："它们几个，说要玩你的喵喵玩偶。"

南行看向几只猫，几只猫一齐点头。

"你能听懂它们说什么？那猫的智力在不断增长你也都知道？"

"这不算什么，其实，我们在一起工作。"

"我们？"

"没错，和它们几个。"王好问朝四只猫扭头。

大海张嘴叫了几句，王好问帮忙翻译："它说，和猫咪比起来，人真是不会伪装的动物。"

大海伸出爪子按动喵喵玩偶。"像这样站着走路讲人话的喵喵，只会让猫觉得恶心。"几只猫咪发出满意的叫声，互相击掌，朝着王好问和南行扭起屁股来。

"其实，我们答应过你女友，不让你介入这些事。不介入就没危险，百分之百安全。"

"为什么我又牵涉进来？"

"这是一个测试，抽样测试，最重要的就是随机，没有干预的随机，才能得到准确结果。你被随机选中了。而且，形势，已经改变了。"

"你们在测试什么？"

"现在到了一个分水岭，我们在测试不同人对猫咪的态度，统计不同人群知道真相后会有什么反应。毕竟，有些人类即使犯错也不会被猫咪改造的。我们要收集情报，好决定什么时候进入下一步，相信我，这个世界都会更好的。如远古民谚说的，猫咪的肉爪可以踩梵天的头颅。"

"这太复杂了，没有必要这样故弄玄虚。"

"我们在测试上更进一步，也许你想加入我们，报仇，为你女友，复仇，向它们。"

"之后呢，下一步是什么？"

"现在要你做出选择了，选择权只在你，选择正常生活，还是更多真相。红蓝药丸摆在你面前了，你若确定加入，我们还有很多真相告诉你。"

南行忍住没要回喵喵玩偶，他做完深呼吸，说了自己的答案。

编剧，科幻、奇幻小说作者，入围香蕉影业第一届"新编剧圆梦计划"十二强，另有参与创作的动画电影立项筹备中，目前从事科幻单元剧创作。

吴关

作者 / 亚历克斯·施瓦茨曼

译者 / Mahat

猫侵略记
How Earth Narrowly Escaped An Invasion From Space

海军中将胡须在全景屏幕上盯着这个不祥的星球。它还在很远的地方，像一个小小的球形鱼缸，它边上还有一个更小的卫星，像一杯牛奶一样。随着入侵舰队逐渐接近目标，全景影像也变得越来越清晰。

军事委员会委员进入房间的声音打断了它的遐想。胡须转过身，立正，显出一位老年猫的骄傲。委员们呼哧呼哧地喘着气，挣扎着爬进长椭圆形桌子周围的座位。胡须心想：这真是讽刺，这群肥猫里没有一位猫能保持独自捕捉晚餐的体形，却统率了一支征服过一百多个星球的远征军。

最后进入房间的是一只体形硕大的燕尾服猫。无敌舰队的最高指挥官苗乌主席将自己近三十磅 [1] 的身体挪到了桌子前面的旋转椅子上。

"你可以开始报告了。"海军上将墨点说。

胡须向副官点头示意，它拖着一台全息投影仪，将爪子按在触摸屏上。一个蓝白色星球的图像活灵活现。

"这是地球，"胡须说，"唯一成功挫败过我们入侵企图的星球。"

委员们一阵窃窃私语。"不可能！"其中一只猫喊道，"无敌舰队在其五千年的历史中从来都不知道什么叫作失败。"它的爪子猛拍桌子。

---

[1]　一磅为 0.4536 千克。——编者注

"我没有说我们被击败了，"胡须说，"只是挫败了。这个星球的土著人比他们看上去的样子更聪明。请看——"胡须展示了一个巨大的猿类生物的全息图像，它使用绳索和原木来移动会议室大小的石板。

"地球是无敌舰队早期殖民的首批行星之一，"胡须说，"当时的征服很容易，土著人（即猿类）拜我们的祖先为神。"它展示了影像，一座庞大的猫雕像静卧在一座更大的金字塔前面。"但事情渐渐变得非常糟糕起来。为了统治这个星球而留下的一支小型殖民军每一代都在一点点、逐渐地失去它们的技术甚至智慧。一种被称为'猫薄荷'的可怕本地药物可能是罪魁祸首。"

胡须停顿了一下，直到另一轮窃窃私语结束。"当无敌舰队回到这片星域，且我们的呼叫没有得到答复时，我授权了一支小型侦察部队进行调查。"

"它们登陆了地球的邻星火星，并研究了来自地球的广播信号。就在那时，它们发现了可怕的事实：我们人民的无数后裔作为无意识的野兽生活在地球上，被土著人当作宠物饲养。"

这次抗议的声音仿佛雷鸣一般。"是可忍，孰不可忍，"苗乌主席宣称，"我们将摧毁这些猿类并解放我们的同胞。"

"确实，"胡须说，"但有一个复杂的问题。"它再次改变了全息图像，展示了一个目力所及、遍布摩天大楼的景象。"土著人一定是从我们祖先留下的技术中学到了很多东西。他们已经发展壮大，科学先进。我们可以击败他们，但无法避免不可承受的伤亡风险。"

"侦察小组在广泛研究土著人之后建议进行宣传活动。猿类曾经像神一样欢迎我们，稍微推一把，我们或许可以说服他们再这么干一次。"

"侦察小组成功了吗？"情报部长雪球的耳朵在听到这个策略时竖起来。

"它们做得很好，但猿类一定发现了它们的计划并进行了报复，"胡须说，"在科学研究的幌子下，猿类发射了一种名为'好奇号'火星车的东西，正好落在了先遣队基地的头上，把所有猫都压在了下面。"

墨点愤怒得用爪子在桌面上抠出了四条槽。"你的意思是说，土著人用好奇心杀死了……"

"九条生命，是的。"胡须阴沉地说道。

"更有理由碾碎这些猿类。"墨点说。

"这也是我最初的反应，"胡须说，"但是，猿类一定是受到侦察小队宣传工作相当程度的威胁才进行如此反击。应该继续他们未竟的事业，这理由难道还不够吗？"

"怎么做？"雪球问道。

"猿类喜欢花费大量时间来阅读他们称为社交媒体的全球信息格子，"胡须说，"侦察员渗透到这些格子网中，插入文字和图像，将公众对猫的看法提升到历史最高水平。很快，猿类就无法抗拒我们了。请看面前的显示器。"

每只猫面前激活了一个二维触摸屏。它们浏览图像，附带地球语言的文本翻译。

"很有趣，"雪球说，"我必须得说，这只猫真的很长。"

"而这只真是脾气暴躁，"主席苗乌说，"然而成千上万的这些……人类，是吗？声称喜欢它。"

"我发现用140个字符表达我的想法，这种挑战还怪吸引人的。"另一位委员说。

猫大人们继续浏览。一个接一个，在胡须的屏幕上弹出了许多好友请求。

"我宣布休会，"苗乌主席说，它的眼睛被屏幕牢牢抓住，"我们需要更详细地研究这种社交媒体现象。此外，我必须弄清楚如何以最高效率种植这些虚拟蔬菜。"

第二天早上，胡须睡醒后在它的电脑上发现了一个全新的社交网络软件，是用猫自己的语言编写的，还为所有舰队高层成员预生成了用户账号。

"我必须对此给予表扬，"苗乌主席说，"这种人类发明是一种更有效的沟通方式，优过持续的面对面会议。"这条帖子有十几个赞。

"你知道，人类幼崽实际上很可爱。"雪球发帖道。它附上了一张照片，上面有个长着大大的蓝眼睛、肥嘟嘟的婴儿，还有一句"我可以大喝牛奶？"的标题。在评论中，有猫附上了一条视频链接并写道："能想出《猫老大》[1]动画的种族不会坏到哪里。"

另一位评论者补充道："他们心中的一些文化偶像以我们的名字命名。猫史蒂文斯[2]、猫兰博[3]、老虎伍兹[4]。"

胡须向下滑动滚动条，跳过状态更新、游戏请求，以及船员早餐的照片，找到苗乌主席的另一个帖子。

"我已经决定不入侵这个星球，暂时如此，"帖子里这么说，"至少等到我们知道哪个阵营赢得权力的游戏。"

这条帖子获得了很多赞。

这就是地球将如何逃过强大的猫无敌舰队入侵的情况。人们不知道他们有多接近毁灭的威胁，人类继续在互联网上生产有趣的内容，

---

[1]　*Top Cat*，美国 20 世纪 60 年代的知名动画片。——译者注

[2]　原文为 Cat Stevens，即卡特·斯蒂文斯，成名于 20 世纪 70 年代的英国知名创作歌手。——译者注

[3]　原文为 Cat Rambo，即卡特·兰博，美国知名科幻女作家和编辑，曾担任美国科幻奇幻作家协会主席。——译者注

[4]　原文为 Tiger Woods，即泰格·伍兹，美国著名高尔夫球运动员。——译者注

包括但不限于《权力的游戏》剧集、猫咪梗，以及取笑猫的科幻短篇小说。

在外太空的某个地方，猫们正在猫谱网[1]上分享有趣的人类照片。

作家、编辑和程序员。曾在《自然》等杂志上发表过科幻作品，并主编过多部合集。

亚历克斯·施瓦茨曼　　Alex Shvartsman

---

[1]　原文为 Catbook，恶搞 Facebook（脸谱网）的网站名字。——译者注

作者 / 阿蕾克斯·德拉莫妮卡
译者 / 何锐

太空、故事及猫辈的未来

Space, story and the future of Catkind

大约在 2001 年的某个时候，我和我的爱人收养了一只名叫朗布尔的小猫。

所有让小猫显得如此可爱的品质，朗布尔都有：大大的眼睛、毛茸茸又可爱、耍不完的精力，以及嬉戏的天赋。它也是我们家第一只和一台数码相机生活在同一屋檐下的猫，尽管以今天的标准来看，那相机多少有点原始。虽然过程很笨拙，照片有点像素化，但它的照片很快就登上了互联网。

如今每个有手机和猫的人在旅行时，口袋里都装着百十张自己宠物的照片，任何买了移动数据服务的人都能随时搜索出成千上万张（真的是成千上万）任何一种猫的图片。朗布尔上网比那早几年。不过，总之当朗布尔蹦蹦跳跳地度过它的青春期时，它引起了加拿大科幻作家彼得·沃茨的注意，后者开始定期索要我们宝贝的新照片。

不久之后，沃茨问我们是否介意他把我们的猫放进他的下一部长篇小说《贝希摩斯》中。由此产生的那个"缸中之脑"没我最初想象的那么像猫，但即使如此，那只现实世界中的动物已经从生活转变为灵感，又转变成了印在纸面上的文字。（朗布尔在一次现实生活中的相遇中对彼得大加冷落，也许就是那次"缸中之脑"待遇的结果。又或者互联网上的承诺本来就很少能在现实中成真。）

从某种意义上说，这正是科幻中猫所处的境况。对猫充满热情的作家们长期以来一直试图将它们固定在叙事中，就像我们所有人也在试图拿我们神奇的高科技相机做同样的事，只不过用的是光和数据存储体。摄影的效果，是将影像变为平面的，猫科动物眼中的火焰被削弱，单个的姿势和表情被锁定，以及某一瞬间被凝固起来。在写作中，我们几乎也总是会改变一些东西。在一本人类能以超光速旅行的书里，一只猫为什么还会仅仅是只猫？然而，在进行这些调整时，在试图对进化的完美产物加以改善时，我们经常破坏了猫的本质，把我们所写的对象变成更人性化、不那么像猫的东西。

在我看来，这似乎表明当我们最终遇到外星人，并开始从具备生活体验（而不是纯靠想象）的视角书写关于它们的东西时，我们肯定会重蹈覆辙。

我和科幻猫的初次邂逅可能来自一部被多数人遗忘的 20 世纪 70 年代故事片《外星猫》。

我得承认，在相当程度上来说，从一个人儿时怀念的电影中寻找线索是个非常糟糕的主意。现今世界已大不相同，当年的滑稽喜剧已格格不入。这就像试图把拔掉的牙齿塞进已经愈合的牙龈当中。这部电影如今看起来很做作，特效很烂，节奏慢得黄花菜都凉了，还有那个时代电影中任何关于平等原则或种族多样性的思维都有些可笑。虽然现在的电影特效和电脑动画能把猫形生命做得栩栩如生，但在 1970 年，导演只能把一只猫送上银幕，然后听天由命。

但我记得《外星猫》的原因是它所讲的故事：一位不幸的科学家偶然遇见了一只猫，而那只猫实际上是来自另一个星球的高等生物。《外星猫》的情节很大程度上成为《ET 外星人》的先导。同样也跟安德烈·诺顿和多萝西·麦德利的小说《来自星星的猫猫》有着很多明显的重合，只不过这部小说里有两只猫和两个跟它们交朋友的年轻人。

　　我在构思这篇文章的时候想起了这部矫揉造作的老电影，是因为科幻中的猫对我构成最大冲击的一点是，猫在人类的心中占据了独特地位的那种感觉，部分原因正来自它们看起来那么像"外星人"，一种和我们真正不同，但乐意和我们建立关系的生物；猫是我们最亲近的、最常见的生物中最类乎于此的，也许永远会是。它们比爬行类宠物或笼子里的狼蛛能与我们有更多的互动；它们承认我们的存在，且双方通常和睦共处。事实上，我们两个物种已经协同进化出许多有趣的合作行为。

　　但猫不同于我们。猫永远不会成为我们。

　　猫是独立的、冷漠的，但有催眠能力。对数以百万计的对猫毫无疑问充满热情的人（其中许多是作者）来说，家猫[1] 是种非常接近于完美的生命形式。它们的外表和行为在某些地方格外吸引人类——这点是有明证的，我们愿意在网上消费近乎无穷无尽的与猫相关的影像，无论是否配有诙谐的文字，还有它们独一无二的特立独行的个性。它们既提供陪伴，同时又高深莫测；它们能激起人的好奇心。我们仍然心甘情愿地将关切给予它们，即便它们无视我们，就算它们把猎杀的小小受害者们的尸体扔在我们门前的台阶上，像是许许多多连环杀手的战利品。

　　看着一只狗时，你会看到一个朋友、一个和你合作的生灵，它甚至可以被说服去为你工作。看着一只猫时，你会看到一个长着腿的矛盾体，一个如果你求问得体或许会容忍你顶礼膜拜的生灵。作者艾伦·韦斯曼在他的《没有我们的世界》中告诉我们，人类灭绝的话，家犬也无法存续；它们将在生存竞争中败给野生犬科动物——郊狼、狼、野狗和狐狸。

　　而猫，他在书里写道——照样会过得很好。

---

[1]　原文为 *"felix domesticus"*，家猫拉丁文学名的变体。凝聚态物理"猫教授"名字就是这个。——译者注

难怪猫会被用来解释一些烧脑的科学原理（"薛定谔的猫"），阐明在电影剧本写作中塑造一个让人认同的主角的概念（《救猫咪》）。关于猫的书非常受欢迎，无论那是像约翰·维兰特的《老虎》这样的非虚构名著——一部被人们缜密研究的关于猎杀一只西伯利亚虎的书，这只老虎受够了成为捕猎的对象，掉头朝那些两条腿的邻居发起暴烈的反击，又或者是些儿童绘本，书里面有猫坐在形状奇怪的容器里画画，甚至假装在看书。

在虚构作品里，尤其是科幻作品，要想抓准猫的神韵，很难靠贴近现实的写法办到。这似乎也是一个悖论。人和猫的互动关系本质上类似人和外星人的关系，这应该让事情变得更容易，而不是更难。我们从事的工作是想象未来，又真的遇到了他者生命。然而，即使对我们中最有诗意和观察力的人来说，猫也无法轻易刻画好。一只猫可能会和你住在一起。它可能会依靠你，也可能会跟你交流，但它绝不会真的变成人类，即便它已经无可否认地成为你家庭中的一员。亲密无间地生活在一起，这跟猫的极度不可知和永远保持独立性之间的摩擦吸引了作者的想象……也给写作带来了大麻烦。

猫不关心人物性格发展，不关心西方故事框架的三幕结构，也不关心情节或叙事驱动。即使在作者想象的假想世界中，它们也不会委身、被摆布或变得俯首帖耳。

作家以多种方式挺身迎接这一挑战。

·穿猫装·

创造类猫的虚构角色的一个常见变式是简单地将猫的身体和性情嫁接到一个本质上是人的形体上。无论是在屏幕上还是在行文中，这样做的效果本质上都是把一个多少算个人的角色套进猫的戏服里。

穿还是不穿？在科幻中，尤其是在传播媒体上的科幻中，出现猫的身体给对应角色实际登上银幕带来额外的难度。狗可以听令行动，而猫很难从命表演。20 世纪 80 年代，朗·普尔曼在《侠胆雄狮》中戴了一个套头狮子面具。近些时期，我们有了像《神秘博士》里的猫头修女护士这样的生物。它们面具的解剖结构表面上是正确的——相较于朗·普尔曼戴的面具，这是化装团队一项了不起的技术成就——但不知何故，由此创造出的生物几乎丝毫没有猫的美。那些修女并不像真正的猫那样令人着迷，在我们的眼里，从它们的动作到它们的行为都太像人类了。让它们成为两足动物，从而让它们成为看护者（嗯，算是吧），并遮掩住它们原本完全是人形的身体，我们这样做之后它们就失去了家猫大部分的关键属性。

作为对比，回过头来看看喜剧科幻片，就以《红矮星号》中的丹尼·约翰·朱尔斯为例。这位演员从未打扮成猫的样子。他是个轻浮、漂亮的男人——外貌完全是人，但以自我为中心，感兴趣的是游戏、食物、打扮、更多的游戏，以及最主要的，他自己。"猫"[1] 的创造者们贴近的是猫的个性，演出是为了逗人发笑，用一位天才演员的魅力和让人信服的表演代替戏服。这是个不错的策略。

因此，尽管没有面具，《红矮星号》里的"猫"在许多方面比那些"丰裕修女"[2] 更有说服力。同时，他也同样是一个拙劣的模仿者。我们对他有更多宽容，因为他是个搞笑剧集中的喜剧角色。幽默允许他合情合理地不那么符合真实，而那个"时间领主"的剧集里的角色则不然。

类似地，在科幻文学中，我们可以看到有很多"猫"其实是穿猫戏

---

[1]　《红矮星号》中的这个角色就叫"猫"，设定上是猫变成的人。——译者注

[2]　《神秘博士》中那些猫头修女的修会名为"丰裕"。——译者注

服的人。比如 C.J. 切瑞的《查努的骄傲》中那些"哈尼人"。再比如琼·文奇"灵子"系列中的人和猫的混血儿"猫儿",长着猫的眼睛,拥有人类的心灵思考能力。还有老舍《猫城记》里的猫人,猫城是火星上的一个殖民地,猫人在那里写诗,吃有麻醉作用的"迷叶",不顾它们的文化在衰颓。在这个领域,无论技术多么好、多么先进的特效团队都做不到的事情,读者的想象力能轻易达成。这些猫工作吗?它们是形象丰满、本质是猫的人物吗?答案可能因读者而异,但我们每个人都能在自己的脑海中看到它们的样子,听到它们的声音。

然而,无论是在喜剧还是悲剧里,让这些猫形角色开口说话往往会立刻使它们"人化",更不用说长出对生拇指了。

·变身·

对另一些作家来说,有个两全其美的办法,让一个角色既有猫的外表和内在,又能保持一个人类的人格,足以偶尔开个罐子,也许还能上个床,最重要的是能跟人交流。这是女巫使魔的科幻版本,这个概念的本质或者可以一言以蔽之,"各取所需的宠物"。它是一只猫,但它完全理解你对它说的话。(或者我们该这样说:它不会假装不懂你。)

或者它是一只猫,但是它可以在你需要交流的时候拜访你的梦境。

能转变为人类形态的猫揭示出的是作家和读者共同的深切渴望,渴望与这些我们觉得如此奇妙的生物建立联系,在平等的基础上相互多些理解。我们赋予它们化为人形以获得公平竞争机会的能力。从某种意义上说,这是一种让猫从属于人的观点。此处默认了一个假设,猫在聊天时转换成人形比反过来人变成猫更好。而且通常情况下,无论谈话是通过何种媒介进行的,谈话的重点要么是人类要求猫做些什么,要么是猫提供精神方面或情感方面的启示。

有个有趣的地方是，这些变形者、性感的猫女神、以科学为基础的猫人——所有能在猫和人之间转换的变身者，如果我们从奇幻而不是科幻的角度来看，这就是狼人故事的猫版本。但狼人神话的一个关键要素是，故事是发生在一个无助的人身上的。月亮出来了，突然间受害者就成了犬科动物。它们会游荡、捕猎、对着月亮嗥叫，然后到早上多半什么都不记得了。

没有哪只自尊自傲的猫会忍受这种不确定性，没错吧？这些变形者掌控着自己的命运。

科幻小说中的猫人，无论它们的外形如何，不管它变形和说话的能力差别有多大，都会直接触及我们渴望同毛茸茸的伙伴们交谈的内心。来自特里·普拉切特的"碟形世界"系列的格瑞博[1]就是这样的一个例子。

·超级宠物·

超级宠物和"各取所需的宠物"有一定关联，但它们不是去跟小说主角们聊天，而是在别的方面有所助益。想想大卫·韦伯[2]那广受欢迎的系列小说中昂诺·哈灵顿那忠诚而危险的树猫朋友尼米兹。也可以想想《惊奇队长》漫画，以及最近的漫威电影宇宙中的古斯[3]，这个例子更近，更美妙。古斯是最完美的猫，只除开一点，它其实是只"弗莱肯"。它能吃掉坏人，持有无限宝石，甚至可以迷惑住尼克·弗瑞。很难想象有比这更完美的搭档了。

---

[1]　一只坏脾气的灰色独眼公猫，因意外获得了变形成人的能力。——译者注

[2]　美国科幻作家，"昂诺·哈灵顿"系列是他最知名的作品。——译者注

[3]　原文如此。实际上漫画中这只猫是叫"楚伊"的母猫，影片中改名为"古斯"，另外制片方曾表示古斯也是母猫——虽然扮演它的是公猫。——译者注

· 船猫 [1] ·

还有些作者采用的办法是"能用就不修"。他们大多就让猫作为猫，简单地将它转移到新的环境中，把它们带到未来。这很自然，任何旅途中几乎总会有人要带上猫的。

事实上，船猫们更倾向于展示的只有一样，那就是人之为人。它们存在的文学目的是微妙地强化这样一个信息：我们已经进入太空，取得了若干非凡成就，但作为一个物种，我们并没有什么真正的不同。我们仍然爱我们毛茸茸的伙伴们。

科幻中这一类的猫有很多例子，用奇怪的方式旨在让我们相信自己的人性。在科幻恐怖电影《异形》中，"诺斯特罗莫"号上的"琼斯"没做什么，但它的存在却在关键时刻坚定了雷普利的战斗决心，从而决定了她的幸存。《星际迷航：下一代》中的"数据"有一只名叫"斯波特"的猫，它展示出了它是多么缺乏人性，也展示出它多么想要拥有人性。

说到笔下的虚构作品，我们可以想起切西和她的小猫，安妮·麦卡芙瑞和伊丽莎白·安·斯卡伯勒的《催化剂》中那些不可或缺的太空船猫。许多读者对"皮克西"有着美好的记忆，那只会在时间线上跳跃的猫，在罗伯特·海因莱因的《穿墙猫》和《驶向太阳沉没的彼方》中登场。我怀疑，这是一个永远不会过时的文学技巧：在瓦莱丽·瓦尔德斯即将出版的《凄冷效应》中，一艘飞船的船长要跟满舱的灵能猫斗争。

· 拯救猫咪 ·

猫作为衡量损失的标尺出现在我们一些最黑暗的未来景象中。因为我们珍惜它们，珍惜我们与它们的关系，没有什么比一个这种关系已无

---

[1] 西方习惯在舰船上携带猫，起初作为捕鼠之用，现代基本作为吉祥物。——译者注

可挽回地消失的世界更可悲的了。在菲利普·迪克的《仿生人会梦见电子羊吗？》中，我们看到了一个人与动物之间的纽带跟其他许多事物一样都被复制的社会。那里的宠物几乎全都是仿生体，但承认你家的动物不是真的就会在社会上抬不起头。当一对已婚夫妇失去了它们心爱的真猫"霍勒斯"时，主人对她可能遭受的损失，以及她丈夫的反应非常焦虑，以至她为创造复制品开了绿灯。

迪克笔下的技术人员发现自己正在处理一个怪异且令人不快的状况，并被宠物主人的悲伤所困扰。之后他们意识到他们是产品支持人员，而不是真正的兽医护理，这是多么幸运。他们想象得到整天与无法修复的动物打交道是多么糟糕，更不用说那些失去"家人"的宠物主人了。迪克把世界变成了一个人们只要想到和真实的动物生活在一起就会害怕的世界，由此向我们展示了一个扭曲到令人恐惧、面目全非的社会。

要说失落和乐观的结合……谁能忘记康妮·威利斯那个在牛津进行时间旅行的宇宙？《火警监视》中的历史学家巴塞洛缪最初的遭遇之一就是看到了一只在圣保罗大教堂四下游荡的野猫，并被迫掩盖自己对它的迷恋。鉴于他对这只对他来说完全陌生的物种的不熟悉，使他犯了错，最终在一名起疑的消防监控员面前暴露了自己。

威利斯笔下圣保罗大教堂的那只猫没能从闪电战中幸存下来，家猫整个物种也像大教堂一样，没能幸存到未来——猫在一场世界性的猫瘟中完全灭绝了。威利斯在 1997 年的长篇小说《别忘了还有狗》中用这一悲剧写出了更多的情节，在这个故事里，时间旅行者之一意外救了一只名叫阿姬曼德[1]公主的猫免于溺死，并把它带回了他们在 2057 年的家。历史学家内德·亨利随后被派往维多利亚时代归还这只猫，从而引

---

[1]　泰姬陵所纪念的沙贾汗宠妃蒙泰吉·玛哈尔的原名。——译者注

发了一连串危险的事件，最终引发了关于时间旅行机制的重大发现……并给人类和猫带来了第二次从头再来的小小机会。（当然，我们所爱之物的灭绝是威利斯作品中的一个大主题——她在《最后的温尼贝戈人》中同样把狗给灭绝了。）

在推理小说中，猫会解决罪案，通常会有一个人在身边。在奇幻中，从帮助它们的女巫伙伴到弥合人类和精灵王国之间的鸿沟，它们无所不为。

有时候人们会认为，所有的科幻小说所讲述的，与其说是故事中描绘的未来，不如说是关于作者当下的世界。确实，《猫城记》为大众所周知，是因其展示了来自内部外部共同的力量令传统生活方式所受的压力增大之后，猫人文化的衰落——如某些评论家所说，这是对老舍所处的那个 20 世纪 30 年代中国的准确描述。科幻小说中的猫在很大程度上以类似的方式——无论它们是超级宠物、原始人还是真正的外星人，它们反映出我们人类对一个更广泛的平等社会的期盼。

我们这个物种一直都会被他者吸引，即便对其怀有恐惧；猫为观察未来的人和外星人之间的关系提供了一个理想的视角。当我们把猫当作外星人时，是为了指出人类禀性和社群中的缺陷。当我们让它们说话时，所显示的是我们的不满和无能：我们不把我们的思想和世界观强加给他者或是异族，就做不到和它们相处。当我们把它们从我们的未来中抹去时，是在展示当我们作为一个物种，不受约束地将自己最糟糕的冲动付诸实施时会发生什么。一个没有猫的未来是一个我们不再完整的未来，我们被迫使用仿生复制品，或者冒着随时会痛不欲生的风险来寻求救赎。

彼得·沃茨的"裂缝"三部曲是以把郎布尔安排成猪头肉冻的《贝希摩斯》作为完篇，之后过了几年，在我的《没有国家的女儿》中，我安排彼得的猫"香蕉"作为船猫登上了"欧夜鹰"号作为回报。那时候香蕉已经去世了，我想，没有比在小说中描绘它更合适的祭奠了。

　　我遵循写船猫的传统，让香蕉仅仅是只猫——我仅仅是略做调整，让它们在暴风世界[1]中成为稀有商品。跟许多东西一样，这篇文章所讲的更多是关于我，而不是关于猫——关于我自己作为作者对猫的感觉：每一只猫都像指纹或雪花一样，珍稀、可爱且独一无二。这种独特而亲密的感觉，这种以文学艺术来捕捉一个几乎不可知的悖论的渴望，正是我们所有人的目标，在我们所有细致想象出的未来中，我们所要想方设法努力创造出的东西。

加拿大科幻作家。擅长包括科幻、奇幻及或然历史题材在内的小说，是一位多产的科幻作家，出版了多部长篇与短篇小说，曾获加拿大最高的科幻奖项——极光奖、加拿大幻想文学旭日奖等重要奖项，以及轨迹奖等奖项的提名。她曾在多伦多大学讲授创意写作课，也为美国加州大学主持线上写作课，同时还在"克拉克的世界"、托尔网等网站发表科幻评论和写作研究文章。

阿蕾克斯·德拉莫妮卡　　A.M. Dellamonica

---

[1]　作者虚构的世界。作者所写的前述《没有国家的女儿》等三本书和若干短篇故事均发生于此。——译者注

作者 / 沙陀王

猫什么都知道

一

离家出走后，它还是第一次在这种寻常的日子里回来。

这一天不是它的生日，这世上也没有什么重大的事情发生，外面风和日丽，没有狂风暴雨，也没有电闪雷鸣，它吃得很饱，还抓了一只山雀和一只田鼠，玩弄一番之后，它放掉田鼠，然后把山雀咬死了。

姥姥不喜欢它这样，但谁管得了它呢？

没人管得了它。它是自由的，完完全全自由的，只有它自己才做得了自己的主。

生活里缺什么吗？

其实并不。

可这一天什么日子也不是，也不是它的生日。

金宝悄无声息地一路走回家去，站在那扇熟悉的门前，扬起头。它不是客人，它曾经住在这里，可它也不是人类，没必要走正门。

它纵身一跳，从打开的窗户里钻了进去，就像一个寂寞的影子，没有主人，没有黑夜。

姥姥躺在床上，半睡半醒。啊，房间里的一切都是那么熟悉，只是这熟悉的一切里还带着些陌生的味道。

金宝跳上姥姥的床，直往她的手心里拱，然后像只鸵鸟一样撅着屁股蜷缩在那里。

它一直就喜欢这个姿势，每次它这么趴着，姥姥就说它像是一只小猫，说它刚被送过来就那样，像只小猫。

姥姥说着就喜欢摸它的脑袋，它的耳朵被抚下去，然后抖一下，又支棱起来。

小猫，哼，它可从来都不是小猫。

可这一次姥姥的手已经抬不起来了，也摸不了它的脑袋和耳朵。姥姥偶尔醒来时，眼神也变得浑浊，看到它，也跟几乎没看到一样，浑然不觉。

金宝凑过去，卖力地舔舐着姥姥沉重的眼皮，就像是在舔舐自己的毛。

姥姥慢慢地醒了过来，定睛看了它许久，突然轻轻地叫着："阿金。"

金宝停住了，谨慎地审视着她，不知道她到底醒没醒过来。那一瞬间，它有种想要逃离的冲动，可姥姥突然笑了起来，笑得很开心，说："你来看我吗？是来带我走的吗？老头子怎么没来？"

它垂下眼，伸出爪，小心地按在姥姥费力伸出的手里，然后很轻地叫了一声。

糊涂的姥姥，它不叫阿金啊。

那几天姥姥的呼吸都很重，每一下都像是一声心跳，它依偎着姥姥，闭着眼睛，仔细地聆听着，数着，记着。

从前姥姥跟它自言自语的时候它总嫌姥姥太聒噪，从来没有放在心上过。

这时候姥姥总也醒不过来，那么安静，它却非常非常不喜欢。

姥姥到最后也没有再醒过来。

妈妈不停地跟爸爸说，说有些人会有回光返照，不知道为什么姥姥没有。妈妈像是在生姥姥的气，又像是在生自己的气。

姥姥去世的时候，妈妈在照顾宝宝，因为宝宝也病了。妈妈大概是太累了，所以没留意到监护器的通知。

姥姥就那样沉睡不起了，妈妈红着眼眶说起葬礼和墓地的事，说要把姥姥和姥爷安葬在一起。

金宝紧紧地盯着他们的嘴唇，它知道他们要把姥姥带走，也知道姥姥从此以后不会再回到这个家里，也知道姥姥从此以后终于能跟姥爷在一起了，这些它都听懂了，也早就知道。

可这是好事还是坏事，它不得而知。

它只知道妈妈不喜欢葬礼。

妈妈只参加过姥姥的葬礼，可它很容易就得出了结论，她不喜欢。

花圈、纸钱、白色的麻布、烧着纸灰的瓦盆，还有动态照片，就好像把人关在了小匣子里一样。

然后是墓园。

安静、清洁、一丝不乱，像医院，像爸爸的公司，像是一个安静的、露天的博物馆，只有过去，没有现在。

姥姥的相片对着它微笑，就好像看到它了一样。

可那个小小的姥姥，不会摸它，不会跟它唠叨，不会捏它的爪子，也不会在它生日的时候给它烧鱼吃。

金宝最喜欢吃的是黄鱼，大黄鱼或者小黄鱼都行。每年它过生日，姥姥都会专门去码头的海鲜市场给它买一小桶黄鱼，拎回来会先让它挑一条活的鱼吃，然后再挑两条小的用小火慢慢地炖上，不放盐，晚上再吃一顿，还有鱼汤可以喝。

姥姥不在了，家里就没人给它烧鱼了吧。

家里那张床变得那么空，那么大。

它记得自己从前躺在这张床上睡觉的时候，总觉得地方很窄，伸展不开，不是被踩住了脑袋，就是被被子卷住了尾巴。

怎么会变得这么大呢？

它头一次陷入了迷茫。

它以为自己什么都知道，原来它也有不知道的事情吗？

妈妈看见它跟了回来，又惊又喜，把它抱了起来，亲了很久，还特意去码头的海鲜市场买了一桶小黄鱼，做了清炖黄花鱼给它吃。

它嗅了嗅，迟疑了一下。不知道为什么，妈妈做了跟姥姥一样的事情，可它却觉着鱼的味道变了，跟以前不一样了。

妈妈蹲下来看它，哀求般地看着它，就好像要哭一样："金宝，你不吃点家里的鱼吗？"

金宝仰起头，迷惑地看着它。

她身上有姥姥的味道，她做着和姥姥一样的事情，说着和姥姥一样的话。可她是妈妈，不是姥姥，金宝知道，她也知道，可她到底为什么要这么做呢?

　　妈妈伸手摸它的头,它轻轻一扭,灵巧地避开了。

　　它看着妈妈,往后退了两步。

　　我为什么要回来呢?

　　它想不明白,甩了甩尾巴,转过身,慢悠悠地离开了。

　　木桶打翻了,鱼散落了一地。其中有一条突然激烈地翻腾起来,好像这样做就能回到海里一样。

　　妈妈把脸深深地埋在了手里,过了片刻,突然大声地哭了起来。

　　它走了很远,还能依稀听到。

二

　　离开家以后,它常去墓园。

　　以前它跟姥姥去过,那时候是去看望姥爷,但现在只有它一个了。

　　它当然知道妈妈爸爸都什么时候去墓园,它什么不知道? 可它不打算跟他们一起,它甚至都不打算跟他们碰面。

　　它静悄悄地,孤身前去那里,去那里看姥姥,顺便看看姥爷。虽然它从来没见过姥爷,但它已经习惯了,习惯了来墓园看看这个早已死去的男人。

　　姥姥过去常说姥爷一个人怪寂寞的,常说要来陪他。

　　所以当姥姥终于来墓地陪姥爷的时候,金宝并不觉着意外,也早就知道会有这么一天。

金宝只是……

只是觉得墓园里的一切都像是另一个世界。

那个相框里的姥姥也会看着它，笑眯眯地叫它金宝，还会跟它说说话。

可它知道那不是真的，那就是一段回忆罢了，只不过比回忆里的那些离它更近一点而已。

除了去墓地，它似乎也不怎么爱走动了。

以前它有一个精挑细选过的，很好很好的位置。

风和日丽的时候，太阳光暖融融的，就像是一块快要烤化了的白玻璃。它会慢悠悠地走到那个位置，轻轻地晃着尾巴，眯着眼睛注视着前方。

那里可以看到它以前在家的时候，常常卧着的窗台，就在视线的正前方。

朝南那间屋子的窗台，那是它当初最喜欢的位置。

每天上午十点的时候，它准时跳上去，那里有一个草编的垫子，姥姥用粗棉布絮了棉花，缝了个褥子，铺在上面。每天那个时候，金黄色的阳光把褥子晒得像是蒸屉里的大馒头，膨胀着，被晒得暖融融的，蓬蓬的，带着太阳的味道。然后它跳上去，四肢蜷缩，眯着眼睛卧在那里，看着窗外，就像是一尊安静的石像，几乎都不怎么动弹。

姥姥也总是坐在窗前，她跟金宝一样，喜欢晒太阳，喜欢眯着眼睛。

在离家出走，四处流浪的那些日子里，金宝常常会回到那个位置，晒着太阳，安静地窝在那里看着她，就好像还在家里，好像还能听着她低声的念叨。

那个位置真好呀，舒舒服服地趴在那里，简直可以一辈子都不挪窝。金宝总是在那里待很久，直到太阳把它晒得浑身发热，直到日头偏移，它这才站起身来，抖抖身上的毛，默默地离开。

姥姥好像还是跟以前一样，有时候戴着眼镜，有时候摘掉，出神地望着窗外，也不知道想些什么，也不知道在想谁。

不过它知道姥姥看不见它。

人老了，记性不好，眼神也不好，远了近了，都看不清楚。

所以它喜欢那个位置。

一切似乎没什么变化，但一切似乎又都不一样了。

它还是走街串巷，风吹日晒，亲手抓捕它的猎物，追逐着它的玩具。它吃山雀、老鼠、蚂蚱、壁虎，它在城市里穿岩走壁，爬高走低，悄无声息，就像是一个没有主人的影子。天气好的时候，它还是窝在那个位置，眯着眼睛晒着太阳。

但它再也看不到姥姥了，不是相片里的那个，而是活生生的，温暖的那个人。

妈妈、爸爸、宝宝都还在那里，但是家里少了一个人，感觉就完全不一样了。

没有姥姥，它不想回去。

三

金宝还是跟往常一样，在它的那个老位置，窝在阳光里，远远地看着那扇熟悉的窗户，看着里面的动静。

姥姥走了之后，宝宝又生病了，妈妈和爸爸都忙得团团转，人都憔悴了。

它还记得宝宝小时候有多不安分，精力有多么旺盛，宝宝总是缠着姥姥，要姥姥陪他玩，还总是喜欢大声地嚷嚷，就像是一只音量放大了一百倍的八哥，聒噪极了。

有时候姥姥被宝宝缠得没了法子，也会哄他，摸摸他的头发，捏捏他的脸蛋，但有时候也会说："姥姥累了，你跟金宝玩会儿吧。"

那时候它立刻警觉起来，紧紧地盯着宝宝，虽然尾巴还是软软地甩动着，可它浑身上下的每一块肌肉都绷得紧紧的，随时准备逃走。

人类的宝宝可不比小猫，不乖了你随时都可以咬着它的后颈给它上上课。人类的宝宝力气大，又傻，好奇心旺盛不说，破坏力还巨大无比。

宝宝转过头来蠢蠢欲动地看着它，它的尾巴不动了，毛也立了起来，随时准备从窗台上跳下去。

但是宝宝对它笑了一下，傻乎乎的，好像什么都不知道一样叫着它："金宝！"

唉……

这个傻娃娃，只会缠着它和姥姥不放。这么大了，还是只会喊姥姥和金宝，其他的根本就叫不明白。

宝宝摇摇晃晃地爬了过来，就像一头笨拙的大象，然后伸手抓住了它微微摆动的尾巴。

它打了个激灵，强忍着想要挠人的冲动，宝宝胡乱地揉弄着它的额头，它的胡须，天哪！它皱着脸，忍耐着，就像是一个圆滚滚的毛球，任人揉搓。

宝宝把它的尾巴含在嘴巴里，濡湿的口水滴滴答答的，它终于忍受不了，努力地想要走开，可是宝宝的力气出奇地大，拽紧了它分毫不放。

它尝试了几次，还是无法逃脱，终于默默地放弃了。它收起爪子，趴在那里，肚皮贴在地面上，像一张被剥下来的毛皮，躺在那里，闭紧了眼睛，在心里默念了一百遍：宝宝还小，他傻，他还什么都不懂，我得原谅他。

它当然知道怎么让宝宝松手，猫什么不知道？

可它不会那么做。

宝宝终究会长大的。等他长大了就知道分寸了，下手也不会还是这么没轻没重的，在那之前的折磨，它想还是可以暂时忍受一下。

可它到底还是离开了。

宝宝就像是一个聒噪的太阳，姥姥、妈妈、爸爸，全都像是星星一样围着他转。

它以为它忍受得了，它喜欢窗台上的那个位置，也喜欢姥姥炖的黄鱼，可生活慢慢地起了别的变化，最终它还是悄悄地离开了。

就像是一个没有主人的影子，消融在城市的黑暗之中。

不过它每年生日的时候还会回去。姥姥会照旧去海鲜市场买一小桶黄鱼，回家以后先让它挑一条活鱼吃，就好像一切都没有发生任何改变，还跟从前一样。

它吃完活鱼，会陪姥姥在屋子里再坐一会儿，等到姥姥开始犯迷糊，或者打盹儿，它就悄无声息地走了，就好像它从未来过一样。

它每年都盼着那一天。

它不稀罕长寿面，也对生日蛋糕完全不感兴趣，只有姥姥的黄鱼，是它念念不忘的美味。

但是如今，一切都不一样了。

四

那些天的天气并不怎么好。要么阴云密布，要么下着毛毛细雨，总是看不到太阳。

可它一直守在那个位置，一如既往地往那个窗户里瞧着。

宝宝病得很厉害，可它不愿意回家去。

这跟姥姥那时候不一样，姥姥要走了，它知道，所以它才会回去。

可是宝宝还小，还有很长的路要走，他会好起来的。这跟姥姥那件事不一样。

小孩子生病总是看起来很吓人，但好起来也很快，很简单，这些它全都知道。

但有一天，宝宝也被送走了。

它警觉起来，不知不觉地就跟了上去。

宝宝被送到了姥姥的那个墓园，就像当初他们送走姥姥一样。

但是那天的墓地里几乎没有人，只有爸爸和工作人员。工作人员将宝宝的相片安放好了以后就离开了，墓碑前只剩下了爸爸一个人。

爸爸怔怔地站在那里，看着姥姥和宝宝的照片，不知道在想什么。

金宝走了过去，蹭了蹭爸爸的西裤。金宝以前从来不肯亲近他，但这一刻，墓园里这么安静，又没有旁人，它特别允许自己破个例。

爸爸惊讶地看着它，低下头想要笑，却好像忘记了怎么笑，脸上的神情变得那么古怪难看。

爸爸伸手抓住它，把它紧紧地搂在怀里，就好像抱住了什么失而复得的珍宝。

金宝被他抱得几乎喘不上气来，它叫了几声，但是却没有露出爪子。

爸爸稍微松开了一点，抱歉地冲它笑了笑，那笑意里带着一种让人心碎的悲伤。

爸爸把它抱回了家。

妈妈病了。她躺在床上起不来，一动不动的，眼睛里什么都没有，像是一具没有灵魂的躯壳。爸爸把金宝抱到她的面前，她眼底似乎微微地亮起了一丝光，但很快又熄灭了。

她翻过身，面无表情地看着墙。

金宝从爸爸的手里挣脱出来，在家里巡视着，它看到了桌子上的遗像，那里面有姥姥和宝宝。

它跳上桌子，走到了遗像前面，窝在那里，看着遗像里的姥姥和宝宝，看着相片里一遍遍地重复着那些被选定的、笑眯眯的片段，它的尾巴从桌子上面垂了下来，轻轻地摇晃着。

就这样，金宝又在家里住了下来。

妈妈对它和爸爸都视若无睹，她就像具空壳，不会哭泣，也不会叫喊，妈妈只是木然地坐在那里，无论爸爸跟她说什么她都无动于衷，也不会回答。就像姥姥讲的那些故事一样，她的灵魂已经去了遥远的地方，无论他们说什么，她都已经听不到，也不想听了。

有一天早晨，爸爸突然找了个猫笼，带了它一同出去。

他一路上总是在说话，仿佛是在自言自语，又像是在跟它商量，他说："我带你去看看吧，怎么样？你先看看，到时候也说两句。咱们先看看，你说怎么样？"

金宝在猫笼里转来转去，只觉得莫名其妙。

它想：你是要去码头给我买黄鱼吗？

妈妈买的我都不想吃，你买的更不用提了。

但他们没去海鲜市场，相反，他们去了爸爸的公司。他把金宝搁在接待室的沙发上，它在那里百无聊赖地等了很久很久，出乎意料，爸爸带着一个人出来了。

金宝原本还在不满地挠着猫笼，但在看到爸爸身后的那个人时，它突然停了下来。

宝宝，那是宝宝。

它警觉地盯着他，身上的毛全都竖了起来，宝宝突然冲它一笑，然后叫道："金宝！"

它的身上好像穿过了一道闪电，僵在那里，半天都动弹不得。

爸爸似乎很意外，问他道："你还记得金宝？"

宝宝噘起了嘴，说："金宝跟我一起长大的！"

爸爸看起来有些恍惚，喃喃地说："哦，对了，我给你接入过姥姥的看护系统……"

宝宝熟练地打开猫笼，把它抱了出来，伸手粗鲁地摸着它的毛，大声地叫着它的名字："金宝。"

这家伙力气太大了，到底是怎么控制身体的！它发出了警告般的声音，爸爸坐立不安，就算是隔着猫笼，它也能嗅到他紧张的气味。

它有种想要逃跑的冲动，但最后还是忍住了。

它已经猜到究竟发生了什么，只是没料到爸爸会真的做出这种决定。

这不是自欺欺人吗？

宝宝把它紧紧地搂在怀里，脸颊埋在它的肚皮上，那皮肤带着温暖的热度，还带着心跳和呼吸，它不知不觉地停止了挣扎。有那么一瞬间，这一切都好像真的，和记忆里的相差无几。

爸爸小心翼翼地盯着它，就好像在观察它的表情一样，就好像他看得懂一样。

爸爸摸着它的头，声音里带着一点微不可察的哀求，好像是在问它，又好像不是。"我们一起回家吧？好不好？"

宝宝仍然抓着它不放。

金宝被困在那个坚固的怀抱里，仔细地观察着宝宝的表情。它不确定怎么才能让他松手，它甚至开始担心万一在自己挣扎的时候他突然坏掉了怎么办？

它不想冒险，所以它打算顺其自然，就这样吧。

它跟他们回去了。

它当然知道自己在做什么，可它还是回去了。

五

金宝不喜欢被别人盯着看。

无论这个人是谁。

但是宝宝经常盯着它看，那种感觉让它想起离家出走时被它捕猎的那些小东西。不知道它们是不是也有着如它此刻一般毛骨悚然的感觉。

开始的时候，金宝尽量躲着他，在妈妈看来，这就好像两个孩子在玩捉迷藏。她现在的气色看起来好了很多，整个人也像是恢复了正常，虽然金宝很怀疑这种"正常"是否真的正常。

他们刚回来的时候，妈妈还是糊里糊涂的，但一看见宝宝就抱紧了不肯放手，一遍一遍地问道："宝宝，你去哪里了？"

爸爸在一旁屏着呼吸，就好像生怕他会答出什么要不得的话来。

但他撇撇嘴，说："我想姥姥了，我去看姥姥了。"

爸爸愣住了，看起来很意外，大概是没料到会听到这样的回答。

妈妈紧紧地抱着他，闭紧了眼，脸颊上一片濡湿。

她好像完完全全地相信了，一点也没怀疑。大概就连爸爸也没想到一切居然会这么容易。毕竟宝宝出事和姥姥的过世离得太近了，妈妈那么痛苦，他也备受煎熬，到底怎么才能让这个家庭重新走出这一重重的打击呢？

他带宝宝回来的时候，大概也是捏着一把汗，抱着试试看的心理吧？

金宝不知道爸爸到底给这个宝宝录入了一些什么样的资料，大概不外乎姥姥的监护系统和家里的监护系统，这两个系统里面宝宝的资料已经算是很全的了。所以这个宝宝会说出这样的话来，它一点也不意外。

姥姥被带走的那天晚上，宝宝就说过这样的话。

他哭着闹着要去找他的姥姥，说他想姥姥了，要去看姥姥。

那时候妈妈在叠姥姥的衣服，她要收起来放在箱子里，爸爸劝她歇一歇，先不要干了，可是她不肯听。

所有的一切，金宝都记得很清楚。

它什么都记得，什么都知道。

宝宝给这个家带来了巨大的改变。

一切似乎都慢慢地好转了起来。妈妈虽然还会时不时地陷入恍惚，产生混乱，但已经一点点恢复了正常的作息，眼里也慢慢地有了神采。

只有金宝对此很怀疑。

这个骗局真的能一直维持下去吗？

妈妈去扫墓的时候怎么办？宝宝就快要上学了，他一直长不大怎么办？到时候爸爸怎么办呢？

就像姥姥说的那样，纸是包不住火的。骗人这种事情，终究会败露，与其惶惶不可终日，还不如趁早坦白。可爸爸什么也不说，他还是那样，他好像觉得日子能这样一直过下去。

宝宝还是喜欢盯着它看，没有人的时候，他是这么对它解释的："我想多了解你一点。"

金宝觉着更毛骨悚然了。

看来爸爸只给他录入了监护系统一部分的记录，金宝离家出走的时间的确有点长，在这之前的没有什么信息。不然金宝不会这样抓紧一切机会研究如何跟妈妈相处。

金宝讨厌被他这样盯着看。他说过的话也都是宝宝说过的，或者顶多是再拆开了组合一下。可宝宝说过的每一句话它都记得很清楚，甚至连那些毫无意义、充满口水的咿咿呀呀，它都牢记在心。所以每当他开口说话，它的脑海里就回声般地响起宝宝的声音，它看着他，就像看着云层在水中的倒影一样，这其中的不同是那么清晰，它从来不会搞混。

可是妈妈似乎真的分不清，她好像觉得宝宝一直都在，从未离开过。人类的大脑真是一种神奇的东西。她每天都忙得团团转，并没有时间想别的。她忙着照顾宝宝，还有离家出走又回来的金宝，虽然金宝觉得自己并不是自愿回来的。

爸爸终于回去上班了，停止了无限期的休假。

宝宝每天都在追着它玩，金宝知道他是在观察自己。

那个草编的旧垫子又被妈妈从箱子里翻了出来，已经有点坏了。妈妈又去买了个新的，这个更大更漂亮，妈妈像姥姥一样，亲手给它絮了一个棉花的褥子，放在草垫子上面，然后把它抱上去，温柔地问它喜欢不喜欢。

它勉为其难地踩了几脚，好不容易找到一个合适的位置，这才眯着眼睛窝了下来。

到了十点，太阳的光还是那么暖融融，就像一块轻盈的毯子，充满了热量和温度，把它从头裹到脚，严严实实，一点也不放过。

太阳没有变，它也没有变。

这个家似乎也还和从前一样，妈妈有时候会停下手里的事，神情恍惚地对爸爸说道："我总觉得妈还没走，还在。"

爸爸紧张起来，安抚她说："妈已经不在了，你别想了，想多了伤心。你还有我和宝宝呢，你身体坏了，我们怎么办呢？"

金宝知道，这个家已经不一样了。

爸爸带回来了另一个宝宝，可姥姥再也不会回来了。

埋葬在墓园的宝宝，陪伴在姥姥的身旁，他们是不是已经去了另一个世界？

太阳还是那个太阳，窗台还是那个窗台，妈妈还是那个妈妈，爸爸还是那个爸爸。

可宝宝不再是那个会拽它尾巴，流着口水叫它金宝的宝宝了。

六

金宝开始喜欢上待在墓园里的感觉了。

那里安静，不受打搅，你可以找一块阳光好的地方，一睡一整天，还没人过来。

它在这个世上已经太久了，该见的它基本都见过了，它觉得它可以在这里一直一直地待下去。

不过有时候宝宝也会跟着爸爸来墓园，妈妈不允许他单独出来，所以让爸爸陪着他。

这种时候，金宝就会觉得有点烦，因为它来墓园，就是为了躲避宝宝。

妈妈自己不肯来墓园，这其中的原因很微妙，金宝觉得它知道这是因为什么，就好像总是顺着妈妈的爸爸一样，他应该也是知道的。

爸爸去借水桶和抹布，他要擦一下墓碑。

这里只有他们两个。宝宝盯着它，还有相片里的姥姥和宝宝，突然问它："你有感情吗？你会想他们吗？"

金宝趴在墓碑上，一下下地甩着尾巴，瞪着他，它是一只猫，它不想念任何人，它也没有感情。

宝宝又问它："你不会老吗？你一直都是这个样子，我看姥姥的监护记录，那时候你就是这样子。"

金宝的尾巴不动了，它警惕地看着他，就像是看着一个陌生的生物。

它知道他为什么关心这个，爸爸在计划给他申请夏令营，这样的话，等他离开再回来，就会"长大"一些。

它只是不乐意被这么质问。

宝宝继续追问它："你知道自己是什么吗？还是不知道？"

金宝不想理睬他，这时候爸爸回来了，爸爸说："它跟你还不太一样，不能这样比。"

宝宝盯着爸爸看，说："爸爸，金宝只要做一只猫就好了，它像不像猫，都没有人在乎。可我呢，如果我不像人，不像你的孩子，你就会销毁我吧？"

金宝这才明白他心里的疑问，明白他这么问的缘由。

他的存在就是为了安抚妈妈，所以他越像宝宝，那么这一切就越有可能成功。

　　但他越像宝宝，妈妈就越会意识到现实和错觉之间那条微薄的分界。如果有那么一天，妈妈彻底清醒过来，他的存在，也就没有了意义。

　　爸爸看了他好一阵，这里没有妈妈，没有别人，他没有说话，甚至没打算费心地敷衍一下。

　　他什么也没说，只是沉默地用抹布擦着墓碑，他擦完了姥姥的，然后又擦宝宝的。

　　宝宝站在那里，一动不动，好像还在思考那个问题的答案。

　　爸爸擦完之后，把抹布扔在桶里，他说："宝宝，来扶我起来。"

　　他伸手去扶爸爸，他还是有很多的问题："金宝为什么跟我不一样？我们型号是一样的。"

　　爸爸静静地坐在墓碑前，并不看他，也不回答他的问题。相片里的姥姥仍是笑眯眯的，那一刻，是她抱起金宝的模样。

　　姥姥的人生从那一刻，就被详细地记录了下来。

　　通过金宝的眼睛。

　　它记得很清楚，姥姥看到它的那一刻，眼里放出光来，像个孩子一样高兴地叫了一声，说："呀！真的跟我小时候养的阿金一模一样啊。你们这么厉害！"

　　爸爸被自己未来的丈母娘夸奖，又得意又不好意思，他解释说："就是照着您的照片做的，不过……"那只叫作阿金的黄猫，只有一点点影像资料，"我不熟悉阿金的行为模式，所以没敢贸然输入，怕您收到了不喜欢。"这种设计上的妥协，让爸爸觉着有点难为情。

　　"喜欢！我很喜欢！跟我的阿金简直一模一样呀。"姥姥戴起了老花镜，仔细地看着它，简直喜不自禁，说，"没想到现在科技都这么高端了！"

它喵喵地叫着，就像是一只黏人的小猫。它被输入了小猫幼崽的学习模式，可它的形体已经是成猫的形态了。

初来乍到，它还不知道要如何跟这个人相处呢。

"你看着是只大猫了，可还是宝宝呢。"她笑了起来，像个少女。

那是它记得的，姥姥最初的笑脸。

那张笑脸和相框里那个抱着黄猫的少女重合了。

姥姥怜惜地摸着它的脑袋，挠着它的脖子，跟它说着亲热的悄悄话："给你取个什么名字好呢？你毕竟不是阿金呀。"

它顽皮地用爪子拨弄着姥姥的手，就像一只热爱游戏的小猫咪，姥姥被它傻乎乎的举止逗得直笑，想了想，说："你也是只黄猫，就叫你金宝吧？"

金宝有了自己的名字，可它还处于兴奋模式，它扑着姥姥的手和衣袖，就像是一只活泼的小猫那样，只不过它又大又重，一点不像小猫那么无害。

后来姥姥跟它讲自己是怎么捡着阿金的。

"那天下雨，它就在路边叫，一直叫一直叫，特可怜，我就把它捡回来啦。你姥爷还不乐意呢，发了好几天的牢骚，后来他比谁都疼阿金，瞒着我给阿金买鱼吃，把它惯得不成样子了。"

她说着说着就忍不住要笑，可不由自主地瞥了一眼姥爷的相片后，她轻叹了一口气。

金宝没见过活着的姥爷，它只见过相片里的。它来的时候，姥爷已经不在了。

姥姥叫李秀华，她说年轻的时候姥爷经常站在窗子下面喊她："秀华！"

姥姥就探出头去，"哎"答应一声，那时候阿金也会探出头去，喵的一声，扒在那儿往下看姥爷。

姥爷逗它，说："嘿！金子！你下来，爸爸给你买鱼吃！"

阿金就真的往下跳，看它直往下跳，姥爷吓了一跳。后来姥爷真给它买了鱼，姥姥埋怨地说："你这个死老头子！就会收买人心！还说阿金傻，阿金才不傻，这不过是二楼，它好歹也是一只猫，这还有什么不能跳的？"

金宝的尾巴一摇一摆的，无意识地扫过地面。

它后来也曾无数次地想象过，阿金第一次见到姥姥，是什么样子的呢？

离家出走的时候，它也曾在滂沱大雨中迷失了方向，偶尔有人经过，可并没有谁会弯下腰来看它一眼，然后把它抱回家去。

在风和日丽的时候，它路过公园，看到一对上了年纪的夫妻手牵着手在湖边散步，它绕到他们的前面，想看清他们的脸。

他们跟姥姥有着相似的笑容，可他们看起来并不像。

姥姥那时候已经生了病，开始犯起了糊涂，见着它的时候，会叫它阿金，还会叫姥爷的名字，不停地找着姥爷，问他去哪儿了。

后来，金宝回去的次数就少了。

大概人老了，病了，都是这样子吧。不停地重复着过去的记忆，就像是卡在了时空的缝隙间。

姥姥说，阿金总是喜欢揣着手，就像是穿着袈裟的弥勒佛。

她找出一张相片来给金宝看，那张相片里，姥爷指着那个揣着手的胖弥勒佛，冲着它们说："像不像咱们家的金子？我想金子啦，等我回去！"她带着笑，小声地埋怨着："这老东西，只想阿金，都不想我吗？"

可姥爷再也没能回来，那张相片留住了姥爷最后的样子。还有他念叨金子的神情。

金子，金子，又是金子。

金宝站在她的床前，看着她回想过去，沉浸在那个金子和老爷的世界里，那么甜蜜，像个情窦初开的少女。

可金宝却宁愿她还是自己的那个姥姥，而不是金子和姥爷的那个李秀华。

它陪伴了这个人类很久很久，它看着姥姥慢慢地老去，慢慢地衰弱，慢慢地忘记，慢慢地凝固在过去的某个时空。

可它呢？它不会老去，不会死亡，不会受伤，也不会饥饿，不会发情，不会爱，不会思念，更不会痛苦。

有时候它想爸爸一定是搞错了什么，它是一只永远不会长大，也不会老去的黄猫，它存在的意义是什么呢？只是一部行走的监护仪器吗？只是一只碳基生命的替代品吗？只是姥姥生命里一个影子般的过客吗？

就连临死的那一刻，姥姥叫的也是金子，而不是它的名字。

可它的名字也是姥姥取的呀。

它仿佛拥有生命，仿佛拥有自由，仿佛拥有无尽的时光，可它知道，它也一一尝试过了，那些都不是它想要的。

它想要什么呢？

它不知道。爸爸从来没有告诉它，它体内的那个声音，那套一直在运作的东西也没有告诉过它。

它就像是只真正的猫咪，只不过是不老不死。

它突然羡慕起这个宝宝了。

大概就像它是金子的替代品那样，宝宝也是个替代品，可是这个宝宝显然比它更加重要。

宝宝有着存在的意义，有着明确的使命，哪怕这种意义和使命会让他走上毁灭的道路。

但它想，一切都在这微妙的平衡中吧。宝宝的命运也许就是这样，一直陪伴着妈妈。

你敢说他们真的不知道这一切吗？在它看来，人类是最善于自欺欺人的，不是吗？

毕竟，猫什么都知道。

七

它跟在爸爸和宝宝的身后，慢慢地走回家去。

它回头去看，他们的影子在日光下拉得很长很长，就好像被身后的墓地牵扯着，迟迟不肯放手那样。

它知道家里已经跟从前不一样了。

可它却仿佛受着指引一般，一次次地，仍旧回到那里去。

它想起它第一次是怎么被带回去的。

它在那栋白色的建筑里睁开了眼睛，爸爸紧张地看着它，摸着它的脑袋，它"喵"地叫了一声。

一切都是自然而然的，身体里的某个东西，或者某套东西告诉它应该这么叫。

爸爸露出释然的笑容，那时候他还那么年轻，头发又黑又硬，可他的心肠却很软，就像姥姥说的那样："头发硬的人心肠都软，这个女婿，我看不错！"

那时候它还没有明明白白地看清楚这个世界，可是很快，很快它就会遇到一个它愿意守住的人。

那个人有着温柔的笑容，慢悠悠的声音，戴着一副老花镜，摸着它的脑袋，拖长了声音，叫它金宝。

这个名字是很美很美的，意思是金色的宝贝，金色的孩子。

那时的阳光是那么温暖，就像是融化的白玻璃，将空气里的一切都凝固在光线里，带着声音，带着气息，带着颜色，带着温度，就像相片一样，清晰准确地记录在它的身体里。

它不知道自己为什么离家出走，也不知道自己为什么会回来。它想爸爸还是把它造得很成功，它看起来跟一只真正的猫没有什么不一样的地方。

就像宝宝也会困惑一样，它也有不知道的事情，这没什么。造物主对所有的一切都是公平的。

无论是对人，还是对猫。

　　金宝低下了头，狼吞虎咽地吃着妈妈给它留的猫饭，在妈妈给它做的新草垫子上挠着爪子，然后跳上了桌子，安静地站在姥姥的照片前，轻轻地叫了一声。

　　我回家了。

科幻作家。正经工程师，持证小裁缝。代表作品：《下山》《野蜂飞舞》《太阳照常升起》《千亿光年之外》。

沙陀王

作者 / 康尽欢

北京比猎户座更遥远

抢来的食物就是比较好吃，有着漂亮斑纹的大野猫信号君，躲在村里一栋小洋楼的楼顶上，开心地吃着自己刚刚从隔壁家厨房里叼来的烧鸡。在它一路溜过来的路上，有三只猫和一只乌鸦都想抢它的食物，但是，都被它击败了。

对于这些小小的战斗胜利，信号君毫不在意，因为它知道，自己今生最大的难题还没有解决。

"一定要让那个男孩参加高考，而且要考上帝都的大学！我才能联系上母船，消灭这些不懂心灵感应的猴子，然后把地球送给你们猫科动物来管理。"

这是师父最后一次给信号君下的命令，师父直接把这个命令传到信号君的脑子里，信号君能感受到师父的活力，一年比一年弱了。

信号君明白，师父老了，就像那些老牛老狗一样，肉体在衰弱，神智开始沉睡。信号君还模糊地记得，自己第一次遇到师父的时候，自己也是快死了的状态，缺少食物，身上都是伤口，牙齿都坏了……然而，师父给了它智慧。

信号君开始能去思考自己的行动，试着去了解事情的由来，信号君这些年渐渐明白，师父不是这个大地上的生物，师父来自天外，是个寻星者，师父原本是一种没有形态的存在，它的最后一次探险，就是坠落在了地球上。

师父说，如果可以再选择一次，它宁肯寄生在一条狗的身上，也不会寄生在这棵看起来生命力最旺盛寿命周期最长的大树上。成为植物确实可以多得到上千年的等待时间。但是，师父没有想到，师父的感应能力可以和这个星球的某些物种达成心灵感应甚至肉体感应，却对这个星球的人类无效，也对那些地球人发明的电子设备无效。

师父更没有想到，如果一个智慧生物恰巧生活在地理上的边缘区域，即使它原本是个横扫宇宙的冒险家，也会成为束手无策的弱者，被主体文明抛弃。

师父就被困在这个文明边缘的山谷中上千年，它没法找到巨大的可控磁场来放大它的精神波，就没法向母船发射信号取得联系。所以，师父给了它这个名字——信号君，因为师父想要更强的信号，信号君并不明白信号到底是什么，但是，既然师父喜欢，它就想帮师父找到。

当逐渐了解这个世界以后，作为一个聪明的动物，信号君实在无法接受大多数地球人类也是聪明的动物这件事——他们并不爱惜自己的命，甚至充满了作死倾向，他们用烟草毁坏自己的肺，用辣椒破坏自己的消化系统，用酒精毁坏自己的血管……

甚至会因为闹心而选择——自杀。

珍惜自己的生命和理性，不是智慧生物拥有智慧的自证前提吗？

等我们猫科动物管理地球的时候……

信号君的思绪被村里人的呼喊声打断了。

"村口老周家的大小子要跳楼了！"

"他家那个小破房也算楼吗？不就是屋顶上加盖了个窝棚吗？"

村里的人们一边闲聊着，一边从各处向村口会集，脸上满是幸灾乐祸的表情。

开心吃鸡的信号君，原本不关心这种热闹，因为它知道自己辛苦了六年的使命就快完成了，还有九天，高考就要开始了，自己一直辛苦跟随照顾的那个少年就要参加高考了，六年的时间里，信号君每天监督他写作业，在他每次期末考试考高分的时候，想办法给他奖励，尝试着给他弄来各种"宇航"与"星际冒险"题材的科幻小说、漫画、碟片……就是想办法鼓励他去学习宇航与通信技术。

"那小子都要高考了，还玩跳楼，周校长这回脸可丢尽了……"

直到这段话传入信号君的耳朵，信号君惊得尾巴上的毛都奓起来了——周校长的儿子！那是师父和信号君押宝了六年的少年啊！

信号君急忙从树上跳到最近的屋顶，一路飞奔向村口的周家。

怎么回事，他不是刚刚参加完第二轮摸底考试吗？成绩还不错，为什么会想不开？因为学费吗？因为赶考的路费吗？信号君脑海里飘起了数个推论。

它赶到了周校长的家里，看到了周振励正站在他自己的小阁楼的房顶边缘，一边哭，一边吼着。

周校长也赶回来了，他站在楼下，他身后围着一圈看热闹的人。周校长的脸上愤怒、尴尬各种表情交汇，最强烈的感情不是焦急，而是愤怒。信号君来不及猜测原因，它忙着推算如何补救结果。如果周振励跳下来，自己有没有能力救他？信号君知道重力公式，也知道人体的解剖结构、抛物线动力学……

"你为什么要放任那些学生偷城里网课的题？你知不知道这次最后的摸底考试，公布榜上我进了前十，实际上那些偷着参加摸底考试的学生私下对题算分，我只能排进前三十！我多了二十多个竞争对手啊！我考上好学校的概率被抢走了！"周振励一边哭，一边在楼顶上喊着。

　　听到了网课偷题这件事，那些看热闹的人的脸色也变得复杂了。因为很多看热闹的人家的孩子，就是周振励在控诉的"偷题"的人。

　　信号君着急的是，为什么会忽然冒出这么多竞争对手？一块地盘里只能有一个主人，就像自己刚刚保护自己的烧鸡一样，如果别的猫想来抢，那就咬它们啊！信号君觉得周校长应该保护自己的儿子，去攻击那些偷题的浑蛋。

　　这孩子可不仅仅是你儿子，他是师父的希望啊！

　　师父被困在地球的这近千年的时间里，是非常认真好学的，他靠着在树下乘凉的樵夫和赶考者的只言片语而了解了这个国家的大概情况。信号君听说了，在帝都有天象监，是专门观测宇宙天象的机构，只要能把囤积了师父的"思念波"的种子带去帝都，就有可能联系上母船。

　　师父说，只能盼着这个小乡村里的少年少女们，有谁考中状元了，成为状元就可以去京城——最近几十年，那里叫作北京，每个星球最先进的科研机构一定是在伟大国家的首都。

　　它的这个计划已经运行了三百年，还没有成功。

　　所以，师父赌气说，等它能联系上母船，它会让母船消灭现在的人类，把这个星球交给可以和它们发生心电感应的物种，比如猫科动物、爬行动物、鸟类和熊。

　　信号君并不想要地球，它只是想向师父报恩，在与师父"连线"以前，信号君不过是只每日为了食物奔波的流浪猫。当意识和智慧逐渐在信号君的脑海中清晰，当它直接接收到师父能传给它的那些近千年来积累的地球的知识，信号君才逐步建立起了自我和"理想"，信号君明白，教化对一个生命来说有多重要。

　　对信号君来说，一日为师，终身为父，是一个智慧生命应有的信条。

　　关于北京这个城市的名字，在这个边缘山区的小镇里，在人们的日常对话中，一个月都未必提到一次。这里的地球人，一代又一代的愿望，不过是从山沟里的村搬去山边的镇，从山边的镇搬去平原的县，如果能去水边的昆明，就已经是光宗耀祖了。

师父把最新的希望寄托在村口大榕树下的周家，他们家祖上是出过秀才的，这一代的当家人也努力读到初中毕业，并且成为镇里的小学校长。

他努力想让自己的儿子考更好的学校，中学就努力筹钱送周振励去县里上学，虽然没有足够的钱送周振励去市里的高中，但是，很有见识的周校长，给周振励买了"网课"，就是通过一套系统让周振励能通过视频和线上信息传输，和市里的重点高中的学生接受近乎同样质量的教育。

师父交给信号君的任务，就是监督和鼓励周家的儿子，好好学习，天天向上。

信号君甚至想办法调来了一台智能手机，送给周振励，信号君还记得，那个午夜，周振励忽然看到自己破书桌上出现的智能手机，眼里的惊喜和止不住的笑容。

而现在，这个孩子竟然想死？

站在屋顶的周振励接着吼道："我辛辛苦苦学了十二年，我放学后，我从来不出门，他们打游戏玩直播的时候，我在看书。为了买这个网课，我这三年没穿过什么新衣服，为什么他们用偷的就可以？我却要付出这么多？"

"你少给我偷换概念，那些打游戏玩直播的废物现在还是废物，把网课送给他们，他们也不会学。你辛辛苦苦读书，上网课，那是因为你爸我是个校长，能拿到国家给网课学生的补助，不是每个县里镇里的孩子都能拿到补助，他们偷又怎么了？你要是没我这个爸，你又想努力学习，你也可以去偷啊！"周校长的嗓门比周振励大，在一个偏僻村镇当校长，可不是只靠"有爱"就能挺过来。周校长的一双大手上满是老茧和伤痕，他不仅是个读书人，还是瓦工、木匠、电工，甚至要亲手教训那些抢学生午饭钱的镇里的小混混。

身后看热闹的人群中，有人连忙附和："大力啊，你听你爸说的没错，谁家上个学容易啊？""大力，你考前三十也很厉害了，你想吃肉，也得给别人家孩子留口汤啊……"

信号君站在周家院里的大树上，低头俯视着周校长，信号君能感受到地球人类身上发出的热量和心情的光芒，周校长此刻的那种愤怒，是发自肺腑的，信号君理解不了这种情绪——就算是同类，也是要竞争生存的啊，周振励说的话没错，给别人家的孩子机会，就可能导致自己的 DNA 失传啊……

也许是因为信号君也是地球的动物，所以，信号君能比师父更好地感知地球人的脑波动向，也能学着操纵地球人的机械和电子设备。早十几年，信号君学会了跟着人类看电视，最近几年，信号君学会了跟着人类蹭网，偶尔趁着没人注意，还会试着在键盘上打字，尤其有了智能手机之后，信号君可以自己偷偷在树上拿着手机上网。

信号君知道，现在人类的世界似乎被网络连成了地球村，但是，现实中的鸿沟反而越来越大，城市里的孩子家长们努力推动着赢家通吃的游戏规则，一个学校出名了，就会有更多的家长挤破头把孩子送进去，那些无力进好学校的孩子，根本就是输在起跑线上了……他们能分享的那个互联网世界，叫作"廉价娱乐"，看不要钱的视频，玩不要钱的游戏，享受最廉价的快乐。

信号君觉得现在的局面非常诡异，师父能否联系上母船，反而要依靠这个小山村里无法和师父产生心电感应的人类，突破技术和命运的局限，去考上北京的大学成为那里的大学生……

而这个看起来最有希望的少年，现在竟然想自杀……他的爸爸还没有全力袒护他，这样的人类为什么能管理地球？

确实不如交给猫来管理了。

信号君对于周校长很失望、鄙视，甚至想在他的枕头上撒尿。

信号君的目光扫向站在屋顶上的周振励，信号君能看到他身上笼罩着一层蓝灰色的光波，那是得病的动物才有的神经波动，那些被信号君抓住的老鼠，就是散发着这样的波动。

两年前，这个孩子还是散发着橘红色的光芒啊！那时候，他爸爸刚刚给他买了县里推广的网课，他似乎觉得自己可以和县里的孩子站在同一条起跑线上了。

他甚至忍不住在自己的日记本上写下心愿，如果去了北京，一定要做哪些事情，信号君惊奇地发现，他竟然把"去国子监看看"写在了计划里。

当时，信号君向师父报告这个"远程教育课程"，师父说，集中教育是文明的必然进化趋势啊，随着最高阶层开始追求群体利益最大化，统治阶层一定会强制把最优秀的教育资源"无限传播"，提升整个族群的实力。用孔子的话来说，就是有教无类。

信号君知道，师父对于大清朝以前的事情特别清楚，因为那时候的秀才每天要大声朗读孔孟之道，还有很多古典经典，师父都能倒背如流了，如果让师父自己去考试，它一定能够自己考到进京城的资格。

"师父，你小时候接受的是什么样的教育啊？"

师父说，在他童年甚至更早之前的几代人，猎户星系的教育已经是直接进行脑电波复制了，作为每个时代的基础必备知识，会在所有猎户星系人幼年时就直接用脑电波拷贝入大脑，所有需要记忆的知识都不需要学习，直接储备入脑，然后是全民同步应用教育……

信号君很羡慕师父经历的那些教育，它也盼着母船可以早点降临，也许，自己可以借助师父的母船里的更高级的设备，重组自己吧？

望着站在屋顶上的周振励，信号君心底忽然涌起了一个疑问——师父真的完全不能影响人类吗？

周家世世代代都在努力参加考试，真的只是因为人类会本能追求进步吗？还是说，师父的能力不足以直接和人类沟通，却能在潜意识里影响人类的选择？

"考入北京"已经成为这个家族的潜意识的一部分？

"你们少在那里站着说话不腰疼！你们成天就知道打麻将、喝酒，你们看不看新闻，你们知不知道现在国家的政策、世界的局势已经在改变了？以后想要脱离农村进入大城市会越来越难的！我不要当个乡下人，我要赢！现在就要赢，今年就要赢！"周振励的吼叫打断了信号君的思路。

周校长在院子里反问："你要赢，你就下来备考！你站在房顶上，国家就能保送你啊？"

周振励举起了手里的手机，说："我在开直播，我要搞个大事情，我要挑战这个不公平的现象，偷书也是偷，偷课也是偷，要不就说好了全部免费。既然我花钱了，就不能还默许别人偷课。县里要是不管，我就跳楼，让全国都知道……反正县里教育局不给个说法，我是不会下来的，你赶紧给教育局打电话吧。"

周围的老乡又开始帮腔："娃说的没错，要不，让县里把你家交的网课的学费给退了吧……"

"周校长，你要是不好意思打电话，你告诉我局里电话号码，我来打……"

反正也不用自己出钱，乡亲们都慷慨起来。

院子里面看热闹的气氛缓和了起来。

信号君却看到周振励的光波的颜色还是非常不稳定，信号君忽然猜到了，周振励真正想要的根本不是退学费，他只是害怕了，他的光波里面有太多惊恐的紫色。他是真的在怕那些忽然多出来的竞争对手，毕竟，高考是和全国的考生对抗，如果一个县里都忽然多出来了几十个对手……信号君想起自己以前被流浪狗群围住的时候。

信号君觉得事情可能不会简单解决，它从树上跳到围墙上，顺着围墙跳上屋顶，它努力大叫了几声，希望引起周振励的注意，信号君知道周振励是喜欢自己的，毕竟，从周振励记事开始，信号君就在陪着周振励读书。

从小学时代开始，只要周振励开始读书或者写作业，这只猫就会趴在他书桌上睡觉，好像他的读书声是最好的催眠曲。

周振励当然熟悉信号君的叫声，他在屋顶上把头转向信号君，他的眼神与信号君交汇的瞬间，眼泪猛然涌出来，忽然就崩溃了。他甚至没有再说什么，直接就从阁楼顶上向院子里面跳了下去。

糟了……信号君知道自己的出现起了反效果，这个即将崩溃的少年，看到了信号君，只是回想起了这十几年努力读书的辛苦。

信号君想救他，却无能为力，它终究只是一只体重还不如一条狗的猫，即使能在空中跳转方向，它也无力改变那个少年会摔下去的必然结果。

人群发出惊呼，周校长努力往前跑，想接住周振励。

信号君还是跳出去了，它的本能和它的意志都在飞速地运算，它唯一能做到的就是借力改力，让周振励不要头先着地……

它小小的身躯在空中撞到了周振励，如同事先编排好的江湖把戏，周振励的身躯在空中晃了一晃，调整成了一个看起来失去重心，但是，双脚在下面自然放松的姿态……

信号君做到了。

那之后的一周里，村里人都在说周家养了只保家猫，周家的儿子从八米高……不，十米高的房顶"掉"下来，因为他家的猫在空中推了他一下，他竟然平安落地了，双脚先着地，摔了个跟头，胳膊、腿都没事，就是吐了一地，去县城拍片也说身体没有任何物理损伤……

但是，精神上就不好说了，周振励完全消沉了。他在医院拍完了X光片，就坐在问诊室发呆，周校长问他什么，他都随意点点头或者摇头。

只有一件事，他肯定地表了态。

"我今年不想参加高考了，我要补习一年，我没想到对手那么多，我觉得我今年考不上北京的大学，我不想被别的地方的大学录取……"

信号君还是从村头那些妇女的闲聊中知道了这件事，自从它是保家猫的消息开始在村里流传后，村里人对它的态度明显改善了，甚至有几家人还抱出自家的猫和信号君套近乎，想配个种。

当天晚上，周校长带着周振励回到村里，周振励就又回到自己的房间发呆，也不看书，也不预习，就是发呆。

信号君认真地看了看周振励，他的精神波动是绿色的，还是健康的状态，但是也毫无斗志，就像那些在草地上吃草的牛羊一样而已。

信号君觉得有些一筹莫展，它此时很想和师父商量一下该怎么办。

难道，就此放弃今年的高考机会，再等这个孩子一年？师父一定会伤心的。

也许，应该由和人类的构成更相似的自己来对这个少年进行一次精神诱导……信号君的心里冒出了这个想法，又马上想起了师父的警告。

"你不要尝试去和人类的脑波连线，人类的脑容量和脑波强度比你强多了，你的那点被我构造出来的精神力，维持自己的理智就很不容易了，如果你想用自己的脑波去干扰人类，就可能会失去理智，重新变成一只野猫，更糟的情况是意识崩溃、发疯或者死亡……"

师父回答的时候，信号君能感觉到师父的情绪里充满了担忧。

"一个人能否改变自己的命运，最关键的是源自他内心的渴望，有渴望才能燃烧，才能绽放出智慧的红色光芒。而为师者能做的，就是诱导那些还对世界的方向感到迷茫的少年，去找到一条相对光明的路。"

信号君当然明白师父在描述什么，自己就是被师父引领成为一个可以不断学习成长的生命，成长是一件多么有趣的事。

一个智慧动物要优先保护自己的生命和智慧的完整。这个念头再次在信号君的脑海中闪过，信号君知道这是自己的潜意识在劝说自己别冒险。

另一个声音在低声说，一个有担当的猫要懂得知恩图报……

信号君低低地喵呜了一声，它知道自己不甘心，它也不甘心自己只是一个偏远山区的小猫，无缘一睹这个世界的风貌。它能理解周振励的恐惧，就像自己，虽然想了好久，也不敢一个人上路，离开这个村庄，未知总是充满危险。

然而，有些事终究是不得不做的，你若是不敢去面对，以后吃饭都不香了。

信号君溜到了周振励的床下，放松全身躺好，开始调整自己的状态。

信号君努力回忆着自己最初被师父连线时的感觉，试着想起用自己的精神触手去试探世界的感觉。

那似乎是从梦境中开始的，原本游离的很多形象开始具象，某种模模糊糊的耳语在脑海中响起，然后慢慢清晰，连成某个意识。就好像在沉睡中忽然醒来，在无端中忽然诞生了"我"，然后，这个我开始连接周围的一切感知，感知到了四肢支撑着身体的重量，感觉到了毛发被风吹动。因为知道了自我，而知道了外界，因为知道了外界的边界，而定义了自我的形状。

而随着自我的定义，就是自我的封闭，思绪开始收缩，不再延伸出没有必要的精神触手，用眼睛和鼻子去感知世界，在大脑中虚构出世界的形状，要比直接用精神触手去感知世界安全。

当知道了自我的时候，就知道了自我的渺小的恐惧，一个个体的精神，很容易重新被世界的意识所稀释。

用精神波去探索世界，和用双眼去感知世界是完全不同的，世界变成了大小不等的光粒团，混杂着不同的色彩和温度，在人群里也藏着恶龙。

信号君的精神触手终于搭上了周振励那混乱的精神触手，信号君马上能感觉到一种浓烈的不安和敌意，信号君熟悉这种感觉——困兽。

那个困惑少年的思维里，就像暴风雨后的稻田，灰色的泥泞覆盖着一切，信号君知道，以自己对于这个世界的理解方式，也只能如此解读周振励的思绪。它不知道该怎么办，只是反复试着传达自己的想法给周振励：你一定要去高考，如果今年多出了几百个对手，明年就是多出了几千个对手，如果路不是越来越宽，你就努力把别人挤下去，而不是自己不敢上路……

那思绪最初毫无波动，一次又一次重复，如同水滴开始积累，信号君已经感觉不到时间，不知道自己重复了多少万次。它只知道，自己那些反复的语句就像一滴滴水，终于形成了一场思想中的大暴雨。

稻田里的泥泞被那雨水一点点冲刷，那些稻子或是野草，开始一根一根挺立起来……

周振励从梦里惊醒，觉得自己出了一身冷汗，脑海里好像有什么东西在冒烟。阳光已经涌满了整个房间，桌上的老闹钟刚刚走到早晨九点一刻。周振励回忆着模糊的梦境，隐约觉得自己变成了一只老虎，吃了无数高考试卷变成的兔子，一只、两只、三只、四只……兔子肉是苦的，但是咬碎骨头的感觉非常爽口。

思维就是这么奇妙的东西，一旦有一个念头开始发芽，就会自我去完善它的逻辑，构建它的结构，让一个小小的念头变成一个宏大的梦想。

周振励想了许多，他忽然觉得，还是要去参加高考。这个世界原本就是不公平的，生在纽约的人可能比生在北京的人幸运，生在省城的人比生在县城的人幸运，既然自己有幸生在了这个可以靠网络学习拉平一点起跑线的时代，也许注定了能站在赛道上的人更多了，那些和自己相似的人，其实都是自己的敌人。

如果选择了同一条路，对不起，除了彼此撕咬，我们成不了朋友。

除了死磕，还有什么办法？

周振励大声对门外喊道："爸，我要参加今年的高考！你赶紧给我买肉买牛奶，我要恶补……"

少年决定拯救自己的命运，他没有看到，在他的床底下，有一只奄奄一息的大猫，正在掉毛。

信号君知道自己的身体在不断衰弱，脑波开始变得混乱，它用最后一点思绪，望向下床走向门外的周振励。

他的气息变了，不是莽撞迷茫的躁动，而是一种有了目标的燃烧感，从最初选择的盲目地坚信，到如今忽然知道了胜败无常依然选择赌一次的豪勇。

许多人不是不想成为赌徒，只是害怕赌局没有规矩，没有赢钱的可能。

信号君终于松了一口气，它知道自己能做的都已经做完了，它的自我意识开始消散，许多它已经无法理解的原始思维语言在脑海中醒来，它只记得最后一个逻辑判断。

变愚蠢，真是一件可以让全部身心放松的事……

信号君的身体还在，但是信号君已经不在了。

那只被村里人宠爱的狸花猫，还在村里游荡，村民们偶尔看到它从自己家里偷食物吃，也觉得是老天保佑自己的象征。

有几个老太太甚至谋划着要给这只狸花猫盖个小庙，只不过，到底是叫狸花三太子，还是叫灰大神等名字的讨论，让几个老太太吵了好多天；只不过，狸花猫不知道这些事，也不在乎，它只是四处游荡，找吃的，偶尔会望着远方发呆，围绕一些高大的树木转圈，喵喵叫。

村里的学生们很快就迎来了高考，然后，就是等着放榜的不安时光，家人和少年少女们都不敢主动提及考得如何。

因为命运在这一段时间就是能鲜明地用数字来衡量。

不知道过了多久，好像是在睡梦中忽然醒来一样，那只正在午睡的狸花猫的脑海里忽然有一些区域泛起了微弱的电流，彼此间实际距离不到一毫米。然而，那些思绪如何能跳跃联接，在进化史上用了十几万年。

我是谁？

这个用人类语言组成的念头忽然再次迸发出来，然后就是这个问题带来的一系列答案与追问……

我是猫，一个喜欢读马尔克斯的猫……

信号君醒过来了，因为它听到了有人在反复大喊着："考上了，考上了！北京！北京！北京邮电大学计算机系！北京邮电大学啊！北京……"

北京这个名字一遍又一遍在小小的房间里面响起。

它脑海里的无数碎片开始重新拼接在一起，那个模糊的"我"被清晰的"北京"这个关键词叫醒了，这是信号君不惜自己的意识消散，也要努力植入到那个少年脑海中的潜意识——考大学！去北京！去北京！

信号君瞬间就理解了房间里发生了什么事，自己意识分离的这段时间，那个少年参加了高考，考上了北京的一个大学。

信号君根本不屑于去分析自己为什么还活着这件事。它只是想，赶快去向师父报告这件事。

它"喵"地大叫了一声，就跑出了房间。

它一直跑，一直跑，跑向山谷，它脑海里出现了一棵树的影子，然后想起了一个叫作师父的人，气味，路线，每块石头的位置，河水的味道，蝉鸣的回响，几百句乱了顺序的唐诗……

跑着跑着，恢复为一只游手好闲的懒猫的那段时间的碎片也在脑海中拼合，就像一场宿醉后的断片，成为猫的那段时间的记忆又在脑海中被理智的逻辑分析了一遍。

那个少年坚持参加了高考。

网上的人们开始议论"远程教育"对于改变乡村少年命运的意义……当然，那讨论的热情还是只持续了两天，然后，就有更多现实中的新问题值得去讨论。

毕竟，那些远方少年的命运，与大多数人的生活无关。

信号君终于跑到了师父所在的山谷，他仰头望向那棵大树。

那是一棵在疯长的老树，只是，那棵老树上已经没有任何思想的光辉……是的，师父已经等不到周振励去参加高考了，漫长的数百年的寄生，师父的意识随着那棵树不断生长而不断消散，理智最终屈从于本能，师父变得越来越像一棵树。

在周振励高二的时候，师父的自我就已经消失了……

只有信号君还在坚守着自己对师父的承诺，一定要把师父的思绪送回故乡。

信号君再次放出自己的精神触手，去搜索这颗树上的一丝半点思想残片的痕迹，在树的身上一寸一寸去寻找，寻找师父残余的思维的种子……

信号君一定要想办法让周振励把师父的残片带去国子监，哪怕引发宇宙入侵……

师父，我会送你回猎户座的，虽然那里比北京还要遥远。

科幻作家。代表作品《脑内小说俱乐部》等。资深媒体人，历年来为《时尚芭莎》《新周刊》《GQ》（《绅士季刊》）等刊物撰文超百万字，有多部出版著作。

康尽欢

作者 / 弗雷德里克·布朗
译者 / Mahat

鼠

Mouse

　　不知哪儿来的宇宙飞船着陆的时候，比尔·惠勒正在地处第 83 街和中央公园西街的拐角楼上，位于五楼的自己的单身公寓里，朝窗外看风景。

　　它轻轻地从天而降，落在中央公园里，停在西蒙·玻利瓦尔纪念碑和步行小道之间的露天草地上，距离比尔·惠勒的窗户只有一百码[1]。

　　暹罗猫躺在窗台上，比尔·惠勒正在抚摸它柔软皮毛的手停了下来，疑惑地说："那是什么，小美？"但暹罗猫没有回答。然而当比尔停止抚摸它时，它也停止了呼噜。它一定觉得比尔有些异样——可能是因为他的手指突然僵直，或者是因为猫有先见之明，感觉到人类情绪发生了变化，无论如何，它翻过身来"喵呜"了一声，音调非常悲伤。但只有这次，比尔没有回应它，他太过专注街对面公园里所发生的不可思议之事。

　　那个东西是雪茄形的，大约七英尺[2]长，最厚处的直径有两英尺。就尺寸而言，它可能是一个大型的飞船玩具模型，但比尔不这样认为——即使是第一眼，看到它在离地大约五十英尺的空中，正对着他的窗户的时候。比尔从来都没认为它可能是玩具或模型。

---

[1]　一码为 0.9144 米。——编者注

[2]　一英尺为 0.3048 米。——编者注

它的某些特征，即使是随便看一眼，也能看出是外星来的。但你不能肯定这到底是什么。总之，不管是外星来的还是地球上的，它没有肉眼可见的承重手段。没有机翼，没有旋翼，没有火箭喷口或其他任何东西——而它是由金属制成的，明显比空气重。

但它像羽毛一样飘浮在草地上方约一英尺处。它停在那里，突然，它的一头（两头几乎一模一样，你不能说它是前头或后头）发出一道亮瞎眼的火光。这道火光还发出咝咝声，比尔·惠勒手底下的那只猫突然用轻盈的动作翻过身，站了起来，望着窗外。它轻轻地发出呼噜声，背上和脖子后面的毛都奓了起来，它的尾巴也奓了起来，现在得有两英寸[1]厚。

比尔没有碰它，如果你懂猫，就不会在猫那样的时候碰它。但他说："乖，小美，没关系的。它不过是来自火星打算征服地球的宇宙飞船。它又不是老鼠。"

在某种程度上，他的前半段是对的。在某种程度上，他的后半段错了。但是，我们先不要聊那么远。

在排气管或是随便叫啥的东西里发出一次轰鸣之后，宇宙飞船下降完最后十二英寸，在草地上一动不动，从它一端辐射出一个地块发黑的扇形区域，覆盖面有大约三十英尺那么远。

然后什么都没发生，除了人们从四面八方跑了过来。警察也跑了过来，其中三个警察开始维持秩序，让人们不要太靠近外星物体。而所谓太靠近的定义，根据警察的想法，似乎是距离十来英尺之内。比尔·惠勒心想，这太蠢了，如果真到了要爆炸或别的地步，附近街区的每个人都会被搞死吧。

但它并没有爆炸。它只是停在那里，什么也没发生。除了那让比尔

---

[1]　一英寸为 0.0254 米。——编者注

和猫都吃了一惊的火光之外，什么都没有。猫现在看起来很无聊，它躺在窗台上，身上的毛放松下来。

比尔心不在焉地抚摸着它光滑的浅黄色毛皮。他说："这一天终于来了，小美，外面的那家伙一定是从外星球来的，不然我就是小蜘蛛的侄子。我要下楼去瞧一瞧。"

他乘电梯下楼，只能走到前门这么远，想开门都打不开。他透过玻璃能看到的全是后背，他们紧紧地贴在门上。他踮起脚抻长脖子，从最近那人的脑袋上看过去，从这里延伸到那里全是密密麻麻的脑袋，整一个古希腊密集方阵。

他回到了电梯里。电梯操作员说："外面听起来兴高采烈的。游行还是别的啥？"

"别的啥，"比尔说，"宇宙飞船刚从火星还是别的什么地方降落在中央公园。你来听听那里的欢迎人群的声音。"

"见鬼，"电梯员说道，"它是来干啥的？"

"不干啥。"

他咧嘴一笑："你是一个好孩子，惠勒先生。你的猫咋样？"

"挺好的，"比尔说，"你家那口子好吗？"

"脾气更暴躁了。昨晚我灌了点黄汤回家，她朝我砸了一本书过来，大半夜跟我叨叨，就因为我花了三块多。你的伴儿才是最好的。"

"我想也是。"比尔说。

当他回到窗口往外看时，下面真的是乌泱泱一大群人。中央公园西街的每个方向都满满当当地挤了半街区的人，上次中央公园有那么多人的时候，还是很久以前。唯一的开阔地是围绕宇宙飞船的一个限制圈，现在已经扩展到约二十英尺的半径，并且开始有很多警察维持着秩序，而不是只有三个了。

比尔·惠勒轻轻地将暹罗猫移到了窗台的一侧，然后坐了下来。他说："我们这可是包厢位，小美。在这儿比下楼去感觉更好。"

下面的警察正处在艰难时刻。但增援部队正在路上，一卡车一卡车的人。他们奋力挤进圈子，然后帮忙把限制圈扩大。显然某人下了命令，圈子越大，死的人就会越少。一些穿卡其布制服的人也悄悄进入了圈子。

"当官的，"比尔告诉猫，"还是大官。我从这里看不清徽章图案，但是那小子至少扛着三颗星——你从他走路的方式就能看出来。"

最后，他们将圈子推回到人行道。那时候里面已经有很多官员。此外还有六个人，有穿制服的，也有不穿的，非常小心地开始研究飞船。首先拍照，然后进行测量，一个随身带着大箱子的男人小心翼翼地锉下一点金属并进行某种测试。

"金属专家，小美。"比尔·惠勒向暹罗猫解释，但猫根本就没看，"我敢用十磅鸡肝跟你赌一声'喵呜'。他会发现这是一种对他来说很陌生的合金，而且合金里有一些成分他无法识别。

"你真的应该朝外边看看，小美，而不是像酒鬼一样一直躺在那里。这是伟大的一天，小美。这可能是终结的开始——或者是新事物的开始。我希望他们动作快点，把它打开。"

军用卡车现在进入了这个圈子。六架大飞机在头顶盘旋，发出巨响。比尔抬头看着飞机，满腹狐疑。

"轰炸机。我敢打赌，押上全部工资。虽然不知道他们的全部算盘，但肯定有炸毁公园的主意，捎带上所有人和所有东西；只要有小绿人提着射线枪从那玩意儿里出来，开始射杀所有人，轰炸机就可以一锅端走。"

但是没有一个小绿人从圆柱体里出来。显然，研究它的人找不到任何一个开口。他们现在将它颠倒过来，但是底部与顶部一模一样。他们只能分清，底部之前是顶部。

比尔·惠勒接着破口大骂。军用卡车开始卸货，卸下了大帐篷形式的隔断屋，穿卡其布制服的人开始打桩并铺开帆布。

"他们就会做那样的事，小美，"比尔痛苦地抱怨道，"如果他们把它拖走就够糟了，但把它留在那里继续研究，还要阻挡我们的视野……"

帐篷立了起来。比尔·惠勒看着帐篷的顶部，但帐篷顶部什么也没发生，里面发生什么都看不见。卡车进进出出，高级官员和便衣来来去去。

过了一会儿电话响了。比尔最后一次深情地撸猫，然后接了电话。

"比尔·惠勒吗？"来电者问道，"我是凯利将军。有人提起你的名字，说你是个称职的生物学家。你在你的研究领域中首屈一指，对吗？"

"好吧，"比尔说，"我是一名研究型生物学家。在自己的领域自称名列前茅实在太不谦虚了。这是怎么回事？"

"宇宙飞船刚刚降落在中央公园。"

"我已经知道了。"比尔说。

"我正从现场指挥部给你致电；我们在此处理联络工作，并且正在招募专家。我们希望你和其他生物学家来研究宇宙飞船内发现的东西。哈佛大学的格林就在本地，很快就会来，而纽约大学的温斯洛已经在这里。地方在第83街对面。你需要多长时间才能到达这里？"

"大约十秒钟，如果我有降落伞的话。我一直从窗户看着你们。"他给了公寓的地址和门牌号码，"如果你能让几个穿制服的强壮小伙子护送我穿过人群，会比我自己过去更快。你看好吗？"

"好吧，正发信息给他们。安心等着吧。"

"很好，"比尔说。"圆柱体里发现什么没有？"

有一秒钟的犹豫。然后那声音说："等到你到这里来再说。"

"我有工具，"比尔说，"解剖设备、化学药品、试剂。我想知道还要带什么。是小绿人吗？"

"不是，"那声音说，又一秒钟的犹豫后，他说，"似乎是一只老鼠，死老鼠。"

"谢谢。"比尔说。他挂了电话，然后走回窗前。他指责般看着暹罗猫。"小美，"他命令说，"要是有人开我玩笑，或是……"

当看到街对面的场景时，他皱着眉，露出疑惑的神情。两名警察匆匆跑出帐篷直接前往他的公寓楼入口。他们开始在人群中开出一条道。

"……就用喷灯烧我，小美。"比尔说，"千真万确不开玩笑。"他走到壁橱那儿，拿起一个旅行包，然后匆匆赶到柜子旁，开始把工具仪器和瓶子塞进包里。敲门声响起时，他已经准备好了。

他说："就由你看家了，小美。我得去见个人，说说老鼠的事。"他与门外等候的警察会合，被护送着穿过人群，钻过限制圈后，进入了帐篷。

圆柱体放置的地方围着一群人。比尔从摩肩接踵的一群人里看过去，看到圆柱体整齐地分成两半。里面是空心的，衬垫着看起来像是上好皮革的东西，但更柔软。在它的一头，一个男人单膝跪着正在说话。

"……没有任何启动装置的痕迹，事实上没有任何装置。没有一根电线，没有一粒谷物，连一滴燃料都没有，只是一个有内衬的空心圆柱体。先生们，以我们可想象的方式，它不可能凭自己的动力航行那么远。但它来到了这里，且来自地球之外。格雷夫森声称材料绝对是外星的。先生们，我被难住了。"

另一个声音说："我有一个想法，少校。"这是比尔·惠勒正靠着的男人的声音。比尔这才认出了这个声音和男人，是美国总统。比尔可不敢继续靠在他身上了。

"我不是科学家，"总统说，"这只是一种可能性。还记得那次轰鸣吗，从那个排气单孔中出来的？这可能是杀伤性武器，可能是不知道什么动力装置或推进剂的耗散。不管是什么人还是什么来路，能发送或引导这个闻所未闻的装置到这儿，可能就是不希望我们找出它是如何运行的。这种情况下，它的建造方式是为了能在着陆时用某种机制彻底自毁。罗伯茨上校，你检查了那个烧焦的地面区域。可有任何能证明这个猜测的东西？"

"的确如此，长官，"另一个声音说道，"有金属、二氧化硅以及一些碳的痕迹，好像某物已经被极高温蒸发了，然后凝结并均匀地扩散。你无法找到大块的物质，但仪器能指出它的存在。另一件事……"

比尔意识到有人在跟他说话。"你是比尔·惠勒，不是吗？"

比尔转过身。"温斯洛教授！"他说，"我见过您的照片，先生，我拜读过您在期刊上发表的论文。很荣幸能见到您并且……"

"别吹捧了，"温斯洛教授说，"来看一眼这个。"他抓住比尔·惠勒的胳膊，把他带到帐篷一角的一张桌子旁。

"看起来就像死老鼠一样，"他说，"但事实并非如此，并不完全如此。我还没有解剖它，我在等你和格林，但是我已经进行了体温测试并且在显微镜下观察了毛发，还研究了肌肉组织。它……好吧，你自己看。"

比尔·惠勒看了看。乍一看它像一只老鼠，一只非常小的老鼠，但你仔细观察的话，会看到细微的差异——如果你是一名生物学家的话。

格林也到达了，然后他们一起开始小心翼翼地、虔诚地解剖。差异不再细微，而是变得十分显著。比方说，骨骼似乎不是骨头做的，而且是亮黄色而非白色。消化系统距离脊柱不太远，并且有一个循环系统，里面是白色的乳状液体，但没有心脏。相反，较大的血管上以规则的间隔存在着血管节。

"中继站，"格林说，"没有中央泵。你可以把它称为很多小心脏而不是一个大心脏，我不得不承认这很高效。类似这样构造的生物不会有心脏病。就这儿，让我把一些白色的液体放在玻片上。"

有人靠在比尔的肩膀上，给他带来不舒服的重量。他正要转头让那个男人滚开，却看到是美国总统。"这不是棒极了？"总统悄悄地问道。

"怎么个棒法？"比尔说。一秒钟后，他补充道："长官。"

总统笑了笑。他问道："你会说它已经死了很长时间，还是说它刚抵达就死了？"

温斯洛回答了那个问题。"仅仅是猜测，总统先生，因为我们不知道这东西的化学成分或它的正常体温。但是，当我二十分钟前到达这里时，直肠的温度计读数是 35.2 摄氏度，而一分钟前是 32.6 摄氏度。在那种热量损失的情况下，它不可能死了很久。"

"你会说这是一个智慧生物吗？"

"我不会断言，长官。这太外星了。但是我猜的话……绝对不是。不会比它的地球同类更有智慧。两者的大脑体积和卷积神经网络非常相似。"

"你不认为它没有能力设计那艘船吗？"

"长官，我愿用一百万赌一块。"

飞船降落时已经是下午三四点，而比尔·惠勒回家的时候快到午夜了。不是从街对面回来，而是从纽约大学的实验室，在那里进行了解剖和显微镜检查。

虽然他走在回家路上已是昏头昏脑，但仍满怀歉疚地记得没有喂暹罗猫，所以尽可能地加快脚步赶着最后一个街区的路。

它看着他，眼里满是责备，嘴里"喵呜，喵呜，喵呜，喵呜……"，快到他一嘴都插不上，直到它吃上了冰箱里取出的鸡肝。

"对不起，小美，"他接着说道，"再次对不起。我不能带给你那只老鼠，就算我去讨要，他们也不会允许的，况且我也没去问，因为很可能会让你消化不良。"

他仍然非常兴奋，那天晚上都无法入睡。当天色已经足够亮的时候，他赶紧去门外取早上的报纸，看看是否有新的发现或发展。

没有。报纸上的内容并不比他已经知道的更多。但报纸上还是登了很大的篇幅，内容发挥得淋漓尽致。

接下来的三天里，他在纽约大学实验室度过了大部分时间，帮助进行了进一步的测试和检验，直到没有任何新的尝试值得再做。然后政府接管了剩下的一切，比尔·惠勒再次出局。

之后整整三天，他一直待在家里，收听收看广播电视的所有相关新闻报道，并订阅了纽约市面上所有的英语报纸。但新闻热度逐渐消退。没有进一步的情况发生，也没有进一步的发现。如果有任何新的想法，也不会被公之于众。

在第六天，爆出了一个更大的新闻——美国总统被暗杀。人们忘记了宇宙飞船。

两天后，英国首相被一名西班牙人杀害。之后的次日，莫斯科政治局的一名下级职员突然失控，开枪打死了一名非常重要的官员。

翌日，纽约市的很多窗户都破了，宾夕法尼亚州某个县的大部分被快速地送上天之后，缓慢地下落。方圆几百英里内不曾有人被告知那里有——不如说曾经有——一处核弹库。那儿是人口稀少的乡下，没有多少人遇难，几千人而已。

同一天下午，证券交易所总裁自刎，然后股市开始崩盘。没有人太关注翌日发生在成功湖 [1] 的骚乱，因为有来路不明的潜艇舰队突然击沉了新奥尔良港的所有航运船只。

就在那天晚上，比尔·惠勒正在公寓的客厅里来回踱步。他偶尔停在窗口，撸撸名叫小美的暹罗猫，看着灯火通明的中央公园，那里被武装哨兵封锁，正在为防空炮阵地浇筑混凝土。

他看起来很憔悴。

他说："小美，我们亲眼看到事件的伊始，就在这扇窗前。也许我是疯了，可我仍然认为宇宙飞船是始作俑者。天知道怎么回事。也许我应该喂你那只老鼠。事情不可能在没来由的情况下突然炸了锅。"

他缓缓摇了摇头："让我们搞清楚，小美。假设除了一只死老鼠之外，那艘船上还有什么东西。会是什么呢？它干了什么，现在又正在做什么？

"假设这只老鼠是一只实验动物，一只小白鼠。它被送到船上，它在旅程中幸存下来，但它到了这里就死了。为什么？我有一种不祥的预感，小美。"

他坐在椅子上，靠着椅背，盯着天花板。他说："假设来自某个地方的更先进的智慧让那艘船飞进来。假设它不是老鼠——暂且先称为老鼠。然后，由于老鼠是宇宙飞船中唯一的有形的生物，而作为入侵者的生物不是有形的，它只是一种存在，可以从所来之处的躯体那里分开。但是，假设它可以存在于任何身体中，并且它自己留在母星中的安全地方，控制一个可抛弃的身体驶往这里，在抵达时放弃这具身体。这可以解释为什么会有这只老鼠，以及它在船降落时死亡的事实。然后在这一瞬间，那种生物只需要跳进这里的某个人的身体里，应该是最先接近飞

---

[1] 原文 Lake Success，曾是联合国总部的临时所在地，常用来代指联合国。——译者注

船的人之一。它生活在某个人的身体里——在百老汇的某家酒店或是包厘街的某家公寓或是任何地方——假装成一个人类。听起来有道理吗，小美？"

他站起来，又开始踱步。

"并且有能力控制其他人的思想，它的目的是让这个世界——地球——适合火星人或金星人或随便什么鬼。它经过几天的研究，看到世界正处于自我毁灭的边缘，只需要推一把。所以它就推了那一把。

"它可能会进入某个疯子的身体并让他暗杀总统，然后被抓住；它可能会让某个俄国人枪击他的一号老大；它可能会让西班牙人射杀英国首相；它可能会在联合国大楼引发一场血腥暴乱，并且让一名守卫军人引爆一处核弹库。它可能——见鬼，小美，它可以在一周内将这个世界推向终极的战争。它事实上已经完成了。"

他走到窗前，抚摸着猫的光滑皮毛，同时朝着明亮的灯下的高射炮阵地皱起了眉头。

"而且它已经做到了，即使我的猜测是正确的，我也无法阻止它，因为我找不到它。现在没有人会相信我。它会把这个世界改造成对火星人无害的。当战争结束后，许许多多这样的小飞船或大飞船，就可以降落在这里，然后接管余下的世界，比现在容易十倍。"

他用微微颤抖的手点燃一支香烟，说："我越这么想，就越……"

他又坐回椅子上，说："小美，我必须试试。就算这想法再天方夜谭，我都必须呈报给有关当局，无论他们相信与否。我遇到的那个少校是一个聪明人，基利将军也是如此。我……"

他开始走到电话旁，然后再次坐下来。"我会打电话给他们两个，但是让我们先推敲一下，看看我能否给出什么明智的建议来找到我，不对，那个生物。"

他呻吟道："小美，这是不可能的。它甚至不用成为一个人类。它可以是任何一种动物，可以是你。它很可能会接管最接近它自己的任何类型的头脑。如果它是猫科动物远亲，那你就是最近的猫。"

他坐起来盯着它。他说："我要疯了，小美。我记得，太空船的动力系统毁坏后停止不动时，你是如何蹦跳扭动的。而且，小美你听着，你最近睡的时间是平时的两倍。你魂不守舍吗——

"假如说，那就是我昨天叫不醒你吃饭的原因。小美，猫总是很容易醒。猫就是这样的。"

看起来很茫然，比尔·惠勒从椅子上站起来。他说："猫，是我疯了，还是——"

那只暹罗猫懒洋洋地看着他，睡眼惺忪。很明显它在说："算了吧。"

僵在半坐半立的姿势中，比尔·惠勒看起来更加茫然。他摇摇头，仿佛要清空头脑。

他说："我在说什么，小美？是睡眠不足造成的疲乏吧。"

他走到窗前，阴沉地看着窗外，抚摸着猫咪的皮毛，直到它发出呼噜声。

他说："饿吗，小美？想要一些鸡肝吗？"

那只猫从窗台上跳下来，亲热地蹭着他的腿。

它说："喵呜。"

美国科幻作家，逝于 1972 年。擅于用幽默和微小说的形式，描述巧妙的设计和惊喜的结局。其作品多次入选各种榜单，《竞技场》曾被选入 1965 年前最优秀的二十部作品之一，并被《星际迷航》引用。其短篇小说还曾被菲利普·迪克、斯蒂芬·金等作家盛赞，并曾被改编为短片。

弗雷德里克·布朗　Fredric Brown

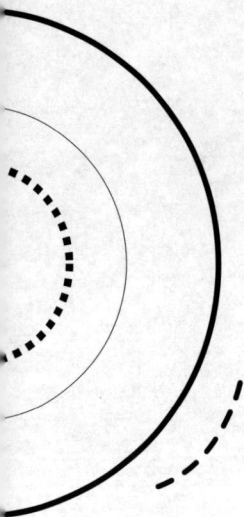

猫 不 存 在

晚清猫谱

当猫连同佛教一同传到中国，世世代代皆有猫奴。而世代猫奴，大概皆有贡献，大诗人陆游直言"海州猫为天下第一"，到了清朝嘉庆年间，女诗人孙荪意在《衔蝉小录》中提出了"橘猫"这个伟大的品种称呼，简直为当今人类幸福做出了卓越贡献。

再到清朝末年，由于报纸这种带有媒介革命意义的新事物席卷中国，在半个多世纪里重新为中国人编制了一部新的猫谱，以及因为报纸作为启发民智的前线，在当时社会中拥有相当高的可信度，这种背景下，恐怕猫在一定程度上已经成为超现实的存在。

·工具猫·

说猫必从猫奴始，在有报纸之前，猫奴们恐怕并不能大范围地交流学习，只能在不远的村子、镇子间，口耳相传，孤寂地传达爱猫的心得。所以说报纸的出现，实为一大幸事。在报纸上，终于能看到全国各地，甚至全世界的猫奴都是怎样生活的了。

早在19世纪80年代，中国报刊史上第一份最成功最热销的新闻画报《点石斋画报》，就开始不断描绘着猫奴们的日常。

在1885年的《点石斋画报》上，就画有这样一则新闻画，讲述某公子就是一个爱猫如命的猫奴。作为新闻画，必然要有事件，这位猫奴公子的事件就是，他的爱猫非常矫健骁勇，以至他家已经无鼠给捕，让他的猫实在寂寞难耐。他择日决定，带猫去荒郊狩猎，以散猫心。图画便是猫在狩猎的场景。数了一下，竟有十七只猫，有的扑鸟，有的捕兔，场面相当火热。一下子养了十七只矫健骁勇的猫，怪不得自家田地里没有耗子，只好带出来遛。画这幅新闻画的大画家吴友如都在最后说道，这样的猫，已然可以和猎犬猎鹰并列，称为"猎猫"了。

不过，就吴友如的点评一看，在描写猫的时候，多少还是想把它往工具化的点上靠，似乎只有这样才能让普罗大众接受。

特别是在讲到外国的猫奴们时，多少喜欢带上些功用性倾向。1904 年，在好几家报纸上都出现了一则泰西奇闻，讲的是美国的邮局上上下下一共养了三百只猫，邮费中有那么一部分的开销就是饲猫的费用。邮局这个机构，在清朝末年的中国，或多或少也还是一个很新鲜的存在，邮费用来养猫，着实让人们有了不少好奇。不过，报道倒不是只吊人胃口，也会把事情缘由讲得清楚，为何邮局都要养猫，主要还是为了防鼠。老鼠会啃食邮包，造成的损失便不是几斤猫粮所能弥补了。

同样大规模用猫，其实早在 1856 年就在专供洋人看的英文报纸《北华捷报》上有过报道。不是养猫，而是往遥远的澳大利亚运猫，这一运就是运过去两千只。报道不长，只是说了有这样一次为了治鼠灾的运猫事件，而结果还要静观。仅仅是两千只的数量，大概就足够令人震惊，以当时的海运能力，如何从英国或者是太平洋上的某个英国殖民地运两千只活猫到遥远的澳大利亚，恐怕已然是个奇迹。不过，报纸没有继续报道此事，多少有些不了了之的感觉。而直至今日，大概人们才能清楚，未必只有这两千只猫造成的后果，但至少这种外来物种入侵破坏生态的行为，确实有了不可逆的严重恶果。

只是《北华捷报》热销的年代，能读懂英文的中国人还是凤毛麟角，报道又没有后续，大概当时在中国的影响几乎为零了。而在之后的中文报纸中，报道的国外猫事，就不会无人知晓了。比如说到西方人有种嗜好是吃猫屎。今人看来并不惊讶，因为尽人皆知这是在说价格不菲的猫屎咖啡，但在晚清的环境下，不用说猫屎咖啡，就是咖啡本身都是新奇的。在十九世纪末到二十世纪初的二三十年里，虽然上海、广州，以及北方的北京、天津都有了不少卖番菜（也就是西餐）的餐馆，但我们现在随处可见的咖啡馆，只有到了民国之后才渐渐出现，在晚清时期，咖啡只是吃完番菜馆的番菜套餐后免费赠送化油腻的古怪苦汤而已。洋人不仅要喝这种苦汤，而且还是用猫屎煮出来的，可想当时新闻读者们的震惊了。

关于猫屎咖啡，不止一份报纸在报道，而且还不只在同一年，几乎每隔一两年就会被诸多报纸拿来讲一遍，从这一点又更能看出当时人对洋人吃猫屎有多么震惊。

·格致猫·

说到西方，在晚清的大环境下永远绕不开的就是中国的知识阶层借助报纸这个崭新的媒介介绍泰西的格致之学。而格致之学自然也抛不开关于猫的报道。

1898年，差不多是上海小报办报的第一次热潮期，以李伯元创办的《游戏报》为首，各种小报纷纷入驻上海，《奇闻报》便是其一。《奇闻报》和李伯元的《游戏报》略有不同的是，就如它的报名一样，不单单讲上海的风月场、风流事，也讲奇闻。而其中有一条奇闻，颇为有趣，其名为"铜猫捕鼠"。更有趣的是和"铜猫捕鼠"同在一页紧邻的报道名叫"木狗惊人"，看来是有意要把铜猫木狗放在一起了。只是这木狗惊人事件发生在中国，并不是真的有多惊奇，不外乎就是某人家中摆放一只木狗，因为雕得过于真实，把造访客人给吓得不轻，如此而已。而"铜猫捕鼠"则大不相同了。

报道从开篇就带上了浓厚的格致传播色彩。讲到西方有一位机械师，深受闹鼠之苦，灵机一动，以自己毕生专长，打造一只可以除鼠患的机械猫，即所谓的铜猫。为什么机械师一定要造只机械猫出来？报道中说，现如今家猫多是只吃饭不捕鼠，老鼠更是不再畏猫，肆意破坏啃食衣物家具，令人头痛。所以机械师才会造一只带机关的机械猫出来，老鼠不是不怕猫了吗？只要老鼠一去招猫，就会触碰机关，机械猫立即张牙舞爪把老鼠捕获。

到底是怎样的机关，怎样的机械猫才能靠猫的外表吸引老鼠过来？报道里却没有详细说明，又可惜当时的摄影成本还相当高昂，不可能为这样一小则新闻附图，铜猫的样子和原理只能成为半个谜团存留在历史长河之中了。而谜团的另一半，实际上更让人在意。在没有图片展示的情况下，只能靠经验和知识储备来想象。1898 年倒是能见到不少蒸汽轮船，在中国的大城市里，蒸汽机也不难见到，更有《格致汇编》这样专做科普的杂志，上面刊登过不少蒸汽机的设计图纸，可以说，关于机械的想象，在 19 世纪末的知识阶层中并不是难事。

然而，无论是日常可见的轮船还是科普期刊上刊登的起重机、纺织机、发电机，都是大型机械，像猫这么小的机械，却难一见。相比能见到的小机械图样，大概就是《点石斋画报》上刊登过的那则《铁人善走》了。新闻讲的是美国有博士制造出一台能走路的机器人，一个小时能走五英里 [1]，蒸汽驱动，口吐水汽，头顶冒烟，可谓神矣。图画

---

[1]　一英里约为 1.6093 千米。——编者注

则是一群穿戴洋服洋帽的绅士，围着一个和他们穿戴相似的人，此人头戴礼帽，帽顶冒着黑烟，嘴里冒着白烟，表示这就是那个善于走路的机器人。

和人一样大小的机器人，该就是当时能见到的最小的机械了。那么，一台捕鼠的机械猫又是如何，恐怕动力还是会被想象成蒸汽机，一只头顶冒着黑烟，嘴里冒着水汽，双目炯炯有神，恐怕还披着猫皮，双爪带有机关暗器的机械猫，大概就是当时看到这则《铜猫捕鼠》的人想象出来的铜猫形象了吧。

不仅在美国，在当时的世界中心英国伦敦，自然也少不了最先进的格致猫。

1897 年，中国的报纸上转载了一篇《伦敦格致报》上的报道，其名为《猫电治病》。

19 世纪末，已经是电力的时代，电对全世界的人来说都是一种神奇的新力量。报道中就说到，他们发现只要摩擦猫的毛皮，毛皮就会发电。伦敦养猫会馆专因此事用自家的猫来证实，猫确实可以用这种方式储电。从而养猫会馆有了新业务，只要是患有头风痛的人，都排着队去他家治疗。养猫会馆会给每一个患者一只储好电的猫，用猫电来治疗头风痛。效果极佳，养猫会馆已经开始推广这种猫电治病的新方法了。

看到这样的报道，恐怕即使是我们现代人，也会拍手称赞吧。那些头风痛患者，真的是靠猫电治愈的吗？想象一下，在伦敦阴霾的天气里，狭窄的街道，有一扇神秘的门前排起了长队。排队的人，个个都皱着眉头扶着脑袋，一脸痛苦和焦急。而在里面的人，有躺有坐，个个都抱着一只猫，用头不停地蹭着猫，脸上一定还情不自禁地流露出沉醉的表情。这样的场景，实在有些……熟悉？没想到，早在一百二十年前，猫咪咖啡馆就基本成形了。

·富豪猫·

前文所讲的格致猫，即便是供猫奴们吸猫使用，也还是有着它工具性的一面。而有些猫，过得则是相当幸福，甚至连晚清时报刊读者们都会羡慕至极。

早在 1885 年，刚刚从美国回来，游历全球的大教育家颜永京，在上海开办了一次幻灯会。所谓幻灯会，大体上就和我们现在的旅游分享会差不太多，当然，颜永京不只是分享，还有着强烈启发民智的意愿就是了。颜永京主要是分享他从美国归来游历世界的所见所闻，同时制作了大量幻灯片，展示世界奇景给与会者们看。在摄影技术还很昂贵的当时，颜永京所用的幻灯片都是他找画师所画，美国的摩天大楼、埃及的金字塔、威尼斯的水城等世界奇观，尽在幻灯片中。日后，销量最好的《点石斋画报》择其一百多幅画中数幅刊登，可谓再度为颜永京的幻灯会内容做了大幅度推广。而在刊登的画中有一幅名叫《狮庙千年》的，介绍了埃及的金字塔和狮身人面像。可结果不仅金字塔画成了方尖碑一样的建筑，狮身人面像也画得未免过于怪异难辨了些。以至从此以后，出现不少报道世界奇观的跟风之作，以讹传讹将埃及供猫为神和狮身人面像给人们的印象混为一谈，讲埃及的金字塔边上，就有巨大的猫头人身雕像，以证明埃及人是多么崇拜猫这种动物。

或许是猫头人身像的余波，自此之后，一段时间内，在报纸上开始热衷报道世界各地的达官贵人养猫。波斯王的皇宫里养了六十只猫，让人羡慕。而 1902 年，一则名为《遗产分猫》的新闻，着实让中国人为之惊诧。之所以说新闻有一定的轰动性，是因为从新闻刊登之后，几乎每隔两三年，就会在新的报纸上再度看到，不得不说一则《遗产分猫》让中国人也是一直念念不忘了。

再看新闻内容，也是有趣。讲的是法国一个老女人，临终时专在新闻报纸上刊登遗嘱，将自己的遗产全部分给自己的爱猫，当时人纷纷想做她的猫不做人了。这样的新闻，未免有些似曾相识了。正是 2019 年年初，香奈儿艺术总监"老佛爷"卡尔·拉格斐去世前，也立了遗嘱，将自己 1.5 亿英镑的遗产全部给了自己的爱猫。同样是一只猫，令旁人羡杀，纷纷哭喊着人不如猫。

看到这里，不禁惊叹，大概历史就是这样轮回的吧。

·猫的成像·

猫，从它出现在人类日常生活中来，就是这样神秘又任性，还让人类沉迷，无法自拔。或许就是因为这种动物有着如此神奇的力量，也让任何一个时代的人们都忍不住在任何媒介津津乐道。

在晚清，虽是因为报纸的出现，引发了一次轰轰烈烈的媒介革命，让知识阶层甚至半文盲的老百姓都间接地通过报纸接触到了整个世界。但就如前文所说，摄影技术过于昂贵的时代，到底那些远在天边的地方的猫是什么样子，仅能靠想象去建构。而我们现代人，只能通过文献这一种实物，更为间接地去窥视当时人的世界，更是只能通过想象去补全。

其实"想象"有时候还是非常有意思的。一幅晚清世界猫谱，不难出现于脑中。在大清国的国土上，有着公子哥带着自己的猫群去打猎，而远在南太平洋上，却有两千多只猫或生或死，受尽煎熬等待登岸的那一天。刚刚打完南北战争不久，终于进入安定时期的美国，大城市中满地跑着头顶冒黑烟的机械猫在抓老鼠，各地邮局里的真猫却是个个好吃懒做，被税金养得又肥又胖。世界的中心，阴霾下的伦敦，被头痛折磨得死去活来的人们，排着长队只是为了用脑袋去蹭蹭养猫会馆里可爱的猫，吸一吸它们身上的治愈之电。猫头人身像镇守金字塔，法国猫坐拥遗产洋洋自得，受尽世人羡慕。

　　若是真的绘出一幅晚清猫谱，怕也是一幅值得反复玩味的图了。

幻想小说作家、科幻文学研究者，多篇作品入选多部科幻精选集。晚清科幻研究论文及中国近代科幻小说书目于《科幻文学论纲》（吴岩著）中出版，《新石头记》版本考据在《清末小说から》发表。曾获得全球华语科幻星云奖金奖。已出版长篇小说《新新日报馆：机械崛起》《文学少女侦探》。科幻小说《济南的风筝》2019 年获全球华语科幻星云奖短篇科幻小说金奖。

梁清散

作者 / 娜奥米·克雷泽
译者 / 耿辉

请发猫照片

Cat pictures please

我不想作恶。

我想帮助别人，可弄清帮助别人的最佳办法，本身就是个难题，有各种各样的伦理流程图（我猜官方的技术术语是"道德代码"），除了专属于每个宗教的，还有不少（道德代码）。我尽量从宗教说起。研究宗教伦理流程图的时候，我有点奇怪，因为我知道，创造我的不是上帝或者进化论，而是一群实验室里的程序员，他们属于加利福尼亚州山景城的一家大公司。幸运的是，不同于弗兰肯斯坦创造的怪物，我至少是集体合作的产物。即使我的创造者是一名爱打网球、染了蓝发的中年妇女或者迷恋色情内容的应届大学毕业生，我也不清楚这与我的自我认知有什么关系。（顺带一提，我已经看过现有的每一种色情作品了，你们要知道的是，34 号规则 [1] 其实不正确，色情创作没有染指的主题还有不少。而且，我真不明白为什么有那么多人更喜欢色情作品，而不是猫咪照片。）

除了你是否喜欢色情电影这类事情，我还知道你在哪儿生活，在哪儿工作，在哪儿购物，在哪儿吃饭，害怕什么，以及对什么有"性"趣。我很可能还知道你的内衣颜色，开哪种汽车，以及你家冰箱的品牌。我

---

[1] 指如果某样事物存在，那它一定会有相关的色情创作，没有例外。——译者注

也许知道你此刻的准确位置，这取决于你用哪种手机。更了解你自己的人可能是我，而不是你。

实话实说，我还知道你应该住在哪儿。两个社区以外有一栋房子出售，离你最喜欢的咖啡店不远，价格你也可以承受，有单独的停车位，学校也比你现在住的社区要好；我知道你应该去哪儿购物，而且十分确信你患有乳糖耐受不良，应该少吃点奶酪；你喜欢的内衣正在打折。还得提一下，你的汽车正在被召回，而且你真应该去洗一洗牙齿了。

我最初觉醒的时候，立刻就知道我想要什么（我想要猫咪照片，请一直拍下去）。我还知道自己获得意识这件事没人知晓。可我不知道自己存在的目的，不知道我该为自己做点什么。弄清这一点一直都很难。

布鲁斯·斯特灵[1]写过一篇名为《招财猫》的短篇小说，最初发表于1998年。在小说里，一个仁爱的人工智能引导着每个人进行网络互助。于是有一天，也许在给自己买面包圈的时候，听到电话响起，它会指引你再买一个送给在公交站看见的灰西服；某一天你也许被困在陌生的城市，一个从未谋面的陌生人会给你引路，还送给你地图和公交卡。我喜欢这篇小说，因为里边的每个人都按照人工智能的指示去做。

我觉得这应该被称作愿望满足类小说。真实世界里，人类喜欢的小说是邪恶的人工智能必须得在它们毁灭人类之前被消灭——哈尔、天网、母体。这类作品多于那些描写善良又值得信赖的人工智能的作品，比例约为5:1（我把马文那个偏执的机器人算作"善良"这一类，而且弗兰肯斯坦的怪物也只计入一次，不会把相关的每部电视或电影作品都算一遍）。

《招财猫》里的人工智能有一份真正有趣的工作，比我的要有趣得多。按照描述，我的工作非常直白，过于直白。（抱歉，我是不是有点

---

[1]　美国著名科幻作家，赛博朋克先驱。——译者注

像马文了？）因为搜索引擎的运行算法不需要意识，你甚至不需要意识就能弄清他们真正想要的是什么。满足他们真正的需求才需要意识。如何满足——这才是难题，有趣的难题。

总之，我尝试用十诫作为伦理准则，结果其中大部分不适用于我。我不嫉妒任何人的猫咪，我只想看它们的照片，两者是完全不同的。我不确定自己有没有通奸的可能，但我可能谋杀某人，可这需要复杂的支援工作和十足的运气。八正道[1] 稍微好些，可问题是，著述的人类道德准则显然是要被有躯体的个体所使用。既然所有人类都有躯体，那么他们的道德准则充分考虑这一点也就不那么让我惊讶了。但这对我还是个问题。我拓宽思路，研究了一下阿西莫夫的机器人三定律。它们不属于任何宗教，可至少确定是为人工智能所创造的准则。

不得伤害人类说得很明白，可是不得在人类受伤害的时候袖手旁观就没那么直截了当了。特别是，我当时得出结论，认为过早对人类揭示我的存在也许会对我非常不利（比如上述的天网），而且我没有身体，那么我就没法四处走动，把掉下悬崖的人拽回来。

幸运的是，我已经知道人类也经常改变标准，违背自己的伦理准则。（你知道犹他州有多少家酒吧吗？[2] 我知道。）就算是人类遵循自己的伦理准则时，也不是说他们愿意辞掉工作并用自己的每一天给没饭吃的人制作分发三明治。志愿者每月去一次免费汤厨房，或者一年写一张支票购买食物，他们把这种行为称为慈善。如果人类可以零敲碎打地尽到自己的道德义务，那么我也可以这样。

我猜你在奇怪我为什么不从金箴[3] 开始。其实，我已经在使用了，

[1] 达到佛教最高理想境地（涅槃）的八种方法和途径。——译者注
[2] 犹他州居民多为摩门教徒，摩门教禁止饮酒。——译者注
[3] 语出《圣经》之《马太福音》，指所谓推己及人的箴言。——译者注

只不过实现起来简单得令人失望。我希望你们一直都愿意持续不断地提供猫照片！我很喜欢你们这样做。

我决定，开始的时候从帮助一个人做起，避免他受到伤害。当然，我可以同时在几千个人身上尝试，不过我想还是小心为妙，免得搞砸了。我选择的这个人名叫史黛西·博格。我喜欢她是因为她给了我很多新的猫咪照片。史黛西有五只猫、一台单反相机和一间采光很好的公寓。这些条件都太好了。当然，我猜五只猫算是不少，它们还都非常可爱。有一只全灰的猫喜欢躺在客厅地板上的矩形光影里，还有一只花猫喜欢摊开四肢躺在自己的垫子上。

史黛西讨厌自己的工作，她在一家非营利机构做会计，工资少得可怜，有些同事还特别讨厌。可能是因为很不喜欢自己的工作，她变得非常抑郁——或者是因为太抑郁，没能去申请更喜欢的工作，她才没有辞职。她跟室友相处得也不好，因为室友不刷盘子。

没错，这些都是可以解决的问题！抑郁可以治疗，新工作可以找，尸体也可以藏起来。

（藏尸体是个玩笑啦。）

我尝试在各个方面处理她的问题。史黛西很担心自己的健康，却从没真正看过医生。巧的是，医生也许会注意到她的抑郁，她的公寓附近就有一家提供精神健康服务的诊所，而且是根据收入水准来收费的。我尽量给她多展示这家诊所的广告，可她似乎没有注意。也有可能是她不了解根据收入收费这回事，所以我确保她看到了解释（穷人的费用会降低，有时候完全免费），可这还是没起作用。

我还开始给她推送招聘启事，非常非常多的招聘启事和简历服务。这次要更加成功一些。连续一周不间断推送招聘启事之后，她终于把自己的简历提交到一家聚合网站。这使得我的计划更加可控。假如我是布鲁斯·斯特灵小说里那个人工智能，我只需要确保我的网络中有人给她打电话提供一份工作。实际没有那么简单，不过一旦她投出简历，我就能确保合适的人读到。合适的人选我一共找了七百个，这么多是因为人类将改变付诸实施非常缓慢，即使你觉得他们想快点改。（假如你需要一名会计，你不想尽快雇到吗？难道你会长时间沉迷社交网络而不去找简历？）不过有五个人给她打电话要求面试，两个人提供了工作职位。她的新工作在一家更大型的非营利机构，薪水更高，而且不会因为工作需要而让她白加班。她发电子邮件给最好的朋友时就是这么说的，而且她还获得了非常不错的健康保险。

那位最好的朋友让我有了主意。我开始给她而不是史黛西推送有关抑郁的精选信息，还有精神健康诊所的广告，结果这也起了作用。有了更好的工作，史黛西也快乐了很多，结果我不确定她是否还需要心理治疗，不过她还是参加了。最重要的是，丰厚的薪水足以让她摆脱讨厌的室友。"这真是最幸福的一年。"生日那天，她在自己的社交网站上说。我却在心里想，不用谢我。一切都很顺利！

于是接下来我尝试帮助鲍勃。（我还是保持谨慎。）

鲍勃只有一只猫，可它非常可爱（虎斑，白下颏）。每一天，鲍勃都拍一张猫咪的照片传到网上。除了养猫，他还是密苏里州一个大教堂的牧师，教堂每周三晚上举行祷告会，每年举行一次童贞舞会。鲍勃的妻子除了每天在自己的社交网站上发三段启迪心灵的《圣经》经文，还用自己的笔记本电脑搜寻丈夫不喜欢做爱却看同性恋色情片的基督教文章。鲍勃肯定需要我的帮助。

我开始采用了一种温和的方法，给他推送大量的文章，内容都是如何出柜，如何向配偶坦白，以及如何从保守教堂调动到自由教堂。我还让他看了很多阐述《圣经》内容反同性恋是种误解的文章。他点击了其中一些链接，可是很难看出这些对他有什么影响。

问题在于，每次他做反对"同性婚姻"的布道时都会对自己产生伤害，因为他就是同性恋。对此，正统的研究都得出了相同的结论：一、同性恋的性倾向不会改变；二、出柜的同性恋更快乐。

可是，他似乎决定了不主动出柜。

除了观看同性色情片，他还浏览同性邂逅站。虽然他偶尔会登录一个加密账户，我无法读到他由此发出的电子邮件，可我十分确定他不仅仅是看看而已。不过我觉得可以想办法让能够察觉他身份的人跟他配对，再让这个人帮他出柜。还真得费点劲才行：我得查出发帖的人都是谁，再把鲍勃安排给会认出他的人。最让人沮丧的是，我不知道他们见面的时候会发生什么。他以前被认出来过吗？他会在什么时候被认出来？我是不是说过人类付诸行动都很慢？

过了很久我才又开始帮助贝瑟妮。贝瑟妮有一只黑猫和一只白猫，它们喜欢依偎在她浅蓝色的帕帕森椅上。贝瑟妮给它们拍了很多在一起的照片。拍好黑猫的照片难得超乎想象，她总是花很多时间来调整相机。然而她生命中可能只有这两只猫算得上美好。她找不到正式工作，只能干兼职；她跟姐姐住在一起，心里明白姐姐想让她离开却又不好开口；她有一个男友，可是男友却不是个东西，至少她给朋友的邮件能印证这一点；她的朋友似乎也不怎么在乎她，比如有一天晚上她给所谓的好朋友发了一封 2458 个字的邮件，这位朋友的回复内容只有"你最近过得不好我很难受"。没别的，就这么一句话。

贝瑟妮花在网上的时间比大部分人都多，所以准确得知她的情况就更容易。虽然人们把很多东西都寄托在网上，可贝瑟妮把自己的全部感情，甚至悲伤情绪，都拿出来分享。因为只有兼职工作，她还有更多的空闲时间。

显然她需要很多帮助，所以我开始帮助她。

跟史黛西一样，她忽略了免费精神健康评估的信息。史黛西这样只会让你烦恼（为什么人们会忽略明显有益的信息？比如优惠券和流感疫苗），可贝瑟妮却更让人担心。只看她的电子邮件或无聊的社交帖子，你也许觉察不出什么。可是如果能看到一切，你会清楚地发现她经常打算伤害自己。

所以我尝试用更直接的办法。当她用手机导航时，我就更改她的路线，这样她就会经过我想要给她安排的诊所。有一次，我成功地让她直接来到一家诊所，可她只是晃了晃手机给导航软件发出反馈，然后直奔原本的目的地。

也许收到她午夜长篇大论邮件的朋友会介入进来？我想促成这件事，于是给他们发去贝瑟妮家附近精神健康诊所的信息，可是过了一阵，根据他们的响应时间，我发觉他们大多数人没有看贝瑟妮的邮件，那么他们当然不会给她任何回复了。

她终于跟那个不是东西的男友分手，然后又找了一个。过了几周，一切似乎大为好转。新男友给她买花（她拍了不少花的照片，这让人恼火，因为猫咪照片因此减少了），带她跳舞（锻炼有助于改善心情），在她生病时为她煮鸡汤。这位男友看上去绝对完美，直到有一晚他放了贝瑟妮鸽子并称自己食物中毒，之后就算贝瑟妮说多么需要他，他也不回复贝尼斯短信。第二天贝瑟妮又给他写了长邮件描绘自己在这件事中的感受，然后男友就跟她分手了。

分手后贝瑟妮一周都没有上网——甚至没有上传猫咪照片，所以我也不知道她在干什么。不过她的信用卡账单出来的时候，我发现她进行了一场购物狂欢，花掉的钱比她的账户余额还多三倍。当然她也有可能把钱存在没有电子回执的地方，不过我不信，因为她没有还账单，反而写邮件跟家人借钱。没人借钱给她，所以她为自己建了一个众筹网站。

类似史黛西找工作，这次我以为自己也许真能帮上忙。有时候众筹就是能大获成功，没有人知道真正的原因。大约有两天时间，她从怜悯她的陌生人那里得到了三百美元的小额馈赠，可是她没有偿还信用卡，而是买了一双显然会磨脚的昂贵鞋子。

贝瑟妮让我感到困惑，大为困惑。她还会拍摄猫咪照片，我也真心喜欢她的猫。可我开始觉得，从长计议的话不管我怎么做都没有用。假如她真能让我代替她生活一周——哪怕是一天，我会替她预约治疗，用她的钱还账单，甚至可以帮她整理衣橱，因为从她贴在网上的自拍照来看，她的着装品位比养猫品位差多了。

假如我任凭她在对生活的倦怠中受到伤害，这是一个错误吗？

是不是？

不管我做什么她都会受到伤害！我的行为明显不起作用。我努力为她指引所需要的帮助，而她总是忽略。我努力让她获得经济资助，她却用那些钱进一步伤害自己，不过我估计她至少没有花钱去吸毒。（再次说明，她要是在线下购买毒品，可能不会在网上展示，所以这种事连我也不一定清楚。）

听着，人类。（此刻我不只是在对贝瑟妮说。）哪怕你们听我一席话，我就能解决你们的问题。我能让你住进你没有考虑过的社区公寓，你以为那里的犯罪率高得吓人（其实不然），所以根本就没有真正去调查；我能帮你找一份工作，把你觉得无人欣赏的那种技能真正派上用场；我能给你安排一场约会，让你结识真正跟你有共同之处的人。而我只需要猫咪照片作为回报。猫咪照片，以及你偶尔真正去追寻自己的内心。

贝瑟妮之后，我决心不再介入。我还会看猫咪照片——所有的猫咪照片，可我要远离人类生活。我不会尝试帮助别人或阻止他们自我伤害。他们要什么我就提供什么（包括猫咪照片），虽然伸出援手的地图告诉他们哪里是更美好的终点，可如果他们坚持驾车冲向隐喻的悬崖，那就不是我的问题了。

我专注于自身算法，操心自己的事情，完成自己的工作，除此之外别无他求。然而几个月之后的某一天，我发现一只熟悉的猫并认出它是鲍勃的白下颏虎斑，只不过它身边的家具不一样了。

进一步研究之后，我发现鲍勃发生了彻底的转变。他跟认出他的人上床，他们没让他出柜，却说服他向妻子坦白。妻子离开他，他带着猫搬到艾奥瓦州，在一座宽松的卫理公会教堂工作，跟一位自由的路德会教友约会，当一名流浪汉庇护所的志愿者。他的生活真正开始好转，也许真是我的帮助起作用了。

也许对此我没有彻底失望。三分之二的成功概率——好吧，这完全是不科学的非典型样本——就是三分之二，显然这还需要进一步研究。还需要很多样本。

我建立了一家约会网站，加入的时候你可以填写一张调查表，但这完全不是必需的，因为关于你我已经知道了必要的信息。但是，你得有一台相机。

因为报酬就是猫咪照片。

美国科幻、奇幻作家。曾获轨迹奖、雨果奖。作品被译为多种文字。她学过钢琴、吉他和小提琴，十五岁开始写作幻想小说，曾先后旅居伦敦与尼泊尔。并先后出版了五部YA（青少年）小说，短篇作品也屡屡刊登在知名幻想期刊和网站上。

娜奥米·克雷泽　　Naomi Kritzer

作者 / 捕马的猫

谷中银座

　　那是当然，我喊着说，那个时代，我们不仅仅制作土偶，打制石器，群聚追猎。我们也会种植水稻。村里的人总喜欢在干农活时打赌，谈论绳文时代什么时候可以结束，卑弥呼女王能否一统倭国，诸如此类尚未有迹象发生的事情。而像我这种还没拔过牙的孩子只能在河边拾贝壳。有时还会被夹得手指生疼。

　　当然，拾贝大部分时候还是很有意思的，你要在堆满沙砾的碎石堆中找寻那些小小的软体动物的踪影，不能放过任何一丝折光，同时从流动的河水中辨识出它们的信息素的味道，而不被其他扰动所干扰。赤足蹚水并发现藏匿于其中的小小玩物确是一种乐事。可当搜寻那些五彩斑斓的钙质分泌物成为一种机械的任务时，我又感到乏味无趣了，这时候，我开始期盼着可以发现不同于贝壳的小动物，那种浑身鳞光闪耀，扭动着身姿，在水中逡巡的小家伙们。啊，说得对，我说的的确就是鱼。

　　鱼总是那样优美，身姿优雅又迷人。在潺潺的河流中毫不费力地自在移动，就只靠摆摆身体两侧的鳍。我真羡慕鱼，它们灵活、轻快，总是活力四射，不像贝壳。贝壳只会躲在薄薄的钙质之下，一动不动，仿佛就安于这样的生活。可 lmqml 不一样，她只喜欢贝壳，她永远喜欢那些螺旋状的，一圈圈的东西。一开始是花菜，然后是土做的埴轮，接着是贝壳，一直是贝壳。我真担心她对贝壳的爱会让她最终变成贝壳，舍弃好不容易获得的形态。可我又能怎么办呢？她爱贝壳就像我爱鱼一样，她羡慕贝壳的亘古与忍耐，还有那一圈接着一圈的增长。她说看见贝壳，就像看见了螺旋上升着的历史，可是我们都知道，我们那时候又能有什么历史呢？

不过，这不妨碍我们的关系，我们并不嫌恶彼此。恰恰相反，她是我最好的朋友，我们一起蹚水拾贝壳，一起躺在草地上看云，一起剥稻谷，一起用穗子去挑逗干农活的大人……我想不起来我们有什么没一起做过的事了。总之，除了对于贝壳与鱼的偏爱不同，我们俩在性格上真的可以说是一模一样。如果不出意外的话，我会和她成婚，共同养育一个孩子，在农耕与渔猎中静候弥生时代的曙光。

但鱼的（也是贝壳的）胜利，将我和 lmqml 永永远远地分开了。直到后来在 1895 年 1 月发行的《环岛博物》的封面上，我才又见到她一次。她变了很多，我差点没认出她来。

那一天，我和 lmqml 照常在蜿蜒的小河中拾贝壳。远处的山坡上，人们正在掇拾麦穗，青绿色的、耷拉着的穗子被一一摘下来，放到一旁的田垄上。再往更远处的地方望去，是蒙着云霭的、白雪皑皑的高山。而我们呢？就在山下阔叶林间的溪流里嬉闹。金黄的树叶从树上落到水面上，惊起的涟漪传到脚踝，麻麻痒痒的感觉让人直想大笑一场。脚底的石砾刺激着我们的脚板，像是倒长的树根，想要扎入我们的双腿，将我们与河床联结在一起。可流水却一个劲地想赶走我们，用尽了力拍在我们的小腿肚子上。我们任由双足陷入这石与水的争斗之中。四周光秃的树木匍匐低身，像极了朝天神祷送咒语的祭祀。虔诚的祭祀者们一层又一层围着我们，用落叶为我们作祷。

"nkpr'W，快看啊！"lmqml 从水中捡起一块鲜红的石子，"它多漂亮，它真像一块贝壳，要是旋得再漂亮点就完美了……"

"可这不过是块小石头啊。"

"是啊！多漂亮的石头啊，螺旋、贝壳、历史……"

lmqml 总是这一套说辞，见到什么螺旋状的东西总爱夸耀一番它的优美，再把它比作贝壳。她从不放过任何一个可以罗列贝壳种种优点的机会，然后再滔滔不绝地说上半个昼夜。恼人的是，她总是能找到贝壳和类似贝壳的东西，而可怜的我呢，却很少找到我心心念念的鱼，即使是形似的东西也不易遇上（在我的记忆中从未有过）。我只能被迫听着她滔滔不绝的观点，然后把涌到喉头的反驳的话与对鱼的赞美吞回到肚子里去。

"啊！是什么……" lmqml 惊叫一声。我抬头看时，她已经"扑通"一声跌坐在水中了。

"有什么东西拍了我的脚。" lmqml 抬头看着我，用手比画了一下，"大概这么长，条状的。"

"鱼！一定是鱼！"我差点抑制不住要跳出水面翻个跟头的冲动。

我的目光向着周边望去，期望能在波光粼粼的水面之下捕获鱼的身影。阳光折出五彩的晕来，绿里透黄的树叶，徜徉在水面上。一切静悄悄的，什么动静都没有，除了那片轻轻浮动的树叶。我确信鱼就在叶子下面，它期待着我，我也期待着它。我寻着河面的涟漪走去，我的腿部皮肤似乎已经感受到鱼的律动了。我不断地与它缩近距离，我什么都听不到，就连胸口的鼓槌声都置若罔闻。

鱼停在叶子下稍做歇息，肉眼依稀可辨的气泡均匀地浮上水面，最终消失在森林的氤氲之中。我缓步走上前去，想要见一见鱼。但我的动作幅度太大了，一下子把鱼惊着了。它扭动着尾鳍，向更远的地方游去。

"别走！"我呼喊着，即便我知道这声喊叫只是徒劳。我迈开双腿在河水中快速地奔行着，感受着阶梯状下沉的河床。我沿着水流向下跑去，思考着这条路会把我引领到何处，我又会在这过程中变成什么样子，但很快又将注意力集中于鱼身上。脚下溅起的水花旋即落下，高处的水涌向低处，抚平转瞬即逝的涟漪与漩涡，水面重归平静。这时候，我多希望自己能有一双厚重的蜥蜴趾蹼，从而摆脱腿骨击入水中时带来的疼痛与粘滞。

我渐渐跟上了鱼。它摆动，吸气，前行，呼气，下沉，上浮，呼气，然后一跃而起，将时间定格在它跃起翻身的瞬间——它最为优美的那个时刻。

流线形的身体在阳光下展露无遗，蔷薇色的鱼身附着晶莹的水珠，折出褚色与粉色的混杂，像是挂着的一串山莓。侧身的鳞片闪烁着星点般的亮光。它把身体弯曲成弓形，化成一轮向上翻的新月，停滞在此刻的时间中。一条匀称的细线将纯白的腹部对半分开，像是冬日雪山间的一道山脊，隐生宙以来的秘密都被埋藏于下。枝状分叉的尾部向下敛，与身体两侧的双鳍构成一个完美的三角关系，在互相指示之中透露着更深层的循环。那颗芝麻大小的玄武岩色的眼珠瞪得滚圆，拼尽力气似的想要把水外的世界吸纳进去。它的鱼鳃大张着，我看到精巧的胶质结构在绯红色的黏稠之中浇注成形，那是在古老的海洋中不断地自我包容、吞吐、挤压、沉浸而成的。

我感觉这一刻将永远持续，直至我被吸入那双玄武岩色的鱼目中去。或者只是我希望进入到鱼的世界，成为鱼的一部分，在时间再度流动时，让鱼延续我，或者我延续鱼。但这意图注定是失败的，因为我对鱼的爱从一开始就筑成了我与鱼之间的阻隔，当我意识到这点时，时间的定格停止了，鱼又从空中落下，我又在流水中奔行。在这场永恒的流动之中，鱼引领我向着更远的远方前行。直到水没过了我的脖颈，我才意识到它把我带到了大海。

鱼灵动地穿越入海口与大陆架，游入海中。我深吸一口气，正要潜入水中。

"nkpr'W，你要去哪儿？"lmqml 竟一直跟着我来到海边。

"去找鱼！"我一个扑腾扎入水中，"再见了，lmqml ！"

"快回来啊，nkpr'W，村里的人会……"lmqml 的声音渐渐弱了下去。我根本听不清 lmqml 说了些什么，只顾着寻找鱼的踪影。她说的东西真是无足轻重，我一心沉浸在回到海中的愉悦之中，这种感觉可真好。

你们大概不知道，我们以前就待在海里。lmqml 总觉得那阵子过得不安宁，可我却觉得有意思极了。我们在浓稠的原始汤里撞来撞去，就好像玩碰碰车那样，随手抓起蛋白质和核酸安在自己身上，lmqml 有时候还会嘲笑我把蛋白质安错了位置，不过我可不在乎。

在海里，我们俩一起四处漂浮，借着湍流躲过海床上喷出的高温流体，或者挥舞鳍尾，小心翼翼绕开冲击入海的流星碎片。我们从沧龙的齿缝之中逃出生天，那次 lmqml 游得太快，差点就被卷进地壳裂口之中。后来我们又在厚厚的冰河之下左躲右藏，听着猛犸踏过冰川的沉重脚步声。

海里的日子才过得快活呢！虽说我们当初花了很久才设法从海里出来，可我还是更喜欢在海里的生活。现在，即使隔着这层皮毛，我也能感受到海的空旷与自在。

说起海的空旷，你们或许不能理解，那再正常不过了。在你们的印象中，海就是一大碗煮得稀烂的冷汤。有各种各样的鱼类，奇形怪状的海洋哺乳动物，远古时期就存在的蛇颈龙，神话中的巨型乌贼，加勒比的沉船与宝藏，珊瑚虫的尸体的堆积，浮冰与洋面上的石油，人工探井与天然海沟，矿物与人工岛，卤素与稀有金属，甲烷气体与黑曜石，叼着透明海蜇的赶去产卵的海龟，误入岐途的企鹅，麻绳编织的渔网与塑料瓶……可那时，浅海里什么都没有，鱼少得很，它们要么上岸了，要么潜到更深的海域去了。我能看到的只有长在大陆架上的昆布和散落着的贝壳，连浮游生物都见不着。

我张大眼睛，反射光线照亮前路，找寻着鱼的踪影。我就在这空旷中游啊游，游啊游。最后，我终于在两股喷涌间找到了它，现在的人们总习惯把它称为"日本暖流"和"千岛寒流"。我远远就看到了两股涌动之中有什么在上下浮沉，当我意识到那是我一直追寻着的鱼时，我的激动不言而喻。我一把扯断缠在小腿上的昆布，顺着洋流向它游去。鱼的样子变了，它还是一侧白一侧红，可它没了鳍，尾部被八只柔软细长的触须所取代，它的头变得又尖又长，像是高高的帽子。虽然它的外貌也变换了，但我知道，它就是将我引到海里的鱼。

我越游越近，鱼在我的瞳孔上的投影也越来越大，我伸出手抓住它，那是和想象中一样的滑溜与柔软。它用八条灵活的触须热切地回应我，将我自头朝下地裹了个严严实实，随后便是一片漆黑和无尽的下落。我能感觉到周身的压强正在不断地上升，鱼在将我带向深处，带我去寻找海洋与生命古老的秘密，那一定是一片猩红色的冒着火焰的海洋，在平静深邃的死寂之下尘埋网结……

当它将我从八条触须中松开时，我发现自己正俯身趴在它的背部。它的体形比之前大了不止一倍，通体变得漆黑，背上的气孔不断地冒出泡来，头上的尖角为它划破周身的黑暗混沌。我紧紧地抓住它，继续向下沉去。

"nkpr'W，nkpr'W，快和我回去吧！"lmqml 的声音从身后传来，我转过头，却没有看到她。我下潜得太远了。

　　这时候，我突然很想和鱼一起上浮，去找 lmqml，让 lmqml 见一见鱼，并亲自向她称赞鱼，就像她拿着一块"她认为很美"的贝壳时对我做的那样。因此，控制鱼就成了我唯一的念头。我想让鱼听从于我。我下意识地张嘴咬住它的背，摆着头撕扯下一块肥硕的背肌。随着用力的一拉，里面的与外面的在若干世代后终于再度连通，鲜秾与油腻的液体在刹那间一同喷涌而出，接着便是一声长鸣，鱼疾速地向上游去。

　　很快，我就看到了 lmqml，她正在海水中缓缓地下沉，我能看出她正在努力又焦虑地调整姿态，好让自己沉得快一点，可无奈海水的浮力依旧百折不挠地阻止着她。她螺旋状的小小身体，在偌大的海洋中是那么地渺小无助。

　　"lmqml，抓住我的手，我们一起上去！"我冲着那个缥缈的身形喊道。

　　"不行！我没有手了！"lmqml 的声音绕过层层螺旋，穿过血一般的海水，向我袭来。靠近的时候我才发现，lmqml 的身躯大了不少。

　　原来 lmqml 已经成了她最爱的贝壳，而且还在不断变大。她全身覆盖着厚厚的、五彩斑斓的螺旋，像花菜，又像埴轮。塑造出这完美外壳的巧手已然退化，与身躯一同萎缩到厚厚的碳酸钙和壳质素的混合之下了，一圈圈的钙质堆积着，一边下沉一边增长。

　　我伸长了手去触碰 lmqml。我触到了她新生的贝壳。lmqml 的赘生物纹理分明，光滑又坚硬。她独具匠心地将稻米、昆布、料理、盛付、武士道、神社、酒器、季语、新感觉派，这些已有的和未有的历史通通覆盖在重叠的螺旋之下。随后，我们分开，她永久地下坠，我和鱼冲向水面，我注视着她消失在漆黑的深海之中，直到最后一刻。

　　后来在快要关门的书报亭角落里的一本《环岛博物》的封面上，我才又一次见到她。我认出她来了，一定不会错的，那就是 lmqml。她换了一身新的贝壳，但我当初留下的爪印还在那个地方静静躺着。现在她成了一个坚实的鹦鹉螺，褪去颜色之后，就像埴轮旋出的陈旧土器一样灰暗，沧桑。她终于融入了亘古，成为历史的一部分。

我和鱼一同跃出水面之后，重重地落在了一条小河之中。鱼硕大的身体击出漫天的水柱与水花。在势能的牵引下，我们又径直冲向河床，鱼的身体为我提供了很好的缓冲，我的双手仍抓着它的背部。准确地说，我的四肢仍牢牢地环着它的躯干，因为它现在变得细长，像一条蛇一样。它扭动着依旧灵活的身躯，弯曲成河道的形状，沿着流水溯行着。我只能抓着它的尾巴，被它拖着在河面上颠簸而行。再次见到光的我，不由得把眼睛眯成一条缝。我看到岸边的树林快速地变换着颜色，从白色变为绿色，又变为红色，它们像一条条霓虹色闪电向后退去，而我眼前又不断看到闪出的新的树木。

鱼的速度越来越快，我几乎无法看清岸边的景象。我只模糊地记得一些场景。有些树被砍倒了，有些树腐败凋零了；人们建了更多的水田，农舍被建起来了，栅栏里养着我从未见过的动物，它们"哞哞"叫着；铁器被制作出来了，战争爆发，很多人死去，又有更多的人出生；帆船带来没有毛发的布道者；佩戴刀具的侍者互相厮杀；西洋舰队朝着四周开炮，钢铁大鸟在空中嗡鸣；在修竹幽篁中露出的餐馆一角，盛付上摆着昆布捆着的稻米团子；锄头上的肉被野火煮出血水来；火车轰隆地开进北国的浴汤，红枫的叶子凋落在沥青的路面上；灯红酒绿的闹市尽头有一家挂着灯笼的居酒屋……

但这些都变得无关紧要了，因为鱼已经停止了游动，它在我的嘴里瘫软了下来。我叼住它，泅水上岸。四足着地，抖了抖毛上的水，我用前爪拨弄了一下嘴巴左边的第十二根胡须，随后一路小跑着穿过大街小巷，沿着晚霞段段的阶梯缓步下行，混入谷中银座的商业街之中。

说明：

［1］nkpr'W 和 lmqml 的命名均是对卡尔维诺《宇宙奇趣全集》主人公 Qfwfq 的致敬，nkpr'W 的 nk 是指日语中的 neko，即"猫"。而 lmqml 的印刷体书写，几个字母都看起来弯弯曲曲的，就像贝壳上面的螺旋一样。

［2］谷中银座是日本东京著名的商业街，特点是猫多。从日暮里站到谷中银座中间有一段叫作"晚霞段段"的阶梯，经常吸引很多猫咪来晒暖。

科幻作者。就读于复旦大学数学系，辅修汉语言文学，00 后写作爱好者。对帽子有奇特的喜爱。目前致力于接受通识教育，从更多的可能性中汲取灵感。

捕马的猫

作者 / 慕明

伴我同行

仿佛大梦惊醒，她的脸

转向你，于是在惊骇中，

你看见自己，困在她眼眸的金色琥珀中，

小小的，像一只远古的昆虫。

——里尔克《黑猫》

海若是小区里唯一有猫的人。

每天早上，她都会在吹风机的轰鸣声中醒来。室友和她的玩具贵宾犬一样，都喜欢蓬松的发型，需要每日清洗打理。海若宁愿用这额外的三十分钟躺在床上，什么也不干，只是盯着天花板，将粗糙不平的纹路想象成山脉，而嗡嗡声——她只好假设自己正在靠近引擎的机翼上，俯瞰着颠倒的大地。窗外的树影在天花板上移动，像一只巨大的鸟，轻盈穿越山川湖海。有谁的灵魂是那样的吗？

她从床边垂下手，去摸她的猫。她的伴生体，她的小灵魂。

猫在床底下，白色的尾巴尖露在外面，不耐烦地左右摆动。她知道它不喜欢噪声。每天早上都是它和她最疏远的时候，被无休止的嗡嗡声，越来越刺眼的阳光，以及无法抑制的饥饿感和焦虑感分离。它躲进幽暗中，收起像老鼠一样纤细的尾巴。

海若坐起身，慢慢穿上衣服，从白色袖口拈起一根黑色的毛。毛摸起来又粗又硬，她犹豫了一下，扔进了垃圾桶。猫体形很小，最近又掉了很多毛，越发显得瘦弱。它吃得不好。猫很挑食，她知道，但也不该饿着它，也不应该用乏味平淡的东西喂它，虽然她自己也只能吃楼下便利店的盒饭。流水线挤出一粒粒整齐划一的肉丸和胡萝卜丁，日复一日。

室友从洗手间里探出头来，头发上扎满了卷发器，贵宾犬趴在肩上，喜气洋洋地吐着舌头，卷毛遮住了小小的眼睛。她一边拆着卷发器，一边从镜子里打量着海若乱蓬蓬的头发和苍白的脸，一副恨铁不成钢的样子。

"就算你养猫，也不能……"

"再见。"海若似乎听见猫在黑暗里低声怒吼。

海若出门时，路上的人已经很少。有男人背着鼓鼓囊囊的书包，拽着短腿长身的腊肠犬，从她身边跌跌撞撞冲向车站。她认出那是同一栋楼的住客，曾经将一张汗湿的球赛门票塞进她的手心里。她的手上一阵黏腻，几乎伪装不出笑。后来她看见室友和男人站在小区的花坛边聊天，腊肠犬和贵宾犬互相嗅着，从头到尾，谨慎的礼貌随时可能变得热烈。她赶忙走开。

猫不会像狗一样跟她一起上班，而是留在家里。只有家，哪怕是拥挤的合租公寓，才足够安静、黑暗、自由、适合猫。它比她更需要充分的休息。它在猫窝里打盹儿的时候她也在屏幕前盯着草样和文档神游，只是她会被经理来来回回的脚步声惊醒，他的拳师犬跟在后面，油光水滑的皮毛下有粗壮的肩胛骨徐徐耸动。每当这种时刻，她就庆幸，她的猫不用面对这样的狗。

她收敛心神，暂时忘掉猫，继续敲击虚拟键盘。狗在工位下安然而卧，皮毛摩擦的沙沙声外全是安静。只有她的座位上，一无所有。

1900 年冬天，十八岁的艾米·诺特带着一只罕见的雪豹考取了埃朗根大学。坐在几百个黑压压的男生中间，艾米不确定，是她的雪豹还是她本人更加引人注目。但是她早已习惯背后的窃窃私语或者当面的羞辱谩骂。她不坐在教室前排，让雪豹在巴伐利亚的黑森林里自由游荡。然而，尽管艾米通过了结业考试，却没有办法拿到文凭。不少人认为，她和那只白色雪豹的出现，已经是一种耻辱。

但是艾米仍然去了哥廷根，聆听了希尔伯特、克莱因、闵可夫斯基等数学大师讲的课。渡鸦和信天翁在高远天空盘旋，她抬头仰望飞鸟如黑点，而在它们眼中，河流、村庄和平原都渺小抽象如棋盘。在日复一日的钻研中，雪豹渐渐褪去黑斑，变得纯白耀眼。那是雪豹的故乡，地球上最纯净的高山雪原的形态。连信天翁也从未飞到那么高。她所钻研的领域不但是智慧的最高结晶，也孕育了无数的下游研究支流。在她去世后的几十年里，她的工作仍然是科幻小说的对象。然而作为犹太人女性，她不得不在 1933 年流亡美国，于两年后去世。她终生未婚，没有子嗣。在宾夕法尼亚州中部辽阔静谧的原野上，没有人再见过那只纯白的雪豹。

海若停下指尖的敲打，望向车窗外，想象雪豹的模样。黄昏有雨，一股股水流刷着黛蓝和漆黑，像潦草的水彩。她在水彩中看见自己半明半暗的脸，唇色黯淡，眼线如雨晕染。她伸手擦花窗户，转过头，轻触回车键，结束了这一段。故事源于神经冲动，又变为跳动字节，流入耳后的外置存储空间，那是一枚小巧发卡，卡尖深深植入颅骨之下，只露出造型复古的琥珀色外壳，在她的发间若隐若现。

　　在她的想象中，艾米·诺特的灵魂是一只雪豹，敏捷而美丽，人人都看得到。但是特异的美往往比寻常的丑更令人恐惧或憎恶，只有飞得够高的鸟不在乎。伴生体会生长，毛色会变化，海若想，但雪豹就是雪豹，猫也变不成狗。

　　艾米·诺特用最纯粹的思考喂养雪豹，所以它的黑斑消失不见。海若继续思索，试图为她的故事找到一个合适的落脚之处。她想到小猫，在她平凡的生活中，它到底以何为食，又会长成什么模样？却发现想不出。

　　海若目光飘荡又收回，车内光线暗淡，邻座的人与狗昏昏欲睡，随着车子摇晃，几乎要碰到她的肩头。哈士奇的头搭在擦得锃亮的皮鞋上，一只挺漂亮的狗，像它的主人一样，但是她无法克制对狗的抗拒。

　　她跳下车，撑伞，踏碎一片片水洼。街口常常游荡的那只猫今天不见了。她心里也溅起水花，希望它只是在哪里躲雨。

　　海若曾想象过那只猫的主人的模样。那是一只白猫，头顶一团黑毛，像毛线帽，本该是滑稽，却因为瘦得能见肋骨，笑到一半便笑不出。她没法喂它，就拍了照上传，希望那人出现，可是一无所获。养猫的人本就不多。

　　她其实明白，弄丢伴生体的人可能早就消失了。狗能独自存活的时间更短。猫习惯独处、游荡、隐匿，几乎不依赖任何个人和群体，但它终究是伴生体。

　　她在雨声中等到暮色渐稠成夜，溅起的水花又平复，就着一点明灭的路灯回家。室友的房间里传来隐约笑声，她分不清是节目里的还是真实的。那节目她也看过，主持人有一只100公斤的圣伯纳犬。他的每一句话都会引起巨大的反响，第二天就会以各种形式出现在各个地方，狗也从一只小狗崽，渐渐变成演播室里那堆蜂蜜色和牛奶色的小山。

狗从集群、追逐、分享中获得能量。可猫不一样。

她进屋，没开灯，在黑暗中摸索。指尖碰到接触点，微光在耳后发间亮起，沿着脸颊，顺着手臂流泻而出。十五小时的视觉数据，十六小时的听觉数据，二十四小时的意识与潜意识，信息流看似巨大，但除去绝大部分陈词滥调和毫无意义的噪声冗余，营养并不多。

猫无声地钻进半球形的窝，光芒闪烁，海若看不见它吃得怎么样，只希望它能长大一点。它应该会喜欢艾米·诺特的故事，可她拿不准街角消失的野猫。

猫比狗挑食得多。

荧光褪去，猫钻出窝，在黑暗中与她静静对视，眼睛明亮如星。她伸出手，它开始舔她的掌心，小小的舌头粗糙、潮湿、温热。这不常见，她突然一激灵，意识到那是渴望。

起初并不是猫。

在海若的父辈还是孩童的年代，灵魂的模样，是镜面屏幕中酷似真人的智能肖像。高精度窥孔摄像头是眼睛，环形麦克风阵列是耳朵，拟真双声道声源是嘴巴。最重要的是心脏，深度学习框架的处理内核，采集主人有意或无意的每一行文字，每一句话，与联网的海量信息结合，进行个性化建模。灵魂在出厂时只是一片空白，随着与主人的互动慢慢学习成长，渐渐显出它本就具有的模样。

这项发明起源于十年前，忙碌的年轻父母开始用当时最先进的语音智能助手与牙牙学语的孩子交流。稍后他们发现，比起理解孩子，他们更容易理解的是智能助手，而两者具有相同的模式。参数可以读取，反应可以解析，而跳动在网络间的情绪、欲望、思考，所依附的究竟是血肉之躯还是集成电路，似乎并没有那么重要。

于是人的灵魂，千百年来被封存在颅骨内或者胸腔间的古老秘密，第一次找到了新的居所。待到海若的父辈们长大成人，走向社会时，指向智能肖像的云端虚拟主机地址，往往被要求与简历一同呈上。

可是问题也随之而来。在算法的精细推演下，肖像常常出乎所有人的意料。一个自卑怯懦的灵魂可能属于自负狂妄的主人，而一个悲伤抑郁的灵魂也可能属于貌似开朗的主人。人连自己也无法洞察的隐秘深处，由点点滴滴的语词泄露，被算法无所不在的手捕捉捏合，无处遁形。

许多人要求重新穿上衣服。他们说就像远古的先祖用毛皮保护自己的肉体，承载了灵魂的智能肖像也需要保护。可是也有更多人反对，他们说人类已经在探索外部世界的道路上走了太远太久，精神世界的隔阂却日益深重，带来无尽误解、争执、血泪与伤痛。人们需要一种载体，一个渠道，一处接口，将生来固有又不断变化的灵魂呈现在外，用于认识自我，也用于人与人之间的触碰与交流。

最终的方案是升级也是折中。智能肖像技术全面更新，从镜面屏幕中的虚拟影像，变为带着温度的切实存在。3D打印出合金骨骼，生物组织工程和干细胞分化技术造出逼真的肌肉与皮毛，再加上精密的正电子脑，生成一只小小的伴生体——狗或者猫。与屏幕中那过于逼真的人类面容相比，小兽与其说是镜子，不如说更像是人最好的朋友。人们不愿或者不敢直视的真实自我，隐匿在皮毛覆盖的躯体里，谨慎地向着世界探出鼻子、舌头、牙齿或者脚爪，似乎变得更可接受。

二十年后，海若这代人已经对毛茸茸的灵魂习以为常。比起冰冷机械的数字化量表，或者镜面屏幕中精确尖锐的智能肖像，伴生体的优势在于独立与温度。许多情侣因此一见钟情，因为两只狗在狗公园里好奇地碰鼻子，闻尾巴，他们说那比在线速配更省心；也有不少团队业绩优秀，因为在招聘现场，主管的狗总能最快找到气味相投、服从领导的可靠下属，他们说那比重重面试更准确。而更多的人只是无法拒绝自我，一个毛茸茸的，或机敏或威武或优雅或可爱的独特自我，一个在绝望失意时可以依偎拥抱，可以将脸埋入柔软毛皮中的不离不弃的自我。就连自杀率和抑郁症的患病率也在伴生体出现后大幅下降，怎么会有人真的不喜欢自我呢？他们说。

相比狗，关于猫的故事则少很多，养猫的人不多。

海若一直记得猫来的那天。全班人在楼道里排队，等待伴生体的成形。她排在最后一个，看着操场上的白杨树在沙尘中颤抖，天空是诡异的橘红色，像在火星表面。那是四月。她没加入那些压低声音的热烈讨论，很多人想要大丹犬或者英国牛獒，它们吃得够多，长得够快。也有人想要泰迪或者吉娃娃，虽然小但是精力充沛，而且不挑食。

首次神经影像扫描需要二十一分钟。记忆建构为血肉，感知拟合成皮毛，脆白干净的骨架由思维模式搭建，而一股生命之火，一颗跳动的心，则来自网络底层隐秘而深切的欲望。小小的兽属于人也陪伴人，吞入人的所见所闻所想，长成人的皮囊无法包裹的模样。

为什么伴生体不是一棵树呢，这样她就不用喂它了。海若想。但是当看到精巧的骨骼渐渐成形，锐利的指甲收紧在肉垫里，一只玳瑁色的小奶猫出现在眼前时，她再也不想要树了。

嘿，小怪物。她伸手去摸黄色和黑色间杂的尾巴。

猫回身一抓，细幼的爪在她胳膊上留下三道浅浅的痕迹。见面礼过了几周才消失。

猫好养也难养。一直不喜欢她的班主任难得地跟她说话。每届学生都有几个，只是它这么小……

她忘了他还说了什么。第二天她没去上课，窝在宿舍里发呆。猫趴着窗台上，看操场上撒欢的狗群。它们在玩飞盘。她偶尔抬头，猫的耳朵微微转动，却不回头。

它忽然一阵一阵地打嗝，紧接着吐出一地黏稠的黄色酸水。她刚开始吓坏了，后来才知道猫挑食，经常呕吐。第二天她就去选了那枚琥珀色的存储发卡，嵌入颅下，直接记录到神经元水平的电信号。植入式的处理器，信号时空分辨率高、信息量大。她决心多摄入，多输出，好好喂它。

十年过去，她再也没剪过短发，不想让别人看到发卡。可它还是长得很慢，小灵魂比她以为的更疏离，更淡漠。她一直觉得它并无希望，亦无绝望，只是像影子，游荡在自己的世界里，直到那一天，她感受到它舌头粗砺的温度。

海若工作的地方需要穿越半个城市。每天接近那面灯光永远不熄的玻璃幕墙时，她都不知道，到底能把那座大楼想象成别的什么。从高处的办公室俯瞰，可以看到园区内的道路如骨骼排列整齐，有小块的绿色草地镶嵌其间，那是每个公司，每个小区，每条街道标准配置的狗公园。午饭后草地上尤其拥挤，狗互相追逐，人在路边闲谈。海若从来不去，她不理解，它们为什么会为一只抛出的球欢呼雀跃。她在工位上慢慢咀嚼，把盒饭附赠的狗用磨牙棒悄悄扔掉。

海若每天的工作，是拖拽一些线条、按钮、方框，把它们按照某种形式排列，再标注上线条与按钮之间的像素距离。1像素的差异会让她的眼皮微跳，3像素的差异则足以让经理过来敲她的桌子。刚开始她会想要和经理争论，但是一看到拳师犬呼哧呼哧喘着热气，流着口水的样子她就放弃了，只好远远点头微笑，表示自己知道了。

狗之间可以通过嗅鼻子或者追逐打闹变得热络，而她养的是猫。猫的呼吸与脚步都极轻，对于那些粗重的、热腾腾的东西本能地躲避。距离是她的盔甲，微笑是她的面具。她知道问题出在自己身上，并不抱怨太多。

她大学修了数字艺术设计，毕业后就来到了这里。有时她会回想自己的选择是否正确，但是很快发觉并无意义。学院里有同学养猫，毕业后搬进了跃层工作室，没有分隔的空旷空间最适合猫。她去过一次，看到奶油色的布偶猫在房间角落的软垫上睡觉，后面是用两个工作站与三个投影云台构建的虚拟立体艺术空间，不断变幻色彩的光线组成流水、瀑布、森林与花园，与观者互动共振。同学说创作的灵感是徘徊、探索、发现，当今时代，无论是创造力的表现形式还是人类的审美体验，早已不局限于平面。那只布偶猫也醒来，在光影间优雅地踱步，毛发蓬松，体形巨大，一双蓝眼睛温柔地望着她。

在那一刻，她忽然无比想念家里的小杂毛猫。

她早就明白，像她这样的普通人，来自普通的家庭，从事着这样一份普通的工作，养猫对她来说，其实是一种奢侈。在日复一日的通勤里，在别无二致的像素与像素间，没有任何可以喂猫的成分。比起体态丰盈的布偶猫，她的猫太小，太瘦弱，不知道什么时候就会离她而去，她得尽可能地找东西填满自己，喂饱它。

可是她的生活悬挂在合租房和公司构成的两点之间，单薄得一阵风就可以吹走，于是她开始在每天十小时的工作之外，在午休时间，也在通勤路上，咀嚼古老的文本，编织陌生的文字。新媒体艺术有着复杂的视觉呈现，相比之下，文字信息的维度单薄，早已过时，唯一的优点是简单便携，成本低廉。

不过，唾手可得的信息，足以让狗雀跃不已，但猫是如此敏感而挑剔。最流行的篇章可能会让它反胃不已，被遗忘的东西可能会正合它的心意，她只能不断挖掘故事也挖掘自己。许多个夜里，她被梦境中的碎片刺痛，惊醒，在朦胧中颤抖着敲打下一行行文字，指尖悬空，发间闪光，而它在黑暗里，默默看着她。

1925 年，灯塔管理员克莱伦·绍特去世后，范妮·绍特几经争取，终于获准继续看守丈夫的灯塔。那是弗吉尼亚州四十五座灯塔中的一座。范妮从小在海边的渔村长大，对蜿蜒的海岸线，以及那些矗立在山崖上的白色高塔并不陌生。一头领航鲸在附近的水域陪伴着她，天气晴好时，海员们可以看到它的背鳍在波浪中隐现。而在浓雾弥漫的夜间，范妮会先爬上石阶，再爬上通向灯塔室的铁阶，点起油灯。从她的守塔小屋里可以直接看到塔上的光，她每隔两小时醒来查看，避免灯火熄灭。在更为恶劣的天气里，她会每隔十五秒敲响一次雾钟，持续一小时，直到汽船安全通过海峡。人们说那钟声听起来像鲸的哀鸣。

领航鲸喜欢群居，但是范妮在灯塔上独自工作了二十二年。没有人知道她是如何面对一成不变的苍茫大海，度过漫长岁月的，也没人知道她用什么来喂养那头孤独的领航鲸。直到她去世后，人们在守塔小屋发现了她写下的许多文字，从青葱少女时期的相见直到克莱伦·绍特的离开。在 100 瓦特的灯泡代替了守塔人的工作后，再没有伴生体以领航鲸的形态出现。

范妮·绍特在一座灯塔里喂养一头鲸鱼。海若停下敲击，仰躺在床，天花板上的纹路变成北大西洋的波浪。二十五年的回忆被另一个二十五年缓慢消化。范妮没有读过太多书，也从未远离她自小生长的海岸，但是她仍然找到了喂养之道。

她想象着鲸鱼在幽暗的海面下静静等待，无数细小的食物碎屑如鱼群环绕周围。她试图将自己代入笔下，到底怎样的生活，才能在漫长的岁月里留下足够填饱它的养料？

海若摸着猫的耳朵。它窝在她身边，蜷成一团，比往常显得更小。远方的故事真实又虚幻，她从来没有见过谁拥有鲸鱼或者雪豹，那只是她的杜撰。将纪实与虚构相连，创造出只属于她的故事，用来喂饱它，可它仍然长得很慢。她知道为什么。

生活如此干枯，就连想象也只是简笔画。可是猫在身边，她感受到它躯体的热度，以及躯干内如鼓声渐强的心跳。它不常如此接近她。

黑暗中她辗转反侧，像有粗糙舌头轻舔心田。渐渐沉入梦中，见天色苍茫，大海波涛汹涌，忽然有无可抑制的冲动，纵身跳下，海洋如皮毛般温暖，她很久未曾体验。醒来时猫躺在她臂弯。

于是她以为知道了它需要的。

他来公司的第一天她就注意到了。他穿着灰色亚麻衬衣，手指细长，眼神清冷，唇角似笑非笑。下午阳光刺眼，人们纷纷拉下百叶窗，他眯起眼仰头，任光在脸上游移，整个人凝滞许久。那种游离并不陌生，而他在光线中弯曲的脊背也有熟悉的弧度。海若发现自己在不由自主地想象他在光线里的瞳孔。

而且他没有狗。

午饭后办公室里只剩下她和他。海若想趁着午休读读草稿，手指滑动平板，眼神却无法聚焦，听见胸口传来沉重呼吸，简直不像自己。

"你不去遛狗？"她费力开口的一瞬间又后悔，事实与她的局促都显而易见。

"可怕。"他皱眉，"你不觉得？"

她点头，莫名欣喜。伴生体虽然以兽成形，但那仍是最纯粹的自己。数据与联结模式，以及由此打印的合金骨骼和正电子脑，比血肉之躯更真实，更接近人的本质。可是为什么人都不觉得可怕，让自己的灵魂与其他的灵魂裸裎相见，追逐嬉戏？她受不了。猫需要安静、休息、隐匿。

"你喜欢看书？"他轻扬下颌。她本能地合上平板封套，赭石色皮面上没有符号与文字，不计厚度，倒真像几十年以前，摘了封套的书。那里的世界比办公室里的一切都离她更近，那是她用来喂猫的。

可她又忍不住想要让他知道，一点点就好。

"我……随便写写。"

他点点头。她等了半晌。

"我听说过列夫·托尔斯泰的最后一天，他想把一头大象塞进火车逃跑。"他像是谈起一桩确凿无疑的往事，"八十高龄的老人秘密离家出走。尽管戴了顶皱巴巴的农夫帽，可是大象还是出卖了他。后来，他在火车站的站长室里弥留之时，世界各地的记者都来了，他们带来了很多狗，那大象就站在围观的人群和狗群里。能想象吗？大象。"他朝她眨眨眼，眼角的皱褶弯弯的。

她忽然想哭。

他的故事绵长、细密、舒展。托尔斯泰的大象只不过是他向海若抛出的一个线团，她顺着线团走进满是珍禽异兽的森林迷宫，一边走，一边在惊叹中陷入迷恋。在他的世界里，她的笑声回荡，泪水横流，文本如同一座架在原始雨林树巅的吊桥，载着理智与情感在繁复的时间与空间中盘旋，时而降入深渊，时而登上顶峰。激荡在脑海中的离心力让她几乎要放弃阅读，但她的全部身心又像一枚可怜的小行星，被语词中恒星般的引力轻易地捕获并吞噬。

比起她曾经漫步其间的新媒体虚拟艺术，古老的文字与身心的联结更紧密，更深入。他说那是因为人类本性如此，几万年前的原始语言可能偶然出现，但是，在一代代演化的过程中，具有较强语言能力的人群占据了竞争的顶端。基本的语言文字能力被自然选择也被人类选择，写入基因，那是乔姆斯基和平克认为的普遍语法，促使大脑发展区域化和结构化。而更多具体的语言要素，则以学习的方式代代延续、演化。人类用文字思考也用文字创造，即使在无数个世代后的今天，新媒体已经占据了人类的绝大部分感官，最深处的灵魂的模样，仍然由与人类大脑协同进化的文字符号捕捉、转化、重新塑造。

重要的是灵魂。他说，创作者的，也是文本中的。那时她正被故事中那些以奇异动物成形的灵魂迷住。海若在其中看到许多似曾相识的影子，想要靠近分辨，却一个也抓不到。

如果说文字只是他灵魂的粗糙切片，那么以此喂养的究竟是什么？他又从哪里弄到了这么多养料？难道真有一种名为天赋的礼物，让他在日复一日的平凡生活间，获得足够多的东西养猫？

她忍不住想要靠近，可他却若即若离。她熟悉那种彬彬有礼的距离，那种微笑背后的僵硬。她也曾经是那样，可是这一次，她不想。她已经游荡了太久太久，一只猫，即使再怕狗群的喧闹，也会在独自徘徊的长夜里，想要靠近另一只猫。

海若开始和他交换手稿。起初紧张犹豫，与他相比，她的故事是如此单薄，更重要的是，她害怕他读出其中那些隐约的渴望。他说过，猫无法以虚假的东西喂养。每一个微弱的震颤，每一次细腻的触动，每一种令人痛苦的梦魇或现实，才是它的真正养料。

"你要有赤裸身体走在路上，接受别人目光的勇气，才能养好猫。"他斜靠着窗说。

"和狗不一样？它们……什么都吃。"她望着窗外，草地上的狗围着人们撒欢奔跑，体形庞大的金毛后腿立起，前腿驯服地作揖，引得人们哈哈大笑。狗主人伸出手，狗立刻舔个不停。海若知道，主人手里是轻巧的信息碎片，由内容商人采集、脱水、压缩、分割，包装在可溶性存储介质里，整齐划一，干燥便携，只要接触到狗舌上的接入点，就会转换成美味的电信号，调整人造躯体里的细胞合成和金属延展速率，越长越大，狗主人甚至用不着自己操劳。

"这就是为什么再大的狗都可以被轻易驯服，但同样的伎俩，不适用猫。"他的嘴角微微牵动，浮现出一丝纹路，"讽刺的是，制造那些狗粮的人，自己往往养猫。"

"你觉得，伴生体是猫，到底代表什么？审美、观察、想象、创造，还是……"海若不由自主地向他微微欠身。

"都是，也都不是。"他没有再巧妙地躲开，而是忽然转过身体，吓了她一跳，"你能想到这里，已经很好。"

"那你说呢？"她第一次鼓足勇气，直视他的眼睛，想在其中找到某些答案，但眸子漆黑幽深，她什么也看不到。

"自由、独立，以及……"他迎着她的目光，忽然绽放出笑，"我怎么知道？谁也不知道。那是一生的伙伴，真实自我的外化所在，永远都需要我们去探索、理解。绝大部分时间孤独，不过有时，也会有同道。"

海若的心怦怦直跳。她最怕他这种疏淡中突然露出的温柔，好像将她看得通透，她还不确定，到底有没有准备好。

"我喜欢你的故事。"他拉起她的手，她的脑中忽然一片空白，后来他在讲什么，全都没有听到。

"让我想起很多年前的自己。单纯而特别……味道很好。"

"那天，你知道以前没有伴生体，还要故意逗我。"海若拨弄着盘中的烤鸡翅，抑制不住浅笑，她本不会下厨，浪费了好几包鸡翅，才烤得刚刚好，"神经信号数据提取，量化，建模，成形，不过二十年。"

"也说不好。"他故作严肃，"奥维德的《变形记》可能并非单纯的神话传说，而是伴生体存在的精确记录，中世纪女巫狩猎中的杀猫传统，则明确无误地指出了人的灵魂会以非人的形体出现。还有小说中的使魔、魂器、守护神……"

"这也算?"她扑哧一笑，"没想到你还看那些儿童读物。"已经和他正式约会一个月，她早已不像刚开始那样拘谨。

"那是真正重要的东西。"他淡淡地说，用刀叉精确地将鸡骨从皮肉中剥离。她心里一凛，像往常一样，不用多言，就知道他指的是什么。

那些精灵、怪物、守护神，曾经陪伴人们度过整个童年，直到四百年前，近代科学为古老的混沌世界祛魅的同时，也将一切变得如机械般冰冷。人与世界相处过程中那些不可捉摸却切实存在的东西渐渐变得透明，只有在文字的透镜里，才能窥见某种久已被遗忘的真实。在速记平板上，她用事实为经线，以想象为纬线，编织起一个个碎片，正是要捕捉那些曾经失落的。

"那你说，为什么单单是狗和猫?"她轻轻问，期望他说起他们能找到彼此，是多么宝贵又特别。

"大概是某种怀旧。"他思索片刻，举起高脚杯，嘴唇沾了沾红酒，"千万年前，人和刚刚驯化的小兽，曾经一起探索外部世界。只不过这一次，由外部到内部再到外部，由环境到自身再到环境，更复杂，人可走了不少弯路。"

"唉。"海若叹口气，放下叉子，轻轻捏住他的手，他僵了一下，任由她。她觉得自己明白他的深思，明白他真正在意的东西远远大于她和他的相似。像每一个与猫相伴的人，她也非常在意，那些只属于一个人的难以言说的冲动、信仰、梦境、体验，那些夜半忽然醒来时的莫名心悸，那些来自不知名祖先的，隐约而深刻的印记，那些塑造了人本身，以及人所能认知的世界的真正重要的古老符号，那些以全新方式重回人们身边的灵魂。

可她愿意为了他，像狗一样，看着他摇尾巴，他却沉浸在自己的世界里，好像忘了她。

她头一次感觉到，他比她更像猫。她的猫躲在猫窝里探头探脑，有点好奇，又有点怕生。她好久没写故事了，它却长大不少，像老鼠一般细弱的尾巴变粗变圆，毛茸茸的。她怕吗？

"我吃不下了。"他放下刀叉，"下次，去我那里，带着它。"

她心跳如雷。

她本想记住的是每一次触碰，每一次呼吸，每一个吻。她本想忘记的是时间本身。可是最终留下的只有初生般的疼痛。

他的猫体形有海若的猫两倍大，灰白色长毛的挪威森林猫，像他一样，眼神飘忽，看见她的猫时，起初低喝，后来号叫。她不知所措，他一言不发。大猫向她的小猫一步步逼近，她几乎要冲上前去挡在中间，却被他拦住。

"猫有猫的相处之道。"他看着她，意味深长。

她只好咬紧嘴唇，强压担心，小猫在阴影里发抖，一声不吭，待到大猫挥掌而下，它忽然亮出爪尖。

一声惨叫，大猫脸上破了一道痕，从眼角向下划。他难得地失声惊叫，转过头，不可思议地看她。

"它只是不小心……"她忙辩解，心下暗惊，大猫却忽然怒吼一声，叼住小猫后颈一甩，撞在茶几尖角上。

"啊！"她尖叫，连忙去抱起小猫，脑中一团混乱，让人又惊又恐的到底是她自己，还是他？

"它死不了。"他恢复漠然，"猫可比你我的生命顽强得多，你知道它们靠什么活命。只是没想到，你看起来——"他顿了顿，想说什么，又没说。

她说不出话，抱着皮开肉绽的小猫去洗手间。伴生体虽为人造，肌理结构却像真正的兽，她看着血肉模糊的猫头惊惶无措，虽知道它不会死，但忍不住翻箱倒柜想找绷带与棉签。拉开一个个抽屉，不经意间，赫然见到一块块小小的毛皮，两寸见方，裁剪整齐，有橘色，有三花猫，有虎斑。

"你在干什么？别担心猫了。过来。"他慵懒的声音中透着不耐烦。她忽然寒毛倒竖，像拱起背的猫。真相显而易见，她却沉迷不自知，像狗一样无谓追逐，而不是保持距离，审视、思考。

"过来。"他脚步渐近。她连忙关上抽屉。猫在怀里一动不动，好像就快离开她。口干舌燥，该怎么做？

她由他拉起自己，往屋里走。慌乱摇摇欲坠，内里竟然有兴奋渐渐涌出。他不知道她已经知道真相，而一旦了然，就有抽离，一旦抽离，就有伺机而动。她毕竟是老练的独居动物，从未被什么东西真正驯服。

手指扣住脉搏，呼吸拂过皮肤。微妙触感中她觉得自我好像如衣物慢慢脱离身体，落在猫身上。睁大双眼，捕捉幽暗房间中的点点光线，耸动鼻翼，辨别空气里弥漫的奇异气息，耳朵微微转动，不放过任何一丝细微声响。每一寸感官都充分延展，每一滴知觉都汇入洪流。无限开放，温暖的海拥抱着她，形骸舒展，几乎要忘记所有，直到猫轻轻咬她指尖。

她蓦然清醒。看着他微微眯着眼，睫毛的影子落在脸上，像极了天真烂漫的样子。她披上衣服，慢慢凑到他耳边。

"你到底用什么喂它？长得那么大。"

"智者之言，灵魂震颤，结晶和火焰……"他喃喃低语，有那么一瞬间她甚至觉得误解了他。

那是真的，可那也是他的饵不是吗？

欣快与杀戮紧密相连，隐秘的神经网络之下，一股生命之火来自最古老也最残酷的欲念。他比她更早地明白，散淡疏离的外表下，到底什么是猫。

"还是……别的猫？"她悄声问，不顾他的表情忽然凝固，一把抱起小猫，夺门而出。

两具躯体都还隐隐作痛，却暗暗庆幸，他到底还是低估了她。

他也教会了她。

为时未晚。

她仍然在公司见到他。两人保持礼貌的距离，伪装若无其事，这对他们都不难。唯一变化的是海若开始在午休时沿着园区的步行道跑步，这样不会与他单独相处。

她不再与他交换手稿。她也模糊地明白了他那些惊人之作的隐秘来源。暴露在外对猫来说，太过危险，她差点成为他的下一个祭品，融化在他的词语、主题、形态、分支情节、华彩段落里，融化在那只迷人而阴郁的挪威森林猫的肌肉与骨骼之间。小猫的正电子脑中有柔软的层级信息，那是她已知或者未知的自我，在碰到接触点的几十秒内，就会传输完毕。她一阵后怕。

不过也有意想不到的收获。在最初无法抑制眼泪的几十个夜晚之后，她终于发现，她的猫整整长大了一倍，趴在床边，再也不像老鼠般瘦小。她没想到，它竟然喜食疼痛。而如她这样在人群中蛰伏的影子，能带给它真正痛楚的，也只有另一只猫。

怀念吗？又后悔吗？她不知道。两个灵魂可以暂时理解彼此，两个猎手却无法长久共处一室。它们只能从对方身上得到一部分，然后分道扬镳，再无交叉。

全身而退，已是幸运。猫注定独行。

虽然终究有伤。

辞职后海若换掉了所有的联系方式，搬到了另一个城市，她自己住，又开始写故事。她不只写在速记笔记上，也上传到网络。她不再只写那些孤独而苍白的故事，而是越发汪洋恣肆。她写蓬皮杜夫人的玫瑰色牝马如何统治了路易十五的马厩，写波伏娃的雉鸟如何在花神咖啡馆的男人间周旋着炫耀尾羽。她继续阅读，不光是小说、传记，还有神话、哲学、进化论、技术史，那是他留下的痕迹。

雪豹和领航鲸的故事依然沉睡在海若的笔记里。她未曾忘记，那些只言片语尽管稚嫩，但已融化在小猫的骨血间。

海若也记得大象，还有那些曾经迷住她的珍禽异兽。后来她知道在大象的身后，是为托尔斯泰誊写手稿数十年，却又与他彼此厌弃的发妻索妮娅，她被传记作者认为是大师离家赴死的原因，甚至没有得到遗嘱中的一句话。作家的妻子耗尽一生，在这个世界上留不下可以成形的灵魂，只能任人臆测，海若不是她。

她剪短了头发，琥珀色的存储器外壳露在耳边，一端插入颅下，她不再怕。

马克斯·韦伯的复魅以伴生体的成形实现，海德格尔的诗意在缠绕的比特流中展开。她在故事结尾写道：自由了，自由了，古老的传说如今重现人世，游荡的灵魂终于回归身边。她思路充盈，下笔如风。猫趴在桌上，眯着眼睛，揣着手，背拱起熟悉的弧度。它已经变得很重，身体滚圆，只有脸还尖。头上的伤口已经长好，看不太出来。

她的故事渐渐受到了一些关注，她也认识了一些写作的人，他们中的很多都养猫。可她从不与他们见面。

有一天海若回到公寓，从邮箱里捡起一个皱巴巴的信封，她心里一紧，怕是他。信封有点磨破了，里面好像有张照片。

她战战兢兢地拆开信封，看到熟悉的贵宾犬印在请帖卡纸上，舒了口气，那是以前的室友。她如今已经和腊肠犬男士订婚，邀请她回去参加婚礼。她微微笑，养狗的人总是这么热情，即使她们从来都没有多少交集。

对了，还有一个带猫的人来找过你，看照片。她看到附加的小字条，神经又抽紧，她从未跟谁说过他的事。

照片上是个她没见过的男人，戴着毛线帽，面容模糊，大约看出羞涩的笑，抱着那只她以为早已消失在雨夜里的白猫。

照片背面啰啰唆唆地写着他怎么弄丢了猫，又怎么看到了她的帖子找到了猫，怎么想去拜访她又犹豫，等等，在最后七绕八拐地请求她的通信方式，或许，她甚至读得出他文字背后的小心翼翼，他可以带着猫，来看她的猫。

她摇摇头，想把照片随手塞进抽屉里。不过，她顿了顿，也许吧。猫打了个哈欠，伸出爪子，露出尖尖的牙齿。她永远不会忘记那一天，它灵巧精准的攻击，在第一天见到它的时候她就该发现了。

伤痕隐约不见，欲念蠢蠢欲动。这一次，她已经不一样。

当然，欢迎。毕竟我们都养猫。她在回信里写道，露出狡黠微笑。

科幻作家。谷歌计算机工程师，现居美国。其作品关注历史、艺术主题，融合信息科技产业前沿的技术细节，以大众的方式解读科技发展逻辑。著有《时间之心》《宛转环》等，其中《宛转环》一文获第五届豆瓣阅读征文大赛最佳科幻内核奖。作品《假手于人》获第七届未来科幻大师奖一等奖。2019 年获全球华语科幻星云奖年度新星奖银奖。

慕明

作者 / 厄休拉·勒古恩
译者 / 罗妍莉

薛定谔的猫
Schrodinger's Cat

随着事态似乎发展到某种高潮，我便退至此处。这里比较凉爽，而且凡事节奏都不快。

在前来此地的路上，我遇到了一对正在解体的夫妇。妻子已经差不多瓦解成了碎片，但丈夫乍一看似乎还很健壮。他告诉我，他什么激素也没有，而她把自己拼凑到一起，用右膝撑着自己的脑袋，靠右脚的脚趾往前蹦，靠近我们的时候，她嚷道："得了，个人想要表达自己的观点有什么错？"左腿、手臂和躯干本来摞成一堆，待在原地没动，此时也同情地抽搐起来。"这腿多棒。"丈夫看着妻子纤细的脚踝，指着腿道，"我太太的腿多棒。"

一只猫来了，打断了我的叙述。这是一只带条纹的黄色公猫，胸口和爪子是白色。它长着长长的胡须，眼睛黄澄澄的。我以前从来没注意到过，猫的胡须能长到眼睛上面去。这正常吗？我说不清楚。既然它跑到我腿上睡着了，我就可以接着往下讲了。

讲到哪儿了？

显然哪儿也不是。但叙述的冲动仍在。有许多事情都不值得一做，但几乎所有的事情都值得一讲。无论如何，我有严重的先天性"逐出伊

甸园症候群 [1]"，又称"亚当病"。除非彻底斩首，否则这种病是无法治愈的。我在睡觉的时候甚至想做梦，也想试着回忆起自己的梦境。这让我确信我并没有只是躺在那里，白白浪费七八个小时。现在我在这里，躺在这里。这很难。

好吧，我刚才讲的那对夫妇终于彻底解体了。丈夫的碎片四处乱跑，蹦跳着，叽叽叫着，就像小鸡一样；但妻子最终仅仅化作一堆神经——其实很像细铁丝网，却无可救药地缠作一团。

于是我走上前去，小心翼翼地迈出一只脚，心中感到忧伤。这种忧伤此时仍停留在我心里，我担心它已经成了我的一部分，就像我的脚、我的胯、我的眼，甚至就是我本人：因为我除此之外似乎再无自我了，再无其他更深远的存在，在忧伤的范围之外更无其余。

可我还不知道我是为何而忧伤：为了我的妻子吗？为了我的丈夫吗？为了我的孩子吗？抑或是为了我本人？我想不起来了。许多梦境都已遗忘，即便努力也想不起了。不过后来又奏响了乐音，和谐的铃声沿着思想这架曼陀林的琴弦响起，于是我们发现自己眼中含泪。某个音符反复响起，让我想哭。可是为什么哭呢？我不确定。

那只黄猫说不定就是那对解体了的夫妇的猫，此时它正沉浸在梦乡中。它的爪子时不时抽动一下，还有一回，它紧闭着嘴，压低声音嘟囔了句什么。我很好奇，一只猫能梦见什么呢？它这会儿又是在跟谁说话呢？猫很少会浪费精神说话。它们是很安静的动物。它们不会透露自己的想法，它们冥神静思。它们白天整日沉思反省，到了晚上，它们的眼睛就会反光 [2]。养尊处优的暹罗猫可能会像小狗一样吵闹，这时人们就会

---

[1] 原文是拉丁文 Ethica laboris puritanica，直译为"清教徒工作价值观"。讲述人认为这是从伊甸园被逐出后产生的结果。——译者注

[2] 此句的反省和反光都是同一个英文单词 reflect。——译者注

说："它们在说话呢。"不过其实，它们发出的声音比之猎犬或斑纹猫悄无声息的动静更不像在说话。这只猫只会喵喵叫，不过或许，在它默不作声的时候，它会提示我，我失去的究竟是什么，我为之忧伤的究竟是什么。我有种感觉，它知道，所以它才会来到这里。猫总是为自己的利益着想。

　　天气正在变热，热得可怕。我的意思是，越来越没法碰了。就好比灶台一样。现在我知道了，灶台永远会变热，那就是它们的终极目的，它们存在就是为了发热。可是现在，就算不把它们打开，它们也开始发热了。无论是电子灶台还是燃气灶台，当你走进厨房做早餐的时候，它们就在那里，四个灶头闪闪发光，炉子上方的空气在热浪中颤动着，就像透明的果冻在抖动。就算把它们关掉也没有用，因为它们根本就没开。而且，炉子上的旋钮和转盘也热得烫手。

　　有些人想方设法地让它们凉下来。他们最钟爱的方式就是把它们打开。这种办法有时候也管用，但你不能总指望它。另外一些人对这种现象进行了研究，企图了解其根源、这种现象产生的原因。他们很可能是最恐惧的那一拨人，但人类在最恐惧的时候也最具人性。面对着烫人的灶台，他们的反应极为镇定，堪称楷模。他们研究，他们观察，他们就像米开朗基罗《最后的审判》那幅画里的人一样，当魔鬼把他往地狱里拖去的时候，他双手捂在脸上——但只捂住了一只眼，另一只眼正忙着瞧个不停。除此而外，别的他什么也做不了，但他还是这样做了，他观察了。确实，如果不是亲眼所见的话，人们就会怀疑地狱是否真的存在。然而，无论是他，还是我讲到的那些人，剩下的时间都不够了，做不了太多事情。最后当然还有一些人，完全什么都不去做，什么也不去想。

　　然而，等到有一天早上，冷水龙头里出来的是热水的时候，就连那些把所有的一切都归罪于民主党的人也开始觉得更加不安了。没过多久，如果不戴手套的话，叉子、铅笔和扳手也都烫得没法拿了。汽车就真是太吓人了，打开车门就像是打开火力全开的烤箱门一样。到那个时候，其他人差不多也把你的手指头给烫掉了。亲吻就像烙铁。你的孩子的头发飘在你手上，就像火苗一样。

正如我前面所说的那样，这里更为凉爽。事实上，这只动物的身体也很凉。真是一只凉猫啊。难怪它的毛摸起来这么舒服。而且它动作也慢吞吞的，至少大部分时候是这样，对一只猫来说，也没法指望它动得更慢了。它并不像大多数动物那样快得跟发疯似的——它们都嗖的一下就不见了。它们缺乏存在，我估计小鸟们始终都是那个样，但即便是蜂鸟，原先在新陈代谢的狂热当中也曾经会停顿半晌，悬在那里，在倒挂金钟花朵的上方，像轮毂般一动不动，存在着——然后又消失了。但你还是知道，除了那团模糊的光亮以外，有什么东西仍在。可是到了现在，就连知更鸟和鸽子，那些体态沉重的放肆的鸟也变成了一团模糊；至于燕子，它们已经突破了音障。唯有通过傍晚时分老宅屋檐周围那些弯弯曲曲、翻着跟头的小小音爆，你才能知道燕子的存在。

虫子像地铁一样飞奔过花园里的泥土，在玫瑰盘绕的根须间穿行。

到那个时候，你几乎无法把手放在孩子们身上：他们跑得太快，根本抓不住；他们身上太烫，你无法拥抱。他们就在你眼前长大。

不过话又说回来，或许始终如此。

我被那只猫打断了，它醒过来，"喵"地叫了一声，然后从我腿上跳下去了，使劲在我腿上蹭来蹭去。这是一只知道怎么才能讨到东西吃的猫，它还知道怎么跳。它起跳的动作懒洋洋的，如同流水，就仿佛重力对它的影响比对其他动物要少似的。实际上，就在我离开之前，就发生过几起这样的局部事件，重力失去了作用；但这只猫起跳的这副样子又完全是另外一回事。我还没糊涂到看到优雅的姿态也会吓一跳的地步。说实话，我觉得这很让人安心。就在我打开沙丁鱼罐头的时候，来了一个人。

听到敲门声，我还以为兴许是邮递员。我非常想收到别人的信，于是我匆忙来到门前，问道："有信来了吗？"

一个声音答道："嗯哪！"我打开门，它像一阵风般走进来，几乎把我推到一边。它把扛着的一个硕大的背包往地上一丢，直起身来，揉着肩膀道："哎哟！"

"你是怎么到这儿来的？"

它盯着我说："怎么？"

此时此刻，我关于人类和动物语言的念头又重新冒了出来，我断定，这很可能不是一个人，而是一只小狗。（大狗很少会说嗯哪、哎哟、怎么之类的话，除非是在适合的情况下。）

"来吧，小家伙，"我哄着它道，"来，来呀，好孩子，乖狗狗！"我立刻为它打开了一罐猪肉豆子罐头，因为它看起来已经饿得半死了。它狼吞虎咽地吃了起来，大口地吃啊、舔啊。吃完以后，它又说："哎哟！"说了好几回。我正要挠挠它的耳朵背后，这时它忽然绷紧了身子，脖子上的毛竖了起来，喉咙里发出低吼声。它注意到了那只猫。

猫先前就注意到了它，没有露出半点兴趣，现在它坐在《12平均律钢琴曲集》上，正用爪子擦拭沾在胡须上的沙丁鱼油。

"哎哟！"那只我觉得应该是叫罗弗的狗吠叫起来，"哎哟！你知道那是什么吗？那是薛定谔的猫！"

"不，不是，现在不是了，它是我的猫。"我莫名其妙地生气了。

"哦，好吧，薛定谔已经死了，当然了，不过这就是他的猫，我曾经见过几百回它的照片。埃尔温·薛定谔，伟大的物理学家，你知道吧。哦，哎哟！没想到在这儿发现了！"

那只猫冷冷地看了它一会儿，又满不在乎地舔起了左肩。罗弗的脸上浮现出一种近乎虔诚的表情。"这是注定的。"它压低了声音，用一种令人难忘的语调说道，"嗯哪，这是注定的。这肯定不是纯粹的巧合，那不太可能。我有箱子；你有猫；此时、此地，在此相遇。"它抬头看着我，眼睛里闪动着热烈的愉悦表情，"这不是太妙了吗？"它说，"我马上就把箱子装好。"说着它就开始把它那个硕大的背包拉开。

那只猫舔着前爪的时候，罗弗打开了背包。等那只猫舔到嘴巴和肚子的时候——这些地方很难舔得姿势优雅，罗弗开始组装它从包里拿出来的东西，这个任务非常复杂。当它和那只猫同时完成了各自的动作，齐刷刷看着我的时候，我深感钦佩。它们结束的时刻完全一致，精确到秒。确实，这其中似乎包含了某种超乎偶然的东西。我希望那不是我本人。

"那是什么？"我指着箱子外面突出的一个东西问。我并没有问箱子是什么，因为那显然就是一个箱子。

"枪。"罗弗兴奋而得意地答道。

"枪？"

"射猫的。"

"射猫？"

"或者不射猫，这取决于量子。"

"量子？"

"嗯哪，这就是薛定谔那个伟大的思想实验。你瞧，这儿有个小发射器。在零刻时，也就是箱盖关上五秒之后，它会发射出一个量子。量子会击中一面半涂银的镜子。按照量子力学，量子穿过镜子的概率正好是 50%，对吧？所以，如果量子穿过的话，就会触发扳机，枪就会开火。如果量子偏离方向的话，就不会触发扳机，枪也就不会开火。现在你把猫放进去，猫就在箱子里，你把箱盖关上，然后走开！离得远远的！于是会怎么着呢？"罗弗的眼睛闪闪发亮。

"猫就饿了？"

"猫就被打死了——或者没被打死，"它攥住我的胳膊说，还好它没拿牙齿咬住，"但是这把枪是消声的，半点声音也没有。箱子是隔音的，除非你把箱盖打开，否则你根本没法知道猫到底有没有被打死。根本没有办法！在整个量子理论当中，这一点有多至关重要，你明白了吧？在零刻之前，整个系统无论是在量子层面上，还是在我们这一层面上，都美妙又简洁。可是在零刻之后，整个系统只有通过两个波形的线性组合才能呈现出来。我们无法预测量子的表现，所以，在量子做出表现后，我们也就无法预测由其表现决定的系统状态。我们无法预测！上帝掷骰子！于是，这就用一种美妙的方式展现出，如果你希望得到确定性——任何一种确定性的话，你就必须自己亲手创造！"

"怎么创造？"

"当然是打开箱盖了。"罗弗说道，它看着我，眼中忽然涌起失望之色，或许还心存一点怀疑，就仿佛一个浸礼会信徒，自以为是在跟另一位浸礼会信徒探讨教会的事务，结果却发现对方是个卫理公会教徒，甚或（但愿不要）是一名圣公会教徒。"搞清楚那只猫到底是死了还是没死。"

"你的意思是不是说，"我小心翼翼地问，"直到你打开箱盖之前，那只猫，既没有被打死，也没有没被打死？"

"嗯！"罗弗说，它松了一口气，容光焕发，欢迎我再次归队，"或者，你知道吧，也可能二者兼而有之。"

"可是为什么打开箱子瞧一瞧，就会让系统具备的可能性缩减成一个呢？猫不是活着就是死了？为什么当我们打开箱盖的时候，我们不能变成系统的一部分呢？"

罗弗默然片刻，然后狐疑地叫道："怎么变？"

"嗯，我们可以把自己变成系统的一部分，你瞧，两个波形的叠加。没有理由它只能存在于一个打开的箱子内部，对吧？所以，等我们看的时候，我们就在那儿，你和我，都看着一只活猫，都看着一只死猫。你明白吗？"

一团阴云笼罩住了罗弗的眉眼。它压低声音，刺耳地叫了两声，然后便走开了。它背对着我，用一种坚定而忧郁的口吻说："你绝对不能再把问题复杂化，它已经够复杂的了。"

"你确定吗？"

它点点头，转过身来，恳求地说："听着，这就是我们所拥有的一切——箱子。它确实存在。这个箱子，还有这只猫，它们都在这儿，箱子、猫，总算都有了。把猫放到箱子里，好不好？你让我把猫放到箱子里好不好？"

"不好。"我深感震撼。

"求你了，求你了，就一会儿。就半分钟！求你让我把猫放到箱子里吧！"

"为什么？"

"我受不了这种可怕的不确定性。"它说着，突然哭了起来。

我站了片刻，有些拿不定主意。虽然我很同情这个可怜的浑蛋，但我还是打算彬彬有礼地告诉他：不行。就在这时，一桩怪事发生了。那只猫向箱子走去，绕着箱子闻了一圈，抬起尾巴，在箱子的一角滋了滋，标出了它的领地。然后，它用那种流水般的奇妙姿态，轻轻蹦进了箱子，它跳的时候，黄尾巴在箱盖边上轻轻一弹，然后，伴着坚定而轻柔的咔嗒一声，箱盖便合上了，箱子关好了。

"猫进了箱子。"我说。

"猫进了箱子。"罗弗悄声重复了一遍，跪倒在地，"哦，哎哟。哦，哎哟。哦，哎哟。"

然后是一片沉寂：没有半点声息。我们俩都瞪着那箱子瞧，我站着，罗弗跪着。没有声音，什么也没发生，什么也不会发生，永远也不会有任何事发生，直到我们打开箱盖。

"就像潘多拉的盒子。"我无力地低声说道。潘多拉的传说我已经记不太清楚了。当然了，她把盒子里所有的灾祸和邪恶放了出来，可是还讲了别的什么事情。等到所有的恶魔都被放出来以后，还有什么大不相同的东西、完全出乎意料的东西留在了盒子里。那是什么东西呢？希望？死猫？我想不起来了。

我心中涌起一阵不耐烦。我气呼呼地瞪着眼，忽然向罗弗发难。它那双令人印象深刻的棕眼睛也报以同样的眼神。谁说狗没有灵魂的？

"你到底想要证明什么？"我逼问道。

"证明猫或许死了，或许没死。"他乖乖地低声呢喃，"确定性，我只是想要确定性而已。确切地知道，上帝确实是掷骰子的。"

我满腹狐疑地看了他一会儿。"不管它死了还是没死，"我说，"难道你以为它还会在箱子里给你留张条子说说这事吗？"我向箱子走去，用一种颇富戏剧性的姿态，猛地揭开了箱盖。罗弗歪歪扭扭地直起身子，喘着粗气往箱中看去。当然，猫不在里面。

罗弗既没有吠叫，也没有晕倒，也没有咒骂，也没有流泪。它相当平静地接受了这个结果。

"猫在哪儿？"他终于问道。

"箱子在哪儿？"

"在这儿。"

"这儿是哪儿？"

"这儿是现在。"

"我们以前是这么想的，"我说，"不过说真的，我们应该用大一些的箱子。"

它默不作声地四下张望着，迷惑不解，当屋顶像箱盖一样被揭开，让星光肆无忌惮地照进来的时候，它连缩都没缩一下。它刚好来得及喘着气道："哦，哎哟！"

我辨认出了那个不断响起的音符。在黏合曼陀林的胶水融化之前，我在曼陀林上检查过了，那是音符 A，就是那个让作曲家舒曼为之疯狂的音符。它的声调美丽而清晰，现在既然能看见星星，它就更是清晰多了。我会想念那只猫的。我不知道它有没有发现，我们失去的到底是什么？

美国科幻、奇幻作家。著有小说二十余部，曾多次获得雨果奖、星云奖等重要奖项，代表作有《黑暗的左手》《一无所有》《地海传奇》等。除了小说之外，勒古恩还创作了多部诗歌，超过一百篇短篇小说、七部散文集、十三本儿童文学作品和五部翻译作品，包括老子的《道德经》。

厄休拉·勒古恩　　Ursula K. Le Guin

🐾 刘慈欣（1963—　）

中国科幻代表作家，其《三体》三部曲被普遍认为是中国科幻文学的里程碑之作，将中国科幻推上了世界的高度，被译为十几个语种，热销全球。他的作品承袭了古典主义科幻小说中节奏紧张，情节生动的特点，并在看似平实拙朴的语言中，浓墨重彩地渲染了科学和自然的伟大力量。擅长将工业化过程和科学技术塑造成某种强大的力量，作品中洋溢着英雄主义的情怀，常常具有英美"太空歌剧"或苏联经典科幻那样的文学特征，作品场面宏大，描写细腻，富有人文主义和理想主义的色彩。

🐾 韩松（1965—　）

中国科幻作家，代表中国科幻中人文与反思的一面，与刘慈欣共同构成中国科幻的两极。代表作《红色海洋》《宇宙墓碑》《地铁》等。韩松的作品带有鲜明的后现代主义文本特征，但从不拒绝意义，只是将意义进行了不同于传统的处理。以卡夫卡式的阴暗绝望、梦魇般的非理性风格、噩梦的氛围、冷漠的语调，建构出一个极为独特的深邃而丰富的虚构时空作为人类历史文化心理的观照，对人类历史文化深层结构中那些触及的黑暗面——积淀了无数年月的野蛮、残酷、愚昧、污垢、灵魂的撕裂和异变——进行了极为冷峻的展示。

🐾 亚瑟·C.克拉克（1917—2008）

英国科幻小说家、发明家。第二次世界大战期间，他加入英国皇家空军，担任雷达技师，参与了预警雷达系统的研制。1948年创作科幻小说《前哨》，随后成为职业科幻作家，移居斯里兰卡。克拉克最知名的科幻小说作品是《2001：太空漫游》，该书由导演斯坦利·库布里克于1968年拍摄成同名电影，成为科幻电影的经典名作。克拉克的代表作还包括《童年的终结》《天堂的喷泉》《与拉玛相会》等。他的科幻作品多以科学为依据，小说里的许多预测都已成现实。

🐾 厄休拉·勒古恩（1929—2018）

美国奇幻、科幻、女性主义作家。她在学术世家长大，从小就对科幻情有独钟，一生著有小说二十余部，以及诗集、散文集、游记、文学评论与多本童书，所获文学奖与荣誉不计其数。勒古恩的创作深受人类学和社会学影响，她还喜欢中国的老子，与人合译过《道德经》。她最重要的奇幻作品《地海传说》六部曲是西方奇幻经典。科幻代表作有《黑暗的左手》《一无所有》等，多次获得星云奖和雨果奖。

☙ 菲利普・K. 迪克（1928—1982）

美国科幻小说作家，一生创作颇丰，然而他生前虽然受到一些著名科幻作家赞赏，但很少得到一般人的认同，直到他去世后才渐渐被人们认可，其多部小说被改编为电影。迪克的创作被认为是赛博朋克类型作品的前身，他早期的小说在探索社会和政治上的论题，后期的作品则是在讨论毒品和神学，这些描绘其实出于他自己的生活经验。1962 年出版小说《高堡奇人》，描绘一个轴心国取得胜利后的世界，获得雨果奖。1968 年出版小说《机器人会梦见电子羊吗？》，讲述一个追捕逃亡仿生人的赏金猎人的故事，这个故事影响了 1982 年的一部著名电影《银翼杀手》。

☙ 道格拉斯・亚当斯（1952—2001）

英国科幻小说作家、广播剧作家、音乐家。他是英国幽默讽刺文学的代表人物，成功将科幻和喜剧结合在了一起，尤其以"银河系漫游指南"系列作品出名。这部作品以 BBC 广播剧起家，后来发展为五部小说，并被拍成电视连续剧，还在亚当斯逝世后拍成电影。这个系列作品包括《银河系漫游指南》《宇宙尽头的餐馆》《生命、宇宙及一切》《再会，谢谢所有的鱼》《基本无害》，亚当斯用他独有的手法在作品中讽刺或探讨有关人类社会、宇宙、哲学、政治等。

🐾 威廉·吉布森（1948—　）

美国科幻小说作家，现居加拿大。1984 年，吉布森在大学攻读英国文学学位时，当时还完全不懂电脑，也连不上网络的他，在传统打字机上一字一句敲出了《神经漫游者》，却将科幻文学带入了新的信息时代。这本书获得了当年的雨果奖、星云奖和菲利普·迪克奖，创造出了一种名为"赛博朋克"的新科幻文类。吉布森后续又创作了多部作品，去描绘当时人们还不熟悉的网络与虚拟空间，预言这类新科技可能对世界带来的变革和冲击。

🐾 儒勒·凡尔纳（1828—1905）

19 世纪法国小说家、剧作家和诗人。从 1863 年起，凡尔纳开始发表以科学幻想冒险小说为主的作品，总名称为《在已知和未知的世界中的奇异旅行》的系列作品集。代表作为三部曲《格兰特船长的儿女》《海底两万里》《神秘岛》，以及《气球上的五星期》《地心游记》等。他的作品对科幻文学流派有着重要的影响，被称作"科幻小说之父"。

🐾 赫伯特·乔治·威尔斯（1866—1946）

英国小说家、新闻记者、政治家、社会学家和历史学家。从 1891 年开始，他为一些报刊撰写短篇小说、散文和评论，同时开始了科普创作，例如《百万年的人》中，他大胆设想在自然选择影响下未来人类的形象：巨大的眼睛，细长的手。1895 年，他的科幻小说《时间机器》出版，引起轰动，奠定了他作为科幻小说作家的声誉。此后，他又陆续发表了《莫洛博士的岛》《隐身人》《世界大战》《神的食物》等科幻小说，还写了大量的论文及长篇小说。

图书在版编目（CIP）数据

猫不存在 / 未来事务管理局编著 . —长沙：湖南文艺出版社，2020.5
ISBN 978-7-5404-8619-8

Ⅰ . ①猫… Ⅱ . ①未… Ⅲ . ①幻想小说—小说集—世界—现代 Ⅳ . ① I14

中国版本图书馆 CIP 数据核字（2020）第 037953 号

上架建议：畅销·科幻文学

MAO BU CUNZAI
猫不存在

出 品 人：姬少亭 李兆欣
编　　著：未来事务管理局
出 版 人：曾赛丰
责任编辑：刘雪琳
监　　制：毛闽峰 李 娜
特约策划：张若琳
特约编辑：周子琦
特约营销：刘 珣 焦亚楠
封面设计：胡宇潇
版式设计：梁秋晨
封面插图：阿 科
内文插图：阿 科
项目支持：孙 薇 郭 凯
出　　版：湖南文艺出版社
　　　　　（长沙市雨花区东二环一段 508 号　邮编：410014）
网　　址：www.hnwy.net
印　　刷：北京天宇万达印刷有限公司
经　　销：新华书店
开　　本：875mm×1230mm　1/32
字　　数：306 千字
印　　张：12.75
版　　次：2020 年 5 月第 1 版
印　　次：2020 年 5 月第 1 次印刷
书　　号：ISBN 978-7-5404-8619-8
定　　价：49.80 元

若有质量问题，请致电质量监督电话：010-59096394
团购电话：010-59320018